MEURTRES ET PASSIONS

par

William J. Caunitz * Carol Higgins Clark
Mary Higgins Clark * James Crumley
John Gardner
Faye Kellerman * Jonathan Kellerman
Elmore Leonard
Michael Malone * Bobbie Ann Mason
Ed McBain
Joyce Carol Oates * Sara Paretsky
Anne Perry * Shel Silverstein et Donna Tartt

Meurtres et passions

16 nouvelles inédites
par les maîtres
du suspense américain
présentées par Otto Penzler

TRADUIT DE L'AMÉRICAIN PAR ANNE DAMOUR ET YVES SARDA

ALBIN MICHEL

Titre original :

MURDER FOR LOVE

Publié chez Delacorte Press, New York.

À Carolyn,
L'amour de ma vie.

Sommaire

Introduction

Contrairement à la croyance générale, l'opposé de l'amour n'est pas la haine, mais l'indifférence. Amour et haine sont trop étroitement liés pour que le temps ou les circonstances puissent les séparer. Tant que l'un des deux existe, l'autre est toujours prêt à se manifester. Ce n'est que le jour où l'amour — ou la haine — s'éteint dans le désintérêt que ces deux sentiments n'occupent plus la même place dans le cœur.

Les récits qui suivent sont dédiés à l'amour. Certes, dans la plupart de ces histoires, la mort est également présente au rendez-vous. Pour l'unique raison que l'amour s'est fourvoyé. Ce n'est pas le sentiment lui-même qui est en cause, non, ce sont les êtres qui l'éprouvent ou ceux qui s'en détachent.

Pour que soit commis un crime passionnel, il faut normalement (ou parfois anormalement) qu'il y ait passion. Imaginez à quel point un être humain doit en aimer un autre pour désirer le tuer ! Il ne s'agit plus d'une manifestation *d'amour*. Éprouver le *désir* — ou plutôt le *besoin* — de tuer est la preuve d'une émotion extrême. À moins d'être atteint de folie, bien sûr, et que toute l'histoire n'ait de sens que pour le meurtrier.

Certains allégueront que quiconque se rend coupable d'un meurtre n'est pas totalement sain d'esprit, mais on peut aussi avancer que, dans certaines conditions, tuer est la seule conduite qui s'impose. L'infidélité est la meilleure raison pour tuer celui ou celle que l'on aime. On ne peut faire grief à quelqu'un de ne plus être amoureux ; malheureusement, ce sont des choses qui arrivent. Mais se détourner d'une passion sincère que l'on considère comme un dû, et risquer de la perdre pour quelques instants de plaisir, c'est s'exposer à une vengeance irraisonnée.

Pareille attitude est-elle si pathologique, inhumaine ou outrée qu'elle ne se rencontre pas chez des gens ordinaires, des gens qui mènent une existence normale ? Réfléchissez. De telles histoires surgissent régulièrement dans les journaux, les romans, à la télévision, et dans les pages que vous allez lire.

Chacune de ces nouvelles a été écrite spécialement pour ce recueil, et n'a jamais été publiée ailleurs. Le propos a conduit quelques-uns des meilleurs auteurs américains à raconter les égarements d'une passion, qu'ils soient suscités par l'avidité, la luxure ou la peur.

Bien qu'ils aient pour thème l'amour, ces récits forment une anthologie destinée à tous les lecteurs, amateurs de romans policiers, de romans d'amour ou de fiction en général. Certains de leurs auteurs sont des nouvellistes prolifiques, tels Joyce Carol Oates, Ed McBain et Mary Higgins Clark, d'autres en écrivent plus rarement (*Karen fait coup double* est la première nouvelle d'Elmore Leonard en trente ans ; James Crumley n'avait rien écrit de ce genre depuis vingt-trois ans). D'autres encore ne s'étaient jamais aventurés dans ce domaine (William J. Caunitz, Carol Higgins Clark et Shel Silverstein).

Ces histoires mettent en scène des agressions, des meurtres. Elles sont plus ou moins romantiques, violentes, traditionnelles, mais toutes procurent à la lecture un réel plaisir. Espérons que vous trouverez cet éventail de crimes dictés par la passion suffisamment excitant pour avoir envie de le relire dans des circonstances particulières, à la Saint-Valentin ou pour l'anniversaire de votre mariage, par exemple. Ou en souvenir du jour où vous avez su résister à l'envie d'être infidèle. Ou encore, si vous vous êtes laissé séduire, en remerciant le ciel d'avoir succombé à la tentation sans en payer les conséquences.

Otto PENZLER

WILLIAM J. CAUNITZ

Quelles que soient les recherches effectuées, quel que soit le soin apporté à la vérification des faits, aucun auteur ne saura donner plus de vraisemblance à une nouvelle policière qu'un ancien « flic ». Si Joseph Wambaugh fut le premier écrivain d'envergure à illustrer cette assertion, aucun autre au cours de la décennie écoulée n'a égalé sur ce plan la réussite de William J. Caunitz.

Membre de la police de New York pendant trente ans (en fait, vingt-neuf ans et quelques mois, puisqu'il prit sa retraite des forces de l'ordre après le succès colossal remporté par son premier roman, One Police Plaza*), il en gravit tous les échelons, débutant comme gardien de la paix pour finir sergent. Au cours de cette période, il fut quotidiennement témoin des aspects les plus vils de la nature humaine. En dépit de la bureaucratie qui tend, semble-t-il, à envahir tous les services gouvernementaux, il adorait son boulot. Et il a su communiquer cet enthousiasme à son entourage, puisque l'une de ses filles est également entrée dans la police.*

Vous allez lire la première nouvelle que William J. Caunitz ait jamais écrite. « La vie — et souvent, la mort — sont des questions trop complexes pour qu'on ne leur consacre que quelques pages », a-t-il déclaré. Mais elles n'en sont pas moins magistralement évoquées dans le texte qui suit.

O. P.

À son heure

L'inspecteur John Parker entra dans la salle de garde, au premier étage des locaux de la dix-septième brigade. Il alla directement au registre de présence et signa, fidèle au poste à huit heures du matin. En haut de la page, on lisait : dimanche 23 avril 1995.

Joe Carney, un type bourru au crâne chauve et luisant qui terminait son service de nuit, tapait à la machine comme un furieux. C'était un homme pressé, ça crevait les yeux.

— Un truc sur le feu ? lui demanda Parker.

— Non. Les conneries habituelles du samedi soir.

Carney retira son procès-verbal de la machine à écrire.

— Je me tire trois jours, annonça-t-il.

— Paie-toi du bon temps, dit Parker, qui, faisant le tour de la pièce, se mit à vider les corbeilles à papier pleines à ras bord dans un grand carton-poubelle.

De retour à son bureau, il releva le châssis de la fenêtre au maximum. Le souffle d'une brise de printemps balaya la salle de garde. À l'extérieur, des voitures de police étaient garées en double file sur la 51e Rue Est et le long de la 3e Avenue. Il observa dans la 51e les paroissiens en tenue printanière du dimanche qui se dirigeaient en flânant vers la cathédrale Saint-Patrick, quatre blocs plus loin, pour y assister à la messe de neuf heures. Il soupira d'être obligé de travailler par une aussi belle journée et, humant avec délices les senteurs du printemps, il s'installa à son bureau.

Comme le dimanche c'était calme plat à la dix-septième, les inspecteurs en profitaient pour mettre à jour leur paperasse. Parker glissa un formulaire de suivi d'une affaire dans la machine à écrire.

John Calvin Parker était carré d'épaules, avec des yeux bleu foncé. À quarante-sept ans, il avait toujours le cheveu noir et dru, sans la moindre touche de gris. La cicatrice estompée d'un coup de rasoir qui soulignait sa paupière droite donnait à son visage buriné un air crâne. Il venait juste de clore un dossier de vol par la mention « sans résultat » lorsque le téléphone sonna. Il décrocha prestement.

— Dix-septième brigade, inspecteur Parker à l'appareil.

— Eh, Parker, on vient de nous signaler un double assassinat au 42, Sutton Place Sud, lui annonça en bougonnant le brigadier-chef de permanence.

Parker raccrocha violemment avec un juron.

Le lieu du crime était l'appartement en terrasse nord situé au dernier étage d'un immeuble de luxe, au bord de l'East River. Deux portiers en uniforme flanquaient la porte d'entrée, tandis que le concierge, derrière un comptoir d'acajou au centre du hall élégant, était aux petits soins pour les occupants et leurs hôtes.

Au moment où Parker sortait de l'ascenseur et pénétrait sous la voûte du vestibule en marbre de l'appartement, il fut accueilli par le sergent Luther Johnston de la dix-septième brigade.

— Sale affaire, Parker.

— C'est généralement le cas.

Parker regarda les trois flics qui tentaient de consoler une femme très élégante, effondrée dans l'un des fauteuils de brocart du hall. Le visage dans les mains, elle pleurait.

— Qui est-ce ?

— Mrs. Elizabeth Gardner. L'appartement est celui de sa fille.

Parker fixa des yeux le ruban jaune qui barrait l'accès à la scène du crime, en l'occurrence le salon.

— C'est quoi le topo, sergent ? demanda Parker.

Ce dernier lut ses notes.

— Mary Ann Gardner, vingt-neuf ans, célibataire. Sa mère vient ce matin sur le coup de neuf heures et demie prendre le brunch avec elle. Elle entre avec sa clé, découvre le corps de sa fille et celui d'une autre femme dans le salon. Elle se met à crier, une voisine entend ses cris et téléphone au concierge.

— Qui est l'autre victime ?

— Mrs. Adèle Harrison, quarante-six ans. Elle occupait l'appartement 16 AS dans l'aile sud de l'immeuble. Épouse de J. Franklin Harrison.

— Harrison ? Le Harrison des produits pharmaceutiques et de l'aviation ?

— Lui-même.

— On l'a prévenu ?

— Pas encore. D'après le concierge, il est parti samedi en voyage d'affaires et il n'est pas encore rentré.

Parker s'avança et se tint à proximité du ruban jaune ; de son œil exercé, il balaya le lieu du crime. La grande pièce avait une baie vitrée donnant sur la rivière et une large terrasse pleine de plantes vertes. L'épaisse moquette était beige, canapés et fauteuils étaient tendus de soie blanche moirée. Sur les murs, on voyait cinq toiles de Muehl, datant de sa période Île Grecque. Les corps des deux femmes étaient étendus sur le sol à six mètres de distance. Le plus proche de la terrasse était vêtu d'un peignoir de bain en soie blanche et d'une chemise de nuit assortie. Les pieds, nus, étaient tournés vers l'autre corps. Adèle Harrison était couchée sur le dos à environ un mètre cinquante des trois marches qui descendaient du vestibule. Elle portait un tailleur Chanel orange et blanc. Un calibre 32 Smith & Wesson gisait à proximité de son pied droit, près d'une pochette en lézard ouverte.

Parker perçut à nouveau les gémissements d'Elizabeth Gardner et les paroles de réconfort que lui prodiguaient les flics.

— Semblerait que la Harrison se soit pointée, ait descendu la Gardner avant de se régler son compte, chuchota le sergent Johnston à Parker.

Parker observa les traits juvéniles du sergent et sourit. Se baissant pour passer sous le ruban, il pénétra dans le living.

La puanteur rance de la mort polluait déjà l'air. Étonnant comme certains d'entre nous s'habituent à cette odeur, songea-t-il en traversant la pièce et en s'approchant du cadavre de Mary Ann Gardner. Elle gisait sur le dos, les bras en croix, l'œil gauche ouvert, le droit fermé. L'impact de la balle lui avait fait un trou béant au milieu du front ; sa tête était auréolée d'une flaque de sang, qui poissait ses longs cheveux blonds d'une boue cramoisie. Le corps était raide — la rigidité cadavérique. Le sang, concentré dans la partie inférieure du corps, lui donnait une teinte bleuâtre que révélait le peignoir entrebâillé.

La jupe d'Adèle Harrison était retroussée au-dessus des genoux, et sa jambe gauche repliée sous la droite de façon disgracieuse. Elle avait les yeux clos et la bouche ouverte. Le trou que la balle avait fait dans sa tempe droite était incrusté de poudre. Parker se mit à quatre pattes et, penché sur l'arme, jeta un œil dans le barillet. On avait tiré deux balles. Il se remettait debout quand le sergent Johnston lui cria :

— L'équipe d'investigation criminelle vient d'arriver !

Parker regarda autour de lui et aperçut deux inspecteurs traînant des valises noires qui entraient dans le vestibule.

— Accordez-moi encore quelques minutes, lança-t-il aux visages familiers.

— Pas de problème, John, dit le plus âgé.

Parker reporta son attention sur la mère de Mary Ann Gardner. Elle se tamponnait les yeux avec un mouchoir. Elle surprit son regard curieux et tenta d'arranger ses cheveux. Il gagna la chambre. Le lit extralarge, complètement défait, était un vrai champ de bataille. Le coin supérieur gauche du drap-housse avait été arraché du matelas. Deux des quatre oreillers gisaient sur le sol. Au centre du drap, une tache, et dans cette tache, un poil brun bouclé. Parker, approchant son nez, y décela une odeur musquée hautement reconnaissable. Il jeta un regard circulaire dans la chambre, meublée avec goût, à la recherche du sac à main de Mary Ann Gardner, mais ne le vit pas. Il ne l'avait pas davantage remarqué dans le vestibule ou dans le salon. Il gagna la salle de bains : il ne s'y trouvait pas non plus. De retour dans la chambre, ses yeux se reportèrent sur le lit. Il s'en approcha et, s'agenouillant, il passa la main sous les draps. Ne sentant rien, il les souleva et regarda sous le lit où il aperçut le sac à main calé contre le mur du côté droit. Il le tira à lui et, assis par terre, adossé au lit, l'ouvrit. Il en sortit la trousse de maquillage. Dans l'épais portefeuille étaient fourrés des cartes de crédit, trois cent dix dollars, un permis de conduire et une carte grise. Il y avait aussi plusieurs photographies de Mary Ann avec des amies. Plus une avec ses parents. Il glissa les photos dans sa poche et sortit du sac un agenda-répertoire. Il tourna les pages pour s'arrêter à la date de la veille, le samedi 22 avril. À 13 heures, on lisait : Déjeuner avec Jean chez JD. La note suivante retint son attention : 15 heures, bébé d'amour. Il feuilleta plus loin, vérifiant les rendez-vous. Il y en avait beaucoup avec bébé d'amour.

Parker informa les techniciens de l'investigation criminelle qu'il voulait les mesures exactes et un croquis des lieux du crime en plus des photos et du relevé des empreintes digitales.

— Il y a des traces de foutre et un poil pubien brun sur le lit. J'aimerais que vous analysiez l'ADN des deux.

Il planta là les inspecteurs et alla soulever la chemise de nuit de Mary Ann Gardner. Les poils de son pubis étaient blonds. Revenant vers les deux hommes, il leur dit :

— J'aimerais aussi que vous passiez l'oreiller et le lit à l'aspirateur.

Les inspecteurs ouvrirent leurs valises et se mirent à l'ouvrage.

— Salut, Jack.

Le Dr John Goldman faisait partie du bureau de médecine légale de Manhattan depuis plus de dix ans. C'était un type trapu aux lèvres minces et au sourire jovial.

— Quel bon vent vous amène, toubib ? D'habitude, vous vous contentez de nous dire « emballez et étiquetez ».

— Nous avons l'ordre formel d'intervenir dans tous les crimes top niveau. Et pour ce qui est du top niveau, Sutton Place Sud se pose un peu là dans cette ville.

Parker ne pouvait qu'acquiescer ; il le regarda se mettre à genoux pour examiner le corps d'Adèle Harrison, puis faire de même avec celui de l'autre femme. Au bout de cinq minutes, il revint vers Parker et lui dit :

— Je ne peux rien affirmer tant que je ne les ai pas couchées sur ma table, mais, à première vue, je dirais que ça s'est passé entre dix heures et minuit.

Une étrange expression apparut sur le visage du médecin légiste tandis qu'il regardait le corps troué à la tempe. Il laissa tomber :

— Quelqu'un vous a filé là un joli cadeau.

— Il y a des cadeaux qui n'en sont pas, toubib. Vous le savez bien.

— Pourquoi dans chaque flic que je connais sommeille-t-il un philosophe ?

— Parce qu'on se coltine toute la merde du monde.

Dans la chambre d'amis, il y avait un lit gigogne en cuivre contre l'un des murs et une bibliothèque juste en face. Sur le bureau, près de la fenêtre qui donnait sur la rivière, on voyait un ordinateur, une imprimante laser et un fax. L'attention de Parker fut attirée par le clignotement du curseur du courrier électronique sur l'écran du P.C. Une réglette, au-dessus des touches du clavier, indiquait la fonction de chacune d'elles. F-10 était celle correspondant au courrier électronique. Il l'enfonça. « Vous avez un message personnel » s'inscrivit sur l'écran. Il rappuya sur la touche. Le message apparut : « Je t'aime, il me tarde de te revoir. Je serai chez moi dimanche soir vers six heures. Je monterai te voir direct. Frank. »

Revenant dans le vestibule, Parker fit signe aux agents en uniforme de s'éloigner de la mère de la victime. Prenant une chaise qu'il tira jusqu'à sa hauteur, il s'assit en face d'elle et lui dit doucement :

— John Parker. C'est moi qui suis chargé de mener l'enquête dans cette tragédie qui vous frappe, Mrs. Gardner.

Elle leva les yeux vers lui. L'incrédulité voilait son regard.

— Comment quelqu'un a-t-il pu faire ça à ma Mary Ann ? Elle qui n'a jamais fait de mal à personne. Pourquoi ? Pourquoi ?

— Votre fille vivait seule ?

— Oui. Elle n'était pas mariée.

— Était-elle une intime de Mrs. Harrison ?

Elle secoua la tête.

— Mary Ann n'a jamais prononcé son nom devant moi. Je ne crois pas qu'elle la connaissait.

— Avait-elle des petits amis ?

— Ma fille ne me parlait jamais de cet aspect de sa vie privée.

— Mary Ann attendait-elle votre visite aujourd'hui ?

— Oui. Nous nous sommes parlé hier et avions décidé de prendre le petit déjeuner ensemble aujourd'hui. J'ai ma clé et elle avait prévenu le concierge de ne pas m'annoncer. Elle craignait d'être sous la douche à mon arrivée et ne voulait pas me laisser attendre en bas dans l'entrée.

— Racontez-moi ce qui s'est passé quand vous êtes entrée ici, ce matin.

Son visage concentré exprimait son effort pour tout se rappeler.

— Je suis sortie de l'ascenseur et j'ai longé le couloir jusqu'à la porte. J'ai glissé la clé dans la serrure et je suis entrée. Dès que j'ai pénétré dans le vestibule, j'ai su que quelque chose clochait. Cette horrible odeur, ce silence. L'appartement de Mary Ann était toujours plein de bruit, que ce soit la musique, la télévision, ou ses conversations au téléphone. Je l'ai appelée : pas de réponse. J'allais passer dans le salon quand je les ai vues, couchées par terre, mortes. J'ai perdu mon sang-froid et j'ai commencé à hurler. Avant que j'aie pu faire ouf, l'appartement était plein de policiers.

— Vous rappelez-vous si vous avez touché quelque chose dans le living ou bien si vous vous êtes précipitée pour prendre votre fille dans vos bras ?

— Je ne m'en souviens pas. Je ne crois pas avoir quitté le vestibule.

Parker entendait le photographe mitrailler le lieu du crime.

— Mrs. Gardner, voyez-vous une raison quelconque qui pourrait expliquer qu'on ait voulu du mal à votre fille ?

— Non.

— Avez-vous prévenu votre mari ?

— David est décédé il y a quatre ans.

— Votre fille travaillait-elle ?

— Pas vraiment. Elle avait plusieurs fonds sous tutelle qu'elle tenait de son père et de ses grands-parents. Elle rêvait de devenir scénariste. Elle a dû écrire une bonne dizaine de scénarios, mais aucun d'entre eux n'a été produit. Elle était très enthousiaste à propos du dernier. Il traitait des « rapports humains ».

— Quand vous avez parlé à Mary Ann, hier, elle vous a paru comment ?

— Très en forme. Elle avait trouvé un producteur qui s'intéressait à son scénario.

— Elle vous a dit son nom ?

— Non, pas même incidemment.

— Vous n'étiez pas curieuse de le savoir ?

— Bien sûr que si ! Mais si Mary Ann avait voulu me l'apprendre, elle me l'aurait dit.

— Qui est Jean ?

— Jean Bailey. La meilleure amie de Mary Ann.

Les larmes d'Elizabeth Gardner avaient fait dégouliner son maquillage ; ses yeux étaient barbouillés de mascara. C'était une belle femme aux longues jambes, aux pommettes saillantes et aux lèvres pleines. Elle avait des yeux marron foncé, presque noirs. Parker poursuivit son interrogatoire encore un quart d'heure avant de demander à l'un des flics en uniforme de raccompagner la malheureuse chez elle en voiture.

Les portiers avaient verrouillé l'entrée pour maintenir à l'extérieur la horde des médias qui s'était ruée devant l'immeuble de Sutton Place. Ils tournaient le dos à l'attroupement, l'ignorant purement et simplement.

En se dirigeant vers le concierge, Parker jeta un coup d'œil aux micros à embout noir qui se pressaient contre les portes vitrées et demanda à l'homme derrière le comptoir :

— Il y a longtemps que la meute est dehors ?

— Ils sont arrivés peu après vous.

Parker lui tendit la main.

— John Parker.

— Frank Baffin, dit le concierge, la lui serrant.

— Depuis quand travaillez-vous ici ? demanda Parker.

— Ça fera vingt et un ans en décembre prochain.

C'était un homme court sur pattes, sec et nerveux, avec des mèches de cheveux gris couronnant son crâne chauve. Ses petits yeux verts, ronds comme des billes, vous épiaient sous un front proéminent.

— Je parie que vous pourriez en raconter, hein ?

— Eh bien, quand je prendrai ma retraite, je pense écrire un bouquin sur les manigances des habitants de Sutton Place.

Examinant le registre des visiteurs, Parker demanda :

— Tous les visiteurs sont inscrits là-dedans ?

— Oui, sauf quand ils sont accompagnés par un résidant.

— Tous les visiteurs non accompagnés sont annoncés ?

— Oui, sauf quand un résidant nous demande de ne pas le faire. Mais ça ne concerne que leur proche famille.

— Est-ce que Mrs. Harrison figurait sur la liste des visiteurs de Mary Ann Gardner, hier ?

— Non, j'ai vérifié. J'ai téléphoné aux types qui étaient de service hier au soir et dans la nuit, et ils m'ont dit tous les deux qu'ils n'ont pas vu Mrs. Harrison hier.

— Avait-elle un moyen de se rendre à l'appartement sans passer devant vous ?

Baffin expliqua que le hall d'entrée séparait les ailes nord et sud du bâtiment, mais qu'au sous-sol, un couloir reliait les deux batteries d'ascenseurs.

— Autrement dit, fit Parker, une personne qui se trouve au sous-sol peut emprunter au choix les ascenseurs de l'aile nord ou sud sans être vue ou se faire annoncer ?

— Ouais. Mais seuls les résidants ont accès au sous-sol.

— Et comment se font les livraisons ?

— Par l'entrée de service, et les portiers accompagnent les livreurs jusqu'à l'appartement.

— Cette entrée est ouverte quand ?

— De huit heures du matin à six heures du soir en semaine, jusqu'à cinq heures le samedi. Elle est fermée le dimanche.

— Et le parking ?

— Il se trouve sur la 54e Rue, mais il est réservé aux résidants. Ils doivent se servir d'une carte magnétique ou d'un boîtier électronique pour entrer. Après avoir garé leur voiture, ils accèdent au sous-sol par une porte au fond.

Parker désigna le registre des visiteurs.

— Vous les gardez combien de temps ?

— Deux ans, ensuite on les balance.

— Ça vous dérange pas que j'y jette un coup d'œil ?

— Allez-y.

Le registre débutait au 10 décembre de l'année précédente. Il y avait le jour et la date, en tête de chaque page. Dans la colonne de gauche figuraient l'heure d'arrivée du visiteur, son nom, le numéro de l'appartement et le nom de son occupant. La dernière colonne portait l'heure à laquelle le visiteur quittait l'immeuble. En feuilletant les pages, il nota que Mary Ann Gardner recevait de nombreux représentants du sexe masculin, tous en soirée. Aucun ne restait la nuit entière.

— Vous connaissez un de ces types ?

— Non. Ils venaient m'trouver, me donnaient leur nom ; je l'appelais, elle, et elle m'disait : « Laissez-le monter. »

Parker prit le registre et gagna un groupe de canapés bleus. Il sortit l'agenda de Mary Ann et pointa la première mention du « bébé d'amour » : dimanche 15 janvier 1995, 19 heures. Il vérifia alors dans le registre des visiteurs : rien ne figurait ce jour-là, à cette heure-là. Rien non plus pour les quinze autres mentions du mystérieux « bébé d'amour ». Un morceau de papier était agrafé à la page concernant les visites de la veille. Parker le détacha : c'était une liste de noms.

— C'est quoi, ça ? demanda-t-il en la brandissant.

— Les Goldman donnaient une fête hier au soir dans l'appartement 12 CS. C'est la liste des invités. Ils l'ont déposée au comptoir. Comme ça, on n'avait qu'à pointer leurs noms à leur arrivée sans déranger à chaque fois les Goldman.

Parker plia le morceau de papier et le glissa dans sa poche. Il rendit le registre à Baffin.

— Miss Gardner ramenait beaucoup d'hommes chez elle ? demanda-t-il.

— J'sais pas ce que vous appelez « beaucoup », mais elle rentrait jamais seule, ça c'est sûr. Elle arrêtait pas de ramener des types. La plupart, on les revoyait jamais.

Jean Bailey, jolie brune, trente ans à tout casser, était nerveuse. Assise sur la terrasse de son appartement de la 79e Rue Est, elle jouait avec sa petite cuillère. Elle lança un coup d'œil à Parker par-delà le plateau de la table en verre.

— J'arrivais pas à le croire quand j'ai entendu ça à la radio, lui dit-elle.

— Vous étiez l'une de ses amies intimes, si j'ai bien compris.

— Oui, nous étions très proches.

— Parlez-moi d'elle. Elle était comment ?

— Elle avait beaucoup d'humour, aimait être entourée et par-dessus tout, elle voulait devenir scénariste.

— Elle connaissait Adèle Harrison depuis longtemps ?

— Je ne crois pas que Mary Ann la connaissait. Elle ne m'en a jamais parlé.

— Et ses petits copains ?

Jean baissa les yeux sur sa tasse à café vide. Elle se mordillait la lèvre.

— Je ne suis au courant de rien sur ce chapitre.

Ses paroles manquaient de conviction.

— Il est important que je sache tout ce qu'il y a à savoir sur la vie de Mary Ann. Faites un effort.

Elle s'empara d'un paquet de cigarettes sur la table et s'en alluma une. Puis rejeta la fumée avant de dire :

— Mary Ann n'avait pas de petit ami attitré, elle les collectionnait. Elle ne voulait pas qu'ils l'invitent au restaurant ou ailleurs. Tout ce qu'elle attendait d'eux, c'était qu'ils montent chez elle et partagent son lit.

Elle tira à nouveau sur sa cigarette.

— Vous avez connu un de ses amants ?

— Non.

— Où rencontrait-elle tous ces types ?

— Dans le quartier. À la New School où elle suivait des cours. Elle aimait aussi aller au Johnny Diamond's; elle en rencontrait là.

Elle fit tomber la cendre de sa cigarette.

— Pourquoi elle a tué Mary Ann ? demanda-t-elle d'une voix sourde.

— On ne le sait pas encore avec certitude. Mary Ann donnait dans les hommes mariés ?

— Je ne sais pas. Elle était très secrète sur sa vie amoureuse.

— Elle connaissait Adèle Harrison depuis longtemps?

— Je vous l'ai déjà dit, autant que je le sache, Mary Ann ne la connaissait pas.

— Vous avez déjeuné ensemble hier, c'est bien ça ?

— Non. Mary Ann a annulé. Elle m'a dit qu'elle attendait de la visite. Un de ses amants, sans doute.

On a papoté au téléphone un petit moment et on a remis le déjeuner à lundi.

— Elle vous a dit qui elle attendait ?

— Non. Je vous le répète, Mary Ann n'était pas du genre à révéler l'identité des hommes avec qui elle couchait.

— J'ai toujours cru que les femmes confiaient ces trucs-là à leur meilleure amie.

Jean ne put s'empêcher de sourire tout en écrasant son mégot dans le cendrier.

— Toutes les femmes ne se ressemblent pas, inspecteur.

— De quoi avez-vous parlé ?

— Elle était tout feu tout flamme sur son dernier scénar. Elle m'a raconté qu'un producteur avait envie d'en faire un film.

— Elle vous a dit son nom ?

— Non.

— Mary Ann devait être très heureuse ?

— Folle de joie. Je ne l'avais jamais vue dans un état pareil.

— Ça m'étonne qu'elle ne vous ait pas dit le nom de ce producteur. Il aurait été naturel qu'elle le fasse.

— Je sais, c'est bizarre. Ça ne lui ressemblait pas. J'ai eu l'impression que…

— Oui ?

— À la façon dont elle portait ce producteur aux nues, j'ai eu l'impression que c'était lui qu'elle attendait hier.

L'homme ouvrit la porte et se faufila dans l'appartement de Mary Ann Gardner. En apercevant Parker assis dans le vestibule, sa plaque dans la main droite, il se figea sur place.

— Mais bon sang, qui êtes vous ? demanda-t-il.

— Inspecteur John Parker, dix-septième brigade. Il prit en quelques secondes la mesure de ce bel homme bien habillé avant de lui répondre.

— Mr. Harrison, Mary Ann et votre femme sont mortes.

Harrison eut les jambes coupées. Il regarda Parker, hagard, sans dire un seul mot. Il digérait ce qu'il venait d'entendre.

— Qu'est-ce que vous dites ?

Parker répéta.

— Comment ça ? fit Harrison.

— À ce qu'il semble, votre femme a tué Miss Gardner d'un coup de revolver avant de mettre fin à ses jours. L'arme qu'elle a utilisée était enregistrée à votre nom.

Harrison s'appuya, chancelant, contre le mur. Parker se précipita vers lui et l'aida à s'asseoir.

— Je n'en crois pas un mot, dit Harrison.

— C'est pourtant la vérité, j'en ai peur.

— Je gardais ce flingue dans une boîte à chaussures en haut du placard de notre chambre. Je n'y avais pas touché depuis des années. Vendredi, j'ai décidé de le vendre à l'une des boutiques d'armes près du commissariat et l'ai sorti de sa cachette. Je l'ai laissé sur ma table de toilette. Je comptais m'en débarrasser lundi.

— Quand votre femme a-t-elle découvert votre liaison ?

Secouant la tête avec incrédulité, il dit :

— Je croyais qu'elle n'était pas au courant.

— Depuis quand aviez-vous cette relation avec Miss Gardner ?

— On s'est rencontrés en janvier au Johnny Diamond's. Notre histoire a commencé immédiatement, dès le premier soir.

— Comment vous arrangiez-vous pour gagner l'aile de son bâtiment sans vous faire voir des portiers ou du concierge ?

— Par le sous-sol.

— Personne ne vous a jamais pris sur le fait ?

— Non. La moitié des occupants de cet immeuble ont un autre domicile.

— Quand avez-vous vu Mary Ann pour la dernière fois ?

— Samedi. J'ai quitté mon appartement à une heure. J'avais rendez-vous à Philadelphie hier au soir. J'ai quitté l'appartement de Mary Ann à trois heures.

— Comment vous êtes-vous rendu à Philadelphie ?
— Par l'Amtrack.
— À quel hôtel êtes-vous descendu ?
— Au Winston.
— Est-ce que l'un des portiers ou le concierge vous a appris ce qui était arrivé quand vous êtes rentré ?
— Ils ne m'ont pas vu. Je suis passé par le parking et suis monté directement ici.
— Vous alliez produire le scénario de Mary Ann ?
— Je ne suis pas dans le cinéma. J'ai montré son script à l'un de mes amis producteur et ça l'a intéressé.
Il plissa les yeux.
— Comment avez-vous su que je fréquentais Mary Ann ?
— J'ai lu son courrier électronique.
— Je lui disais d'utiliser un mot de passe, mais elle pensait qu'elle n'en avait pas besoin parce qu'elle vivait seule.
— Dois-je en déduire que vous avez un mot de passe pour votre courrier électronique ?
— Tout à fait.
— Votre femme le connaissait-elle ?
— Non. Adèle et moi respections l'intimité de l'autre.
Ses yeux fixèrent les taches de sang sur la moquette du salon.
— Qui les a trouvées ?
— La mère de Mary Ann.
— Sa belle-mère, rectifia-t-il vivement. Elles ne pouvaient pas se sentir.
— J'ai pourtant eu l'impression qu'elles étaient très proches l'une de l'autre.
— C'est le contraire. Le père de Mary Ann lui a laissé tout ce qu'il possédait. Il n'était marié à Elizabeth que depuis trois ans et elle a signé une clause prénuptiale qui lui garantissait trois cent mille dollars en cas de décès. Ce qui n'est pas beaucoup pour une femme menant son train de vie.
— Mr. Harrison, je dois vous accompagner dans votre appartement.
— Pourquoi ?
— Vous avez un répondeur ?

— Oui.
— J'aimerais écouter vos messages.
— Ma femme détestait les armes à feu. Je pense qu'elle n'en a jamais touché une de sa vie. Adèle était une femme croyante, inspecteur. Elle n'aurait jamais tué un être humain, et ne se serait certainement jamais suicidée.
— Je sais.

— Je peux entrer? demanda Parker une quarantaine de minutes plus tard.
Il dévisageait Elizabeth Gardner d'un œil sévère. Elle s'écarta pour le laisser passer. Il pénétra dans son appartement, un quatorzième étage sur Park Avenue. Il balaya du regard l'immense salon. Puis lui fit face. Un tic nerveux agitait la paupière droite de Mrs. Gardner.
— Les femmes ne se suicident jamais en se faisant sauter la cervelle, dit-il. Jamais.
Elizabeth Gardner resta bouche bée.
— Adèle Harrison a enregistré votre conversation sur son répondeur. Tout y est: vous la prévenez de cette liaison et lui suggérez de vous recevoir pour en discuter. Vous n'étiez pas sûre de ce que vous alliez faire, n'est-ce pas? Tout ce que vous saviez avec certitude, c'était que Mary Ann était heureuse à cause de son scénario et vous la détestiez encore plus pour ça. Vous vouliez la faire souffrir. Vous avez dit au concierge que vous alliez à la fête des Goldman. Mais vous vous êtes rendue à l'appartement des Harrison à la place. À un moment donné, Adèle Harrison s'est excusée. C'est alors que vous avez aperçu le revolver de son mari sur sa table de toilette. Tout s'est mis en place alors, hein? Vous vous êtes faufilée dans la chambre à coucher, vous avez pris l'arme et l'avez fourrée dans votre sac. Puis vous avez gagné toutes les deux l'appartement de Mary Ann. Pendant leur affrontement, vous vous teniez près d'Adèle. À un moment donné, vous avez sorti le revolver et lui avez tiré dans la tempe, puis vous avez tué Mary Ann. Vous avez essuyé vos empreintes sur le revolver, l'avez

pressé dans la main d'Adèle pour qu'on y trouve les siennes, puis vous l'avez laissé tomber sur le sol près de son cadavre; il ne vous restait plus qu'à vous rendre à la fête des Goldman.

— Vous n'avez aucune preuve de ce que vous avancez là.

— On va m'apporter un mandat pour faire examiner vos vêtements par le labo. Nos experts y découvriront des particules de poudre qui correspondront à celle qui s'est incrustée dans la tempe d'Adèle Harrison. Ça, plus la bande, suffira à vous faire inculper.

Elle blêmit.

— Pourquoi, Elizabeth?

— L'argent, inspecteur. J'héritais si Mary Ann mourait.

— Comment avez-vous découvert sa liaison?

— Je suis passée chez elle à l'improviste. Le concierge était occupé, il ne m'a pas vue et je suis montée. Je suis entrée et je les ai trouvés au lit.

Elle fut prise de tremblements.

— Qu'est-ce qui va m'arriver?

— Vous allez probablement passer le restant de vos jours en prison.

Elle se leva lentement, puis s'élança vers la terrasse. Il courut après elle. Elle enjamba la balustrade. Il fit un bond pour la rattraper, mais trop tard. Tout en suivant des yeux son plongeon silencieux vers la rue, il songea aux deux femmes assassinées et se dit que pour chacun de nous la mort vient à son heure.

Traduit par Yves Sarda

CAROL HIGGINS CLARK

Il serait naïf, pour ne pas dire stupide, de prétendre que Carol Higgins Clark n'a pas joui d'un certain avantage lorsque parut son premier roman, Par-dessus bord. *Sa mère, Mary, occupait déjà la position de reine mondiale du suspense, et il était légitime de penser qu'une part de cette renommée et de cet attachement rejaillirait sur sa fille.*

En fait, ce premier livre fut plusieurs fois réimprimé par l'éditeur avant de se retrouver sur la liste des best-sellers en poche. Tout se passa comme on l'avait espéré. Mais la sympathie dont bénéficie un auteur célèbre, si elle peut s'avérer suffisante pour éveiller la curiosité du lecteur et l'amener à acheter un roman écrit par un membre de sa famille, ne joue pas nécessairement pour un deuxième achat. Si les lecteurs avaient acheté Par-dessus bord *parce qu'ils aimaient Mary Higgins Clark, ils achetèrent* L'Accroc *parce qu'ils aimaient Carol Higgins Clark. Et* L'Accroc, *dont le sujet est un meurtre commis au cours d'un congrès de fabricants de lingerie féminine qui se tient dans le même hôtel qu'un congrès d'entrepreneurs de pompes funèbres, a remporté encore plus de succès que son premier livre. Il est aux États-Unis sur la liste des best-sellers en édition normale et en poche. Le troisième,* Bien frappé, *a surpassé les deux autres.*

La jolie actrice devenue écrivain a connu le succès dans ses deux carrières, vedette de films de télévision hier, aujourd'hui auteur de best-sellers.

Avec «Pour qui sonne le bip», elle s'attaque à un

nouveau genre. La créatrice du personnage de Regan Reilly publie ici sa première nouvelle, dont certains éléments sont basés — aussi incroyable que cela puisse paraître — sur des faits réels.

O. P.

Pour qui sonne le bip

Si seulement le répondeur n'était pas tombé en panne...

Ellie Butternut ouvrit la porte avec un soupir de soulagement et la claqua derrière elle. La vue de son agréable petit pied-à-terre au rez-de-chaussée d'un immeuble de deux étages dans l'ouest d'Hollywood apaisait toujours la tension accumulée durant la journée. Elle s'affala dans son canapé, ôta ses chaussures, et posa ses pieds sur la table basse ancienne, étirant ses orteils douloureux tandis que Twister, son chat, sautait sur ses genoux.

Elle avait couru tout l'après-midi par une chaleur suffocante, passant d'un essai à un autre, espérant contre toute attente décrocher enfin un petit rôle. La pensée qu'elle n'avait obtenu aucun engagement depuis trois mois lui minait le moral. Elle avait auditionné pour des rôles de toutes sortes, depuis celui de la mère supérieure qui éteint constamment la lumière dans un film pour une compagnie d'électricité, jusqu'au biscuit fourré sautillant pour un spot de publicité à la télévision. Tout cela en vain. « Merci d'être venue, lui disait-on d'un ton indifférent. » Ou pire, un sonore : « Au suivant ! »

Lors de son dernier engagement, elle avait joué dans une vidéo sur la sécurité produite par le propriétaire d'une station de lavage de voitures. Il avait eu l'idée de vendre la cassette à proximité des caisses, parmi les accessoires pour automobiles. En attendant que l'on brique leur voiture, les clients se laissaient volontiers tenter par un désodorisant ou un gadget quelconque. Pourquoi ne pas leur proposer une cassette vidéo vendue à un prix raisonnable indiquant les mesures de sécurité à prendre dans un parking ou un garage mal éclairés ?

C'est ça le show-business, songea Ellie en jetant un regard par sa fenêtre encadrée de buissons luxuriants. Une vision de paysage tropical. Levant les yeux, elle contempla les collines d'Hollywood au loin, au-delà de Sunset Boulevard et de l'épicerie du coin. Tout le monde ici poursuit un rêve. Tout le monde élabore un scénario. Moi comme les autres, pensa-t-elle, fixant son regard sur une grande maison dans le lointain qui, de l'endroit où elle se tenait, ne paraissait pas plus grosse qu'une tête d'épingle. Un jour j'aimerais être propriétaire de cette tête d'épingle, se dit-elle. Ou du moins vivre dans ce quartier.

Remuant les orteils de ses pieds gonflés, elle saisit la commande à distance et alluma la télévision.

— Oh, mon Dieu, murmura-t-elle en voyant apparaître le visage de sa rivale, Lucy Farnsworth, dans le rôle d'une maîtresse de maison harassée qui se plaignait des chaussettes mal lavées de son mari dans un film pour Force, la nouvelle lessive miracle.

— C'est moi qui devrais être à sa place, en train de regarder l'intérieur de cette machine à laver, poursuivit Ellie à voix haute.

Ils avaient pris une option sur elle, sous condition qu'elle ne participe à aucun autre film publicitaire pour de la lessive sans en avertir Force au préalable, mais ils avaient fini par la libérer de son engagement. Elle tirait déjà des plans sur la comète, imaginait comment dépenser les chèques qui tomberaient régulièrement dans sa boîte aux lettres, quand elle avait appris que le rôle était échu à Lucy. Aujourd'hui son compte en banque était une fois encore au plus bas, et elle avait besoin de tellement de choses !

Allons, se dit-elle avec son optimisme naturel, peut-être me proposera-t-on un film encore plus intéressant.

Elle se leva du canapé, dépliant sa robuste et haute silhouette, et se regarda un court instant dans le miroir orné d'un cadre doré que sa tante Evelyn lui avait offert l'année précédente. « Je sais que tu aimes les objets anciens, avait-elle dit. Je serais heureuse que tu profites de ce miroir avant ma mort. »

Ellie ramena en arrière la masse frisée de ses cheveux auburn. Des gouttes de sueur perlaient sur sa peau claire de rousse. Tendant les bras d'un geste de diva au désespoir, elle adressa un sourire en coin à son reflet dans la glace et ses yeux verts pétillèrent. « Il paraît que je suis faite pour les rôles de composition, qu'y faire ? » Elle savait qu'elle jouerait toujours le rôle de la confidente. Avec ses trente-quatre ans et ses rondeurs, elle savait aussi que si elle avait un jour la chance de décrocher un véritable rôle comique, sa vie en serait transformée. Elle ne demandait pas à donner la réplique à une irrésistible vedette de cinéma, non, mais qu'un héros plus modeste rentre dans sa vie ne lui déplairait pas. L'Homme Idéal était une denrée pratiquement introuvable. Elle n'arrivait même pas à trouver un Homme Idéal Provisoire.

Elle se dirigea vers la minuscule entrée de l'appartement et jeta un coup d'œil à son répondeur, posé sur une étagère. Au lieu du bip signalant le nombre de messages, elle vit clignoter un voyant rouge accompagné du ERR qui indiquait un arrêt de fonctionnement.

— Merde ! murmura-t-elle, j'ai toujours redouté le jour où cette foutue machine, mon seul contact avec le monde extérieur, rendrait l'âme. Voilà mon cordon ombilical coupé.

Elle soupira. Tout, absolument tout ce qui comptait pour elle transitait par cette machine. Les indispensables informations concernant ses auditions ou ses engagements, ses rares rendez-vous, tout passait par ce système électronique aussi miraculeux qu'exaspérant.

Demain matin, j'irai en acheter un neuf, se promit-elle. Avec ma carte de crédit anémique. On sera samedi, et il y a peu de chances que mon agent téléphone pendant mon absence. Résignée, Ellie entra dans la salle de bains, ouvrit en grand les robinets de sa baignoire 1900 et s'apprêta à prendre un bain froid.

Elle dormit d'un sommeil de bébé. Ni les habituelles sirènes d'alarme des voitures en stationnement, ni la musique tonitruante s'échappant des voitures de sport qui roulaient à tombeau ouvert dans la rue, ni le vacarme des ramasseurs de vieilles boîtes métalliques et de bouteilles sous sa fenêtre avec leurs caddies pleins à déborder ne la réveillèrent. Pas même le pas lourd de la voisine du dessus, Toni-Anne Loskow, qui rentrait de son travail nocturne dans un service téléphonique de parapsychologie. Il était presque neuf heures quand elle entendit la voix de Frances qui marchandait le prix d'une série de vieilles casseroles. Frances était la gardienne de l'immeuble, elle habitait le rez-de-chaussée voisin de celui d'Ellie et était une enragée des vide-greniers.

S'efforçant de reprendre pied dans la réalité, Ellie s'assit dans son lit et regarda à travers les légers stores qu'elle avait achetés en solde, cherchant à voir ce qui se passait. Pas de doute, Frances avait étalé sur la pelouse tout un bric-à-brac, depuis les vieux appareils ménagers jusqu'au gilet à pinces qu'elle avait probablement porté pour un rôle de figurante dans un film des années soixante. Comme les autres occupants de l'immeuble, Frances possédait sa carte du syndicat des artistes de cinéma. Et, comme tout le monde, Frances avait eu au fil des années sa part de petits rôles mais attendait toujours le coup de chance qui lui permettrait d'oublier ces années de galère. À cinquante ans bien sonnés, elle s'était parfois produite seule sur scène. Récemment, quelqu'un lui avait demandé si elle ne regrettait pas son Oregon natal où elle aurait pu mener une vie « normale ». « Quoi, renoncer au show-biz ? avait répondu Frances. Impensable. »

Ellie sortit de son lit et se rendit d'un pas vacillant jusqu'à la cuisine. Elle mit en route rapidement le café avant d'aller enfiler un survêtement. Elle s'aspergea la figure, se brossa les dents, remplit sa tasse de café et, l'emportant avec elle, gagna la pelouse où s'affairaient déjà des chineurs matinaux venus fouiller dans le butin de Frances. Car Frances ne se contentait pas de vendre ce qui lui appartenait, elle proposait aussi les objets divers dont ses amis désiraient se débarrasser. Moyennant un petit pourcentage, naturellement.

— Salut, Ellie, lança-t-elle depuis sa chaise de jardin installée à l'ombre d'un grand arbre.

Elle leva son bol décoré d'un Snoopy hilare. Un bandeau retenait en arrière les boucles de ses cheveux noirs et sa mince et souple silhouette était vêtue d'un vieux jean et d'un T-shirt.

— Salut.

Ellie s'assit dans l'herbe à ses pieds. Son regard tomba sur un téléphone à répondeur incorporé, placé en évidence sur une serviette de toilette.

Ellie posa sa tasse sur la pelouse mal entretenue et saisit l'appareil.

— Où as-tu trouvé cette machine ? Elle a l'air en bon état.

— C'est Toni-Anne qui me l'a confiée hier. C'était l'anniversaire de sa banque, qui a ouvert en 1987, et comme elle était leur 87e cliente de la journée, ils ont voulu lui faire un cadeau. Le caissier lui a remis un répondeur flambant neuf et elle a décidé de se défaire du vieux. Frances soupira : Dire que j'avais l'intention de passer à la banque hier…

Ellie examina le répondeur.

— Peut-être a-t-elle eu une prémonition. Elle a dû sentir que la banque était l'endroit où il fallait aller hier.

Frances fit un geste de dénégation de la main.

— Toni-Anne ne croit pas au bla-bla métapsychique. Elle dit qu'elle improvise au fur et à mesure.

Ellie fronça les sourcils.

— Et elle fait ça depuis plus de quarante ans ?

— Plus ou moins, oui. Elle a commencé à l'âge de vingt ans, à l'occasion d'une fête foraine dans sa ville natale. Elle s'est aperçue avec stupéfaction que l'on pouvait gagner beaucoup d'argent en racontant aux gens ce qu'ils avaient envie d'entendre. Lorsqu'elle est venue s'installer ici dans l'espoir de faire du cinéma, elle a continué son activité de médium par téléphone.

— Très bien, son répondeur me transmettra peut-être quelques radiations favorables. Le mien a rendu l'âme hier. Combien vaut-il ?

— Trente dollars.

Toujours prompte à marchander (ce qui la mettait à égalité avec Frances), Ellie prit l'appareil et eut un sourire entendu.

— Tu ne peux pas faire mieux ?

Frances éclata de rire. Elle prit une voix éraillée :

— En prime, tu as une boîte de cassettes neuves qu'elle vient d'acheter — elles ne correspondent pas à son nouvel appareil. Plus le mode d'emploi.

— Quelle affaire ! Je prends le tout. Ellie jeta un regard autour d'elle et murmura : À propos, où est notre chère voisine ? Je n'ai pas entendu Miss Pieds-de-Plomb la nuit dernière.

Avalant le reste de son bol Snoopy, Frances haussa les épaules.

— Je ne l'ai pas vue ce matin. Peut-être dort-elle encore.

À l'autre bout de la ville, Harold Pinsworth, quarante-quatre ans, expert-comptable de son état, se réveilla parcouru de frissons et en nage. Ses quelques heures de sommeil avaient été habitées d'affreux cauchemars. Il se tourna vers Corinne, sa ravissante jeune femme, qui dormait à l'extrême bord du lit, aussi loin de lui que possible.

Elle n'était plus amoureuse et il faisait des efforts désespérés pour la reconquérir. Lorsqu'ils s'étaient rencontrés, par l'intermédiaire d'une petite annonce, il avait cru que ses mérites seraient bientôt reconnus par la société de placements qui l'employait depuis vingt-deux paisibles années. Corinne avait quitté sa petite ville natale du fin fond des États-Unis pour Hollywood parce qu'elle aimait bronzer au soleil. Répondant à l'annonce rédigée par un « célibataire de quarante-trois ans désirant faire la connaissance d'une jeune femme agréable ayant le sens des valeurs familiales», elle avait été séduite dès leur premier rendez-vous. Douze autres jeunes femmes n'avaient pas donné suite à leur première rencontre avec lui. Mais Corinne avait accepté de le revoir une deuxième fois, puis une troisième. Quand elle posait sur lui ses grands yeux bruns pleins d'adoration, il était prêt à lui promettre la lune.

Pourtant aujourd'hui, après onze mois de mariage, la patience de Corinne s'était émoussée. Elle avait compris que les plans de la maison promise en cadeau de mariage n'étaient que des lignes tracées sur du papier. Seulement des plans. «Où est le terrain de cette maison?» lui demandait-elle. «Et la nouvelle voiture? Et les robes de grand couturier? Je ne veux pas avoir l'air intéressée, mais...»

Harold était au désespoir. Il ne voulait pas la perdre. Sa passion pour sa jeune et jolie femme lui égarait l'esprit et la tentation l'avait souvent saisi «d'emprunter» de l'argent à sa société. Il en connaissait beaucoup qui, pour réaliser une affaire, s'étaient ainsi servis des fonds de la banque qu'ils avaient ensuite remis en caisse. Lui-même avait souvent regretté de ne pas l'avoir fait. Cette fois, dès cette semaine, il allait tenter sa chance. Il avait toujours manqué de cran jusqu'ici, craignant de tout perdre, de se retrouver déshonoré, jeté en prison.

Corinne l'avait épousé, espérant trouver auprès de lui l'amour et la sécurité. Pendant quatre mois, ils avaient été merveilleusement heureux. Aujourd'hui, elle commençait à manifester de l'impatience.

L'autre soir, elle s'était endormie pendant qu'ils regardaient la télévision au lit. Il avait alors longuement réfléchi au moyen de faire fortune rapidement en prélevant un million de dollars sur les fonds de la société. Puis était apparue sur l'écran une annonce publicitaire vantant les mérites de la voyance par téléphone. Une boule de cristal et le son rassurant d'une voix féminine qui disait: «Appelez-nous. Nous vous aiderons à résoudre vos problèmes, à prendre les décisions importantes de votre vie.»

Saisi d'une impulsion irrésistible, Harold s'était glissé hors du lit, avait gagné la cuisine et composé le numéro de téléphone indiqué. Il s'était retrouvé en ligne avec Esmeralda. Il se souvenait de son embarras en entendant la voix profonde et mélodieuse à l'autre bout du fil.

— Je songe à investir de l'argent dans une affaire, avait-il bafouillé.

— Investissez. Investissez. Investissez, avait-elle dit. Je vous vois baigné d'une aura bénéfique. De couleurs chatoyantes. La chance vous sourit. Votre vie va changer.

Le lendemain, Harold achetait pour un million de dollars d'actions d'une société d'électronique censée mettre incessamment sur le marché un produit au brevet révolutionnaire. À trois heures de l'après-midi, le cours s'était effondré. Il avait cru devenir fou. Cependant, il avait rappelé le soir même le service de voyance et annoncé à Esmeralda qu'il avait suivi son conseil avec succès.

— Peut-être pourrions-nous dîner ensemble, avait-il dit.

— Nous ne sommes pas censés accepter ce genre d'invitations, avait murmuré Esmeralda.

— Oh, allons ! Quel mal y a-t-il ? Donnez-moi discrètement votre véritable nom et votre numéro de téléphone personnel. Je vous rappellerai chez vous.

Esmeralda avait cédé.

— Je m'appelle Toni-Anne, avait-elle murmuré.

Le lendemain, un vendredi, il avait frisé la crise d'hystérie. Il avait composé son numéro à plusieurs reprises dans la journée et raccroché en entendant le répondeur. Finalement, il s'était décidé à laisser un message, pensant qu'elle avait peut-être coutume de filtrer ses appels. Mais elle n'avait pas décroché. Il avait dit qu'il rappellerait plus tard, qu'il voulait la voir le soir même. Il se sentait acculé, sachant que la société découvrirait dès lundi le trou dans la caisse. Il lui fallait trouver un exutoire à sa colère. À la énième tentative, Toni-Anne avait enfin répondu et ils étaient convenus de se retrouver dans le parking du Ralph et de se rendre à pied dans un petit restaurant italien du quartier.

Au lieu de quoi, il lui avait proposé de monter dans sa voiture et d'aller dîner dans un restaurant plus élégant hors de la ville. Elle ne s'était pas fait prier. Mais son plaisir avait rapidement pris fin quand, s'arrêtant dans un parc, il s'était précipité sur elle et l'avait étranglée, se débarrassant ensuite du corps dans un bois voisin.

Tout s'était passé dans une sorte de brouillard, comme en rêve.

Ce soir, étendu dans son lit, il se sentait glacé au souvenir du message qu'il avait laissé sur le répondeur de Toni-Anne. Il devait de toute urgence mettre la main sur cet enregistrement. Elle n'avait pas eu le temps de l'effacer puisqu'il datait de la veille, et Harold ne pouvait pas courir le risque que sa voix soit identifiée. Il était également horriblement inquiet à la pensée que son appel au service de voyance apparaîtrait automatiquement sur son relevé téléphonique.

Par chance, il avait conservé le sac à main et les clefs de Toni-Anne dans le coffre de sa voiture. Il était même passé devant son immeuble en rentrant chez lui.

Harold posa les yeux sur le dos de sa femme endormie. Tout ça, je l'ai fait par amour pour toi, et je vais finir en prison pour détournement de fonds. Peut-être alors comprendras-tu combien je tiens à toi. Que j'ai tout risqué pour toi. Peut-être alors pourras-tu m'aimer à ton tour, me comprendre, rester à mes côtés. Mais auparavant, je dois récupérer cet enregistrement si je veux échapper à une condamnation pour meurtre. Il le faut à tout prix.

Ellie avait passé la journée à flâner dans son appartement tout en se préparant à recevoir des amis autour d'un plat de pâtes. Elle avait mis un peu d'ordre, passé quelques coups de fil, joué avec son chat Twister, et même fait une lessive. C'était bon de rester chez soi, de ne pas sillonner la ville au volant de sa voiture.

Elle suivait un cours d'art dramatique depuis plusieurs années et, de temps à autre, quelques élèves de sa classe se réunissaient chez l'un ou chez l'autre pour se distraire et échanger les derniers potins qui couraient dans la profession. Ce soir ils seraient six.

Ellie prépara du fromage et des crackers et les plaça sur le dessus du réfrigérateur, hors de portée de Twister. Puis elle alla dans sa chambre se changer, jetant au passage un coup d'œil sur son nouveau répondeur qui trônait sur la table de chevet et qu'elle n'avait pas encore branché.

Je consulterai plus tard les indications pour le mettre en marche, se dit-elle. Sinon, je pourrai toujours demander des explications à Toni-Anne. Au fait, elle n'avait pas vu sa voisine de la journée. Bah, je l'entendrai probablement rentrer plus tard.

Harold jeta un coup d'œil à sa montre. Dix heures du soir. Où se trouvait cette maudite bande d'enregistrement ?

— Je sors acheter des cigarettes, annonça-t-il à Corinne au moment où le générique de fin du film apparaissait à l'écran.

— Comme tu veux.

Elle ne se donna même pas la peine de se tourner vers lui.

Il prit sa voiture et se rendit dans le quartier qu'habitait Toni-Anne, chercha une place de stationnement dans les parages, pas trop près de son immeuble. Il s'engagea dans la rue, tourna au croisement suivant et finit par se garer un peu plus loin. Il coupa le contact et respira profondément. C'était maintenant ou jamais.

Une minute plus tard, il gravissait les marches qui menaient à l'appartement de Toni-Anne, introduisait la clé dans la serrure et poussait la porte avec un soupir de soulagement. Son cœur battait à se rompre. Il régnait un silence absolu à l'intérieur.

Soudain il sentit quelque chose contre sa jambe et sursauta violemment.

« Miaaoouu... » Un chat s'agrippait à son pantalon, cherchant à se frotter contre lui.

— Pouah ! s'exclama-t-il en repoussant brutalement l'animal.

Il avait toujours eu horreur des chats.

La faible lumière d'un réverbère luisait à travers la fenêtre, se réfléchissant sur le plancher. Dépité, le chat s'éloigna d'un pas nonchalant, frôlant au passage une enveloppe adressée à « Toni-Anne ».

Retrouvant son calme, Harold se pencha, ramassa l'enveloppe et l'ouvrit. À la lumière de sa lampe de poche, il en lut le contenu.

Chère Toni-Anne,

Devine ? Ellie, ta voisine du dessous, a acheté ton répondeur. C'est super, non ? Elle est ravie de récupérer les cassettes vierges. L'ancienne est toujours à l'intérieur de l'appareil, tu peux la récupérer chez elle si tu en as besoin. Ci-inclus 25 dollars. À bientôt.

Frances

Harold resta figé sur place, tremblant. Oh, mon Dieu ! Oh, mon Dieu ! pensa-t-il. Fourrant l'argent dans sa poche, il promena le rayon de sa lampe autour de la pièce, puis se dirigea vers la chambre à coucher. La boîte vide du nouveau répondeur était en évidence sur le lit. L'appareil était posé sur la table de chevet, une lumière rouge clignotait.

Il appuya sur le bouton de rembobinage, espérant désespérément entendre son message.

« Toni-Anne, c'est Ruthie. J'ai trouvé une scène que nous pourrions jouer à l'atelier d'art dramatique. Téléphone-moi. Salut. » Une voix électronique avait enregistré la date et l'heure : « Vendredi, 20 heures 32. »

Mon message n'est pas sur cette cassette, se dit Harold, pris de panique. J'ai appelé vendredi après-midi. A-t-elle installé son nouveau répondeur après mon appel ? Ou effacé le message ? Il faut que je le sache !

Sortant furtivement, il descendit l'escalier sur la

pointe des pieds. Des voix montaient par la fenêtre ouverte de l'appartement du rez-de-chaussée.

— Ellie, tes pâtes étaient exquises !

Harold s'immobilisa et s'accroupit derrière les buissons touffus, sous la fenêtre. C'était sûrement l'appartement de la voisine en question !

— Ellie, est-ce que je peux utiliser ton téléphone ? Je voudrais écouter mes messages, dit une voix d'homme.

— Un samedi soir à dix heures et demie ?

La dénommée Ellie se mit à rire.

— Qui sait ? Mon agent a peut-être appelé pour me proposer le rôle du siècle. Un acteur a pu se désister pour un tournage qui débute demain...

— Bien sûr. Vas-y. Un jour ou l'autre, l'un de nous va sûrement décrocher la timbale.

— Ton appareil n'est pas branché.

— Je l'ai acheté aujourd'hui à ma voisine du dessus. Il faut que j'apprenne à m'en servir.

— Je vais t'arranger ça, proposa l'homme.

Quelques instants plus tard, Harold entendait les messages se dérouler.

« Toni-Anne, êtes-vous là ? Êtes-vous là ? »

L'invité d'Ellie fit remarquer :

— Elle a laissé des vieux messages sur l'appareil.

Puis la voix de Toni-Anne s'éleva, pressée : « Allô. Ne raccrochez pas. Je suis là. » Suivie de l'annonce électronique : « Vendredi, 16 heures 30. »

— Écoutez, les enfants, nous ne devrions pas écouter ses messages, dit Ellie au moment où l'enregistrement suivant se faisait entendre.

« Toni-Anne, je dois absolument vous voir ce soir. Je veux vous remercier pour ce que vous avez fait pour moi. Vos conseils ont été précieux. Je vous rappellerai plus tard. »

Le sang d'Harold ne fit qu'un tour en entendant distinctement la remarque d'un autre invité :

— Ce type ferait un acteur détestable. Sa voix ne paraît pas particulièrement réjouie.

— Au suivant ! cria une autre voix, et les rires fusèrent.

Heureusement pour Harold, les invités d'Ellie ne s'attardèrent pas. Il faut que je pénètre chez elle par la fenêtre avant qu'elle ne la referme pour la nuit, pensa-t-il. Il l'avait entendue retirer la cassette du répondeur. Elle l'avait certainement posée à proximité.

Se redressant lentement, il jeta un coup d'œil à l'intérieur. Il entendit Ellie qui faisait la vaisselle dans la cuisine. Elle avait mis en marche la radio. C'est le moment, se dit-il. Je vais m'introduire dans la pièce et me cacher.

Se hissant à la force du poignet, il enjamba l'appui de la fenêtre et se retrouva nez à nez avec un autre chat.

Trois enjambées lui suffirent pour franchir la pièce. Il se glissait dans la penderie au moment où Ellie réapparaissait et demandait à son chat :

— Twister, qu'est-ce qui te prend ? Arrête de te faire les griffes sur cette porte !

Quelques minutes plus tard, Ellie se mit au lit avec un profond sentiment de satisfaction. Elle aimait recevoir ses amis. Se calant contre l'oreiller, elle alluma la radio pour écouter les nouvelles.

« Une inconnue a été découverte dans un bois il y a quelques heures par un groupe de randonneurs, annonça le présentateur en ouverture du journal. Apparemment, elle a été laissée pour morte. On a essayé de l'étrangler mais elle est toujours en vie. Elle est dans le coma et les médecins se montrent très réservés quant à l'évolution de son état. Il s'agit d'une femme d'une soixantaine d'années, aux cheveux blond platine, vêtue d'une jupe longue, d'un corsage fleuri et de bottines d'un vert inhabituel. »

Ellie se dressa brusquement dans son lit. Cette description correspond à Toni-Anne, pensa-t-elle. Elle portait constamment des bottines vertes. Ellie ne l'avait pas vue de la journée. Et cet étrange message ! Il faut absolument que je le réentende.

Sautant du lit, elle se précipita dans l'entrée, plaça la cassette dans l'appareil et écouta avec attention.

— Je dois prévenir Frances ! dit-elle à voix haute

en retirant la bande d'enregistrement de l'appareil avant de courir vers la porte d'entrée.

Elle sentit une main se plaquer sur sa bouche.

— Pas question de prévenir qui que ce soit.

C'était la voix qu'elle venait d'entendre sur la cassette !

Frances se reposait dans sa chambre en regardant le journal télévisé de onze heures lorsque le chat de Toni-Anne sauta sur le rebord de sa fenêtre et gratta au carreau.

— Qu'est-ce que tu fabriques ici, minou ? demanda Frances. Où est ta maîtresse ?

Elle ouvrit la fenêtre, laissant le chat sauter sur son lit.

Sur ces entrefaites, le présentateur rapporta la découverte de la femme chaussée de bottines vertes.

— Toni-Anne ! s'exclama Frances.

Saisissant le chat et le trousseau de clefs de l'immeuble, elle se précipita hors de l'appartement.

Passé le premier instant de surprise, Ellie tâcha de se dégager des mains de son agresseur. En un éclair, elle se remémora le film vidéo sur l'autodéfense. Dans le film, il était conseillé de frapper l'assaillant sur l'arête du nez. Rassemblant toutes ses forces, elle projeta son poing en arrière mais rata son coup et perdit l'équilibre. L'homme et elle roulèrent sur le sol, entraînant le poste de télévision dans leur chute. Elle entendit la voix de Frances derrière la porte.

— Que se passe-t-il là-dedans ?

Profitant d'une seconde de distraction chez son agresseur, Ellie lui envoya un coup de poing sur le nez. Le sang gicla au moment où Frances ouvrait la porte et s'élançait. Agrippé aux jambes de Harold, Twister le griffa violemment. Le chat de Toni-Anne se mit de la partie et lui sauta au visage. Harold hurla de douleur.

— Appelle la police ! cria Ellie à Frances.

Et, se relevant, elle s'empara de la bombe lacrymogène dont elle avait hérité à la fin du tournage.

Elle la gardait toujours dans le tiroir de la table, près du canapé.

— Planquez-vous, les chats ! avertit-elle en lâchant tout le contenu de la bombe sur le visage qui lui faisait face. Mon vieux pas question de nous fausser compagnie !

Trois semaines plus tard, Frances et Ellie ramenèrent de l'hôpital une Toni-Anne pâle et affaiblie. Ellie prépara du thé et elles s'assirent toutes les trois dans la pièce de séjour, ressassant les événements récents.

— Je vais vous dire, déclara Toni-Anne tout en caressant son chat qui ronronnait comme un moteur sur ses genoux. J'aurais eu un pressentiment si j'avais dû mourir. Mais j'avoue que je me suis montrée imprudente en montant dans sa voiture. Bah ! je n'ai jamais prétendu être la plus grande voyante de la planète.

— Grâce à Dieu, tu t'en es tirée, dit Ellie.

Elle se versa une seconde tasse de thé et brisa un morceau de biscuit pour Twister.

Frances buvait son thé dans son bol Snoopy.

— Je savais que les vide-greniers réservaient des surprises. Je n'aurais jamais cru en trouver une de cette taille !

Le téléphone sonna dans l'entrée. Les trois femmes se regardèrent et éclatèrent de rire.

— Oh, fit Ellie, je crois que je vais laisser la fameuse machine répondre à ma place.

C'était le propriétaire de la station de lavage de voitures.

« Ellie, les vidéos sur l'autodéfense se vendent comme des petits pains depuis que vous faites les gros titres des journaux. Je voudrais une photo de vous avec Frances et Toni-Anne pour une nouvelle couverture. Et je vous le donne en mille ! Un producteur a acheté une de ces cassettes, il pense que j'ai un véritable talent. Il a pris une option sur mon scénario. Je lui ai donné mon accord à condition que vous y figuriez toutes les trois… »

Ce soir-là, quand Ellie se coucha et éteignit la lumière, tout était calme et silencieux. Puis elle entendit le pas de Toni-Anne résonner au-dessus de sa tête. Ahhhh ! C'est le son le plus doux que j'aie entendu depuis longtemps, pensa-t-elle en sombrant dans le sommeil.

Traduit par Anne Damour

MARY HIGGINS CLARK

Le mari de Mary Higgins Clark menait une vie heureuse avec sa femme et ses cinq enfants lorsqu'un soir, en rentrant chez lui, il fut terrassé par une crise cardiaque. Sa mère, qui habitait alors chez eux, entendit du bruit et sortit en hâte de sa chambre, anxieuse de savoir ce qui se passait. « C'est Warren, répondit Mary. Il est mort. » Choquée par cette terrible nouvelle, la malheureuse s'effondra et mourut à son tour d'une attaque. C'est le genre d'événement mélodramatique que vous ne trouverez probablement jamais dans un roman.

Jeune veuve, Mary dut alors se débrouiller pour gagner sa vie et celle de sa famille. Chaque matin, elle se levait à cinq heures, installait sa machine à écrire sur la table de la cuisine, et écrivait pendant deux heures avant de réveiller, habiller, nourrir et accompagner à l'école ses enfants, après quoi elle se rendait à son travail. En rentrant le soir, sitôt que les enfants avaient dîné, pris leur bain et fait leurs devoirs, Mary les couchait avant de s'effondrer dans son lit. Le lendemain matin, même programme... « Je suis un peu sceptique lorsque j'entends aujourd'hui des écrivains en herbe déclarer que leurs trop nombreuses occupations les empêchent d'assouvir leur désir d'écrire », dit aujourd'hui la reine incontestée du suspense.

O. P.

Le cadavre dans le placard

Si en cette chaude soirée d'août Alvirah Meehan avait su ce qui l'attendait dans son luxueux et nouvel appartement de Central Park South, elle serait aussi sec remontée dans l'avion. Or, pas la moindre prémonition n'avait effleuré son esprit, tandis que l'appareil tournait au-dessus de la piste d'atterrissage.

Certes, Willy et elle avaient contracté le virus du voyage et parcouru la planète depuis ce jour béni où ils avaient gagné quarante millions de dollars à la loterie, cependant Alvirah retrouvait toujours New York avec le même plaisir. Et c'était à chaque fois le cœur en fête qu'elle contemplait la vue qui s'offrait de l'avion : les gratte-ciel se découpant sur les nuages, les lumières des ponts qui enjambaient l'East River.

Willy tapota sa main et Alvirah se tourna vers lui avec un sourire affectueux. Il avait belle allure dans sa veste de lin qui mettait en valeur ses yeux bleus. Avec son épaisse crinière blanche, Willy était le portrait de Tip O'Neil[1], personne ne pouvait dire le contraire.

Alvirah arrangea ses cheveux auburn, récemment teints et mis en plis par Dale of London. En apprenant qu'elle s'apprêtait à fêter ses soixante ans, Dale s'était exclamé : « Vous me faites marcher ! » Alvirah prenait les compliments pour ce qu'ils étaient, mais éprouvait néanmoins du plaisir à les entendre.

Oui, réfléchit-elle en admirant la ville qui s'éten-

1. Tip O'Neil : célèbre parlementaire américain *(N.d.T.)*.

dait au-dessous d'elle, la vie s'était montrée généreuse envers eux. Non seulement ils avaient pu voyager à leur gré et profiter de tout le luxe imaginable, mais leur récente fortune leur avait ouvert des horizons inattendus, comme l'occasion de collaborer à l'un des journaux les plus importants de la ville, le *New York Globe*. Tout avait commencé le jour où un journaliste, rédacteur en chef du *Globe*, était venu les trouver après qu'ils eurent gagné à la loterie. Alvirah lui avait raconté qu'elle allait enfin réaliser un vieux rêve, faire un séjour dans l'élégant institut de remise en forme de Cypress Point, ajoutant que c'était moins la cure qui l'intéressait que la chance d'y rencontrer toutes les célébrités dont elle lisait les faits et gestes avec délectation.

Flairant tout de suite chez Alvirah un talent particulier pour dénicher l'information et aller au bout de ses recherches, le rédacteur l'avait convaincue de travailler pour lui. Sa mission consisterait à rester en permanence à l'affût, dans l'intention de rédiger un article sur son expérience personnelle au milieu des vedettes qui se retrouvaient dans ce centre. Et pour l'aider à recueillir ses tuyaux, il lui avait donné une broche en forme de soleil munie d'un micro miniature. Ainsi pouvait-elle enregistrer ses impressions immédiates, et recueillir en même temps quelques bribes des conversations de tous ces gens qu'elle était tellement avide de rencontrer.

Les résultats avaient dépassé de très loin tous les espoirs du *Globe* : au cours de son séjour, Alvirah avait enregistré grâce à son micro l'homme qui s'apprêtait à l'assassiner, un individu décidé à la supprimer parce qu'elle s'était mis en tête d'enquêter sur un meurtre perpétré dans l'établissement. Grâce à sa découverte — et au micro —, Alvirah avait non seulement permis d'arrêter le criminel mais s'était embarquée dans une carrière totalement nouvelle et imprévue de chroniqueuse et détective amateur.

Aujourd'hui, tout en bouclant sa ceinture, elle effleura du doigt sa broche — qu'elle portait plus ou moins en permanence, quelle que soit sa tenue vestimentaire — et pensa que son rédacteur allait se montrer déçu.

— Ce voyage a été merveilleux, fit-elle remarquer à Willy, mais sans rien qui puisse faire l'objet d'un article. Le moment le plus excitant a été celui où la Reine est venue prendre le thé au Stafford Court Hotel et où le chat du directeur de l'hôtel a sauté sur ses corgis.

— Pour une fois que nous avons passé des vacances tranquilles, je ne m'en plains pas, dit Willy. Je supporte mal de te voir risquer ta vie en jouant les détectives.

L'hôtesse de la British Airways parcourait l'allée de la cabine de première classe, vérifiant les ceintures des passagers. « J'ai été ravie de pouvoir bavarder avec vous », leur dit-elle. Willy lui avait raconté, comme à chaque fois qu'il trouvait une oreille attentive, qu'il avait été plombier et Alvirah femme de ménage avant de gagner quarante millions de dollars à la loterie. « Seigneur ! s'était exclamée la jeune femme en se tournant vers Alvirah. Je n'arrive pas à croire que vous avez été domestique. »

Peu après l'atterrissage, ils se retrouvèrent dans la limousine qui les attendait à la sortie de l'aéroport, leurs bagages Vuitton entassés dans le coffre. Comme toujours, août à New York était chaud, poisseux et suffocant. La climatisation de la voiture ne fonctionnait pas, et Alvirah avait hâte de retrouver la fraîcheur de leur nouvel appartement de Central Park South. Ils avaient conservé l'ancien trois pièces de Flushing où ils avaient vécu trente années de leur existence avant que la loterie ne change leur vie. Comme le disait Willy, la ville de New York serait peut-être ruinée un jour et les gagnants de la loterie obligés de tirer un trait définitif sur le reste de leurs gains[1].

Lorsque la limousine s'arrêta devant l'immeuble, le portier leur ouvrit la porte.

1. Les sommes gagnées à la loterie sont payées annuellement pendant vingt ans *(N.d.T.)*.

— Vous devez mourir de chaleur, fit remarquer Alvirah. Ils pourraient vous dispenser de porter votre uniforme pendant les travaux.

L'immeuble était en complète rénovation. Lorsqu'ils avaient acheté l'appartement au printemps dernier, l'agent immobilier leur avait promis que la remise en état des lieux serait achevée en quelques semaines. Il était clair à la vue de l'échafaudage dans le hall qu'il s'était montré excessivement optimiste.

Devant la batterie d'ascenseurs, ils furent rejoints par un autre couple, un homme d'une cinquantaine d'années, de haute taille, accompagné d'une femme en tailleur de soie blanc dont le visage affichait l'air dégoûté de quelqu'un qui vient d'ouvrir le réfrigérateur et y a senti une odeur d'œuf pourri. Je les connais, pensa Alvirah, fouillant instinctivement dans sa prodigieuse mémoire. Il s'agissait de Carlton Rumson, le célèbre producteur de Broadway, et de sa femme, Victoria, jadis actrice, ex-candidate au titre de Miss America une trentaine d'années auparavant.

— Monsieur Rumson ! Avec un large sourire, Alvirah tendit la main. Je suis Alvirah Meehan. Nous nous sommes rencontrés au centre de Cypress Point, à Pebble Beach. Quelle heureuse surprise ! Voici mon mari, Willy. Habitez-vous dans l'immeuble ?

Le sourire de Rumson disparut aussi vite qu'il était apparu.

— Nous y avons un pied-à-terre.

Il adressa un signe de tête à Willy, puis leur présenta rapidement sa femme. La porte de l'ascenseur s'ouvrit, tandis que Victoria Rumson les saluait d'un battement de paupières. Quel glaçon ! pensa Alvirah, notant le profil parfait empreint d'arrogance, les cheveux platine retenus en chignon. À force de lire *People*, *Us*, le *National Enquirer* et nombre de chroniques mondaines, Alvirah avait acquis une quantité d'informations sur les célébrités du monde entier.

Ils venaient juste de s'arrêter au trente-troisième étage, lorsqu'elle se souvint des bruits qui circulaient sur Rumson. Sa réputation de don Juan faisait la joie des chroniqueurs. La capacité de sa femme à fermer les yeux sur ses incartades lui avait valu le surnom de : « Vicky-n'y-voit-aucun-mal ».

— Monsieur Rumson, dit Alvirah, le neveu de Willy, Brian McCormack, est un jeune auteur dramatique plein de talent. Il vient d'achever sa deuxième pièce et j'aimerais beaucoup que vous la lisiez.

Rumson fit une moue agacée.

— Vous trouverez l'adresse de mes bureaux dans l'annuaire, dit-il.

Alvirah insista :

— La première pièce de Brian se joue Off Broadway en ce moment même. Un critique a comparé Brian à un jeune Neil Simon.

— Viens, chérie, la pressa Willy. Tu importunes ces personnes.

Subitement, l'expression glaciale de Victoria Rumson s'adoucit.

— Chéri, dit-elle. J'ai entendu parler de Brian McCormack. Pourquoi ne lirais-tu pas sa pièce ici au lieu de la faire envoyer à ton bureau où elle risque d'être jetée aux oubliettes ?

— C'est vraiment adorable de votre part, Victoria, dit Alvirah avec chaleur. Vous l'aurez dès demain.

Comme ils sortaient de l'ascenseur et se dirigeaient vers leur appartement, Willy demanda :

— Chérie, tu ne crois pas que tu t'es montrée un peu trop insistante ?

— Absolument pas, dit Alvirah. Qui ne tente rien n'a rien. Tout ce que je peux faire pour donner un coup de pouce à la carrière de Brian me paraît justifié.

Leur appartement jouissait d'une vue panoramique sur Central Park. Alvirah n'y entrait jamais sans se rappeler qu'elle avait longtemps considéré la maison de Mme Chester Lollop à Little Neck, où elle faisait jadis le ménage tous les jeudis, comme un palais en miniature. Seigneur, ses yeux s'étaient bel et bien ouverts durant ces dernières années !

Ils avaient acheté l'appartement entièrement meublé à un courtier qui avait été condamné pour délit d'initié. Il venait de le faire décorer par un architecte d'intérieur qui, à l'entendre, était la coqueluche du tout-Manhattan. Alvirah avait secrètement quelques doutes sur ce genre de coqueluche. La pièce de séjour, la salle à manger et la cuisine étaient d'un blanc pur. Il fallait continuellement déhousser les canapés, la plus petite tache ressortait sur l'épaisse moquette du même blanc, quant aux placards, comptoirs, marbres et accessoires, tout aussi immaculés, ils lui rappelaient les baignoires, lavabos et cuvettes qu'elle s'était toute sa vie escrimée à nettoyer.

Et ce soir, il y avait quelque chose de nouveau, une note affichée sur la porte-fenêtre qui ouvrait sur la terrasse. Alvirah lut :

L'inspection de l'immeuble signale que cet appartement est l'un des rares où un défaut structurel a été décelé au niveau de la balustrade et du revêtement de la terrasse. Votre terrasse ne présente aucun danger pour une utilisation courante, mais prenez garde que personne ne s'appuie à la balustrade. Les réparations seront exécutées le plus rapidement possible.

Alvirah lut la notice à haute voix à l'intention de Willy et haussa les épaules.

— Bon, j'ai assez de bon sens pour ne pas m'appuyer à une balustrade, solide ou non.

Willy sourit d'un air penaud. Il avait le vertige et ne mettait jamais le pied sur la terrasse. Comme il l'avait dit le jour où ils avaient acheté l'appartement : « Tu aimes l'air, j'aime la terre. »

Willy alla à la cuisine brancher la bouilloire. Alvirah sortit par la porte-fenêtre. L'air suffocant la frappa comme une vague brûlante mais elle n'en avait cure. Elle aimait tout particulièrement se tenir là, en contemplation devant le parc, admirant les lumières qui donnaient un air de fête aux arbres autour de la Tavern on the Green, le joyeux ruban des phares des voitures, les silhouettes des calèches dans le lointain.

Comme c'est bon d'être de retour ! pensa-t-elle à nouveau, rentrant à l'intérieur et observant le séjour, mesurant d'un œil impitoyable le degré d'efficacité du service de nettoyage hebdomadaire qui était, en principe, intervenu la veille. Elle s'étonna de voir des traces de doigts sur la table de verre où l'on servait les cocktails. Machinalement, elle prit un mouchoir et les frotta énergiquement. Puis elle remarqua que l'embrasse du rideau près de la fenêtre de la terrasse avait disparu. Pourvu qu'elle n'ait pas fini à la poubelle. Je me montrais plus consciencieuse du temps où j'étais simple femme de ménage. Elle se souvint de la réflexion de l'hôtesse de la British Airways. Ou simple domestique, au choix.

— Dis donc, Alvirah, l'appela Willy. Est-ce que Brian nous a laissé un mot ? On dirait qu'il attendait quelqu'un !

Brian, le neveu de Willy, était le seul enfant de sa sœur aînée, Madaline. Six des sept sœurs de Willy étaient entrées au couvent. Madaline s'était mariée à plus de quarante ans et avait tardivement donné naissance à un bébé, Brian, aujourd'hui âgé de vingt-six ans. Il avait grandi dans le Nebraska, écrit des pièces pour une compagnie théâtrale locale et était venu à New York après la mort de Madaline, deux ans auparavant. L'instinct maternel rentré d'Alvirah s'était entièrement concentré sur ce jeune neveu au visage mince et expressif, avec ses cheveux blonds rebelles et son sourire timide. Comme elle le disait souvent à Willy : « Si je l'avais porté en moi pendant neuf mois, je ne l'aurais pas aimé davantage. »

Lorsqu'ils étaient partis en Angleterre au mois de juin, Brian terminait le premier jet de sa nouvelle pièce et avait volontiers accepté leur proposition de profiter de l'appartement de Central Park South. « C'est sacrément plus facile d'écrire ici que chez moi. » Il habitait un immeuble sans ascenseur de l'East Village, un petit studio environné de familles nombreuses et bruyantes.

Alvirah alla à la cuisine. Elle écarquilla les yeux. Deux coupes et une bouteille de champagne dans un rafraîchissoir à demi rempli d'eau étaient disposées sur un plateau d'argent. Le champagne était un cadeau du précédent propriétaire. Il leur avait maintes fois répété que cette cuvée coûtait cent dollars la bouteille et que c'était le champagne préféré de la reine d'Angleterre.

Willy se rembrunit.

— C'est celui qui coûte une fortune, n'est-ce pas ? Brian ne l'aurait jamais pris sans notre autorisation. C'est bizarre.

Alvirah s'apprêtait à le rassurer, mais se tut. Willy avait raison. Il se passait quelque chose de bizarre, et son intuition lui disait que les ennuis n'allaient pas tarder.

La sonnette de l'entrée retentit. Confus, le portier se tenait à la porte avec leurs bagages.

— Pardonnez-moi d'avoir mis aussi longtemps, monsieur Meehan. Depuis le début des travaux, les résidants prennent l'ascenseur de service et le personnel doit faire la queue pour l'utiliser.

À la demande de Willy, il déposa les valises dans la chambre, puis s'en alla en souriant, un billet de cinq dollars serré au creux de la main.

Willy et Alvirah prirent une tasse de thé dans la cuisine. Willy ne pouvait détacher les yeux de la bouteille de champagne.

— Je vais téléphoner à Brian, décida-t-il.

— Il sera encore au théâtre, dit Alvirah.

Elle ferma les yeux, se concentra et lui communiqua le numéro de téléphone du guichet de location. Willy composa le numéro, écouta, puis raccrocha.

— Il y a un message enregistré. La pièce de Brian est annulée. Ils expliquent comment se faire rembourser.

— Pauvre garçon, soupira Alvirah. Essaye de le joindre chez lui.

— Il a branché le répondeur, dit Willy un moment plus tard. Je vais lui demander de nous rappeler.

Alvirah s'aperçut soudain qu'elle était épuisée. Comme elle ramassait les tasses, elle se souvint qu'il était cinq heures du matin à l'heure anglaise, rien d'étonnant à ce qu'elle se sente moulue de fatigue. Elle mit les tasses dans le lave-vaisselle, hésita, puis rinça les coupes à champagne inutilisées et les y plaça également. Son amie la baronne Min von Schreiber — propriétaire de l'institut de remise en forme de Cypress Point où Alvirah avait passé une semaine après avoir gagné à la loterie — lui avait enseigné que les grands vins devaient toujours reposer couchés. Elle passa une éponge humide sur la bouteille intacte, sur le plateau d'argent et le seau et rangea le tout. Après avoir éteint la lumière derrière elle, elle se rendit dans la chambre.

Willy avait commencé à défaire les bagages. Alvirah aimait leur chambre. Elle avait été meublée pour le courtier, célibataire de son état, avec un lit extra-large, une coiffeuse à trois pans, de confortables chauffeuses et deux tables de nuit suffisamment grandes pour qu'y tiennent à la fois une pile de livres, des lunettes et les cataplasmes destinés à soigner les rhumatismes d'Alvirah. Quant à la décoration, Alvirah n'en démordait pas, le décorateur à la mode qui en était l'auteur avait été nourri à la lessive. Couvre-lit blanc. Rideaux blancs. Moquette blanche.

Le portier avait laissé la valise-penderie d'Alvirah ouverte sur le lit. Elle l'ouvrit et commença à sortir ses tailleurs et ses robes. La baronne von Schreiber la suppliait toujours de ne pas faire ses achats seule. « Alvirah, recommandait Min, vous êtes la proie rêvée pour les vendeuses qui ont été entraînées à fourguer les mauvais choix des acheteurs. Elles vous sentent arriver alors que vous êtes encore dans l'ascenseur. Je viens souvent à New York. Vous faites plusieurs séjours à l'institut. Attendez que nous soyons ensemble. »

Alvirah se demanda si Min aurait approuvé le tailleur écossais orange et rose sur lequel s'était extasiée la vendeuse de chez Harrod's. Sans doute pas.

Les bras chargés de vêtements, elle ouvrit la porte de la penderie, regarda par terre et poussa un hurlement. Étendu sur la moquette entre les rangées de chaussures de luxe extra-larges d'Alvirah, les yeux fixes, un halo blond de cheveux frisés auréolant son visage, la langue pointant légèrement et l'embrasse du rideau autour du cou, gisait le corps d'une mince jeune femme.

— Jésus, Marie, Joseph, gémit Alvirah en lâchant d'un coup tous ses vêtements.

— Que se passe-t-il, chérie ? demanda Willy, en se précipitant à son côté. Oh, mon Dieu ! souffla-t-il à son tour. Qui est-ce ?

— C'est... C'est... tu sais bien. L'actrice. Celle qui jouait dans la pièce de Brian. Cette fille dont Brian est amoureux fou. Alvirah ferma les yeux de toutes ses forces, cherchant à se libérer du regard vitreux du cadavre couché à ses pieds. Fiona. C'est son nom. Fiona Winters.

Le bras de Willy passé autour de sa taille, Alvirah alla s'effondrer dans l'un des canapés bas du séjour qui lui donnaient chaque fois l'impression d'avoir les genoux à la hauteur du menton. Tandis que Willy composait le 911 pour prévenir la police, elle s'efforça de reprendre ses esprits. Pas la peine d'être grand clerc pour savoir que cela n'augurait rien de bon pour Brian. Elle devait prendre le temps de réfléchir, se remémorer tout ce qu'elle savait à propos de cette fille. Elle était odieuse avec Brian. S'étaient-ils disputés ?

Willy traversa la pièce, s'assit à côté d'elle et lui prit la main.

— Tout ira bien, chérie, dit-il d'un ton apaisant. La police va arriver dans quelques minutes.

— Essaye de rappeler Brian, lui dit Alvirah.

— Bonne idée. Willy composa rapidement le numéro. Encore ce maudit répondeur. Je vais laisser un autre message. Tâche de te reposer.

Alvirah hocha la tête, ferma les yeux et revit en esprit cette soirée d'avril dernier où ils avaient assisté à la première de la pièce de Brian.

Le théâtre était bondé. Brian leur avait réservé deux places au premier rang et Alvirah portait sa robe du soir neuve à paillettes noires et argent. La pièce, *Falling Bridges*, était située dans le Nebraska et décrivait une réunion de famille. Fiona Winters jouait le rôle d'une femme du monde qui s'ennuie au sein de sa belle-famille d'origine modeste, et Alvirah avait dû reconnaître qu'elle était parfaitement crédible. Pourtant

Alvirah préférait de beaucoup la comédienne qui tenait le second rôle. Emmy Laker avait des cheveux d'un roux ravissant, des yeux bleus et interprétait admirablement un personnage à la fois drôle et mélancolique.

La salle s'était levée pour applaudir à la fin de la représentation, et le cœur d'Alvirah s'était gonflé d'orgueil lorsque les cris: « L'auteur ! L'auteur ! » avaient appelé Brian à venir sur scène. Quand il avait reçu un bouquet de fleurs et s'était penché par-dessus la rampe pour l'offrir à Alvirah, elle n'avait pu retenir ses larmes.

Ensuite la réception avait eu lieu au dernier étage du Gallagher. Brian avait pris place à table entre Alvirah et Fiona Winters. Willy et Emmy Laker étaient assis en face d'eux. Il n'avait pas fallu longtemps à Alvirah pour comprendre la situation. Tel un amoureux transi, Brian ne quittait pas du regard Fiona Winters, mais elle ne cessait de le rabaisser, de vanter ses propres origines aristocratiques, tenant des propos tels que: « Ma famille a été horrifiée quand, en sortant de Foxcroft, j'ai décidé de faire du théâtre. » Elle avait ensuite entrepris de prédire à Willy et à Brian, qui dévoraient à belles dents leurs steaks accompagnés des frites « spéciales Gallagher », qu'ils étaient mûrs pour l'infarctus. Pour sa part, elle ne mangeait jamais de viande.

Tout le monde y était passé, se rappela Alvirah. Elle m'a demandé s'il ne m'arrivait pas d'avoir envie de faire le ménage. Elle m'a dit que Brian devrait apprendre à s'habiller et, avec nos revenus, elle s'étonnait que nous ne l'aidions pas. Et elle s'en est prise à cette charmante Emmy Laker qui a déclaré que Brian avait sans doute mieux à faire que de penser à sa garde-robe.

Sur le trajet du retour, Alvirah et Willy s'étaient accordés pour reconnaître que si Brian montrait une grande maturité en tant que dramaturge, il avait beaucoup à apprendre sur le plan personnel puisqu'il n'était même pas capable de s'apercevoir que Fiona était une véritable peau de vache. « Je préférerais le voir avec Emmy Laker, avait dit Willy. S'il avait les yeux en face des trous, il verrait qu'elle est folle de lui. Et que Fiona n'est pas de la première jeunesse. Elle a au moins huit ans de plus que lui. »

Alvirah fut ramenée à la réalité par un coup de sonnette vigoureux à la porte. Sainte Mère, pensa-t-elle. C'est probablement la police. J'aurais aimé parler à Brian au préalable.

Les heures suivantes passèrent comme dans un brouillard. Lorsqu'elle eut l'esprit un peu plus clair, Alvirah fut en mesure de repérer les différents représentants de la loi qui envahissaient l'appartement. Les policiers se présentèrent en premier. Suivirent les enquêteurs, les photographes, le médecin légiste. Willy et elle restèrent assis à les observer, sans mot dire.

Les gérants des Central Park South Towers vinrent également sur place.

— Espérons qu'il n'y aura pas de publicité malencontreuse, dit le directeur. Nous ne sommes pas un géant de l'immobilier comme Trump.

Les déclarations d'Alvirah et de Willy avaient été recueillies par les deux policiers arrivés en premier sur les lieux. À trois heures du matin, la porte de la chambre s'ouvrit. « Ne regarde pas, chérie », dit Willy. Mais Alvirah ne put détacher ses yeux du chariot que deux ambulanciers au visage grave poussaient à l'extérieur. Le corps de Fiona était entièrement recouvert. Que Dieu la garde, pria Alvirah, se remémorant la crinière blonde embroussaillée et les lèvres boudeuses. Ce n'était pas une personne aimable, pensa-t-elle, mais elle ne méritait pas d'être assassinée.

Quelqu'un vint s'asseoir en face d'eux, un homme d'une quarantaine d'années, aux longues jambes. Il se présenta : l'inspecteur Rooney.

— Je lis souvent vos articles dans le *Globe*, madame Meehan, dit-il à Alvirah, et je les apprécie énormément.

Willy sourit avec fierté, mais Alvirah ne fut pas dupe. Elle savait que l'inspecteur Rooney la flattait pour la mettre en confiance. Elle réfléchit rapidement, cherchant comment protéger Brian. Machinalement, elle porta la main au revers de sa veste et brancha discrètement le micro de sa broche. Elle voulait pouvoir réentendre plus tard tout ce qui serait dit.

L'inspecteur Rooney consulta ses notes.

— D'après votre déclaration, vous rentriez d'un séjour à l'étranger et vous êtes arrivés vers dix heures du soir, n'est-ce pas ? Vous avez découvert la victime, Fiona Winters, peu après votre retour. Vous avez reconnu Mlle Winters parce qu'elle tenait le rôle principal dans la pièce de votre neveu, Brian McCormack.

Alvirah hocha la tête. Elle sentit que Willy s'apprêtait à ajouter quelque chose et posa sa main sur son bras.

— C'est exact.

— Si j'ai bien compris, vous n'avez rencontré Mlle Winters qu'une seule fois, continua l'inspecteur Rooney. Comment expliquez-vous qu'elle ait atterri dans votre penderie ?

— Je n'en ai pas la moindre idée, répondit Alvirah.

— Qui avait la clé de votre appartement ?

À nouveau, Willy ouvrit la bouche, prêt à répondre. Cette fois, Alvirah lui pinça discrètement le bras.

— Les clés de l'appartement, fit-elle d'un air songeur. Laissez-moi réfléchir. Le service de nettoyage « Vite et Bien Fait » en possède une. Non, ils prennent celle du concierge et la remettent à son bureau une fois leur travail terminé. Mon amie, Maude, a une clé. Elle est venue pendant le week-end de la fête des Mères pour assister à un spectacle à Radio City avec son fils et sa belle-fille. Ils ont un chat et elle est allergique aux chats, si bien qu'elle a dormi sur notre canapé. La sœur de Willy, sœur Patricia, en a également une. Et…

— Est-ce que votre neveu, Brian McCormack, possède une clé de l'appartement, madame Meehan ? l'interrompit l'inspecteur Rooney.

Alvirah se mordit la lèvre.

— Oui, Brian a une clé.

L'inspecteur Rooney haussa légèrement la voix :

— Selon le concierge, il utilisait fréquemment cet appartement en votre absence. À propos, encore qu'il soit impossible de l'affirmer avec précision avant l'autopsie, le médecin légiste estime que la mort a eu lieu hier, entre onze heures du matin et trois heures de l'après-midi. Il demeura un instant songeur. Il serait intéressant de savoir où se trouvait Brian McCormack pendant ce laps de temps.

On les prévint qu'ils devraient attendre avant d'utiliser les lieux, le temps que les enquêteurs relèvent les empreintes et d'éventuels indices.

— L'appartement est-il dans l'état où vous l'avez trouvé ? demanda l'inspecteur Rooney.

— Oui, nous avons seulement..., commença Willy.

— Nous avons fait du thé, le coupa Alvirah.

Je pourrais toujours leur parler du champagne et des coupes, réfléchit-elle, mais je ne pourrais pas les tromper longtemps. Cet inspecteur va découvrir que Brian était amoureux de Fiona Winters et décider qu'il s'agit d'un crime passionnel. Puis il s'arrangera pour que le reste colle avec sa théorie.

L'inspecteur Rooney referma son calepin.

— On m'a dit que la direction avait un appartement meublé que l'on peut mettre à votre disposition cette nuit, dit-il.

Un quart d'heure plus tard, Alvirah était au lit, serrée en chien de fusil contre Willy déjà à moitié endormi. Malgré sa fatigue, elle avait du mal à se détendre dans ce lit inconnu et passait en revue les événements de la soirée. Toute cette histoire mettait Brian dans une fâcheuse posture, elle le savait. Elle savait aussi qu'il devait y avoir une explication. Brian n'aurait pas eu l'indélicatesse de prendre cette bouteille de champagne à cent dollars, et il était *certainement* incapable d'avoir tué Fiona Winters. Mais comment diable avait-elle fini dans la penderie ?

Bien qu'ils se fussent couchés tard, Alvirah et Willy se réveillèrent le lendemain matin à sept heures. Le choc provoqué par la vision du cadavre s'était atténué et faisait place à présent à de l'inquiétude.

— Inutile de nous tracasser ainsi pour Brian, dit Alvirah avec un entrain forcé. Dès que nous pourrons lui parler, je suis certaine que tout s'éclaircira. Allons voir si nous pouvons regagner nos pénates.

Ils s'habillèrent rapidement et sortirent sans tarder. Une fois encore, ils trouvèrent Carlton Rumson devant l'ascenseur. Son teint habituellement vif était terreux. Les ombres qui cernaient ses yeux lui donnaient dix ans de plus. D'un geste machinal, Alvirah mit en marche le microphone de sa broche.

— Monsieur Rumson, demanda-t-elle, êtes-vous au courant de l'horrible meurtre qui a été commis dans notre appartement ?

Rumson pressa vigoureusement le bouton d'appel de l'ascenseur.

— Oui, j'ai appris la nouvelle. Des amis dans l'immeuble nous ont téléphoné. C'est affreux pour cette malheureuse jeune femme, affreux pour vous.

L'ascenseur arriva et ils s'engouffrèrent tous les trois dans la cabine. Rumson dit :

— Madame Meehan, mon épouse, m'a reparlé de la pièce de votre neveu. Nous partons pour le Mexique demain matin. Je serais très heureux de la lire aujourd'hui même, si c'est possible.

Alvirah resta un instant bouche bée.

— Oh, c'est trop aimable de la part de votre femme d'y avoir pensé. Nous allons vous la faire parvenir dès que possible.

En sortant à leur étage, elle dit à Willy :

— C'est peut-être une chance pour Brian. À condition que…

Elle n'acheva pas sa phrase.

Un policier était en faction devant leur porte. À l'intérieur, tous les meubles étaient maculés de poudre à empreintes. Et, assis face à l'inspecteur Rooney, ils aperçurent Brian, l'air hébété et désespéré. Il se leva d'un bond.

— Tante Alvirah, je suis navré. C'est abominable pour vous.

Aux yeux d'Alvirah, il avait l'air d'un môme de dix ans. Son T-shirt et son pantalon de toile kaki étaient froissés ; on eût dit qu'il tombait de la lune.

Alvirah repoussa les cheveux blonds qui lui retombaient sur le front pendant que Willy lui saisissait la main.

— Tu vas bien ? demanda Willy.

Brian se força à sourire.

— Pas mal.

L'inspecteur Rooney les interrompit.

— Brian vient d'arriver, et je m'apprêtais à l'informer qu'il est considéré comme suspect dans la mort de Fiona Winters et peut faire appel à un avocat.

— C'est une blague ? demanda Brian d'un ton incrédule.

— Je vous assure que je ne plaisante pas. L'inspecteur tira un papier de sa poche de poitrine. Il lut à Brian les habituels avertissements, puis lui tendit le document : Veuillez me dire si vous en comprenez la signification.

Rooney regarda tour à tour Alvirah et Willy.

— Nos équipes ont fini leur travail. Vous pouvez rentrer chez vous à présent. Je vais recueillir la déposition de Brian au commissariat.

— Brian, ne dis pas un seul mot avant que nous ne t'ayons trouvé un avocat, le prévint Willy.

Brian secoua la tête.

— Oncle Willy, je n'ai rien à cacher. Je n'ai pas besoin d'avocat.

Alvirah l'embrassa.

— Reviens directement ici dès que tu en auras terminé, lui dit-elle.

Le désordre qui régnait dans l'appartement lui donna de quoi s'occuper. Elle envoya Willy faire des courses avec une longue liste d'achats, lui conseillant de prendre l'ascenseur de service pour éviter les journalistes.

Pendant qu'elle passait l'aspirateur, frottait, épongeait et époussetait, Alvirah se rappela avec une inquiétude grandissante que la police ne formulait pas de mises en garde sans avoir une bonne raison de croire en votre culpabilité.

Le plus pénible pour elle fut de passer l'aspirateur dans la penderie. Il lui semblait revoir les yeux grands ouverts de Fiona Winters fixés sur elle. Cette pensée en amena une autre : visiblement la malheureuse n'avait pas été assassinée à l'intérieur de la penderie, mais où se trouvait-elle alors quand elle avait été étranglée ?

Alvirah lâcha le tuyau de l'aspirateur. Elle songea aux traces de doigts qu'elle avait précédemment nettoyées sur la table de cocktail. Si Fiona Winters s'était assise sur le canapé, peut-être un peu penchée en avant, et que son assassin s'était approché d'elle par-derrière, avait passé l'embrasse du rideau autour de son cou et l'avait serrée, n'aurait-elle pas instinctivement ramené sa main en arrière pour se défendre ?

— Sainte Mère, murmura Alvirah, je parie que j'ai fait disparaître une preuve !

Le téléphone sonna au moment où elle rattachait la broche soleil à son revers. C'était la baronne Min von Schreiber qui l'appelait du centre de thalassothérapie de Cypress Point, à Pebble Beach en Californie. Min venait d'entendre les nouvelles.

— À quoi pensait cette petite garce en se faisant assassiner dans votre penderie ? demanda-t-elle.

— Croyez-moi, Min, dit Alvirah, je n'ai aucune idée de ce qu'elle fabriquait là. Je ne l'avais rencontrée qu'une seule fois, à la première de la pièce de Brian. La police interroge Brian en ce moment même. Je suis folle d'inquiétude. Ils le soupçonnent de l'avoir tuée.

— Vous vous trompez, Alvirah, dit Min. Vous aviez déjà rencontré Fiona Winters ; vous l'avez vue ici, à l'institut.

— Certainement pas. C'était le genre de femme qui vous exaspère tellement que vous ne pouvez pas l'oublier.

Il y eut un silence à l'autre bout du fil.

— Vous avez peut-être raison, finit par admettre Min. Oui, vous avez raison. Elle est venue chez nous à un autre moment, avec quelqu'un, et ils ont passé le week-end dans leur cottage. Ils se faisaient même servir leurs repas sur place. Je m'en souviens à présent. C'était ce producteur très important qu'elle essayait d'embobiner, Carlton Rumson. Vous vous souvenez certainement de lui, Alvirah. Vous l'avez rencontré à une autre occasion à Cypress Point, il était venu seul alors.

Alvirah alla dans le séjour et sortit sur la terrasse. Willy est mort de peur dès que je pose le pied ici, pensa-t-elle, c'est idiot. Il n'y a aucun risque, il suffit de ne pas s'appuyer contre la balustrade.

L'air était saturé d'humidité. Pas une feuille ne frémissait sur les arbres. Alvirah poussa un soupir de contentement. Comment pouvait-on s'éloigner longtemps de New York quand on y était né ?

Willy apporta les journaux en même temps que les provisions. Les titres lui sautèrent aux yeux : MEURTRE À CENTRAL PARK SOUTH ; un autre : LA GAGNANTE DE LA LOTERIE DÉCOUVRE UN CADAVRE DANS SON PLACARD. Alvirah lut avec attention les récits macabres.

— Je n'ai pas crié et je me suis encore moins évanouie. Où ont-ils pêché ça ?

— D'après le *Post*, tu étais en train de ranger la somptueuse garde-robe que tu as achetée à Londres, lui dit Willy.

— Ma somptueuse garde-robe ! Le seul vêtement de prix que je me suis offert est ce tailleur écossais orange et rose — et tu peux être sûr que Min va m'obliger à le donner.

Il y avait des colonnes entières sur le passé de Fiona Winters : sa rupture avec son aristocratique famille le jour où elle était devenue actrice. Les hauts et les bas de sa carrière. (Elle avait remporté un prix de télévision, mais était aussi connue pour son caractère difficile, ce qui lui avait coûté nombre de rôles importants.) Sa querelle avec l'auteur dramatique Brian McCormack quand elle avait accepté un rôle au cinéma et laissé tomber *Falling Bridges*, condamnant la pièce à s'arrêter.

— Voilà le motif tout trouvé, fit Alvirah d'un ton sombre. Dès demain, l'affaire sera jugée par les médias, et Brian reconnu coupable.

À midi et demi, Brian réapparut. Alvira jeta un coup d'œil à son visage livide et lui ordonna de s'asseoir.

— Je vais te préparer du thé et un hamburger, dit-elle. Tu as une tête de naufragé.

— Je crois qu'un whisky serait plus approprié, fit remarquer Willy.

Brian parvint à sourire.

— Tu as raison, Oncle Willy. Tout en mangeant son hamburger et ses frites, il les mit au courant de la situation: J'ai bien cru qu'ils ne me laisseraient jamais partir. Ils sont convaincus que je l'ai tuée, c'est évident.

— Tu ne vois pas d'inconvénient à ce que je branche mon micro? demanda Alvirah. Elle manipula sa broche, actionna la touche de l'enregistreur: Maintenant, raconte-nous exactement ce que tu leur as dit.

Brian plissa le front.

— Je leur ai parlé essentiellement de mes relations personnelles avec Fiona. J'étais excédé par son mauvais caractère, et j'étais tombé amoureux d'Emmy. Je leur ai dit que Fiona avait lâché la pièce, que cela avait été la goutte d'eau qui avait fait déborder le vase.

— Mais comment est-elle arrivée dans ma penderie? demanda Alvirah. C'est toi, certainement, qui l'as introduite dans l'appartement.

— Oui, c'est moi. J'avais beaucoup travaillé ici. Je savais que vous aviez prévu de rentrer hier, et j'avais débarrassé mes affaires la veille. Puis, hier matin, Fiona a téléphoné et dit qu'elle était de retour à New York et voulait me voir tout de suite. J'avais oublié dans votre appartement mes notes de la version finale de ma nouvelle pièce. Je lui ai dit de ne pas perdre son temps, que je comptais venir ici récupérer mes notes et qu'ensuite je passerais le reste de la journée à écrire et n'ouvrirais pas ma porte. En arrivant, je l'ai trouvée qui m'attendait dans le hall de l'immeuble et plutôt que de faire une scène je l'ai laissée monter.

— Que voulait-elle ? demandèrent Alvirah et Willy en même temps.

— Pas grand-chose ! Rien que le premier rôle dans *Nebraska Nights*.

— Après avoir laissé tomber la pièce précédente !

— Elle m'a joué le plus beau numéro de toute sa carrière. Elle m'a supplié de lui pardonner. M'a dit qu'elle regrettait amèrement d'avoir lâché *Falling Bridges*. Son rôle dans le film était massacré par le montage, et elle avait souffert de la mauvaise publicité que lui avait attirée son abandon de la pièce. Elle voulait savoir si *Nebraska Nights* était terminé. Je suis humain. Je me suis vanté. Je lui ai dit qu'il faudrait peut-être un peu de temps avant de trouver le producteur idoine, mais qu'ensuite ce serait un succès.

— A-t-elle jamais lu la pièce ? demanda Alvirah.

Brian fixa les feuilles de thé au fond de sa tasse.

— Je n'y lis rien de mirifique, fit-il remarquer, puis il revint à la question présente : Fiona connaissait les grandes lignes de l'histoire et elle savait que le personnage principal est le rêve pour une actrice.

— Tu ne le lui avais pas promis, j'espère ? s'exclama Alvirah.

Brian secoua la tête.

— Tante Alvirah, je sais qu'elle me croyait naïf, mais je n'aurais jamais pensé qu'elle m'imaginait aussi stupide. Elle m'a proposé un marché. Elle m'a dit qu'elle était en contact avec l'un des plus gros producteurs de Broadway. Si elle parvenait à lui montrer la pièce et à le convaincre de la financer, elle voulait jouer Diane — je veux dire Beth.

— Qui est-ce ? demanda Willy.

— Le nom de l'héroïne. Je l'ai changé hier soir, en rédigeant la version finale. J'ai dit à Fiona qu'elle se faisait des illusions, mais que si elle réussissait ce coup-là, je réfléchirais à sa proposition. Puis j'ai rassemblé mes notes et tenté de me débarrasser d'elle. Elle a refusé de partir, elle avait une audition au Lincoln Center en début d'après-midi et, prétextant que c'était tout près d'ici, elle préférait rester dans l'appartement jusqu'à l'heure de son rendez-vous. J'ai cédé, ne voyant aucun mal à la laisser seule et à m'en aller tranquillement travailler chez moi. La dernière fois que je l'ai vue, il était à peu près midi, et elle était assise sur ce canapé.

— Savait-elle que tu avais laissé un exemplaire de ta nouvelle pièce ici ? demanda Alvirah.

— Bien sûr. Je l'avais sorti du tiroir de la table en prenant mes notes. Il désigna la table de l'entrée. Il est resté dans ce même tiroir.

Alvirah se leva, se dirigea rapidement vers la table et ouvrit le tiroir. Comme elle le craignait, il était vide.

Emmy Laker était affalée, immobile, dans le gros fauteuil club de son studio du West Side. Depuis qu'elle avait appris la mort de Fiona Winters par le bulletin de sept heures, elle avait essayé de joindre Brian. Avait-il été arrêté ? Oh, mon Dieu, non, pas lui ! Que puis-je faire ? Désespérée, elle regarda les bagages posés dans un coin de la pièce. Les bagages de Fiona.

La sonnette avait retenti la veille à huit heures et demie du matin. Elle avait à peine eu le temps d'ouvrir la porte que Fiona était entrée en trombe. « Comment peux-tu vivre sans ascenseur ? avait-elle demandé. Heureusement, un gosse faisait une livraison et m'a monté tout mon barda. » Elle avait laissé tomber ses valises et pris une cigarette. « Je suis arrivée par le vol de nuit. Quelle erreur de ma part d'avoir accepté ce film ! J'ai envoyé le metteur en scène sur les roses et il m'a virée. J'ai téléphoné à Brian mais il est injoignable. Sais-tu où il se trouve ? »

À ce souvenir, la rage bouillonna en Emmy. Il lui semblait encore voir Fiona à l'autre bout de la pièce, son halo de cheveux blonds, son collant moulant à la perfection chaque centimètre de sa ravissante silhouette, ses yeux de chat pleins d'insolence et d'assurance.

Fiona était tellement sûre de son pouvoir sur Brian, même après la façon dont elle l'avait traité, pensa Emmy, se rappelant son désespoir pendant ces longs mois où Brian ne quittait pas Fiona d'une semelle.

Fiona serait-elle arrivée à ses fins ? La veille, Emmy avait envisagé cette possibilité.

Fiona n'avait cessé de composer le numéro de Brian jusqu'à ce qu'elle parvienne à le joindre. Après avoir raccroché, elle avait dit à Emmy : « Tu ne vois pas d'inconvénient à ce que je laisse mes bagages ici ? Brian doit passer dans l'appart de luxe où loge sa tante, l'ex-femme de ménage. Je vais l'y rejoindre. » Elle avait haussé les épaules. « Il est terriblement provincial. Mais tu n'imagines pas le nombre de gens qui ont entendu parler de lui sur la côte Ouest. Tout ce qu'on m'a dit à propos de *Nebraska Nights* annonce que la pièce sera un triomphe — et j'ai l'intention d'y tenir la vedette. »

Emmy se leva. Son corps était raide et douloureux. Le vieux climatiseur sous la fenêtre avait beau siffler et vibrer, l'atmosphère dans la pièce n'en était pas moins affreusement chaude et humide. Une douche fraîche et une tasse de café lui feraient du bien. Peut-être aurait-elle les idées plus claires ensuite. Elle avait envie de voir Brian. Envie de passer ses bras autour de son cou. Je ne suis pas triste à cause de la mort de Fiona, s'avoua-t-elle, mais, Brian, comment imaginais-tu pouvoir t'en tirer ?

Elle venait de passer un T-shirt et une jupe de coton et tordait ses longs cheveux roux en chignon lorsque l'interphone de l'entrée retentit.

Elle décrocha, entendit l'inspecteur Rooney annoncer qu'il montait.

— La situation commence à prendre un sens, dit Alvirah. Brian, tu es certain de n'avoir rien oublié ? Entre autres, est-ce toi, hier, qui as mis le champagne à rafraîchir dans le seau en argent ?

Brian eut l'air stupéfait.

— Pourquoi aurais-je fait une chose pareille ?

— C'est bien ce que j'ai pensé.

Oh, mon Dieu, quelle histoire, soupira Alvirah en son for intérieur — Fiona ne s'est pas attardée dans l'appartement, puisqu'elle avait une audition. Je parierais que le producteur dont elle a parlé à Brian est

Carlton Rumson, et qu'elle lui a téléphoné et l'a invité à venir la rejoindre ici. C'est pour cette raison que les coupes et le champagne étaient sortis. Elle lui a montré le manuscrit, et alors, Dieu sait pourquoi, ils se sont disputés. Mais comment le prouver ? Alvirah resta pensive un moment. Puis elle se tourna vers Brian.

— Rentre chez toi et mets la dernière touche à ta pièce. J'ai parlé à Carlton Rumson ; il voudrait la lire dès aujourd'hui.

— Carlton Rumson ? s'exclama Brian. C'est sans doute le producteur le plus en vue de tout Broadway, et l'un des plus difficiles à contacter. Tu dois être magicienne !

— Je te donnerai davantage de détails plus tard, dit Alvirah. Je sais aussi qu'il part en voyage avec sa femme, battons donc le fer pendant qu'il est chaud.

Brian regarda rapidement le téléphone.

— Il faudrait que j'appelle Emmy. Elle a dû apprendre ce qui est arrivé à Fiona. Il composa le numéro, attendit, puis laissa un message : « Emmy, j'ai besoin de te parler. Je pars de chez tante Alvirah à l'instant pour rentrer chez moi. » En raccrochant, il ne put cacher sa déception. Elle est probablement sortie, dit-il.

Bien qu'elle eût reconnu la voix de Brian, Emmy ne fit pas un geste pour décrocher le combiné. Assis en face d'elle, l'inspecteur Rooney lui demandait de décrire en détail ce qu'elle avait fait la veille. Il haussa les sourcils.

— Vous auriez pu répondre. Je ne suis pas à une minute près.

— Je rappellerai Brian plus tard, dit-elle. Puis elle resta un instant silencieuse, choisissant ses mots avec soin : Hier, je suis sortie vers onze heures, et suis allée faire du jogging. Je suis rentrée vers onze heures trente, et j'ai passé le reste de la journée sans bouger d'ici.

— Seule ?

— Oui.

— Avez-vous vu Fiona Winters, hier ?

Le regard d'Emmy effleura les bagages entassés dans le coin de la pièce.

— Je...

Elle s'interrompit.

— Emmy, je préfère vous avertir qu'il vaut mieux, dans votre intérêt, dire toute la vérité. L'inspecteur Rooney consulta ses notes : Fiona Winters est arrivée par un vol de Los Angeles qui a atterri vers sept heures et demie du matin. Nous savons qu'elle a pris un taxi qui l'a déposée devant chez vous et qu'un livreur l'a aidée à monter ses bagages. Elle lui a dit que vous n'alliez pas l'accueillir à bras ouverts parce que vous couriez après son jules. Quand Mlle Winters est partie, vous l'avez suivie. Un portier de l'immeuble de Central Park South vous a reconnue. Vous vous êtes assise sur un banc de l'autre côté de la rue, surveillant l'immeuble pendant presque deux heures, puis vous êtes entrée par la porte de service, que les peintres avaient laissée ouverte. L'inspecteur Rooney se pencha en avant. Son ton devint confidentiel : Vous êtes montée à l'appartement des Meehan, n'est-ce pas ? Mlle Winters était-elle déjà morte ?

Emmy regarda fixement ses mains. Brian la taquinait toujours à cause de leur petitesse. « Mais elles sont drôlement fortes », avait-il ajouté en riant un jour où ils s'amusaient à lutter. Brian. Tout ce qu'elle dirait le desservirait. Elle leva les yeux vers l'inspecteur.

— Je veux consulter un avocat.

Rooney se leva.

— C'est votre droit, naturellement. J'aimerais vous rappeler que si Brian a tué son ex-petite amie, vous pouvez être accusée de complicité pour avoir dissimulé des preuves. Et je vous assure, Emmy, que cela ne lui servira à rien. Nous allons obtenir son inculpation par le grand jury, ça ne fait pas un pli.

Lorsque Brian arriva chez lui, il y avait un message d'Emmy sur son répondeur. « Appelle-moi, Brian, je t'en prie. » Les doigts de Brian appuyèrent frénétiquement sur les touches en composant le numéro.

Elle chuchota.

— Allô.

— Emmy, que se passe-t-il ? J'ai essayé de te joindre, mais tu étais sortie.

— J'étais ici. Avec un inspecteur de police. Brian, je dois absolument te voir.

— Prends un taxi jusqu'à l'appartement de ma tante. J'y retourne.

— Je veux te parler seule à seul. C'est à propos de Fiona. Elle est venue ici hier. Je l'ai suivie jusque chez ta tante.

Brian sentit sa bouche devenir sèche.

— Ne dis pas un mot de plus au téléphone.

À quatre heures, la sonnerie de la porte retentit avec insistance. Alvirah sursauta.

— Brian a oublié sa clé, dit-elle à Willy. Je l'ai remarquée sur la table de l'entrée.

Mais ce fut Carlton Rumson qu'elle trouva, à la place de Brian, devant la porte.

— Madame Meehan, dit-il, veuillez excuser mon intrusion.

Et sur ce, il entra.

— J'ai mentionné à l'un de mes collaborateurs que j'allais jeter un coup d'œil au scénario de votre neveu. Apparemment, il a assisté à une représentation de sa première pièce et l'a trouvée excellente. À vrai dire, il aurait souhaité que je la voie, mais les représentations ont été brusquement interrompues et je n'en ai pas eu l'occasion.

Rumson s'était avancé dans la pièce de séjour et avait pris place dans un canapé. Il pianota d'un geste nerveux sur la table basse.

— Puis-je vous offrir quelque chose à boire ? demanda Willy. Une bière peut-être ?

— Oh, Willy, dit Alvirah, je suis certaine que M. Rumson ne boit que du meilleur champagne. Il me semble l'avoir lu dans *People*.

— C'est exact, en effet, mais pas maintenant, je vous remercie.

L'expression de Rumson était plutôt aimable, pourtant Alvirah remarqua une veine qui battait sur sa gorge.

— Où pourrais-je contacter votre neveu ?

— Il devrait arriver d'une minute à l'autre. Vous pouvez l'attendre ici, à moins que vous ne préfériez rentrer chez vous et que je vous prévienne de son arrivée.

Choisissant la deuxième solution, Rumson se leva et se dirigea vers la porte.

— Je lis très vite. Si vous voulez bien me faire porter le manuscrit, je pourrai en discuter avec Brian ensuite.

Sitôt Rumson parti, Alvirah se tourna vers Willy :

— Qu'en penses-tu ?

— J'en pense que pour un caïd de la production, il a les nerfs en pelote. J'ai horreur des gens qui pianotent sur les tables. Cela me met mal à l'aise.

— Bon, il était sûrement aussi mal à l'aise que toi, et je n'en suis pas surprise.

Alvirah adressa à son mari un sourire mystérieux.

Moins d'une minute plus tard, la sonnerie retentit une deuxième fois. Alvirah alla en courant ouvrir la porte et trouva Emmy Laker sur le seuil, des mèches de cheveux roux s'échappant de son chignon, le visage à moitié dissimulé derrière des lunettes noires, sa jolie silhouette moulée dans un T-shirt et une jupe de coton semblable à un tourbillon de couleurs. Elle avait l'air d'avoir seize ans.

— Cet homme qui vient de sortir, balbutia-t-elle. Qui est-ce ?

— Carlton Rumson, le producteur, répondit vivement Alvirah. Pourquoi ?

— Parce que...

Emmy retira ses lunettes, dévoilant ses yeux gonflés.

Alvirah posa deux mains solides sur les épaules de la jeune fille.

— Emmy, qu'y a-t-il ?

— Je ne sais pas quoi faire, gémit Emmy. Je ne sais vraiment pas quoi faire.

Carlton Rumson regagna son appartement. Des gouttes de transpiration perlaient à son front. Alvirah Meehan n'était pas stupide. Cette remarque à propos du champagne n'avait pas été innocente. Que soupçonnait-elle réellement ?

Victoria se tenait sur la terrasse, les mains à peine posées sur la balustrade. Il s'approcha d'elle avec précaution.

— Pour l'amour du ciel, n'as-tu pas lu les écriteaux ? Une simple poussée et ce truc-là s'effondre.

Victoria était vêtue d'un pantalon blanc et d'un pull tricoté assorti. Dommage, songea Rumson avec aigreur, qu'un journaliste ait un jour écrit qu'avec sa blondeur exquise Victoria Rumson ne devrait jamais porter autre chose que du blanc. Elle avait suivi ce conseil à la lettre. À elles seules, ses notes de teinturier auraient suffi à mettre un autre homme que lui sur la paille.

Elle se tourna tranquillement vers lui.

— J'ai remarqué qu'à la moindre contrariété, tu t'en prends toujours à moi. Savais-tu que Fiona Winters se trouvait dans cet immeuble ? Ou y était-elle venue à ta demande ?

— Vic, je n'ai pas revu Fiona depuis bientôt deux ans. Si tu ne me crois pas, tant pis pour toi.

— L'essentiel est que tu ne l'aies pas vue hier, chéri. J'ai entendu dire que la police pose une quantité de questions. On découvrira inévitablement qu'elle et toi alimentiez la chronique — comme le disent les journalistes. Oh, après tout, je suis persuadée que tu vas gérer tout ça avec ton sang-froid habituel. En attendant, t'es-tu occupé de la pièce de Brian McCormack ? J'ai une de mes fameuses intuitions à ce propos, tu sais.

Rumson s'éclaircit la voix :

— Alvirah Meehan doit m'en faire parvenir un exemplaire cet après-midi. Et après l'avoir lue, je descendrai en discuter avec Brian.

— J'aimerais la lire également. Et je t'accompagnerai peut-être ensuite. Je suis curieuse de voir comment une femme de ménage décore son intérieur.

Victoria Rumson passa son bras sous celui de son mari : Mon pauvre chéri. Pourquoi es-tu si nerveux ?

Brian entra précipitamment dans l'appartement, son manuscrit sous le bras. Il faillit bousculer Alvirah à la vue d'Emmy allongée sur le divan, recouverte d'un léger plaid. Alvirah referma la porte derrière lui, le regarda s'agenouiller auprès d'Emmy et l'entourer de ses bras.

— Je vais à côté, vous pourrez parler tranquillement tous les deux, annonça-t-elle.

Dans la chambre, elle trouva Willy en train de sortir des vêtements de la penderie.

— Laquelle, chérie ?

Il tenait devant lui deux vestes de sport.

Le front d'Alvirah se plissa.

— Tu veux avoir l'air élégant, mais pas trop, à la soirée que donne Pete pour son départ à la retraite ? Mets la bleue avec une chemise de sport blanche.

— Je n'ai pas envie de te laisser ce soir, protesta Willy.

— Il n'est pas question que tu fasses faux bond à Pete, dit Alvirah d'un ton ferme. Et, Willy, laisse-moi te commander une voiture avec chauffeur.

— Mon chou, nous dépensons une fortune pour garer notre voiture dans l'immeuble. À quoi bon jeter l'argent par les fenêtres ?

— D'accord, mais si t'amuses un peu trop, promets-moi de ne pas conduire au retour. Dors dans notre ancien appartement. Tu sais ce qui arrive quand tu retrouves ta bande de vieux copains.

Willy sourit d'un air penaud.

— Tu veux dire que si je chante *Danny Boy* plus de deux fois, c'est le signal fatal ?

— Exactement.

— Chérie, je suis tellement vanné après ce voyage et les événements d'hier soir, que je préférerais franchement boire une ou deux bières avec Pete et rentrer.

— Ce ne serait pas gentil. À la réception que nous avons donnée après avoir gagné à la loterie, Pete est resté jusqu'à l'heure où l'autoroute commence à être bloquée le matin. Viens maintenant, il faut que nous parlions à ces enfants.

Dans le séjour, Brian et Emmy étaient assis côte à côte, main dans la main.

— Avez-vous fini par tirer les choses au clair? demanda Alvirah.

— Pas vraiment, répondit Brian. Apparemment, Emmy a passé un mauvais quart d'heure avec Rooney lorsqu'elle a refusé de répondre à ses questions.

Alvirah s'assit.

— Je dois savoir ce qu'il vous a demandé.

D'un ton saccadé, Emmy lui relata tout par le menu. Puis elle retrouva une voix plus calme et une attitude plus assurée pour annoncer:

— Brian, tu vas être inculpé. Il essaye de me faire dire des choses qui pourraient te porter tort.

— Tu veux dire que tu cherches à me protéger? Brian semblait stupéfait. Mais c'est inutile. Je n'ai rien fait. Je pensais...

— Tu pensais que c'était Emmy qui avait des ennuis, dit Alvirah. Elle s'installa avec Willy sur le canapé en face d'eux. Brian et Emmy étaient assis devant la table de verre qu'elle avait époussetée, effaçant les empreintes de doigts. Les rideaux se trouvaient légèrement sur la droite. Quelqu'un ayant pris place au même endroit aurait eu l'embrasse juste sous les yeux.

— Je vais vous dire une chose à tous les deux, annonça-t-elle. Chacun de vous pense que l'autre est peut-être mêlé à cette affaire — et vous vous trompez. Racontez-moi seulement ce que vous savez ou croyez savoir. Brian, aurais-tu caché quelque chose concernant la visite de Fiona hier?

— Rien. Absolument rien.

— Bien. À vous, Emmy.

Emmy alla jusqu'à la fenêtre.

— J'adore cette vue, fit-elle. Elle se tourna ensuite vers Alvirah et Willy et leur raconta l'apparition soudaine de Fiona chez elle: Hier, après le départ de Fiona, je crois que j'ai un peu perdu la tête. Brian lui avait été terriblement attaché, je ne pouvais pas supporter l'idée de le voir repartir avec elle. Fiona est

— était — le genre de femme capable de séduire un homme d'un seul battement de paupières. J'avais tellement peur qu'elle ne reprenne Brian.

— Je n'ai jamais..., protesta Brian.

— Tais-toi, Brian, ordonna Alvirah.

— Je suis restée assise sur le banc du parc pendant un long moment, continua Emmy. J'ai vu Brian partir. Comme Fiona ne redescendait pas, j'ai pensé qu'il lui avait peut-être demandé de l'attendre. Finalement, j'ai décidé d'avoir une explication avec elle. J'ai emboîté le pas à une femme de ménage qui pénétrait dans l'immeuble par l'entrée des livreurs restée ouverte, et je suis montée par l'ascenseur de service pour éviter qu'on me voie. J'ai sonné à la porte, attendu, sonné encore, puis je suis partie.

— C'est tout ? demanda Brian. Pourquoi as-tu eu peur de le raconter à Rooney ?

Ce fut Alvirah qui répondit :

— Pour la bonne raison qu'en apprenant la mort de Fiona, elle a pensé que si celle-ci n'avait pas répondu à ses coups de sonnette, c'était peut-être parce que tu l'avais déjà tuée. Elle se pencha en avant : Emmy, pourquoi avez-vous posé des questions à propos de Carlton Rumson tout à l'heure ? Vous l'avez vu hier, n'est-ce pas ?

— En m'engageant dans le couloir au moment où je sortais de l'ascenseur de service, je l'ai aperçu qui marchait devant moi, vers l'ascenseur principal. Je me suis dit que je l'avais déjà rencontré quelque part, mais je ne l'ai pas reconnu avant de le revoir il y a quelques instants.

Alvirah se leva.

— Je crois que nous devrions téléphoner à M. Rumson et l'inviter à venir nous rejoindre, et je crois aussi que nous devrions demander à l'inspecteur Rooney de participer à notre petite réunion. Mais avant tout, Brian, donne ton manuscrit à Willy. Il ira le porter immédiatement chez les Rumson. Voyons. Il est presque cinq heures. Willy, tu demanderas à Rumson de nous téléphoner dès qu'il sera prêt à nous le rapporter.

Le bourdonnement de l'interphone se fit entendre. Willy alla répondre.

— C'est Rooney, dit-il. Il veut te voir, Brian.

Il n'y avait aucune chaleur dans l'attitude de l'inspecteur quand il entra dans l'appartement quelques minutes plus tard.

— Brian, dit-il sans préambule, je dois vous demander de me suivre au commissariat afin d'y répondre à quelques questions supplémentaires. On vous a signifié vos droits. Je vous rappelle une fois de plus que tout ce vous direz pourra être retenu contre vous.

Alvirah s'interposa.

— Il n'ira nulle part. Et avant que vous ne repartiez, inspecteur, j'ai certaines choses intéressantes à vous communiquer.

Il était près de sept heures lorsque Carlton Rumson téléphona. Alvirah et Willy avaient parlé à Rooney du champagne et des coupes, ainsi que des empreintes sur la table de verre et du fait qu'Emmy avait surpris Carlton Rumson dans le couloir, mais Alvirah aurait juré qu'aucune de ses informations n'impressionnait vraiment l'inspecteur. Il est fermé à tout ce qui ne confirme pas ses spéculations concernant la culpabilité de Brian, se dit-elle.

Quelques minutes plus tard, Alvirah vit avec stupéfaction le couple Rumson entrer dans l'appartement. Victoria Rumson avait le sourire aux lèvres. Quand on lui présenta Brian, elle lui prit les deux mains et s'exclama :

— Vous êtes réellement un jeune Neil Simon ! Je viens de lire votre pièce. Félicitations.

Constatant la présence de l'inspecteur Rooney, Carlton Rumson pâlit. Il bafouilla à l'adresse de Brian :

— Je suis sincèrement désolé de vous interrompre en ce moment. Je serai très bref. Votre pièce est excellente. Je veux prendre une option sur elle. Pouvez-vous demander à votre agent de se mettre en contact avec mon bureau dès demain matin ?

Victoria Rumson se tenait devant la porte de la terrasse.

— Vous avez eu raison de ne pas masquer cette vue, dit-elle à Alvirah. Mon décorateur a installé des stores vénitiens et je pourrais aussi bien donner sur un mur.

Elle a dû avaler ses pilules du bonheur ce matin, pensa Alvirah.

— Je crois que nous devrions nous asseoir ensemble un moment et discuter, suggéra alors Rooney.

Les Rumson lui obéirent à regret.

— Monsieur Rumson, connaissiez-vous Fiona Winters ? interrogea Rooney.

Alvirah se dit qu'elle avait peut-être sous-estimé l'inspecteur. Son expression était soudain très intense et il se penchait légèrement en avant.

— Mlle Winters a participé à plusieurs des pièces que j'ai produites il y a quelques années, répondit Rumson.

Il avait pris place sur l'un des canapés, près de sa femme. Alvirah remarqua qu'il coulait vers elle des regards inquiets.

— Peu m'importe ce qui s'est passé il y a plusieurs années, le coupa Rooney. C'est la journée d'hier qui m'intéresse. L'avez-vous vue ?

— Absolument pas.

Au ton tendu de sa voix, Alvirah eut l'impression qu'il était sur la défensive.

— Vous a-t-elle téléphoné d'ici ? demanda-t-elle.

— Madame Meehan, si vous n'y voyez pas d'inconvénient, c'est moi qui poserai les questions, dit l'inspecteur.

— Un peu de respect quand vous vous adressez à ma femme, le reprit Willy.

Victoria Rumson tapota le bras de son mari.

— Chéri, je pense que tu t'efforces de ménager mes sentiments. Si cette diablesse de Winters continuait de te harceler, ne crains pas de rapporter exactement ce qu'elle voulait.

Rumson sembla vieillir brusquement sous leurs yeux. Lorsqu'il prit la parole, ce fut d'une voix lasse :

— Comme je viens de vous le dire, Fiona Winters

a joué dans plusieurs des pièces que j'ai produites. Elle...

— Elle a aussi eu des relations très personnelles avec vous, l'interrompit Alvirah. Vous l'emmeniez souvent au centre de thalassothérapie de Cypress Point.

Rumson lui jeta un regard noir.

— Je n'ai eu aucune relation avec Fiona Winters depuis des années, dit-il. C'est exact, elle m'a téléphoné hier, il était midi passé. Elle m'a dit qu'elle se trouvait dans l'immeuble et qu'elle avait apporté une pièce à mon intention, elle voulait que je la lise, elle était sûre qu'elle ferait un succès et elle voulait y jouer le rôle principal. J'attendais un appel d'Europe et j'ai accepté de la retrouver ici une heure plus tard.

— Ce qui signifie qu'elle a appelé après le départ de Brian, conclut Alvirah d'un ton triomphant. C'est pour cette raison que les coupes et la bouteille de champagne étaient sorties. Elles vous étaient destinées.

— Êtes-vous entré dans l'appartement, monsieur Rumson ? demanda Rooney.

À nouveau, Rumson hésita.

— Chéri, dis-le, murmura Victoria Rumson.

N'osant regarder l'inspecteur, Alvirah annonça :

— Emmy vous a vu dans le couloir quelques minutes avant une heure de l'après-midi.

Rumson bondit.

— Madame Meehan, je ne tolérerai pas davantage vos insinuations. Je craignais que Fiona ne continue à me harceler si je ne mettais pas les choses au point avec elle une bonne fois pour toutes. Je suis descendu et j'ai sonné. Je n'ai pas obtenu de réponse. La porte n'était pas complètement fermée, je l'ai poussée et j'ai appelé. Puisque j'étais venu jusque-là, autant en terminer, me suis-je dit.

— Êtes-vous entré dans l'appartement ? demanda Rooney.

— Oui. J'ai traversé la pièce où nous sommes, passé la tête dans la cuisine, et jeté un coup d'œil dans la chambre. Fiona n'était nulle part. J'en ai conclu qu'elle avait changé d'avis et ne voulait plus me rencontrer, et je puis vous assurer que j'ai été soulagé.

Puis, en entendant les nouvelles ce matin, j'ai tout de suite pensé que son corps se trouvait peut-être dans la penderie alors même que j'étais ici et j'ai craint d'être compromis dans cette histoire. Il se tourna vers sa femme : Je le suis bel et bien, mais crois-moi, ce que je viens de dire est l'exacte vérité.

Victoria effleura sa main.

— Il n'est pas question qu'on te mêle à ça. Quel toupet avait cette fille d'imaginer qu'elle obtiendrait le rôle principal de *Nebraska Nights* ! Elle se tourna vers Emmy : C'est quelqu'un de votre âge qui devrait jouer le rôle de Diane.

— Ce sera le cas, dit Brian. Je ne lui avais pas encore annoncé.

Rumson se tourna vers sa femme avec impatience.

— Tu veux dire que… ?

Rooney l'interrompit en refermant son calepin :

— Monsieur Rumson, je vais vous demander de m'accompagner au poste de police. Emmy, j'aimerais également que vous fassiez une déposition complète. Brian, nous aurons d'autres questions à vous poser et je vous invite fortement à prendre les conseils d'un avocat.

— Une minute, je vous prie, s'indigna Alvirah. Je vois bien que vous faites davantage confiance à M. Rumson qu'à Brian. (Adieu, l'option sur la pièce, mais ce n'est pas le plus important, pensa-t-elle.) Votre hypothèse est que Brian est parti, puis revenu pour dire à Fiona de débarrasser le plancher, et qu'il l'a alors tuée. Je vais vous dire, moi, comment les choses se sont passées. M. Rumson est descendu ici et s'est disputé avec Fiona. Il l'a étranglée mais s'est montré assez malin pour emporter le manuscrit qu'elle était en train de lui faire lire.

— C'est archifaux ! se récria Rumson.

— Je ne veux plus entendre un seul mot ici, ordonna Rooney. Emmy, monsieur Rumson, Brian — une voiture nous attend en bas. En route.

Sitôt la porte refermée derrière eux, Willy prit Alvirah dans ses bras.

— Chérie, il n'est pas question que j'aille à la soirée de Pete. Je ne veux pas te laisser seule. Tu as l'air près de t'écrouler.

Alvirah le serra à son tour contre elle.

— Non, sûrement pas. J'ai tout enregistré. J'ai besoin d'écouter les bandes et je m'en tire mieux quand je suis seule. Amuse-toi bien.

L'appartement lui parut affreusement calme après le départ de Willy. Alvirah décida qu'un bon bain dans son jacuzzi éliminerait un peu la raideur de ses membres et lui éclaircirait l'esprit.

Ensuite, elle enfila sa chemise de nuit préférée et le confortable peignoir à rayures de Willy. Elle plaça le magnétophone haut de gamme offert par le rédacteur du *Globe* sur la table de la salle à manger, sortit la minuscule cassette de sa broche, l'inséra dans l'appareil et pressa le bouton de lecture. Elle introduisit une cassette vierge dans sa broche qu'elle agrafa au revers du peignoir, au cas où elle voudrait enregistrer ses propres réflexions. Puis elle s'installa pour écouter ses conversations avec Brian, l'inspecteur Rooney, Emmy et les Rumson.

Il y avait quelque chose dans l'attitude de Carlton Rumson qui la tracassait. Quoi ? Méthodiquement, Alvirah écouta leur premier entretien avec les Rumson. Il était plutôt décontracté ce soir-là, mais quand elle l'avait rencontré par hasard le lendemain, il lui avait paru changé. Il lui avait dit qu'il désirait lire la pièce sans plus attendre. Pourtant Brian disait que Carlton Rumson était extrêmement difficile à contacter personnellement.

Voilà, c'était ça ! Il savait déjà que la pièce était bonne. Mais il ne pouvait pas révéler qu'il l'avait déjà lue.

Le téléphone sonna. Surprise, elle se hâta de décrocher. C'était Emmy.

— Madame Meehan, chuchota-t-elle, ils sont toujours en train d'interroger Brian et M. Rumson, mais je sais qu'ils croient Brian coupable.

— Je viens à la minute de tout comprendre, dit Alvirah d'un ton triomphant. Avez-vous bien observé

Carlton Rumson lorsque vous l'avez rencontré dans le couloir ?

— Je crois, oui.

— Alors, vous avez certainement remarqué qu'il tenait un manuscrit à la main, n'est-ce pas ? Or, s'il est vrai comme il le prétend qu'il est descendu dans le seul but de rompre avec Fiona, il n'aurait jamais pris ce manuscrit. Mais s'ils en ont parlé ensemble et qu'il en a lu une partie avant de la tuer, il serait normal qu'il l'ait emporté. Emmy, je crois avoir trouvé la solution de l'énigme.

La voix d'Emmy était à peine audible :

— Madame Meehan, je suis certaine que Carlton Rumson ne tenait rien à la main lorsque je l'ai vu. Et si jamais l'inspecteur me pose cette question, ma réponse fera du tort à Brian, n'est-ce pas ?

— Il faut leur dire la vérité, répondit Alvirah tristement. Mais ne vous inquiétez pas. Je n'ai pas dit mon dernier mot.

Dès qu'elle eut raccroché, elle remit en marche le magnétophone et écouta à nouveau les enregistrements. Elle repassa plusieurs fois ses conversations avec Brian. Il y avait quelque chose qui lui échappait dans les propos de son neveu. Quoi ?

Elle finit par se lever, un peu d'air frais lui ferait du bien. Non que l'air de New York fût d'une extrême pureté, songea-t-elle en ouvrant la porte-fenêtre qui donnait sur la terrasse. Cette fois-ci, elle marcha jusqu'à la balustrade et y posa légèrement les doigts. Si Willy était là, il aurait une attaque, pensa-t-elle, mais je ne m'appuierai pas. La contemplation du parc était si apaisante. Le parc. Maman se souvenait toujours avec des larmes aux yeux du jour où elle avait fait de la luge dans le parc. Elle avait seize ans alors, et elle en a parlé jusqu'à la fin de sa vie. C'était son amie Beth qui avait demandé cette faveur pour son anniversaire.

Beth !

Beth !

C'était ça ! Elle se rappelait Brian disant que Fiona Winters voulait jouer le personnage de Diane. Puis

Brian s'était repris et avait rectifié: «Je veux dire Beth.» Willy avait demandé de qui il s'agissait, et Brian avait répondu que c'était le nom de l'héroïne de sa nouvelle pièce, qu'il l'avait changé dans la version définitive. Alvirah brancha son micro et s'éclaircit la voix. Mieux vaut noter tout ça, se dit-elle. Mes impressions immédiates me seront très utiles lorsqu'il faudra écrire un article pour le *Globe*.

— Ce n'est pas Carlton Rumson qui a tué Fiona Winters, dit-elle à voix haute, d'un ton affirmatif. Ce ne peut être que sa femme, Vicky «Je-n'y-vois-aucun-mal». C'est elle qui a insisté auprès de Rumson pour qu'il lise la pièce. Elle qui a dit qu'Emmy devrait jouer le rôle de Diane — elle ignorait que Brian avait changé le nom. Et Rumson était sur le point de la corriger, parce qu'il ne connaissait que la seconde version de la pièce. Elle a probablement entendu ce que Fiona disait au téléphone. Elle est descendue ici pendant que Rumson attendait son appel d'Europe. Elle ne voulait pas que Fiona renoue avec Rumson, c'est pourquoi elle l'a tuée, puis elle s'est emparée du manuscrit. Mais c'est la copie qu'elle a lue, pas la dernière version.

— Bien vu, madame Meehan.

La voix s'était élevée dans son dos, et avant d'avoir pu esquisser un geste, Alvirah sentit des mains puissantes se plaquer contre ses reins. Elle tenta de se retourner quand son corps s'appuya contre la balustrade. Comment Victoria Rumson était-elle entrée? En un éclair, elle se souvint que la clé de Brian était posée sur la table de l'entrée. Victoria s'en était sans doute saisie.

Rassemblant toute son énergie, elle tenta de repousser son agresseur, mais un coup assené sur sa nuque l'étourdit. Elle eut la force de pivoter sur elle-même pour faire face à Victoria. Cependant, le coup avait eu l'effet escompté, et Alvirah s'affaissa contre la balustrade. Elle entendit vaguement un craquement, sentit quelque chose céder sous elle, son corps chanceler au-dessus du vide.

La soirée de Pete fut un triomphe. Les vieux copains de Willy se pressaient dans la salle, parmi les odeurs alléchantes de saucisse, de piment, de corned-beef et de chou. On avait ouvert le premier baril de bière et Pete, tout sourires, allait de l'un à l'autre, invitant chacun à boire.

Pourtant, Willy ne parvenait pas à se mettre dans l'ambiance. Un pressentiment le tourmentait, le rongeait, le pressait de rentrer chez lui. Il but sa bière, grignota un sandwich au corned-beef, félicita Pete, et sans même attendre que le chœur entonne *Danny Boy*, il se faufila parmi les invités et remonta dans sa voiture.

En arrivant à l'appartement, il trouva la porte entrebâillée ; immédiatement, un signal d'alarme intérieur se déclencha.

— Alvirah, appela-t-il d'un ton inquiet. Puis il aperçut les deux silhouettes sur la terrasse. Oh, mon Dieu ! gémit-il, et il s'élança à travers la pièce, criant le nom d'Alvirah.

—. Rentre immédiatement, chérie, implora-t-il. Écarte-toi. Éloigne-toi de cette maudite balustrade.

Puis il comprit ce qui se passait. L'autre femme tentait de pousser Alvirah dans le vide. Il s'avança sur la terrasse au moment où une partie des balustres s'effondrait derrière Alvirah.

Willy fit un pas de plus en direction des deux femmes et perdit connaissance.

Au commissariat, le cœur chaviré en songeant à Brian, Emmy attendait que l'on dactylographie sa déposition. L'inspecteur Rooney avait cru Carlton Rumson quand ce dernier avait dit s'être rendu à l'appartement d'Alvirah et en être reparti, pensant qu'il n'y avait personne. Il était évident que la conviction de Rooney était faite, qu'il avait décidé que Brian était l'auteur du meurtre de Fiona.

Comment ne voit-il pas qu'il n'avait aucune raison de la tuer ? Emmy était désespérée. Brian lui avait confié qu'il n'en voulait pas à Fiona d'avoir laissé tomber sa pièce. Au contraire, elle lui avait ainsi révélé quel genre de femme elle était. Oh, je n'aurais pas dû me montrer aussi bouleversée lorsque Fiona a débarqué chez moi hier sans prévenir, se reprocha Emmy. Brian n'aurait jamais renoué avec elle. Mais quand elle avait tenté d'en convaincre l'inspecteur, il lui avait demandé : « Dans ce cas, si vous étiez tellement persuadée que Brian n'éprouvait plus aucun sentiment pour Fiona, pourquoi l'avez-vous suivie jusqu'à l'appartement de sa tante ? »

Emmy se frotta le front. Elle avait si mal à la tête ! Quelques jours plus tôt, Brian lui avait lu sa nouvelle pièce, la consultant sur le nom de l'héroïne. Il pensait changer Diane en Beth.

« Diane est un nom qui a du caractère, avait-il dit. Je vois le personnage comme une femme qui semble d'abord vulnérable, presque mélancolique ; mais à mesure que l'action se déroule, on découvre à quel point elle est forte. Qu'en penserais-tu si je l'appelais Beth au lieu de Diane ?

— Ça me plaît, avait-elle répondu.

— Tant mieux, avait dit Brian, parce que c'est toi qui en es l'inspiratrice, et je veux que son nom te convienne. Je vais le changer dans la version définitive. »

Emmy se redressa et regarda devant elle, oubliant la lumière crue du commissariat, ainsi que le brouhaha et la confusion qui régnaient autour d'elle. *Beth... Diane...*

Bien sûr ! Ce soir, Victoria Rumson m'a dit que je devrais jouer le rôle de Diane. Mais le scénario final, celui qu'elle est censée avoir lu, comportait déjà le nouveau nom. Elle a donc lu le manuscrit qui a disparu de l'appartement. Ce qui signifie qu'elle était dans l'appartement avec Fiona. C'est évident, tout concorde. Peut-être la patience de Victoria Rumson à l'égard des incartades de son mari avait-elle fini par s'émousser lorsqu'elle avait failli le perdre, deux ans auparavant — à cause de Fiona Winters !

Emmy se leva d'un bond et s'élança hors du commissariat. Elle devait parler à Alvirah sans perdre une minute. Elle entendit un policier l'interpeller, mais ne répondit pas et héla un taxi.

Arrivée devant l'immeuble, elle passa en trombe devant le portier ébahi et alla droit à l'ascenseur. Elle entendit le cri de Willy au moment où elle se ruait dans le couloir. La porte de l'appartement était ouverte. Elle vit Willy s'avancer en chancelant sur la terrasse, tomber. Puis elle aperçut les silhouettes des deux femmes et comprit ce qui se passait.

D'un bond, Emmy s'élança. Alvirah lui faisait face, oscillant au-dessus du vide. Sa main droite agrippait la partie de la balustrade qui tenait encore en place, mais elle était sur le point de lâcher prise sous les coups redoublés de son assaillante.

Emmy saisit Victoria par le bras et le lui tordit en arrière. Le craquement que fit le reste des balustres en s'écroulant couvrit à peine le hurlement de rage et de douleur de Victoria. La repoussant sur le côté, Emmy saisit Alvirah par la ceinture de sa robe de chambre. Alvirah chancelait. Ses pantoufles glissaient sur le rebord de la terrasse. Son corps vacillait, près de basculer trente-trois étages plus bas. Dans un dernier sursaut d'énergie, Emmy la tira en avant et elles retombèrent toutes les deux sur la forme étendue et inconsciente de Willy.

Alvirah et Willy dormirent jusqu'à midi. Lorsqu'ils se réveillèrent enfin, Willy insista pour qu'Alvirah reste au lit. Il alla dans la cuisine, revint un quart d'heure plus tard avec une cruche de jus d'orange, du thé et des toasts. À la seconde tasse de thé, Alvirah retrouva son optimisme naturel.

— Eh bien, heureusement que Rooney a foncé ici à la suite d'Emmy et qu'il a rattrapé Victoria au moment où elle tentait de s'enfuir ! Et sais-tu à quoi je pense, Willy ?

— Je ne sais jamais à quoi tu penses, chérie, soupira Willy.

— Écoute, je te parie que Carlton Rumson va continuer à vouloir produire la pièce de Brian. Tu peux être certain qu'il ne pleurera pas en voyant Victoria aller en prison.

— Tu as sans doute raison. Ils n'avaient pas l'air de tourtereaux.

— Willy, conclut Alvirah, je voudrais que tu parles à Brian. Dis-lui qu'il ferait bien d'épouser cette charmante Emmy avant que quelqu'un d'autre ne la lui souffle. Elle ajouta avec un sourire ravi : J'ai trouvé un cadeau de mariage qui leur conviendra à merveille, tout un ensemble de meubles laqués blanc.

Traduit par Anne Damour

JAMES CRUMLEY

Une part non négligeable de nos activités culturelles peut se résumer à une série de listes : meilleurs films de l'année, émissions télévisées top niveau, best-sellers, etc. Tout cela subjectif, le plus souvent inutile, mais par ailleurs fort divertissant. Personne n'ignore qu'il faudrait lire tous les livres qui paraissent pour décider quel est le meilleur de l'année ou encore voir tous les films pour trancher qui sont, à nos yeux, les meilleurs acteurs ou les meilleures actrices, etc. Mais notre vie est si bien remplie que c'est tout bonnement impossible, et les fameuses listes sont là pour nous éclairer.

Sur ma liste personnelle des meilleures œuvres de fiction « hard-boiled », je fais figurer depuis une dizaine d'années Le Dernier Baiser *de James Crumley, le plus réussi des romans noirs jamais écrits. Le titre à lui seul est tout un programme et sa première phrase est citée en exemple par tous les aficionados du polar autant et sinon plus que le « J'ai rêvé l'autre nuit que je retournais à Manderley » qui ouvre* Rebecca[1] :

« Quand j'ai finalement rattrapé Abraham Trahearne, il était en train de boire des bières avec un bouledogue alcoolique nommé Fireball Roberts dans une taverne mal en point juste à la sortie de Sonoma, en Californie du Nord ; en train de vider le cœur d'une superbe journée de printemps[2]. »

Voici la première nouvelle écrite par James Crumley

1. Traduction de Denise Van Moppès, éditions Albin Michel.
2. Traduction de Philippe Garnier, collection 10/18.

depuis vingt-trois ans et c'est sans conteste l'une des meilleures nouvelles criminelles qui soient. Aussi bien ses personnages que sa trame valent largement ceux de tout roman dit « sérieux ».

O. P.

Eaux sulfureuses

La nuit, malgré l'air vif de la montagne, Mona Sue insistait pour pousser à fond le climatiseur. Sa température dépassait en permanence la normale d'un degré ou deux, et elle affirmait que le bébé qu'elle portait ne faisait qu'aggraver cet état de fièvre perpétuel. Elle maintenait un froid de glacière dans le bungalow. Au cours de ses longues nuits d'insomnie, Benbow se pelotonnait contre sa peau nue brûlante, tâchant de s'y réchauffer.

Le matin aussi, Mona Sue le forçait à sortir dans le froid. Le bungalow, moderne, se dressait sur une plate-forme dans l'ombre fraîche du mont Nihart ; et ils rompaient leur jeûne en se faisant servir le petit déjeuner sur la terrasse. Elle drapait mollement son corps nu d'une robe de chambre tandis que Benbow s'empaquetait dans la sienne avec plusieurs sweats. Elle dévorait comme si elle alimentait une fournaise, lui racontait ses rêves comme si c'était l'Évangile et mettait à mal, sans beaucoup se forcer, la profusion de fromages étrangers et de fruits hors saison et hors de prix, un pain bis entier et quatre variétés de viandes, sans cesser de retracer en babillant à tort et à travers les événements de sa nuit intérieure, rêves d'adolescente au symbolisme languide, vaguement effrayants. Elle rêvait de sa mère, encore jeune et jolie, dévorant sa portée de garçons va-nu-pieds dans les vallons ombreux des Ozarks. Ou de son père, de retour à la maison après un séjour dans une prison du Tennessee, et de son membre crochu pendouillant contre sa joue peau de pêche.

Benbow la soupçonnait de laisser le meilleur de côté et essayait de se laisser bercer par ses inflexions du Sud, sans lever les yeux vers elle. Il ne savait que trop ce qui se passerait s'il la regardait parler, s'il regardait le mouvement sinueux de ses lèvres douces et presque noires, la fente de ses yeux gris sagaces. Il grignotait donc son petit déjeuner et tentait de concentrer son attention sur la vapeur qui montait, à mi-pente, du grand bassin naturel d'eau chaude, derrière le vieux chalet en noyer blanc.

Elle passait ensuite à ses rêveries diurnes sur leur avenir incertain, rêveries dotées des caractéristiques mortelles d'une balle de calibre 45 dans le crâne : après le bébé, ils pourraient se réfugier au Canada ; personne ne les poursuivrait jusque là-haut. Il l'écoutait et la regardait avec la fausse patience d'un adolescent confronté pour la première fois à la pure concupiscence et à un désir incurable.

Mona Sue dévorait avec l'avidité délicate et précise d'un chirurgien du cœur, le gras de son pouce blanc en spatule sur le manche de la cuillère tandis qu'elle creusait une spirale parfaitement ronde dans la chair orange et tendre de son melon. Chaque bouchée de viande devait être compensée par son poids égal de pain grillé avant d'être broyée entre ses quenottes blanches. Puis elle examinait chaque fraise, en suspens devant ses lèvres rouge foncé, comme si elle était un joyau hautement prémonitoire, et elle quelque oracle de l'Antiquité, avant de plonger ses dents étincelantes dans le fruit charnu comme dans une vérité funeste. Le cœur de Benbow chavirait dans sa poitrine tandis qu'il s'efforçait d'emplir ses poumons d'air froid pour repousser la chaleur du corps de Mona Sue.

L'automne avait gagné les montagnes, à présent. Les peupliers et les aulnes saluaient le changement de saison par un deuil criard, et le matin du givre recouvrait le pare-brise de la Taurus grise qu'il avait volée à l'aéroport de Denver. Chaque nuit, de la neige fraîche tombait, descendant lentement de crête en crête depuis les pics lointains de la Hard Rock Range ; et chaque matin la révélait de plus en plus proche sur la pente abrupte, derrière eux. En contrebas de la plate-forme, le vieux chalet semblait se blottir de plus en plus profondément au creux de l'étroit canyon, comme pour se préparer à des éternités neigeuses. Et la vapeur des sources chaudes, se mêlant à la fumée des feux de bois, s'insinuait entre les saules jaunis du vallon, où elle stagnait.

Benbow subodorait que ce spectacle était peine perdue pour Mona Sue. Le regard de ses yeux noirs paraissait tourné vers l'intérieur, vers le cinérêve de sa vie, où figuraient en bonne place son mari, R.L. Dark, l'éleveur de porcs, P'tit R.L., fils au cou de taureau du précédent, et le tas de déchets de sa grande famille de vauriens des Ozarks.

— Coach[1], disait-elle — elle trouvait marrant de l'appeler Coach —, interrompant le fil vagabond et accidenté de sa rêverie.

Puis, dégageant son visage en balayant d'un revers de main son épaisse chevelure noire d'Indienne et inclinant sa tête fine au cou gracile, elle éclatait de rire.

— Coach, c'vieux R.L., il est en ch'min. T'as volé quèque chose qu'était à lui, j'te parie tout c'que tu veux qu'il est en ch'min. P'tit R.L. aussi, probable, pasqu'il m'a dit une fois qu'il aim'rait bien enfiler tes tripes sur du barb'lé, récita-t-elle comme une enfant, éveillée certes, mais pas particulièrement brillante.

— Ma chérie, R.L. Dark, il déchiffre à peine un billet d'un dollar ou une carte à jouer, répondit Benbow, comme il le faisait chaque matin depuis six mois qu'ils étaient en cavale. Il sait pas lire un plan qu'il a pas dessiné lui-même, et à midi il est déjà trop bourré pour poser son cul sur le siège d'un tracteur et trouver l'entrée de ses porcheries...

— T'sais, chouchou, l'vieux, il a des paquets d'dollars, ou des tas de Franklin[2] comme nous, ajouta-t-elle

1. Entraîneur *(N.d.T.)*.
2. C'est-à-dire des billets de cent dollars, à l'effigie de Benjamin Franklin *(N.d.T.)*.

en riant, assez pour s'payer quelqu'un pour lui faire la lecture, et pour l'plan pareil. Moi, j'te dis qu'il est en ch'min. Croix d'bois, croix d'fer, sur la tête de ta mère.

C'était là le nouveau pli que prenait leur rituel matinal et Benbow se surprit à jeter un coup d'œil au parking derrière le chalet et à l'unique route, fort étroite, qui montait à Hidden Springs Canyon, mais n'insista pas. Quand il avait pris la fatale décision d'embarquer Mona Sue et le fric, il s'était juré d'aller toujours de l'avant et de vivre l'instant présent.

Et ce fut encore une fois le cas. Abandonnant son petit déjeuner sans y avoir touché, comme d'habitude, il glissa la main dans les plis du lourd peignoir en éponge de Mona Sue, la referma sur la tiède plénitude de ses seins qui s'arrondissaient et les longs et épais tétons, déjà durs comme de la pierre à son contact, et embrassa sa bouche, sucrée par les fraises et le melon. Une fois de plus, Benbow s'émerveilla du feulement passionné s'élevant du tréfonds de sa gorge quand il appliqua ses lèvres à l'échancrure ; puis il la souleva — si frêle qu'elle nichait le bébé sous l'arche lisse de sa cage thoracique, ce qui, même à sept mois, se voyait à peine — et l'emporta dans la chambre à coucher.

Benbow savait, pour en avoir fait récemment l'expérience, que le cow-boy, qui faisait aussi office de garçon d'étage et de serveur, attendrait pour débarrasser la table de pique-nique qu'ils ressortent du bungalow et finissent leur café. Le cow-boy pouvait se montrer patient avec les chevaux, mais pas avec les clients qui passaient la matinée au lit. Néanmoins, il attendait de longues minutes, silencieux comme un éclaireur sioux, tandis que Mona Sue fouillait dans son peignoir pour lui donner un pourboire, révélant à l'occasion le contour renflé d'un sein ou encore le ciseau impeccable de ses longues jambes. Benbow lui avait décoché plusieurs fois des regards assassins que le cow-boy avait ignorés, comme s'il s'était adressé à lui dans une langue étrangère. Rien n'y faisait et il ne lui restait qu'à entraîner Mona Sue à l'intérieur et à éviter complètement l'individu.

Ce matin-là, Benbow la déposa sur le lit de plumes comme un cadeau, ouvrit le peignoir, baisa le doux arrondi de son ventre puis souffla doucement sur les poils duveteux de son pubis. Mona Sue eut aussitôt une sorte de sanglot et, son long corps arqué, elle hoqueta comme si une arête de poisson-chat s'était prise dans sa gorge. Benbow eut lui aussi une sorte de sanglot, sa faim d'elle plus intense encore que celle qui faisait gargouiller son estomac vide.

Tandis que la grossesse faisait enfler Mona Sue, la carcasse massive de Benbow s'était délestée de plus de treize kilos. Parfois, juste après l'amour, il lui semblait que le corps brûlant de Mona Sue avait dérobé le bébé aux muscles de sa propre chair, lui avait dérobé pendant l'enchevêtrement amoureux cette chose qui poussait dur et dru dans son corps mince à elle.

Comme d'habitude, ils firent l'amour, terminèrent leur café, en commandèrent du frais, donnèrent un pourboire au cow-boy, puis refirent l'amour avant le petit somme de Mona Sue dans la matinée.

Pendant qu'elle sommeillait, Benbow buvait habituellement le reste du café en lisant le journal de Meriwether de la veille, puis enfilait son sweat et ses baskets avant de descendre en joggant le raidillon qui menait au vieux chalet pour paresser dans l'eau chaude de l'un des bassins. Il adorait ça, flotter dans cette eau qui paraissait plus lourde que la normale, plus épaisse et, en même temps, plus propre, plus claire. Il y ressentait une quasi-plénitude, purifié, sain, au chaud, prenant les eaux comme un prince étranger, fuyant le ratage de sa vie.

Quelquefois, Benbow aurait aimé que Mona Sue interrompe ses roupillons et vienne le rejoindre, mais elle répondait toujours que ça pourrait faire du mal au bébé et qu'elle avait bien assez chaud comme ça avec ses poussées de fièvre naturelles. Au fil des semaines, Benbow apprit à chérir ce laps de temps qu'il passait seul dans le bassin d'eau chaude et cessa de le lui demander.

Chaque journée dévidait ainsi son train-train, leur glissant entre les doigts comme un ruban de soie, aussi paisible que les eaux dans le calme profond du bassin.

Mais ce midi-là, épuisé par la course, l'angoisse, le manque de sommeil et de nourriture, Benbow se laissa couler sans effort dans la pesanteur et la chaleur du corps assoupi de Mona Sue et s'endormit, pour mieux se réveiller soudain, en sueur malgré le froid, quand quelqu'un arrêta la climatisation.

R.L. Dark se tenait au pied du lit. Tout sourires. Le vieil homme étirait son cou ridé, humant l'air comme une antique tortue-alligator en quête de bouffe ou de plaisir, sans autres ennemis naturels que des chenapans armés de calibres 22. R.L. s'était habillé pour l'occasion. Il portait un ciré flambant neuf de chez Carhart sur une salopette propre ; son vieux Wembley 455, pendu autour de son cou par une lanière, gonflait la poche du devant de sa salopette.

Deux braves gars le flanquaient, l'un chauve et l'autre hirsute à l'excès, deux armoires à glace vêtues de flanelle écossaise de chez K-Mart. Le chauve tenait, tel un trophée, un petit marteau à panne ronde. Eux ne souriaient pas. Un maigrichon en costume blanc trop grand pour lui sautillait d'un pied sur l'autre derrière le trio, avec le sourire faiblard d'un chiot pointer effarouché par les coups de fusil.

— Ben, pissez sur l'feu et sifflez les chiens, les gars, la chasse est terminée, dit R.L. Dark, tripotant dans sa poche ses balles de 455 de réserve, comme si c'étaient ses parties ratatinées.

Le rire caquetant du vieillard avait tout du cocorico matinal d'un coq cannibale.

— À ce qu'on dit, fiston, t'aurais pu être entraîneur de football, et moi j'sais que t'es un sacré joueur d'poker, mais j'aurais jamais cru qu'tu tomberais si bas : te v'là voleur à la noix, faucheur d'épouse et trouillard de première bourre.

Là-dessus, R.L. poussa le braiment d'une de ses vieilles mules de labour qu'il gardait pour les profondeurs boueuses de la White River.

— Mais pour ce qui est de cavaler, tu t'y entends, fiston. Faut bien admettre. Finaud comme un vieux sanglier d'nègre. On s'rait encore à t'chercher si Baby Doll, 'ci présente, elle avait pas appelé sa môman. En P.C.V. Pour s'vanter du bébé.

Bon Dieu, songea Benbow. Sa mère. Cette vieille femme édentée, foutue comme une patate au four, nappée de cheveux graisseux et assaisonnée de grains de beauté.

Mona Sue se réveilla, se frotta les yeux comme une enfant et murmura :

— Ça va-t-y, Pôpa chéri ?

Benbow sut alors qu'il avait devant lui une mort encore plus dure que sa vie de déveine, il le sut avant même que le monstre sur sa droite ne lui file un coup de marteau derrière l'oreille et ne balance son corps étourdi hors du lit, comme celui d'un enfant, et ne le confie à son acolyte qui le bloqua par un double nelson. Le chauve retourna le marteau et lui tapa vertement sur les couilles ; puis, retournant encore une fois l'outil, il se mit à briser les cartilages du pied droit de Benbow avec la panne ronde du marteau.

Avant que ce dernier ne s'évanouisse, un éclat de rire rauque racla sa gorge. Voilà à quoi se résumait peut-être le *coup* de chance qu'il avait attendu toute sa vie.

En réalité, tout avait été de la faute de P'tit R.L. Enfin presque. Benbow avait repéré ce môme balourd — jambes arquées, oreilles minuscules et cou de taureau — trois ans plus tôt, quand la spirale descendante de sa carrière d'entraîneur de football l'avait fait échouer à Alabamphilia, une bourgade limitrophe des Ozarks, bourgade sans espoir ni dignité ni même ferveur religieuse convaincante, bourgade qui fleurait le boyau de poulet, le fumier de porc et l'inceste rampant — ses trois activités principales, semblait-il.

Benbow remarqua P'tit R.L. pour la première fois lors d'un match de *touch football*[1], se déroulant sur

1. *Touch football*, jeu sans plaquage au sol *(N.d.T.)*.

un terrain de jeu des plus raboteux. D'entrée, il sut que le garçon avait la rapidité et la grâce d'un daim combinées à la force d'un sanglier sauvage. Ce gosse était l'un des meilleurs *running backs*-nés qu'il eût jamais vus. Benbow découvrit presque en même temps que P'tit R.L. était l'un de ces rouquins de fils Dark ; et que les fils Dark ne jouaient pas au football.

Pour R.L., le papa, le football était un sport idiot (opinion à laquelle se rangea Benbow), trop pareil à un boulot pour ne pas mériter salaire (opinion à laquelle se rangea également Benbow), et si ses fils y devaient bosser gratos, y bosseraient pour lui et sa porcherie, pas pour un pauv' couillon d'footeux, fauché comme les blés et complètement lessivé. Opinion à laquelle Benbow dut aussi acquiescer devant R.L., avalant sans sourciller la connerie du vieux pour arriver jusqu'au gosse. Ce môme pouvait être son billet de sortie de cet enfer des Ozarks, et Benbow était bien décidé à lui mettre le grappin dessus. C'était là le coup de chance dont il avait besoin pour sauver sa peau. Une fois encore.

Il en était toujours allé ainsi pour Benbow, il avait toujours eu besoin d'un coup de chance qui semblait ne jamais venir. En terminale, dans le petit lycée à l'ouest du Nebraska, où il avait fait ses gammes trois ans et demi durant, surtout comme bloqueur arrière d'une ligne offensive branchée passes[1], la mère de Benbow avait travaillé seize heures par jour au routier — son père était mort depuis si longtemps que plus personne ne se souvenait de lui — et grâce à ça ils avaient pu se payer un montage vidéo de ses meilleurs moments de *running-back* et de receveur de passes et l'envoyer aux entraîneurs universitaires de Lincoln. Quand ces derniers eurent accepté de dépêcher un recruteur pour assister à un match, Benbow extorqua à l'entraîneur de son lycée la promesse de le

1. C'est-à-dire qu'il n'a pas souvent eu l'occasion de « courir » avec le ballon, vu le poste qu'il occupait *(N.d.T.)*.

laisser courir ce soir-là avec la balle une bonne vingtaine de fois.

Mais la météo lui baisa la gueule. Lors de ce qui aurait dû être un beau vendredi soir de début octobre, une tempête déboula, plus tôt que prévu, du Canada, et son vent glacial fit capoter — et clapoter — la chance de Benbow. Avant le match, il tomba cinq bons centimètres d'eau, puis le terrain gela. En première mi-temps, il recommença à pleuvoir, puis il grêla, et à la fin du deuxième quart-temps s'abattirent des rafales de neige aveuglantes.

Benbow avait gagné soixante yards, bien sûr, mais pas en beauté. Et, à la mi-temps, le recruteur du Nebraska vint s'excuser : il devait rentrer chez lui et, par ce temps, il lui fallait partir sur-le-champ. Le vieil homme trapu invita Benbow à tenter un *walk-on*[1]. C'est ça, songea Benbow. Sans une bourse, il n'aurait pas l'argent nécessaire pour s'inscrire au semestre d'automne. *Et merde,* se dit-il en flanquant un coup de pied dans le distributeur d'eau fraîche. *Bon Dieu de merde,* renchérit-il, et il se brisa le gros orteil, mettant ainsi fin à sa saison de terminale.

Il se retrouva à jouer au football dans une connerie de fac chrétienne du Dakota, où il ne se donna même pas la peine d'obtenir un diplôme. Avec un orteil resoudé, il avait perdu de son allant sur le terrain et ses *cuts*, de leur précision. Alors il hanta la salle de musculation et, à force de développer sa musculature de *running-back,* il se transforma en un solide, sinon grand, *fullback,* assez bon pour décrocher une invitation à participer à l'un des matchs amicaux post-saison. Là-dessus, le *fullback* de premier rang, qui était sûr d'être recruté par les pros, se fit une entorse au genou et refusa de jouer. Oh, mon Dieu, songea Benbow, encore une chance.

Mais Dieu la fit foirer. L'entraîneur *backfield* — un chrétien régénéré du nom de Culpepper — qui avait surpris une fois Benbow à ne pas baisser la tête, ni

1. À savoir, une fois inscrit à l'université, tenter de se faire sélectionner dans l'équipe *(N.d.T.).*

même fermer les yeux, pendant une prière plutôt longuette de l'équipe, s'était juré de le convertir. Benbow continua à jouer, suffoquant de rage contre ce salopard bien-pensant jusqu'à en avoir des crampes d'estomac, ravalant sa colère jusqu'à en vomir trois fois par jour, deux pendant l'entraînement, une avant l'extinction des feux. Le jour du match, il avait perdu six kilos et craignait de ne pas avoir la force de jouer.

Il joua, pourtant. Il eut une première mi-temps pour rendre grâces aux dieux du football, sinon à celui des chrétiens : deux *touchdowns*, l'un en se coltinant sur trois yards un *linebacker* et un *cornerback*, l'autre après une course de trente-neuf yards, toute de grâce fluide et de puissance ; plus un autre, après passe, à l'issue d'une course de vingt-deux yards. Mais le *quarterback* avait manqué le main-à-main à la fin de la première mi-temps, plaquant le ballon contre la hanche de Benbow, et un *linebacker* vif comme l'éclair, l'interceptant à la volée, marqua.

Dans les vestiaires, à la mi-temps, Culpepper ne le lâcha pas tel le miasme, la merde. *L'arrogance précède la ruine, et l'esprit altier, la chute !* hurlait-il. *Nous ne sommes jamais aussi grands qu'agenouillés devant Jésus !* Et autres clichetons ramollis du bulbe. L'estomac de Benbow, d'abord noué comme une corde de cuir, finit par se rebeller. Benbow réussit à ravaler ce premier vomissement. Mais la deuxième vague fut trop forte. Il se détourna et dégobilla dans le premier lavabo à sa portée. Culpepper devint fou furieux. Il l'accusa de ne pas être en forme, de boire, de fumer et de forniquer. Quand Benbow repoussa ces accusations, Culpepper en ajouta une autre, il beugla : *Prévaricateur !* en lui postillonnant en pleine figure. Et le vase déborda.

Culpepper perdit un œil suite à l'unique coup de poing et faillit mourir au cours de l'opération de chirurgie réparatrice de sa pommette. Tout le monde déclara que Benbow avait de la chance de ne pas aller en taule, comme son père, qui avait tué à coups de démonte-pneu un contrôleur de cargaison ripou, là-bas au Texas, avant d'être tué à son tour par un dealer de crack vicelard de Houston, à l'Ellis Unit de Huntsville, quand Benbow avait six ans. Benbow eut de la chance, supposa-t-il, mais fut étiqueté *Inentraînable* par les recruteurs pro et se vit refuser toutes les épreuves de sélection de la ligue. Il joua trois ans au Canada, avant de se bousiller le genou dans une rixe de bar avec un Chinois, à Vancouver. Ce qui le mit sur la touche. Définitivement.

Benbow se laissa dériver vers l'ouest, combattant le feu pendant l'été et donnant au poker pendant l'hiver, tout en suivant sporadiquement des cours à la fac. Il finit par décrocher un diplôme d'éducation physique à la Northern Montana University et obtint un job d'assistant-entraîneur dans une petite ville des Sweetgrass Hills, où il se découvrit un talent insoupçonné d'entraîneur, comme pour le poker : il avait l'esprit vif et peur de rien. Un talent qui, une fois mis en lumière, devint sa drogue : longues heures de travail acharné, amour du jeu et paiement du prix fort pour arracher la victoire.

Entraîneur en chef trois ans plus tard, puis deux championnats d'État, et mutation dans un établissement plus important de l'État de Washington. Où sa mère vint vivre près de lui. Ou plutôt mourir près de lui, en l'occurrence. Les médecins dirent que c'était le cœur, mais Benbow savait que c'était la bouffe du routier, le whisky de mauvaise qualité et les chauffeurs de poids lourds à l'âme aussi gonflée d'air vicié que les pneus de leurs bahuts.

L'année suivante, il entraînait une équipe de championnat d'État et étudiait les propositions d'une puissance footballistique de Californie du Nord, quand un procès à scandale le cisailla. Son *quarterback* de deuxième rang s'était persuadé que Benbow couchait avec sa mère, ce qui était effectivement le cas. Quand le gosse l'avait agressé à coups de casque pendant l'entraînement, Benbow avait dû le frapper pour le faire reculer. Il sut qu'une page de sa vie était tournée quand il vit l'œil du gosse pendouiller hors de son orbite au bout du nerf optique d'un rose grisâtre.

À partir de là, chute libre, comme on dit. Bagarres

et soûlographies aussi fréquentes que les entraînements, parties de poker à la petite semaine et femmes mariées — mariées d'ordinaire à des membres du conseil d'administration de l'établissement ou à des administrateurs cons comme leurs pieds. Chute libre continue et fin du parcours à Alabamphilia.

Benbow revint à lui et à une nouvelle réalité, jeté comme un tas de chiffons sur le divan du salon du bungalow, une douleur sourde derrière l'oreille et un millier de pointes douloureuses dans le pied, ce pied posé sur la table basse entouré d'un plâtre blanc encore frais de la taille d'une pastèque. Benbow n'eut pas besoin de demander à quoi il servait. Le maigrichon était assis près de lui, une seringue à la main. À l'autre extrémité de la pièce, la silhouette de R.L. se détachait, noire sur le rouge du couchant. Mona Sue, pelotonnée en boule sur une chaise dans l'ombre de R.L., se peignait lentement les ongles. Par la fenêtre, Benbow aperçut les jumeaux K-Mart qui montaient la garde, arpentant la terrasse de long en large.

— Il reprend ses esprits, monsieur Dark, dit le vieil homme, d'une voix aussi tranchante que son nez pâlichon.

— Ben, filez-lui une autre dose, toubib, dit R.L. sans se retourner. Faut pas que ce p'tit gars, il ait mal. Encore trop tôt pour ça.

Benbow ne comprit pas ce que R.L. voulait dire, tandis que le docteur s'activait près de lui, dégageant la légère puanteur sèche d'une grotte calcaire ou d'une tombe ouverte. Benbow avait entendu dire que la mort n'était pas plus douloureuse que l'extraction d'une dent et se demanda d'où il tenait cette information, alors que le docteur le piquait dans l'épaule avec une aiguille émoussée. Puis il sombra, non sans inquiétude, dans la petite mort d'un sommeil forcé.

Quand il se réveilla la fois suivante, Benbow nota peu de changements, à l'exception de la lumière. Mona Sue, toujours roulée en boule sur sa chaise, dormait à présent, dominée par la silhouette de son mari se découpant contre le ciel devenu tout à fait sombre. Le docteur dormait lui aussi, les os fragiles de son crâne prenant appui contre le bras endolori de Benbow. Sa jambe elle aussi était endormie, maintenue en position par le plâtre gigantesque reposant sur la table basse. Benbow resta tranquille le plus longtemps qu'il put, attendant que ses idées redeviennent claires, mettant toute sa volonté à réveiller sa jambe morte et se demandant pourquoi il n'était pas mort, lui aussi.

— Te fais pas des idées, fiston, dit R.L. sans bouger.

De toutes les choses que Benbow avait détestées au cours des longs dimanches passés à pelleter la merde des porcs ou à donner les cartes pour R.L. Dark — c'était le marché que le vieil homme et lui avaient conclu en échange des services footballistiques de P'tit R.L. —, il avait détesté par-dessus tout que ce salaud-là l'appelle « fiston ».

— Je suis pas ton « fiston », vieux salopard de merde.

R.L. l'ignora, ne se donnant même pas la peine de se retourner.

— Elle est chaude comment cette eau, là-bas ? demanda-t-il au docteur quand celui-ci s'ébroua.

Benbow répondit sans réfléchir :

— Entre trente-cinq et trente-huit degrés. Pourquoi ?

— Encore une demi-dose, qu'est-ce qu'vous en dites, toubib ? fit R.L. en se retournant enfin. Et arrangez-vous pour que l'plâtre d'ce gars-là soit étanche. J'm'demande si c'tte eau chaude pourrait pas m'soulager d'mon rhumatisme et pour sûr que j'veux qu'le Coach, y m'tienne compagnie…

Une fois de plus Benbow reprit le chemin tiède et paresseux des ténèbres, son noyau vital, n'écoutant que d'une oreille le vieux et Mona Sue se chamailler à propos du climatiseur.

Quand la nouvelle de son marché avec R.L. Dark pour s'assurer les services footballistiques de son fifils se fut répandue dans les moindres coins et recoins du comté, jamais plus Benbow ne put faire halte après l'entraînement dans l'un des rades infâmes qui entouraient la ville « sèche » pour s'y taper tranquillement une bière sans entendre des ricanements saluer sa sortie. La sympathie qu'il avait glanée, il la payait, semblait-il, d'une perte de respect. Et le vieux le traitait pire qu'un pet de lapin.

Tous les samedis, lors de ce premier automne où Benbow commença à troquer sa force de travail manuel contre les talents à la course de P'tit R.L., le vieux lui collait aux talons d'un bout à l'autre de la porcherie. Juché sur un petit tracteur John Deere, il ne se lassait pas de souligner l'ignorance crasse de Benbow sur l'art et la manière de transformer le bacon en gagne-pain et son incompétence en général à effectuer de gros travaux. Il se plaignait à n'en plus finir, avant de glousser comme un malade en tripotant la manette du tracteur comme si c'était la chose la plus drôle qu'il eût jamais vue. Même s'il savait que P'tit R.L. était affalé sur le divan devant la télévision et dorlotait ses muscles douloureux à coups de tord-boyaux, Benbow ne fut jamais effleuré par le regret d'avoir passé ce marché. Il ne se donnait même pas la peine de lever les yeux vers le vieux : il n'avait pas d'autre porte de sortie et en était conscient.

Le dimanche, cependant, le vieux lui foutait la paix. Le dimanche, c'était le jour du poker. Riches fermiers, avocats campagnards madrés aux mains de velours et à l'œil d'acier et banquiers de petites villes à l'âme d'esclavagistes venant d'aussi loin que Memphis-Ouest, Saint-Louis et Fort Smith se rassemblaient dans la caravane grand modèle de R.L. pour un poker sans limite de pot ; la renommée de ces parties s'étendait sur quatre États à la ronde, et parfois jusqu'au nord du Mexique.

Le jour du repos dominical, il était donc livré à lui-même, exception faite de la présence obstinément maussade de P'tit R.L., qui semblait reprocher à son entraîneur ses moindres douleurs et bobos, et du passage agaçant d'une adolescente menue et d'humeur exécrable qui traversait sous ses yeux en pataugeant la cour boueuse de la ferme, robe informe taillée dans un sac de grain et bottes de caoutchouc extra-larges, traînant derrière elle un drôle de rire de gorge, ce même rire qui la secouait quand l'une des truies décidait de faire un festin de sa portée. Ce qui aurait dû mettre la puce à l'oreille de Benbow.

Mais tout ceci paraissait des embarras mineurs, comparé au fait que P'tit R.L. gagna presque une centaine de yards par match, l'année de ses débuts.

L'automne suivant, l'obligation de pelleter de la merde et l'attitude du vieux lui semblèrent plus supportables. Mais quand Benbow laissa échapper négligemment qu'il avait donné et joué au poker à titre professionnel, les yeux bleus larmoyants de R.L. brillèrent soudain de cupidité, et la clause dominicale du marché de Benbow devint à la fois plus aisée et plus compliquée. Non pas que le vieux eût besoin qu'il triche. R.L. Dark gagnait toujours. Aussi, les seules fois où le vieux lui fit signe de truquer la donne, ce fut pour filer de bonnes cartes à ses adversaires afin qu'ils restent dans la partie et se fassent plumer jusqu'au trognon.

Ainsi se poursuivit, dans une brutale et dangereuse monotonie, l'existence de Benbow, maître de lui et plein d'espoir jusqu'à l'automne de l'avant-dernière année de lycée de P'tit R.L., où tout vola en mille morceaux. Avant de se reconstituer avec un élan terrible. Chance, dislocation, connexion.

L'après-midi du samedi — P'tit R.L. avait battu le record de course de l'État, la veille au soir —, l'adolescente cessa de glousser, le temps de poser une question :

— Faut être allé à l'école un bout d'temps, Coach, pour avoir l'idée qu'la merde de cochon, ça part au jet d'eau quand ça s'colle au ciment ?

Alors qu'elle se tordait de rire, Benbow lui demanda enfin :

— Mais enfin t'es qui, toi, louloute ?

— M'dame R.L. Dark, l'vieux, voilà qui j'suis, répliqua-t-elle, levant en l'air son nez à l'arc parfait.

Et Benbow, qui la regardait vraiment pour la première fois, remarqua la vigueur de son corps superbe et dur, nu sous le fin tissu de sa robe à deux sous.

Puis, histoire d'avoir une conversation avec Mona

Sue, Benbow commit l'erreur de lui demander pourquoi elle portait des bottes de caoutchouc. « Les vers », dit-elle, montrant les Nike pourries qu'il avait aux pieds, sans chaussettes. *Nom de Dieu,* songea-t-il. *Nom de Dieu de nom de Dieu,* dit-il encore ce soir-là, en voyant les vers blancs grouiller dans ses selles noirâtres et sanguinolentes. Il comprit alors ce qui avait fait marrer le vieux.

Le dimanche, un riche Mexicain, propriétaire d'un ranch, tenta de suivre l'une des relances de R.L. avec une Rolex, mais le vieux insista pour acheter la montre, qui valait quinze mille dollars, cinq mille cash, et quand il ouvrit le petit coffre-fort encastré dans le plancher de la cuisine de la caravane, Benbow entrevit l'énorme tas de liasses de cent dollars, entourées de leurs bandes, qui le remplissait.

Le vendredi soir suivant, P'tit R.L. battit son propre record de course, à plus d'un quart-temps de la fin, ce qui fut une bonne chose, car dans ce dernier quart-temps, l'herbe du terrain céda sous son pied droit, qui glissa sous un défendeur poursuivant. Benbow entendit le *crac* du genou du gosse qui se déboîtait depuis la ligne de touche.

Expliquant à R.L. qu'un marché était un marché, malgré ce qui était arrivé au genou du gosse, Benbow se consacra le lendemain à ses corvées, le temps pour lui d'attirer Mona Sue dans un appentis et de lui faire retirer sa robe. Mais pas ses bottes en caoutchouc. Benbow s'en foutait. Tant qu'il la baisait. La vengeance qu'il réservait à R.L. était froide comme l'enfer dans son cœur. Mais la douceur de la bouche affamée de Mona Sue et le contact de son corps prodigieux — tétons d'une dureté de diamant, muscles félins aux contractions rapides glissant sous la peau, le con comme une bourse de soie, semence de perles lumineuses suspendues dans le foutoir d'un feu céleste — eurent raison de sa soif de vengeance. À présent, il la voulait, elle, tout simplement. Coûte que coûte.

Deux mois plus tard, juste au moment où sa grossesse commençait à se voir, Benbow perça le coffre-fort à l'aide d'une cuillère à soupe de nitro, prit tout le fric et ils s'enfuirent.

Bien qu'il fût persuadé que Mona Sue continuait à faire des rêves, elle avait perdu son public. Le cowboy excepté, qui ne la quittait pas des yeux comme un païen son idole. Mais chaque fois qu'elle lui adressait la parole, le vieux lui pinçait si fort la cuisse de ses doigts racornis qu'il lui laissait un bleu.

Les matinées étaient bien différentes, maintenant. Ils allaient tous aux sources chaudes. Le docteur dormait sur un banc près du bassin, derrière Mona Sue qui, assise sur le bord, exhibait ses cuisses marbrées d'ecchymoses, les pieds ballottant dans l'eau et le regard aussi vide que son demi-sourire. R.L. Dark, le Frisé, et Bill le Chauve, affublés de jeans coupés aux genoux et de tee-shirts bon marché, s'enfonçaient jusqu'au cou dans l'eau fumante ; l'air de rien, ils encerclaient Benbow, ancré par son plâtre enveloppé de plastique, émergeant tel un rocher gigantesque à la surface de l'eau lourde.

Ce groupe bizarroïde dégageait une impression de vague menace, une bouffée piquante de soufre, et maintenait les autres clients à distance respectueuse. Leur nombre diminuait d'ailleurs de jour en jour car le vieux louait chaque bungalow et chaque chambre du chalet qui se libérait. Les riches jumeaux allemands propriétaires de l'endroit semblaient se foutre éperdument de qui payait leur cocaïne.

Les tout premiers jours, personne ne s'était donné beaucoup de peine pour parler à Benbow, pas même pour lui demander où il avait caché le fric. Si la douleur de son pied était moins aiguë, la démangeaison sous le plâtre avait viré à l'insupportable. Un beau matin, le docteur avait pris Benbow en pitié et, fouillant dans les tiroirs de la cuisine en quête d'un truc avec lequel il pourrait se gratter, avait fini par dénicher une brochette à chiche-kebab nase. Le Frisé et Bill le Chauve avaient examiné la fine tige métallique comme s'il s'agissait d'un « schlass de l'Arkansas » ou d'un couteau de chasse avant de se marrer et de la passer à Benbow. Il la garda au chaud dans son plâtre, prêt à gratter à la moindre démangeaison. Et à creuser un profond sillon à l'arrière du plâtre.

Puis, un matin où ils marinaient silencieux et peinards dans le bassin, une mini-tempête de neige descendit lentement de la montagne et vint emplir le canyon d'un tourbillon de gros flocons humides. Le vieux les flaira du bec et finit par dire :

— J'ai toujours eu dans l'idée d'revenir dans l'coin.

— Comment ça ?

À l'exception du cow-boy, qui ramassait les serviettes mouillées sans se presser, et d'une forme en sweat-shirt à capuche et lunettes noires, debout à l'intérieur du bar, le bassin et le caillebotis s'étaient vidés à l'arrivée de la neige. Benbow l'avait regardée se mêler aux flots noirs de la chevelure de Mona Sue, qui essayait de happer du bout de sa langue rose un flocon tournoyant. Benbow avait beau être confronté à la mort, Mona Sue attisait encore chez lui les braises nichées au creux de ses reins.

— Pendant la guerre 39-45, dit doucement le vieux, j'ai eu un pépin là-bas, à Fort Chaffee — j'ai planté un sous-off avec un manche à balai —, alors l'armée m'a expédié par ici pour m'entraîner avec le 10e montagnards. Ces connards ont cru qu'y me sanctionnaient. J'ai toujours eu dans l'idée d'revenir, un jour ou l'autre…

Benbow regardait la bise rider la surface impassible de l'eau chaude dans laquelle les flocons venaient fondre. La vapeur qui s'en dégageait virait à la brume épaisse.

— Moi aussi, je l'ai toujours aimée, dit Benbow, lançant un coup d'œil vers le sommet de la montagne, masquée et démasquée par le feu roulant des nuages de neige. Super-temps pour la chasse, ajouta-t-il. Il y a un petit troupeau d'élans qui gîtent juste derrière cette première crête.

Comme les yeux de ses geôliers suivaient son regard en remonte-pente, il le reporta lentement à travers le brouillard jusqu'aux pieds de Mona Sue qui battaient l'eau sans but.

— Si tu l'aimes tant que ça, vieux saligaud, t'as qu'à te la payer.

— Gaffe à ta langue, petit, dit le Frisé en tapant sur la tête de Benbow.

Celui-ci se rapprocha en titubant de Mona Sue.

— Ça s'pourrait bien que j'fasse ça, fiston, dit le vieux, avec un rire caquetant, rien que pour te fiche les boules. Quoique, tu seras plus là pour les avoir.

— Alors qu'est-ce qu'on glande par ici ? demanda Benbow, en se tournant vers le vieux, ce qui le rapprocha davantage encore de Mona Sue.

Le vieux prit son temps, comme s'il réfléchissait à la question.

— Ben, fiston, on attend ce bébé. S'il est roux et qu'tu nous dis où t'as caché le pognon, on t'ramènera tranquillement chez nous, on t'achèvera gentiment et on t'donnera à bouffer aux cochons.

— Et s'il est pas roux, puisque, de toute façon, je vous dirai pas où se trouve le fric ?

— Eh ben alors, rétorqua le vieux, on dégottera une truie qu'aura la dalle, fiston, et on t'fera boulotter par elle, en commençant par l'arpion qui t'reste.

Et tout le monde de s'esclaffer : R.L. Dark, la tête rejetée en arrière, hurlait de rire ; les deux malabars échangeaient des claques sonores dans la main et des éclats de rire encore plus sonores. Benbow se laissa couler sous l'eau. Mona Sue y alla elle aussi de son rire de gorge. Jusqu'à ce que Benbow la fasse basculer du bord du bassin en la tirant à lui. Alors, elle suffoqua. La pauvre fille ne savait pas nager.

Cependant, avant même que le vieux ou ses gardes du corps aient pu se remuer, la forme en sweat-shirt à capuche se rua par la porte du bar en une course précipitée et claudicante, plongea dans le bassin, y pêcha la fille qui se débattait et, la hissant sur le caillebotis, s'agenouilla près d'elle ; d'énormes quantités d'eau fumante dégoulinèrent du nez et de la bouche de Mona Sue avant qu'elle puisse reprendre son souffle. Puis la forme balaya la capuche qui dissimulait le roux flamboyant de ses cheveux et serra Mona Sue sur son cœur.

— Bordel de merde, fils, qu'est-ce que tu viens foutre ici ? lui demanda inutilement le vieux, qui, aidé par Bill le Chauve, s'extirpait du bassin.

— Nom de Dieu, bébé, lâche-moi, hurla Mona Sue, j'sens qu'ça vient !

Ce qui eut le chic de tirer le docteur de son sommeil réparateur. Et le cow-boy de son boulot. À eux deux, ils recouvrirent le large banc de bois de serviettes sèches, sur lesquelles P'tit R.L. déposa avec précaution le corps tenaillé par la douleur de Mona Sue. Le Frisé pataugea hors du bassin et, intimant à Benbow de ne pas bouger, rejoignit l'attroupement masculin qui se pressait autour de cet accès de contractions aussi soudain que violent. Bill le Chauve aida le vieux à passer sa salopette et à nouer la lanière du pistolet tandis que P'tit R.L. aidait le docteur à maintenir Mona Sue, dont le corps se cambrait par à-coups sur le banc.

— Ah, de Dieu ! s'écriait-elle. Ça m'déchire !

— Mais faites quèque chose, espèce de pignouf, cria le vieux au docteur, avant de le bourrer de coups.

Benbow se laissa flotter jusqu'au rebord du bassin auquel il se cramponna d'une main, tout en creusant frénétiquement le plâtre de l'autre. Des morceaux de plâtre remontèrent dans des tourbillons de sang à la surface de l'eau bouillante. Il finit par céder et Benbow se retrouva avec la brochette à la main. Il avait dans l'idée de rouler hors du bassin, de transpercer les reins du vieux avec la lame de métal et de faire main basse sur le Webley. Après ça, c'est lui qui ferait la loi.

Mais la vie aurait dû lui apprendre à ne pas tirer des plans sur la comète.

En aidant son patron à enfiler son ciré, Bill le Chauve remarqua Benbow au bord du bassin et, s'approchant de lui, il aperçut le plâtre ensanglanté qui flottait à la hauteur de sa poitrine.

— Putain, qu'est-ce que… ? fit-il en s'agenouillant pour se saisir de Benbow.

Ce dernier, de toute la force accumulée d'une vie de frustration et de fureur rentrée, transperça la mâchoire inférieure de Bill le Chauve. La fine tige métallique remonta jusqu'au frein de la langue, perfora le voile du palais, puis le corps calleux, la substance grise spongieuse et enfin l'épaisseur de la boîte crânienne. Cinq bons centimètres de brochette pointaient telle une phalange d'acier au sommet de son crâne pelé.

Bill le Chauve n'émit pas un son. Il se borna à cligner des yeux, rêveusement, une seule fois, sourit, puis se releva. Au bout d'un instant, il se mit à décrire en tanguant de petits cercles sans but à l'extrémité du caillebotis jusqu'à ce que le Frisé remarque l'étrangeté de son attitude.

— Frérot ? dit-il en s'approchant de lui.

Benbow sauta hors de l'eau ; bloquant d'une main la cheville du Frisé, il plongea l'autre dans la jambe de son caleçon de bain pour agripper les couilles du mastodonte et l'attirer d'une secousse vers le bassin. Le grognement du Frisé et le choc de sa tête contre le rebord de ciment se perdirent, couverts par le profond soupir de Mona Sue accouchant de l'enfant et par l'exclamation tonitruante du vieux :

— Nom de Dieu, une fille ! Et brune, en plus !

Benbow avait enfin rampé hors du bassin et clopiné presque jusqu'au vieux qui lui tournait le dos, regardant le docteur coucher le bébé sur la poitrine pantelante de Mona Sue.

— Chier du feu, ça économise les allumettes, dit le vieux, haletant comme s'il venait d'enfanter lui-même.

P'tit R.L. se retourna et, empoignant son ciré, il attira son père à lui en sifflant entre ses dents : « Tu vas la fermer, vieux schnock ! » Puis il le repoussa violemment, projetant son corps frêle à toute volée contre l'épaule de Benbow. Quelque chose craqua dans la carcasse du vieux, qui tomba à genoux, happant l'air froid de son bec sanglant comme une tortue éventrée. Benbow arracha la lanière du pistolet qui pendait au cou du vieux avant qu'il ne bascule, mort, dans l'eau.

Benbow arma l'énorme pistolet qui rendit un léger

cliquetis métallique, puis son éclat de rire claqua dans l'air neigeux comme un coup de feu. Tout ralentit avant de s'arrêter. Le docteur acheva de couper le cordon. Les mains du cow-boy glissèrent une serviette pliée sous la tête de Mona Sue. P'tit R.L. immobilisa son corps nerveux, alors qu'il s'apprêtait à charger comme un fou furieux. Bill le Chauve cessa de tourner en rond pour choir dans le bassin. Même les soupirs roucoulants de Mona Sue s'éteignirent. Seule la bise s'agitait, cinglant le brouillard de vapeur et le chassant à la surface du bassin, alors que la neige tombait plus dru.

Alors, Mona Sue hurla « Non ! » — brisant cet arrêt sur image momentané.

Le genou amoché de P'tit R.L. donna le temps à Benbow de tirer une fois. La balle de gros calibre le cueillit à l'épaule, dégringola dans sa poitrine pour ressortir juste au-dessus des reins dans une pluie de sang, d'esquilles et de tissu pulmonaire, l'étendant comme un quartier de bœuf sur le caillebotis. Mais déjà la balle, poursuivant allégrement son petit bonhomme de chemin, traversait le sternum du docteur comme s'il n'existait pas plus que ça. Ce qui fut effectivement le cas, quelques instants plus tard.

Benbow balança gaiement le pistolet derrière lui, l'entendit tomber en éclaboussant dans le bassin et se précipita aux côtés de Mona Sue. Comme il embrassait son visage barbouillé de sang, elle gémit doucement. Il se pencha plus près, se méprenant sur ses gémissements passionnés, le temps qu'il comprenne ce qu'elle répétait. Encore et encore. Elle l'appelait ainsi autrefois. Et aussi P'tit R.L. Et même le vieux, peut-être. « Cow-boy, Cow-boy, Cow-boy », murmurait-elle.

Benbow ne fut pas même surpris quand il sentit le bras sur sa gorge et la lame lui chatouiller le bas des côtes.

— J'ai su que t'étais le mec à poignarder dans le dos dès que j'ai vu ta sale gueule de faux cul, fit-il.

— Tu me dis où t'as planqué la thune, *vieux schnock*, chuchota le cow-boy. Et tu meurs bien gentiment.

— Le fric, tu peux le garder, sanglota Benbow, jouant son va-tout. Laisse-moi seulement la fille.

Mais l'éclair de mépris qu'il lut dans les yeux de Mona Sue lui suffit comme réponse.

— Et puis merde, dit Benbow, presque hilare, finissons-en méchamment.

Tombant alors à la renverse sur la lame du couteau de chasse, il s'y empala au niveau des reins jusqu'à la garde avant que le cow-boy ait pu lâcher le manche. Il recula, horrifié, en voyant Benbow trébucher vers les eaux chaudes du bassin.

Au début, la lame jeta un froid dans la chair de Benbow, vite réchauffée par l'afflux de sang. Puis, pénétrant dans l'eau chaude, il s'étendit contre son poids compatissant comme le vieux schnock dont le cow-boy avait parlé. Ce dernier dominait Benbow, les yeux comme des charbons ardents dans la brume et la neige drue. Mona Sue s'approcha du cow-boy, le bébé de Benbow vagissait contre sa poitrine et la neige fondait en touchant ses épaules.

— Et puis merde, murmura Benbow, qui se sentait partir. Il est dans le climatiseur.

— Merci, vieux schnock, dit Mona Sue en souriant.

— Adieu, chuchota Benbow, qui songea : *C'est la partie la plus facile*, avant de basculer davantage dans l'eau, voguant à la surface du bassin troublée par le vent et criblée par la neige, les yeux clos, heureux dans cette eau lourde et chaude, agitant doucement les mains pour surnager, les doigts poissés par les flots de sang noir, poussé par la bise vers l'eau fraîche à l'autre extrémité du bassin, les yeux clignant contre la neige douce et froide, jusqu'à ce que son corps las glisse enfin, invisible, sous l'eau chaude pour s'y reposer.

Traduit par Yves Sarda

JOHN GARDNER

Il faut parfois payer le prix fort pour obtenir la gloire et la fortune. John Gardner, l'un des rares écrivains d'espionnage dont l'œuvre perdurera (son Garden of Weapons *reste pour moi le plus grand roman d'espionnage que j'aie jamais lu), n'avait pas tout à fait atteint la notoriété de ses contemporains tels John le Carré, Len Deighton, Ken Follett et Frederick Forsyth ; jusqu'à ce que, plusieurs années après la mort de Ian Fleming, il accepte de poursuivre la série des « James Bond ».*

Naturellement, ces livres-là figurèrent immédiatement sur la liste des best-sellers, le gratifiant d'une immense popularité. Comme on pouvait s'y attendre, la critique l'assassina pour avoir tourné le dos à son œuvre plus sérieuse, et prétendit que ses « James Bond » n'avaient ni la profondeur ni la puissance de ses autres ouvrages — ceux-là mêmes qu'elle avait ignorés par le passé. Dernièrement, il a publié des romans qui égalent ses meilleurs, notamment Maestro, *où l'on voit resurgir Herbie Kruger, et* Confessor.

Gardner a écrit un jour que « le sexe est le ciment de l'amour ». Cette affirmation pourrait bien être le thème central de ses meilleurs ouvrages, où il est autant question des relations humaines que des malversations à l'échelon international.

O. P.

L'amour n'en vaut pas la chandelle

Aux premiers jours de la dernière décennie de la guerre froide, Godfrey Benyon, alors qu'il rentrait à l'improviste à Londres, en provenance de Berlin, surprit sa femme, après quinze ans de mariage, au lit avec l'un de ses collègues et supérieurs. Chez les espions comme chez les policiers, le taux de rotation dans les ménages est souvent élevé. Ces deux professions mettent à rude épreuve le contrat passé entre un homme et une femme. Ce sont des jobs à haut risque qui consument la disponibilité et les sentiments des individus, laissant peu de place pour une vie normale. Si certains germes d'amour et de respect peuvent grandir et donner des unions solides et inébranlables, d'autres simplement ne résistent pas.

Benyon et sa femme, Susan, s'étaient mariés relativement jeunes ; et Godfrey avait toutes les raisons de croire Susan heureuse et encore amoureuse de lui. De son côté, pas de doute, il l'aimait toujours, et pensait qu'elle avait fini par s'habituer à ses longues périodes d'absence durant lesquelles il arrivait qu'on ne puisse demeurer en contact avec lui.

C'est une erreur communément admise de prétendre que la famille d'un agent de renseignements de l'Intelligence Service ou du Security Service ignore le genre de fonctions gouvernementales que le mari ou la femme occupent. C'est bien évidemment une absurdité. L'entourage familial est toujours au courant, de même qu'il sait qu'on le soumet de temps en temps à un contrôle discret pour s'assurer qu'aucune *organisation* étrangère X ou Y ne l'a suborné. Cette vérification régulière concerne toutes les branches du corps diplomatique et tous ceux qui occupent des postes sensibles à l'Intérieur, et pas seulement les membres du Secret Intelligence Service.

Ironie du sort, l'homme avec lequel Susan Benyon avait commis l'adultère à intervalles réguliers était l'officier chargé d'effectuer deux fois l'an cette enquête approfondie sur son mode de vie.

Il s'appelait Saunders, mais amis comme ennemis le connaissaient sous le surnom de « Savonnette ». Au départ, la séduction de Susan Benyon n'avait été pour Savonnette que le moyen de déterminer si elle papillonnait ou non — comme on disait dans leur jargon —, mettant ainsi en danger leur sécurité.

Cependant, dès la première fois, Saunders avait pris tellement goût au corps de Susan Benyon qu'il avait apporté à son rapport certains correctifs, et, devenus amants, ils avaient entamé d'un commun accord une liaison suivie.

Au bout de quelques mois, Susan souleva la question de son divorce d'avec Godfrey et de son remariage avec Saunders — éventualité que ce cher Savonnette n'avait aucun désir de voir se concrétiser. Il était marié de son côté à une femme aimante et bien sous tous les rapports et ces fredaines périphériques avaient ravivé la flamme de son foyer conjugal. Susan avait contribué sans le savoir à faire prendre corps aux fantasmes les plus débridés de Savonnette, et le résultat fut qu'il découvrit de prodigieuses ressources latentes dans la sexualité de sa propre moitié.

L'après-midi où Godfrey prit les amants sur le fait, il avait été naturellement tenté de recourir à la violence et aurait pu facilement tuer Saunders de ses propres mains ; en agent de terrain bien entraîné, il n'ignorait rien des tours de magie noire qui permettent d'anéantir son prochain d'un seul doigt ou d'une seule main. Par bonheur, il savait aussi se contrôler :

sortant de la chambre, il attendit au rez-de-chaussée le départ de Savonnette.

Il n'y eut ni grabuge ni accusations déclamatoires. Godfrey Benyon, individu par nature peu enclin au pardon, se borna à prévenir sa femme qu'il quitterait le domicile conjugal le soir même. Elle reconnut qu'elle aimait Saunders, mais lui proposa cependant de le laisser tomber et d'essayer de sauver leur mariage. Susan, qui était loin d'être bête, avait compris depuis longtemps que, pour Saunders, elle ne représentait qu'un bon coup, comme on dit aujourd'hui.

Mais ses larmes et ses prières ne surent pas fléchir son mari. La duplicité était son fonds de commerce et il savait de quel prix certains hommes et certaines femmes la payaient dans sa sphère d'activité. Il réunit quelques vêtements, plus deux ou trois objets auxquels il attachait une valeur sentimentale, puis quitta la maison où il avait vécu en couple une bonne quinzaine d'années. Son dernier geste fut de remettre les clés à sa femme.

Le lendemain matin, après avoir pris contact avec son avocat et entamé la procédure de divorce, il se rendit au QG du Secret Intelligence Service — Century House, à l'époque — où il remit un rapport qui — il le savait pertinemment — occasionnerait le renvoi de Saunders, presque à coup sûr sans solde.

Il accomplit ces diverses tâches sans plaisir aucun, mais son profond attachement pour Susan avait disparu quand il avait ouvert la porte et aperçu, de façon fugace, son corps enlacé à celui d'un homme pour lequel il avait eu, jusqu'à cette seconde-là, un respect indéfectible.

Bizarrement, comme il se remettait à la disposition du service pour une mission, repoussant sa prise de congé de quelques mois, il se rappela que son père lui avait dit un jour : « Quant aux femmes, souviens-toi bien d'une chose : l'amour véritable est une passion dévorante qui peut être mortelle. Et parfois, ça n'en vaut même pas la peine. » Le mariage de ses parents ayant été tout sauf idéal, il songea qu'il comprenait à présent ce que son père avait voulu dire.

Dans le même ordre d'idées, il avait entendu un propos plus cru dans la bouche d'officiers plus jeunes que lui : « L'amour n'en vaut pas la chandelle. » Sauf qu'ils remplaçaient « amour » par un autre mot. Ce dicton résumait parfaitement ses sentiments et faisait monter sa colère. Il se jugeait idiot de ne pas avoir percé sa femme à jour plus tôt. Une partie de son boulot, son gagne-pain et sa survie, consistait à percevoir les signes avant-coureurs du danger, à mettre le doigt sur ce qui clochait chez les individus, et ce dans toutes les situations.

Il ne le comprit pas sur le moment, mais sa colère engendra le désir de se venger. Il avait, par automatisme, déchaîné les foudres sur la tête de Saunders, mais son besoin de vengeance se concentrait maintenant sur sa future ex-femme. Avec cette exigence qui couvait au plus profond du subconscient, Benyon poursuivit sa vie professionnelle — ses collègues devaient par la suite déclarer qu'il avait paru se transformer en homme dur et intransigeant, changement auquel ses supérieurs ne pouvaient qu'applaudir. Benyon, décidèrent-ils, irait loin dans le service.

Ils le renvoyèrent à Berlin et, au cours des six mois suivants, il se rendit à l'Est à cinq reprises, se chargeant des messages pour les boîtes aux lettres mortes et établissant un contact avec l'agent qu'il supervisait — habituellement à distance — et qui occupait une position éminente dans le pool des dactylos, au siège du KGB, à Karlhorst.

Cet agent, du nom de *Brutus*, était une jeune femme de vingt-cinq ans, fille d'un couple de médecins qui vivaient et travaillaient à l'Ouest. Elle s'appelait Karen Schmidt — « Quel nom passe-partout », avait remarqué l'un de ses supérieurs quand elle avait proposé ses services actifs et sa coopération au Secret Intelligence Service.

Les parents de Karen étaient des psychiatres rompus à ce qu'on qualifiait souvent de « debriefings en profondeur » — un terme qui recouvrait nombre de choses, depuis le soutien psychologique à des agents ayant vécu des traumatismes sur le terrain jusqu'au genre d'interrogatoires nécessitant l'utilisation de drogues dangereuses qui permettaient aux enquêteurs de lancer très loin leurs filets dans l'inconscient d'un suspect pour lui arracher ses secrets.

Les Schmidt étaient des médecins compétents que le service respectait, leurs rapports étaient nickel, et leur travail avait donné à Karen ses entrées dans l'univers du secret défense. Elle avait fait ses études dans une école privée, très prisée, avant de rejoindre Oxford pour étudier les langues étrangères au Saint Anthony's College — souvent appelé « prépa fantôme ». Ses parents ayant prévenu le Foreign Office qu'un travail dans les services de renseignements l'intéresserait, contact fut pris et elle suivit durant une année l'entraînement des recrues de terrain potentielles dans un endroit retiré du Wiltshire.

Benyon s'était chargé d'elle quand on l'avait envoyée de l'autre côté du Mur et, depuis, l'avait dirigée à distance, comme il était de règle. À présent, à peu près au moment où son divorce se concluait, il avait une bonne raison de la revoir. Un message des plus clairs avait établi la nécessité d'une rencontre. Aussi, un soir, début juin 86, se rendit-il à l'Est et, après s'être soumis à la chorégraphie retorse qu'imposait ce genre de situation, ils se retrouvèrent pour finir dans un « relais », à deux pas du Berliner Ensemble Theater.

Il fut surpris dès leur prise de contact dans la rue. Il ne l'avait revue qu'une seule fois depuis qu'elle était passée de l'autre côté du Mur, trois ans auparavant. À cette époque, on lui avait donné l'apparence d'une petite souris. On l'avait conseillée sur tout et n'importe quoi, depuis la coiffure sévère à adopter, les chaussures à talons plats qu'elle devrait porter, jusqu'aux vêtements indéfinissables de sa garde-robe. Quand elle était passée de l'autre côté, Karen était une fille sur laquelle aucun homme ne se serait jamais retourné. À l'heure actuelle, sa personnalité avait changé du tout au tout. C'était toujours la même fille, mais la petite souris avait disparu, laissant la place à une belle jeune femme au corps svelte.

Elle avait laissé pousser ses cheveux : lisses, noirs,

doux, avec des reflets tels que Benyon eut envie de tendre la main et d'y plonger les doigts. Son visage était plus rond, ses yeux bruns pétillaient d'humour et ses lèvres, marquées aux commissures par les petites rides de l'ironie, paraissaient plus pleines et plus appétissantes. Elle portait une ample robe blanche qui laissait deviner ses cuisses et les mouvements de son corps sous l'étoffe légère. Bref, le vilain petit canard était devenu le plus séduisant des cygnes du quartier.

Le regard de Benyon avait dû être éloquent, car Karen embraya là-dessus immédiatement :

— Vous avez noté le changement.

Elle sourit, découvrant l'une de ses dents de devant légèrement en biseau.

— C'était inévitable. Vous êtes au courant des promotions qui ont eu lieu ces deux dernières années.

— Le Parti tient à ce qu'on soit plus glamour quand on grimpe les échelons ?

— Ça peut surprendre, mais c'est à peu près ça, oui. Je suis devenue superviseur et à ce grade on vous demande de soigner votre apparence. C'est d'ailleurs l'une des choses sur lesquelles je devais vous consulter.

Son timbre de voix aussi n'était plus le même. Elle parlait toujours un anglais impeccable, évidemment, mais sa voix était plus rauque que dans son souvenir.

Ils étaient assis l'un en face de l'autre à une petite table en bois. Benyon avait apporté des provisions : pain, viande froide, salade de pommes de terre, et une bouteille de vin. Il avait expliqué au *checkpoint* que lui et sa petite amie pique-niqueraient avant la représentation du Berliner Ensemble qui donnait *L'Opéra de quat'sous* de Brecht, le soir même. Le rôle de la petite amie avait été tenu par son auxiliaire — une jeune femme du nom de Bridget Ransom[1], dont les plus cyniques affirmaient que même la rançon d'un roi n'achèterait pas l'accès à son jardin secret. Peut-être, mais c'était un bon officier de terrain, parlant un allemand d'une grande pureté, avec l'accent silésien, douée en outre de la capacité de se rendre invisible à

1. « Ransom » signifie « rançon » en anglais *(N.d.T.)*.

volonté, ou presque. En cette occasion, elle assurait les arrières de Benyon pendant son entretien avec *Brutus* et il n'aurait pu exiger quelqu'un de plus professionnel.

Ainsi donc, dans ce petit appartement mal tenu, à un jet de pierre du théâtre où Bertolt Brecht avait monté sa troupe légendaire de comédiens, Benyon, l'officier traitant, écouta ce que *Brutus*, son espion, avait à lui communiquer.

Au fil des années, il avait entendu d'autres récits similaires, mais émanant la plupart du temps d'agents de sexe masculin. À savoir que, dans la position névralgique où ils travaillaient, une occasion s'était présentée qui, si on la saisissait, mènerait à une mine de renseignements pur sucre. Ladite occasion prenait toujours la forme d'un homme ou d'une femme, suivant les préférences sexuelles de l'agent en question.

Benyon avait appris à traiter ce genre de cas et à donner son avis avec beaucoup de précautions. Un agent de terrain était souvent un individu des plus solitaires, constamment mis à l'épreuve, tiraillé et soumis à toutes les formes de tentation. Le bon sens apparentait couramment les agents de terrain à des ermites, moines ou religieuses, passant leur vie dans un environnement hostile, et à qui toute existence normale était refusée.

Le problème de Karen Schmidt était un cadre supérieur du KGB, l'un des principaux officiers de liaison entre les services secrets est-allemands et le QG de Moscou. Que cet homme, le colonel Viktor Desnikoff, eût accès à des informations ultrasecrètes tombait sous le sens. Là-bas, à Londres, Benyon avait bien des fois compulsé son dossier. Une partie de son boulot consistait à tenir à l'œil les officiers de renseignements est-allemands et soviétiques — leurs allées et venues, leurs forces ou leurs faiblesses particulières, leur profil général et autres menues choses de la vie qu'un service adverse met si souvent à profit. Desnikoff était à n'en pas douter une cible de premier choix et voici que le propre agent de Benyon lui apprenait que le colonel l'avait invitée à dîner à plusieurs reprises et venait de lui proposer de devenir sa maîtresse, avec mariage à la clé.

Karen lui fournit une profusion de détails sur l'homme ; derrière le ronron de son monologue, le job de Benyon consistait à détecter les éventuels pièges, chausse-trapes ou traquenards placés sous les pas de son agent. Il était également à l'affût de la moindre inflexion susceptible de lui indiquer s'il y avait d'autres données affleurant à la surface de ce qu'elle lui racontait. Pour l'essentiel, il devait évaluer quels avantages ils pourraient tirer de cet individu, si jamais il disait à *Brutus* d'aller de l'avant, et les comparer aux éventuels problèmes qu'une telle opération risquait d'entraîner. Il en passa aussi par la paranoïa chronique de l'officier responsable — son agent n'avait-il pas déjà été tout bonnement « retourné » ?

Il prit son temps, orientant la conversation sur d'autres sujets, ignorant les perches tendues et les cajoleries de Karen pour qu'il réponde à son souci majeur : devait-elle s'attacher à Desnikoff et à la manne de renseignements qu'il représentait à coup sûr ? Ou bien fallait-il qu'elle envoie paître le colonel ?

Benyon — dont une partie seulement du cerveau traitait la question — alla jusqu'au bout de la routine. Avait-elle noté des changements d'attitude à son égard ? Se sentait-elle à l'aise dans le double rôle qu'elle était forcée de tenir ? Avait-elle conscience de rivalités inattendues qui pourraient causer sa perte dans l'avenir ? Ces questions élémentaires avaient leur importance, car elles lui donnaient le temps de réfléchir au meilleur moyen de déterminer si Karen était d'une totale bonne foi avec lui.

Il ne put finalement éviter le sujet plus longtemps.

— Le colonel vous plaît-il ?

Il regarda ses mains et ses yeux. Étudia sa gestuelle.

Son haussement d'épaules ne lui fournit pas beaucoup d'indices.

— À vrai dire, et pour aller vite : c'est un ours. Pas sans charme, mais ses manières laissent à désirer.

— Je dois vous poser la question : tout mal léché qu'il est, vous n'êtes pas amoureuse de lui ?

Elle émit un petit rire.

— Impossible. C'est une idée absurde.

— Mais vous êtes prête à coucher avec lui, à feindre de l'aimer ?

— Ça ne fait pas partie du job ? Je sais ce que je peux lui soutirer sur l'oreiller. Ce qui lui occupe la tête, c'est rien que du top niveau. Il est dans les petits papiers du président du KGB. Il troque des renseignements avec la Stasi et les autres chefs des services secrets. Je peux puiser dans ce matériau, mais il n'y a pas trente-six façons : il faudra que je lui accorde mes faveurs.

— Accorder vos faveurs, ce n'est pas votre boulot. Nous initions des gens à l'art de la séduction, Karen. Ça ne fait pas partie de votre cursus. Encore une fois, vous êtes certaine qu'il ne vous plaît pas ?

Elle sourit, le fixa au fond des yeux, soutenant son regard un instant, puis baissa la tête. Elle tendit une main et effleura la sienne.

— Pas comme certains autres me plaisent, dit-elle d'une petite voix.

On ne pouvait parler plus clairement. Elle lui déclarait son penchant, et le corps et l'esprit de Benyon réagirent de façon diamétralement opposée. Ça faisait un certain temps déjà qu'il n'avait pas été avec une femme et il sentit une excitation le chatouiller du côté de l'aine. Si une partie de lui refoulait cette pulsion sexuelle, une autre ne désirait que trop qu'une jeune femme aussi séduisante le prenne dans ses bras en lui disant qu'elle l'aimait. Ce fut à cet instant précis, en un éclair, qu'il se demanda si son émoi n'était pas motivé par le besoin de se venger de son ex-femme. Mais il écarta rapidement cette idée qu'il jugea hors de propos.

Son penchant professionnel pour la suspicion suscita en lui des doutes énormes. Les artifices des femmes étaient innombrables et complexes. Il y avait une ou deux raisons particulières pour que Karen Schmidt, alias *Brutus*, lui fasse de telles avances. La première était ce que les psychiatres appellent un transfert — phase où le patient commence à prendre son thérapeute pour objet d'amour. Le même phénomène n'était pas rare chez les agents de terrain et leurs officiers traitants. L'autre raison était plus inquiétante. Pour avoir les coudées franches, un agent « retourné » ne reculerait devant rien pour convaincre son officier traitant qu'il faisait l'affaire pour un job hautement douteux, tentative de séduction incluse.

Il songeait : Devrait-elle ou pas ? Le voudra-t-elle ou pas ? Entrera-t-elle dans la danse ou pas ? Il lui demanda à haute voix si elle croyait que le colonel ne lui racontait pas de craques.

— À votre avis, est-ce qu'il veut simplement vous ajouter à son tableau de chasse ou est-ce qu'il est sérieux ?

Elle y réfléchit un instant. Puis :

— Il n'a pas la réputation d'un cavaleur. Je ne peux me baser que sur mon intuition. D'après moi, il n'a pas d'arrière-pensées. Bien sûr qu'il a craqué pour moi, mais je sens que ça va plus loin que ça. Il m'a parlé de beaucoup de choses. L'effet que je lui fais est multiple et ne se limite pas à une fixation sur mon physique. Derrière sa façade d'ours mal léché et ses manières grossières, il a un côté sensible et il a tenté de me le montrer.

— Et vous pensez vraiment pouvoir vous dépatouiller ?

— Je ne suis pas pucelle. Je peux rouler les meilleurs d'entre eux. Ma priorité absolue sera de mettre la main — mentalement, s'entend — sur les renseignements. Si c'est le seul moyen d'obtenir ce qui est vraiment juteux, eh bien, je suis prête à en passer par là.

— Et vous ferez ça de bon cœur ?

— Je le ferai parce que je considère que ça fait partie de mon boulot. Je peux vous fournir tellement plus, Charles. Beaucoup plus que je n'ai été en mesure de le faire jusqu'ici.

Charles était le nom de code de Benyon. Elle ne le connaissait que sous ce pseudo et, à sa connaissance, elle ignorait totalement son vrai nom.

Le téléphone sonna. Une seule personne était au courant de ce numéro. Bridget Ransom allait le prévenir que la représentation du Berliner Ensemble tirait à sa fin. À l'autre bout du fil, Bridget dit simplement : « Dix minutes », en allemand, au cas où leur ligne serait sur écoute.

Il fallait qu'il donne des instructions à Karen. Son feu vert ou non. Il compta jusqu'à dix, puis opina du chef.

— Allez-y, dit-il.

Il crut déceler de la peur dans ses yeux. De la peur et comme une sorte de supplication. Celle d'une femme qui a espéré que l'homme ferait un geste, dirait qu'elle lui était chère, qu'il la désirait, ou encore la câlinerait, comme cela se passe entre un homme et une femme quand ils sont intimement liés.

Benyon ne se livra à aucune de ces démonstrations.

— Allez-y, répéta-t-il avant d'ajouter : Je reviendrai dans quelques semaines — un ou deux mois, si les renseignements que nous obtenons sont bons. Je pense qu'il nous faudra en reparler une fois que vous aurez mis les choses en branle, si je peux m'exprimer ainsi.

Il lui dit de laisser s'écouler dix minutes après son départ, avant de quitter à son tour le petit appartement qui sentait le bois pourrissant, l'humidité persistante et le désinfectant qu'on utilisait dans les « relais », à l'Est.

Il ne fallut que trois semaines pour que son premier contingent d'informations arrive, transmis comme d'habitude sous la forme d'une giclée de friture électronique cryptée, captée dans l'atmosphère par les gars et les filles du GCHQ, à Cheltenham. Le GCHQ, autrement dit QG des Communications du Gouvernement, se chargeait de tout, depuis les balayages de fréquences erratiques jusqu'aux écoutes vingt-quatre heures sur vingt-quatre, jusqu'à l'enregistrement des rapports qu'on leur expédiait des quatre coins du globe à la vitesse de la lumière.

D'autres rapports suivirent et les supérieurs de Benyon au SIS furent enchantés de ces résultats. *Brutus* leur faisait parvenir les confidences sur l'oreiller du colonel Viktor Desnikoff et lesdites confidences étaient exceptionnelles. Des éléments longtemps dissimulés étaient maintenant mis au jour ; et ils obtenaient même parfois la teneur de vraies conversations entre le colonel du KGB et ses maîtres du QG de Moscou.

— Est-ce que nous partageons ceci avec les Américains ? demanda le supérieur immédiat de Benyon à l'un de leurs directeurs adjoints.

— Jamais de la vie.

Ils savaient quand partager et quand se tenir cois. Ce qu'ils récoltaient de *Brutus* — quoique immédiatement utilisable — pouvait être aussi gardé en réserve pour être échangé plus tard avec les services américains contre d'autres informations secrètes. Dans certains cas, les chefs des services de renseignements peuvent se conduire en vrais gamins, troquant leurs informations comme des gosses leurs billes.

Six semaines plus tard, Benyon se rendit à nouveau de l'autre côté du Mur et eut un second face-à-face avec Karen Schmidt. Elle lui parut plus désirable que jamais. Elle le serra même contre elle et le garda ainsi une bonne minute lors de leurs retrouvailles. Plus désirable, certes, mais présentant des signes de stress.

Quand Benyon lui en fit la remarque, elle eut un petit sourire triste et déclara qu'elle avait peut-être eu les yeux plus gros que le ventre.

— Il est insatiable, dit-elle. Mais il l'ouvre.

— Vous pourrez tenir le coup ?

Elle eut un rire vulgaire.

— Lui, en tout cas, il pourra. Alors moi, je suppose qu'il faudra bien.

Quand ils se séparèrent, elle le regarda en le couvant des yeux et l'attira à elle, l'étreignant comme si elle ne voulait plus jamais le laisser partir.

De retour à Londres, Benyon découvrit que Karen, en tant que femme, lui occupait beaucoup trop l'esprit. Il s'inquiétait pour elle et pour sa sécurité en tant qu'agent : après tout, cela faisait partie de son métier. Cependant, ses pensées prenaient un autre tour. Karen hantait ses rêves : penchée sur lui, complètement nue, elle pompait son énergie sexuelle d'une façon qui, même si la volupté y avait sa part, ressemblait plutôt à un tendre rituel amoureux. Elle figurait aussi dans ses rêves éveillés. Il croyait l'apercevoir, soudain, au milieu de la foule. Une ou deux fois, il poursuivit même cette Karen fantomatique uniquement pour découvrir, en s'approchant, que la femme en question ne lui ressemblait absolument pas. À d'autres moments, s'il analysait l'obsession qu'il avait d'elle, il en concluait qu'il était tombé amoureux de son agent, qui à cette heure livrait son corps à un colonel soviétique. Benyon commença à sentir la jalousie lui planter ses griffes au fond de l'âme.

Par pur automatisme, semblait-il, il se mit aussi à soigner son apparence. Il s'acheta de nouveaux vêtements, fit attention à se faire couper les cheveux régulièrement ou au cuir éraflé de ses chaussures. Certaines fois, il se plantait devant la glace dans le petit appartement qu'il louait à Chelsea et se demandait comment une jeune fille pouvait s'intéresser à lui, en dehors du boulot. À quarante-trois ans, il avait les tempes grisonnantes, même si son visage et son corps demeuraient minces et fermes. Il mesurait un mètre quatre-vingt-cinq et était bien foutu. Il mûrissait bien, donc il était possible qu'une fille de l'âge de Karen s'intéresse à lui, physiquement parlant. Elle ignorait pourtant tout de sa vraie personnalité, car les officiers traitants la dissimulaient toujours, comme des acteurs jouant le rôle qu'on attend d'eux.

Sous les renseignements de première qualité, qui continuaient à affluer, transparaissait un stress qui fut perçu non seulement par Benyon, mais aussi par ceux qui le chapeautaient. Ensemble, ils se mirent à prendre des dispositions, organisant un itinéraire rapide, un «trou noir» par lequel ils pourraient exfiltrer *Brutus*, si cela s'avérait nécessaire.

Benyon savait que ce serait inévitable. C'était toujours le cas, en particulier quand il s'agissait d'une mission à haut risque de ce genre.

Quand il la revit au printemps suivant, il lui trouva l'air épuisée, au bout du rouleau, et nerveuse au point de tressaillir à la vue de son ombre. Une fois encore, ils s'étreignirent, mais cette fois — la toute première — ils s'embrassèrent ni dans le vide, ni d'un baiser fraternel sur la joue, mais bouche contre bouche, langue contre langue, corps contre corps, au point que chacun perçut intimement l'autre malgré ses vêtements.

Il finit par se dégager, consumé de désir, défaillant sous son besoin d'amour.

— Nous n'avons pas le temps, fit-il, à bout de souffle.

— Mais si, plein de bon temps à prendre, mon chéri.

Elle l'attira à nouveau à elle et il recula.

— C'est beaucoup trop dangereux. Écoute-moi, j'ai des choses à te dire...

Et il se mit à lui esquisser les grandes lignes de son itinéraire de repli, ce qu'elle refusa immédiatement.

— Charles, si je dois être exfiltrée, je ne veux pas qu'on me traite comme si je devais passer devant le tribunal de l'Inquisition.

Ses joues s'empourprèrent.

— Ç'a été sacrément dur. L'enfer, en fait. Si je dois m'enfuir, je veux que ce soit avec toi et dans un endroit agréable où on nous foutra la paix pendant quelques semaines avant qu'on commence à me trifouiller la mémoire en me forçant à faire un compte rendu détaillé, coup par coup, baise après baise...

Benyon comprenait ce qu'elle ressentait. Il avait vu ça chez d'autres, cette peur des interrogatoires immédiats — et parfois hostiles —, alors qu'ils se trouvaient encore traumatisés par le combat qu'ils venaient de mener.

— Ce ne sera pas si méchant que ça, ma chérie.

Mais le cœur n'y était pas, car il ne croyait pas lui-même à ce qu'il disait. Les interrogatoires des agents qui revenaient du « froid » — comme on les appelait maintenant, même si ce terme avait été fauché à un romancier — étaient tout sauf une partie de plaisir.

— Non. Dis-leur de ma part que si le pire devait arriver, il me faudra passer une ou deux semaines avec toi, avant que je parle à l'un d'entre eux. Si ça ne leur plaît pas, ils peuvent faire une croix sur mon exfiltration. Je resterai ici, quitte à en subir toutes les conséquences.

Elle lui noua les bras autour du cou, l'attira à elle et l'embrassa encore une fois sauvagement, avec une violence qui lui coupa le souffle.

— Rien que nous deux, dit-elle. Quinze jours au soleil. Ce n'est pas beaucoup demander après tout ce que j'ai fait. C'est ma dernière offre, Charles, il faut que tu obtiennes ça pour moi, mon chéri.

À Londres, ça ne leur plut pas. Cela contrevenait à toutes les lois de cette jungle qu'est l'univers du secret défense. Quand on exfiltre quelqu'un, on le travaille au corps tant que tout est encore frais et clair dans sa tête. Pourtant, quand Benyon leur exposa l'alternative dont elle les menaçait, ils finirent par céder — ne fût-ce que parce que les renseignements de premier choix, du diamant brut, continuaient d'affluer. Ce qu'elle leur communiquait venait confirmer leurs suppositions concernant certains aspects de l'armée soviétique, les leaders politiques et leurs futurs plans opérationnels.

Lors de son voyage suivant derrière le Mur, Benyon fut en mesure d'annoncer à Karen que c'était marché conclu. Il passa en revue la marche à suivre dans les moindres détails qui, quelque peu épineux, nécessitaient un timing méticuleux.

— Une fois qu'on t'aura fait passer à l'Ouest, lui dit-il en l'étreignant longuement, souriant, une fois de l'autre côté, nous nous envolerons tous les deux pour les Bermudes. Bien sûr, on sera sous surveillance, mais nos « anges gardiens », tu ne les verras même pas. Deux semaines aux Bermudes, il y a pire.

— En ce moment, deux semaines aux Bermudes, ça me semble le paradis.

— Tu es d'accord pour partir sur-le-champ ? demanda-t-il, soucieux, car elle avait perdu du poids, sa nervosité s'était accentuée et son regard ne révélait que trop qu'elle était plus que jamais sous tension.

— Il soupçonne peut-être quelque chose, dit-elle en se mordant la lèvre. Je ne sais pas. Je crois que je devrais continuer un petit peu plus longtemps. Les informations qu'il me révèle… ?

— Oui ?

— Est-ce qu'elles se recoupent toujours ? Elles sont toujours bonnes ?

— Meilleures que ça.

Ils s'embrassèrent encore avant qu'elle s'en aille et il sentit son corps palpiter contre le sien. Elle le désirait, avait besoin de lui, ici et maintenant.

Le message signalant qu'elle était en difficulté ne leur parvint que deux semaines plus tard. Une giclée d'apparente friture fut captée directement au GCHQ. Cela se résumait à deux mots : *Temps couvert.*

Une équipe entra en action immédiatement. Benyon fut laissé en dehors, car il était trop risqué pour lui d'aller de l'autre côté du Mur. Il en fut réduit à rester assis, à attendre dans la maison qu'ils avaient préparée pour le retour de Karen à l'Ouest. Même lors de cette dernière étape, ceux qui lui donnaient des ordres tentèrent de revenir sur leur accord. Elle ne pourrait plus s'y opposer, argumentèrent-ils. Une fois passée à l'Ouest, il serait facile de l'escamoter comme un rien.

Benyon répliqua que le moment était mal choisi pour jouer à ce petit jeu avec elle.

— Elle se fermera comme une huître et vous ne saurez jamais le fin mot de l'histoire, les prévint-il, sachant qu'il fallait mettre les points sur les i aux esprits bureaucratiques des dirigeants du SIS.

Ainsi Karen Schmidt fut-elle exfiltrée de Berlin-Est et remise à l'Ouest. Dans l'heure de son arrivée, elle se trouvait à bord d'un vol commercial pour Paris, avec Benyon pour veiller sur elle de tout l'amour et de toute la tendresse dont il était capable.

Elle n'avait rien emporté avec elle, mais deux jeunes femmes du bureau des résidents de Berlin-Ouest — dûment nanties des mesures de Karen — qui étaient à leur disposition depuis sa dernière entrevue avec Benyon — s'étaient livrées sur ordre à une orgie de shopping. C'était l'un des boulots les plus agréables qu'on lui eût jamais confiés : du cousu main, pour qu'elle n'entame pas sa nouvelle vie avec rien sur le dos, ou presque.

De Paris, ils s'envolèrent pour les Bermudes où, dans une agréable petite villa, aux environs de Saint-

George (ils avaient jugé d'un commun accord qu'Hamilton serait trop risqué), surmontant sa fatigue, Karen fit l'amour à Benyon d'une façon qui surpassa ses rêves les plus fous.

— Charles chéri, chuchotait-elle sans se lasser, alors qu'elle reposait entre ses bras, apaisée, après l'amour.

— Ce n'est pas mon vrai nom, mon adorée, dit-il.

Elle lui décocha un bizarre sourire en coin, qui révéla sa dent en biseau.

— Je sais, mais Godfrey, j'aime pas comme prénom.

Il ne releva pas cette dernière remarque et ils glissèrent dans un sommeil réparateur, imbriqués l'un dans l'autre comme deux enfants.

Les jours suivants, ils devinrent d'authentiques amants. Benyon ne surprit que de rares manifestations des « anges gardiens » qu'on leur avait assignés. Il reçut aussi trois appels téléphoniques de l'officier en charge de l'équipe de surveillance. Cela mis à part, ils poussèrent quelquefois à pied jusqu'à Saint-George, déjeunant à deux reprises dans un très bon restaurant, faisant un peu de shopping touristique et achetant des provisions qu'ils cuisinèrent à tour de rôle. Le reste du temps, ils s'adonnaient aux plaisirs de l'amour. Ils firent même des projets d'avenir, parlèrent sérieusement de leur existence une fois quitté le service, et de ce qu'ils pourraient faire, une fois tous deux débarrassés du fardeau de leur obligation de réserve.

Cette île des Bermudes était l'endroit idéal pour eux, tout bien considéré. N'avait-elle pas inspiré à Shakespeare celle de *La Tempête* — l'île pleine de bruit et de ravissement du magicien Prospero où s'enchevêtrent les intrigues amoureuses de la pièce ? Karen et Benyon paraissaient enchantés de s'y trouver, enchaînés comme si les charmes de Prospero agissaient encore, tissant autour d'eux leur magie délicieuse et enivrante.

Il ne restait plus que trois nuits avant leur rapatriement en Angleterre, où il leur faudrait affronter cette longue et épuisante période où Karen serait « débriefée », pour employer les termes de ses interrogateurs. Ce soir-là, Karen s'aperçut qu'ils avaient oublié d'acheter du vin pour le dîner qu'elle préparait.

Benyon, s'éloignant de la charmante petite villa rose, gagna King's Square, où il entrevit au passage la copie grandeur nature du vaisseau *Délivrance*, autrefois construit sur l'île pour emmener une troupe de colons, qui avaient déjà fait naufrage, jusqu'en Amérique, et qui se dressait, vivant témoignage historique, sur Ordnance Island, avec la statue de sir George Somers, le chef infortuné de cette expédition, levant les bras comme pour étreindre cet endroit magique. Benyon acheta une bouteille du vin préféré de Karen et rentra sans se hâter. Il s'était absenté en tout et pour tout moins d'une demi-heure, mais dès qu'il aperçut la villa il sut que quelque chose ne tournait pas rond.

Une voiture était garée devant le portail qui donnait accès au carré de jardin devant la maison. Il reconnut l'un des « anges gardiens » et le nom de l'homme lui revint aussitôt — Pete Cannon. Il ne l'avait pas vu depuis une dizaine d'années, mais le reconnut à l'instant même où il sut que quelque chose d'épouvantable s'était produit.

À l'intérieur, dans le petit salon, « Cheezy » Fowles, le chef de l'unité des « anges gardiens », se tenait près de la table avec un autre de ses hommes que Benyon ne reconnut pas.

— Qu'est-ce que… ? commença-t-il.

— On l'a perdue, rétorqua Fowles, sans ambages et furieux.

— Perdue ? Mais…

— Épargnez-moi vos « mais », monsieur Benyon. Mes gars ont repéré une paire de gaillards « taillés pour », il y a deux jours de ça. J'avais posté un de mes hommes derrière la maison. Il est mort maintenant ; et vous n'aviez pas fait dix mètres dans la rue, qu'elle avait déjà filé.

— Mais je ne…

— L'île grouille de monde, gendarmerie locale incluse, mais à mon avis, ça s'est passé si vite et si professionnellement qu'elle est sans doute loin à l'heure qu'il est. Il y a tellement de yachts et de petits bateaux qui cinglent au large de ces côtes qu'on ne peut pas tous les contrôler.

— Vous voulez dire qu'on l'a enlevée ?

Fowles fit non de la tête, lentement.

— Non. Il semblerait qu'elle soit partie de son plein gré.

Encore sous le choc, une vieille blague traversa l'esprit de Benyon : « Ma femme est aux Caraïbes. » « À la Jamaïque ? » « Non, elle est partie de son plein gré. »

— Elle vous a laissé un *billet doux*[1] et un paquet, fit-il en lui montrant la table.

Le paquet était soigneusement enveloppé dans ce genre de papier qu'on achète pour les cadeaux de mariage : blanc, avec des cloches et des fers à cheval dorés. Juste à côté, une enveloppe rose.

Benyon hésita un instant, partagé entre l'enveloppe et le cadeau. Il finit par ouvrir le paquet. À l'intérieur, il trouva une boîte blanche, d'une vingtaine de centimètres de long sur cinq de haut. Il souleva le couvercle et sortit le contenu dans un froissement de papier de soie. C'était une statuette quasi pornographique.

On l'avait façonnée dans ce métal commun dont on fait les statues hors de prix réservées aux touristes : d'une nuance sombre et piqué d'un prétendu vert-de-gris. Les deux silhouettes, arc-boutées dans l'acte sexuel, étaient filiformes, de cette maigreur torturée propre au style de Giacometti.

Une carte accompagnait le cadeau, et on y lisait simplement ces mots : *Nous voilà à présent réunis pour l'éternité, mon chéri. Karen.*

Terriblement angoissé, comme traversé par une ombre d'un noir de suie, Benyon fendit lentement l'enveloppe et déplia le seul feuillet rose qu'elle contenait. Karen avait écrit :

1. En français dans le texte.

Pardon, Charles chéri, je t'aime tendrement. Ça, du moins, ce n'était pas un mensonge. J'ai toujours travaillé pour le KGB. Quant à ce pauvre Viktor, il travaille pour les Américains depuis plusieurs années. Le KGB m'a donné comme directives de devenir intime avec lui et quand je t'ai raconté mon histoire, tu m'as demandé la même chose. L'ironie, vois-tu, c'est qu'il communiquait aux Américains la même roupie de sansonnet que je vous communiquais, moi. Au final, ça vous a paru authentique simplement parce que ça correspondait à ce que vous désiriez entendre. Ce que nous ignorions alors, tous tant que nous sommes, c'était que ce cher Viktor était séropositif. Son sida est des plus florissants à présent et le mien est en bonne voie. Ton tour viendra ensuite et, pour finir, nous serons réunis. Je serai très bien suivie jusqu'à la fin, car le KGB prend soin des siens. J'espère qu'il en va de même dans ton service.

Avec tout mon amour, en attendant que la mort nous réunisse.

Karen

Il entendit un cri muet s'élever au fond de lui-même, sut qu'il était un homme mort, se souvint de cette réplique de *La Tempête* : « Mais je préférerais mourir de mort sèche », entendit la voix de son père disant que le véritable amour tue parfois et, pour finir, alors que la vérité balayait tout sur son passage, il se remémora le vieux refrain : « L'amour n'en vaut pas la chandelle. »

Traduit par Yves Sarda

FAYE KELLERMAN

Les cœurs et les fleurs. Le clair de lune et les roses. La passion et l'obsession. Il arrive que l'élixir magique de l'amour se transforme en venin. Dans cette histoire d'amour-haine que nous conte Faye Kellerman, une jeune femme voit peu à peu son amour éperdu se transformer en une lutte farouche pour garder son équilibre mental.

Si tous les amants portent un masque, certains sont plus trompeurs que d'autres. Et parfois l'illusion peut prendre un tour menaçant qui entraîne la guerre des sexes à dépasser le stade des escarmouches et à devenir un conflit sanglant d'où n'émergera qu'un seul vainqueur.

Faye Kellerman est une femme exquise, charmante, douce et paisible en apparence, qui a su remarquablement décrire les aspects les plus sombres de l'amour. Les ventes de ses romans n'ont pas atteint les niveaux vertigineux de ceux de son mari Jonathan (également présent dans cet ouvrage), mais l'écart diminue à chaque publication. Ils semblent se réjouir de leurs succès respectifs. Selon les dires, il n'y a pas de côté sombre dans leur mariage !

O. P.

La traque

Comment croire que leur amour ait si mal tourné après d'aussi tendres débuts? Les roses et les friandises qu'il lui envoyait sans raison, les coups de fil à minuit pour le seul plaisir de dire: «Je t'aime», les billets doux déposés dans sa boîte aux lettres ou sur son bureau, son papier à lettres toujours exquisement parfumé. Toutes ces attentions délicates qu'il lui prodiguait à l'époque où il lui faisait la cour semblaient aujourd'hui appartenir à la nuit des temps.

Enfouis sous la fureur et la haine subsistaient pourtant quelques souvenirs de bonheur. Julian lui murmurant qu'elle était ravissante, qu'il aimait son corps svelte, ses yeux couleur noisette, les reflets acajou de ses cheveux soyeux. Vantant auprès de ses amis son esprit vif ou lui chuchotant à l'oreille que faire l'amour avec elle l'avait mis sur les genoux. Ce dernier compliment la faisait immanquablement pouffer. De même qu'elle piquait un fard chaque fois qu'il haussait les sourcils, ou lui décochait son fameux sourire de séducteur.

Le soir de sa demande en mariage avait été l'apogée d'un véritable conte de fées, avec pour entrée en matière la Rolls Royce conduite par un chauffeur en livrée. Le chauffeur, après lui avoir ouvert la porte, l'avait aidée à prendre place à l'arrière de la Corniche blanche.

La plus merveilleuse soirée de son existence! Encore aujourd'hui, en dépit de toute son amertume, de toute sa rancœur, elle devait avouer que ce souvenir restait ancré en elle.

Il avait réservé deux fauteuils d'orchestre au premier rang, alors que la pièce, *La Chute de la maison Usher*, affichait complet depuis plusieurs mois. Par quel privilège était-il parvenu à se procurer ces places, cela restait une énigme qui ne faisait qu'ajouter à l'aura de mystère et de secret dont s'entourait Julian. Après la représentation, il l'avait emmenée à une réception intime dans les coulisses au cours de laquelle elle avait rencontré les principaux interprètes. Des vedettes célèbres avec lesquelles elle s'était entretenue. Bien qu'à vrai dire elle se fût surtout répandue en compliments dont ils l'avaient poliment remerciée. Mais le seul fait de se trouver là, de faire partie de l'assistance…

Elle avait cru vivre un rêve…

Et le rêve s'était poursuivi. À la pièce avait succédé l'élégant dîner aux chandelles dans le restaurant le plus chic de la ville. Julian avait commandé le menu à l'avance — signe de ce qui viendrait par la suite. Mais ce soir-là, elle avait pris sa nature dominatrice pour de l'empressement. Il avait tout choisi, à commencer par les entrées — du caviar Beluga accompagné de blinis et de vodka glacée. Puis une purée de betteraves tiède servie avec un soupçon de crème fleurette et parsemée de ciboulette. Une salade de mesclun et un sorbet au citron délicieusement rafraîchissant. Chaque mets servi naturellement avec le vin approprié.

Elle se rappelait si bien ce festin. Il était si réel dans sa mémoire. Son seul souvenir lui mettait encore l'eau à la bouche.

Le bœuf Wellington au raifort fraîchement râpé, entouré de petites pommes de terre roses et d'une julienne de carottes et de céleri. Et les desserts ! Le chariot le plus somptueux. Pour couronner le repas : un xérès profond et velouté de plus de cinquante ans d'âge.

Ils avaient mangé trop copieusement et Julian lui avait proposé de faire le tour du lac. Ils avaient marché pieds nus le long de la berge. Qu'il était beau ce soir-là, avec ses cheveux blonds que la brise du soir décoiffait légèrement, ses yeux bleus songeurs emplis d'amour et d'impatience ! Il l'avait prise dans ses bras. Des bras robustes et musclés de sportif. Et pendant qu'il l'embrassait, il lui avait glissé un diamant au doigt.

Un instant de pure magie.

Cette nuit-là, elle avait cru mourir de bonheur. En se remémorant ce qui était arrivé depuis, elle eût aimé être morte pour de bon.

Des changements subtils, à peine perceptibles au début. Le ton irrité de sa voix lorsqu'elle rentrait quelques minutes en retard... les questions.

Qu'est-il arrivé ?

Avec qui étais-tu ?

Pourquoi n'as-tu pas téléphoné, Dana ?

Elle lui donnait les explications voulues, mais il ne semblait jamais satisfait. Elle n'y prêtait pas attention, mettant son esprit inquisiteur et son irritation sur le compte de l'amour qu'il éprouvait pour elle.

Puis il y avait eu d'autres incidents. Le rouge à lèvres qui ne se trouvait plus à la place où elle l'avait rangé dans son sac, le désordre de ses tiroirs, alors qu'elle se rappelait avoir soigneusement plié ses sweaters. Et pour finir, l'étrange déclic qui résonnait dans le téléphone dès qu'elle parlait avec une amie ou avec sa mère.

Non, c'est impossible, se disait-elle. *Pourquoi Julian s'amuserait-il à écouter ces conversations anodines ?*

Et pourtant, les déclics se poursuivirent — jour après jour, mois après mois. Elle finit par rassembler son courage et lui poser la question. Il répondit évasivement, l'accusant d'avoir trop d'imagination. Elle le crut sur parole car les bruits cessèrent brusquement.

Mais ils recommencèrent — au début espacés, puis à nouveau rapprochés.

Il écoutait ses conversations, cela ne faisait aucun doute. D'abord intriguée par ce comportement bizarre, elle sentit bientôt la colère la gagner. Il violait son intimité, c'était intolérable. Elle devait en discuter avec lui. Malgré ses dénégations précédentes, elle savait qu'il mentait. Elle le pressa de s'expliquer.

Ce fut sa première erreur. Il entra dans une rage folle, s'empara du téléphone et le jeta contre le mur.

— *Nom de Dieu, Dana!* Si tu ne monopolisais pas la ligne, je n'aurais pas besoin de décrocher le deuxième poste pour savoir si tu as fini de bavarder.

Les larmes lui vinrent aux yeux, elle n'en croyait pas ses oreilles. Elle bégaya :

— Mais Julian, pourquoi ne me demandes-tu pas simplement de raccrocher ?

— Ce n'est pas à moi de le faire ; c'est à toi de t'en apercevoir. Il haletait. Soudain, il baissa la voix, prit un ton plus calme, quoique tout aussi cassant : Une femme devrait comprendre les désirs de son mari. Qu'est-ce que je représente pour toi, bon sang ? Quel genre d'épouse es-tu pour moi, de toute façon ?

Interloquée, elle avait tourné les talons, s'apprêtant à sortir de la pièce. La saisissant par le bras, il l'avait retenue, l'obligeant à pivoter sur elle-même. Elle le revoyait, l'écume au coin des lèvres, les joues marquées de taches rouges, les doigts serrés autour de son poignet comme une menotte d'acier. Et ses yeux ! Ils brûlaient d'une violence insoutenable. Elle s'était recroquevillée sous leur feu. Il avait murmuré d'une voix sourde, presque sépulcrale :

— Ne me... tourne... jamais le dos... comme ça, tu entends ?

Effrayée, elle était restée sans réaction. Lorsque Julian avait réitéré son injonction, d'un ton encore plus menaçant, elle était parvenue à hocher la tête.

À cet épisode allaient s'en ajouter bien d'autres. Le plus petit affront — réel ou imaginaire — le mettait dans une fureur incontrôlée. Bien qu'il ne l'eût jamais frappée, elle était terrorisée par la folie qu'elle lisait dans son regard. Elle n'osait se confier à personne. S'enfonçant plus profondément chaque jour dans les sables mouvants du désespoir et de l'isolement, elle comprit qu'elle n'avait qu'une alternative — mourir ou s'enfuir.

Son départ fut rapide et définitif. Un jour, pendant

que Julian était à son bureau, Dana rassembla ses maigres effets et s'en alla. Pendant six mois, elle se cacha sous différents noms d'emprunt et fausses identités. Comme prévu, il la retrouva. Mais ces six mois lui avaient suffi pour reprendre pied. Elle n'hésita pas à aller trouver un avocat. Quelques mois après, Julian recevait par voie légale une demande de divorce accompagnée d'une contrainte officielle. Dana savait que cette dernière n'avait qu'un poids limité en termes de protection concrète ; un remède aussi peu efficace que de vouloir obturer une digue en introduisant son doigt dans la brèche.

Aussi était-elle toujours sur le qui-vive. Chaque fois qu'elle entrait ou sortait de sa voiture, elle surveillait les environs, jetait un coup d'œil derrière elle. Les clés dans la main droite, la bombe lacrymogène serrée dans la gauche, elle parcourait rapidement la distance qui la séparait de l'endroit où elle se rendait, tournant la tête d'un côté et de l'autre, à l'affût du moindre bruit, du moindre signe de danger.

C'est affreux de vivre ainsi, pestait-elle en silence, *mais que faire d'autre ?*

Dana savait que Julian était trop obsédé, trop désaxé pour être raisonné. Peut-être la blessure était-elle trop récente. Elle espérait que les choses s'amélioreraient après le divorce. Julian n'était pas stupide, il se rendrait compte que son obsession ne menait à rien, ni pour elle ni pour lui.

Du jour où leur mariage fut légalement rompu, la situation empira. Il y eut d'abord les coups frappés la nuit à sa porte, les raclements aux carreaux des fenêtres, les poignées qui tournaient mystérieusement. Un soir, après des semaines d'angoisse à l'entendre rôder comme un malade, Dana prit son courage à deux mains et se décida à l'affronter. D'un geste énergique, elle ouvrit brusquement la porte d'entrée et ne vit devant elle qu'un triste décor de rues, d'arbres et de maisons, sans la moindre trace d'une présence humaine.

C'était un présage de ce qui allait survenir par la

suite. Julian semblait toujours disparaître au dernier moment.

Les bruits continuèrent, et Dana déménagea — une fois, deux fois, trois fois... Mais il parvenait toujours à la retrouver. Il ne se montrait jamais, non, il était trop lâche pour cela, mais elle sentait sa présence partout où elle allait, quoi qu'elle fasse. Il apparaissait sous forme d'ombres furtives, indistinctes.

Toujours la nuit.

Parfois, elle aurait juré l'avoir réellement vu. Elle se mettait alors à courir dans la rue, le maudissant. Les gens la prenaient pour une folle.

Et Dana se demandait si elle n'allait pas devenir vraiment folle. Car plus elle s'acharnait à vouloir le surprendre, plus il lui échappait. Julian semblait se dissiper dans la brume, sans que rien ne subsiste de sa présence hormis un souffle impalpable. Les nerfs à vif, Dana ne mangeait plus, maigrissait dangereusement. Craignant pour sa santé mentale, elle restait enfermée chez elle, ne sortant que pour faire quelques courses de première nécessité. En dernier ressort, elle acquit un chien de garde, un berger allemand, qui mourut subitement, empoisonné. Elle acheta un autre chien. Ce dernier, Tiger, fut tué par un chauffard, son corps projeté à cinq mètres en l'air, les os brisés. Naturellement, on ne retrouva jamais le coupable.

Ce fut la mort violente de ces pauvres bêtes qui donna à Dana la force de se ressaisir. Un sursaut de révolte s'empara d'elle au moment où elle portait chez le vétérinaire le pauvre corps de Tiger enveloppé dans une couverture. L'auteur de ces actes ne s'en tirerait pas impunément.

Elle décida alors de riposter. Au début, elle ne sortait jamais sans emporter un couteau dans son sac. Lorsqu'elle apprit que dissimuler sur soi une arme blanche était un délit majeur, elle résolut d'acheter un revolver. Cacher une arme à feu n'était qu'une infraction mineure et elle pouvait prendre ce risque. Avec ses dernières économies, elle acheta au marché noir un Smith & Wesson calibre 32 sans numéro. Elle apprit ensuite à s'en servir, se rendit au stand de tir chaque semaine, puis quotidiennement, développant la précision de ses gestes et de ses réflexes. Six mois plus tard, elle s'estimait de taille à affronter le misérable salaud.

Elle se sentit investie d'un *pouvoir.*

Essaye de t'en prendre à moi, maintenant, Julian. Essaye un peu!

S'il osait faire un geste, il trouverait à qui s'adresser.

Elle était prête.

Ses déménagements successifs n'avaient en rien amélioré le curriculum vitae de Dana. Après des mois de vaines recherches dans son ancienne profession d'assistante sociale (qui voudrait d'une conseillère psychologique dont la vie était un désastre?), Dana renonça à cette activité. Décidée à vaincre l'avalanche de coups du sort qui l'accablait, elle finit par décrocher un emploi de visiteuse médicale au sein d'une petite entreprise familiale. Son travail l'obligeait à beaucoup voyager, à visiter des centaines de médecins et d'hôpitaux dispersés à travers la Californie du Sud.

À sa propre surprise, Dana s'intéressa à son travail. Elle organisait son temps à sa guise et aimait le contact avec les gens. Et, en prime, elle était débarrassée de *Julian.* Le fumier l'avait harcelée à sa guise lorsque ses seules sorties consistaient à faire un aller-retour au marché. Aujourd'hui où elle sillonnait les routes, allant d'un cabinet médical à un autre, il semblait incapable de s'adapter à son emploi du temps. Ce n'était pas facile de la traquer sur de longues distances.

Comme tous les représentants de commerce, Dana prenait un soin extrême de sa voiture. Aussi s'étonna-t-elle le jour où sa Volvo — habituellement aussi fiable qu'un cheval de trait — cala sur l'autoroute.

Bien entendu, il fallait que ça arrive la nuit!

Rapidement, elle gara la voiture sur le bord de la chaussée, coupa le contact, se mit au point mort et tenta de démarrer à nouveau. Le moteur partit mais commença à cogner violemment lorsqu'elle se remit en route. Puis à fumer.

D'après ses estimations, Dana se trouvait à une trentaine de kilomètres de chez elle. Elle quitta immédiatement l'autoroute, espérant trouver une station-service ouverte la nuit. Parcourant du regard les rues désertes et noires, elle comprit vite qu'elle avait fait le mauvais choix. Elle aurait mieux fait de rester sur l'autoroute, elle aurait pu téléphoner d'une borne et appeler le service de dépannage.

Bien qu'elle n'eût parcouru que six blocs, elle s'aperçut qu'elle avait perdu tout sens de l'orientation. Elle tourna dans une direction, puis dans une autre, sa voiture secouée par les rafales de vent à chaque croisement. Sans repère, apeurée, elle avait l'impression de s'enfoncer dans la décrépitude environnante.

Le moteur eut un sursaut final avant de rendre l'âme. Une fois encore, Dana s'efforça désespérément de lui redonner vie. Mais il eut beau tourner, crachoter, siffler, il refusa définitivement de repartir.

Soudain, Dana sentit son sang se glacer.

Elle avait conduit pendant plus de trois heures depuis San Bernardino. Elle savait qu'elle se trouvait quelque part dans Los Angeles, mais ignorait exactement où. Elle avait pris la sortie de Los Angeles Street sur l'autoroute de Santa Monica. Durant la journée, Los Angeles Street était bordée de petites boutiques et de marchands de fripes. Mais la nuit tombée — et la montre de Dana indiquait presque minuit —, les rues étaient sordides et désolées.

Ce n'était pas le moment de se laisser gagner par la panique. Son 32 était dans la boîte à gants. Elle introduisit la clé dans la serrure, abaissa la porte du compartiment et s'empara de l'arme en métal massif. Un rayon de lune l'éclaira et elle vit ses yeux se refléter dans l'acier bleui. Machinalement, elle se recoiffa.

Bravo, Dana, voilà un geste sensé! Pomponnée et bichonnée pour le premier violeur qui se présentera.

Elle laissa tomber le revolver sur ses genoux et tenta une dernière fois de faire démarrer le moteur.

Seule lui répondit une succession de petites explosions semblables au tir assourdi d'une mitrailleuse.

D'un geste rageur, elle ôta la clé du contact et la fourra dans son sac. Retenant son souffle, elle fouilla dans la boîte à gants, en sortit les balles dans leur emballage de plastique. Petits projectiles compacts. Pendant une minute, elle les effleura du bout des doigts comme les grains d'un chapelet, sentant les minces ogives s'humecter au contact de ses mains moites. Puis elle chargea le revolver. Après avoir vérifié le cran de sûreté, elle rangea l'arme dans une poche intérieure de sa veste.

Elle sortit de la voiture.

Elle referma la portière, la verrouilla avec sa commande à distance. Ne pense plus à ce maudit moteur. Regagne à pied l'autoroute, trouve une cabine, appelle un taxi et rentre chez toi.

Elle attendrait le lendemain pour se préoccuper de la Volvo.

Si la malheureuse voiture se trouvait encore là ! Les environs grouillaient probablement de voleurs et de types peu recommandables.

Inutile d'y penser pour le moment.

Le ciel était brumeux, éclairé par un halo irisé. Dieu soit loué, c'était la pleine lune, car les lampadaires offraient peu de lumière, à peine quelques petites taches jaunes sur le sol.

Commençons par l'essentiel, réfléchit Dana : *repérer à quel endroit j'ai laissé la voiture, afin d'y envoyer le dépanneur dans la matinée du lendemain.*

Elle s'était arrêtée au milieu d'une longue rue déserte. Il n'y avait rien de particulier dans les environs. La rue était bordée de vieux bâtiments à un étage munis de barreaux aux fenêtres et de grilles aux portes. Portant son regard autour d'elle, Dana nota quelques parcelles nues entre les maisons, qui donnaient à l'ensemble l'apparence d'un sourire géant privé de plusieurs dents.

La plupart des constructions étaient délabrées. Il manquait des briques aux façades, dont certaines étaient criblées d'impacts de balles. Les murs étaient couverts de graffitis. Les boutiques, de minables échoppes, ressemblaient à des dépotoirs. Derrière les devantures poussiéreuses s'entassaient des instruments de cuisine et des boîtes à outils à côté de chaînes portables, de lecteurs de disques compacts et de postes de télévision. Accrochées à des cordes tendues en travers des magasins, robes et vestes avaient l'air de fantômes sans tête. Rien de particulièrement caractéristique. Les portes ou les vitrines ne portaient aucune inscription, les enseignes qui les surmontaient étaient illisibles.

Rentre chez toi, ce n'est pas le moment de traîner.

Refrénant un tremblement de peur, Dana se hâta vers le carrefour le plus proche, l'écho de ses pas résonnant derrière elle. Protégée du froid par sa seule veste de laine, elle avait les jambes et les pieds gelés. Lançant un regard derrière elle, examinant fébrilement les alentours, elle s'élança en courant jusqu'au coin de la rue, les muscles tendus, ses talons claquant sur le trottoir.

Les rues ne portaient aucun nom.

Où se trouvait-elle ? Et où diable se trouvait l'autoroute ? Elle ne voyait rien dans l'obscurité, pas le moindre viaduc. Elle n'avait pourtant pas roulé longtemps après avoir quitté la bretelle de sortie. Cette foutue route existait pourtant quelque part !

Un son perçant au loin la fit sursauter. D'où provenait-il ? Était-ce un appel à l'aide ? Un cri de joie ? Peut-être seulement le hululement d'un hibou.

Le cœur battant, elle sentit sa respiration s'accélérer.

Pas de panique ! s'adjura-t-elle. *Réfléchis !*

Si elle ne parvenait pas à repérer l'autoroute, du moins l'entendait-elle. Une rumeur sourde, lointaine, le roulement constant des voitures.

Va dans cette direction. Au coin de la rue, elle tourna à gauche.

Elle marcha vers le bruit, ses pas retentissant sur la chaussée, ses mains glacées serrées au fond de ses poches.

Un autre croisement. La bretelle d'accès n'était pas loin à présent.

L'écho de ses pas la suivait, comme les cailloux du Petit Poucet.

Clac, clac, clac, clac...

Le vrombissement d'une moto déchira l'air. Dana s'arrêta net, porta la main à sa poitrine, puis respira longuement et reprit sa marche, pressant le pas. Une rue à droite, une autre à gauche. Les boutiques se succédaient, elle avançait à grandes enjambées rapides.

Clac, clac, clac, clac...

Encore une rue. D'autres boutiques. L'impression déroutante d'être déjà passée par là... de revenir à la case départ.

Une ville fantôme.

Puis le grondement laborieux d'un semi-remorque gravissant une côte.

Les bruits de l'autoroute.

Pourtant les sons paraissaient toujours aussi éloignés. Était-elle en train de tourner en rond ? S'approchait-elle ? S'éloignait-elle ? Elle était désorientée, perdue, terrifiée.

Un frisson la parcourut. Elle pivota soudain sur elle-même, crut apercevoir une silhouette dans l'obscurité.

L'avait-elle vraiment vue ?

Elle avait des hallucinations.

Alors qu'elle tournait à gauche, quelque chose passa sous ses yeux et disparut.

Son imagination lui jouait des tours.

Arrête !

L'effroi la saisit, ses paumes se couvrirent d'une sueur glacée. Elle les essuya sur sa jupe. Regarda tout autour d'elle.

Regagne la voiture.

Mais où était la voiture ?

De grosses gouttes perlaient sur son front.

Elle rebroussa chemin, ses talons frappant le macadam.

Des *bruits* la suivaient.

Elle s'immobilisa.

N'entendit que le silence.

Elle reprit sa marche, et les bruits recommencèrent. Des pas étouffés… Des chaussures à semelles de crêpe… comme un frottement de rongeurs dans un grenier.

À nouveau, elle s'arrêta.

Les bruits aussi.

Que faire ? Mon Dieu, que pouvait-elle faire ?

Julian ! C'était sûrement lui !

Le salaud !

Cette fois, elle ne parviendrait pas à lui échapper.

C'était du moins ce qu'il croyait !

Elle se força à respirer calmement.

Fit quelques pas de plus.

Clac, clac, clac, suivi de plop, plop, plop.

Elle cessa d'avancer.

Lui aussi.

Elle se retourna.

Rien en vue. Pas un son dans la nuit, à part le halètement de sa propre respiration. Puis, surgissant peu à peu du silence, des échos lointains.

Encore quelques pas.

Elle se figea sur place, regarda furtivement derrière elle. Ne vit rien, rien que l'air chargé de brouillard.

Elle se remit en marche.

Les pas reprirent derrière elle.

Elle accéléra l'allure.

Lui aussi.

Il courait presque à présent, en cadence avec elle. Les bruits résonnaient plus fort, se rapprochaient. La panique s'empara de Dana.

Ne te retourne pas. Ne lui montre pas que tu as peur.

Puis l'absurdité de la situation lui apparut.

Tu as peur !

Et tu vas lui laisser voir que tu as *peur* ?

Lentement, sa main droite chercha le revolver, ses doigts glacés se refermèrent sur la crosse.

Tremblante, elle sortit l'arme de la poche de sa veste.

Voilà pour toi, sale brute !

Assez !

Chancelante, elle sentit ses genoux se dérober sous elle.

Assez ! Assez ! Assez !

Termines-en avec toute cette histoire !

Maintenant !

Ici même !

À l'instant !

Cesse de te sauver !

De te cacher !

D'avoir peur !

Elle s'immobilisa brusquement, glissa, pivota sur ses talons, pointa le revolver à deux mains.

Et cria : « Halte ! »

Mais il ne s'arrêta pas !

Un éclair blanc zébra l'air, éblouissant. Comme une fusée de 4 Juillet. Un, deux, trois coups de feu, assourdissants comme s'ils explosaient dans sa tête !

Pourtant, le salaud continuait d'approcher.

Il s'abattait sur elle !

La bouche ouverte — figée dans un horrible cri muet !

Du sang jaillissait de sa gorge.

Il tombait, s'écroulait contre sa poitrine, la renversant en arrière.

Il heurta le sol avec un bruit sourd. Dana entendit le craquement des os du visage qui s'écrasaient sur le bitume du trottoir.

Elle hurla — un cri d'alarme que personne n'entendit. Elle reprit son équilibre en titubant, crut voir trente-six chandelles.

Ne t'évanouis pas. Ne t'évanouis pas !

Haletante, fixant le cadavre qui gisait à ses pieds, elle gardait le doigt crispé sur la gâchette.

La mort ne suffisait pas à réparer les années de tourment qu'il lui avait infligées.

Elle pointa le canon vers le corps recroquevillé.

Pressa la gâchette de toutes ses forces.

Prends *ça* !

Mais le revolver resta silencieux.

Enrayé !

Comment se pouvait-il alors...

Un coup d'œil suffit à lui donner la réponse.

Le cran de sûreté était toujours mis.

Le revolver n'était pas enrayé.

Elle n'avait pas tiré.

Mais alors, comment avait-elle... comment se faisait-il... ?

Ses yeux quittèrent le cadavre pour découvrir une silhouette dressée devant elle.

Julian !

Un pistolet encore fumant à la main, un rictus diabolique sur le visage.

— Incapable de survivre sans moi, hein ?

Dans le brouillard stagnant de la nuit, ces mots de dérision retentirent douloureusement dans la tête de Dana.

Il s'avança vers elle.

— Une arme ne sert à rien, si on n'a pas le courage de s'en servir. Et tu ne l'as pas, n'est-ce pas ?

Son sourire, de plus en plus moqueur à mesure qu'il se rapprochait.

— Heureusement pour toi, j'étais dans les parages. Sinon, tu aurais été transformée en passoire par cette petite frappe.

Julian donna un coup de pied au corps étendu de tout son long par terre, fit un pas en avant.

— Dis quelque chose, mon amour. Un simple merci suffira.

Fondant en larmes, Dana balbutia un merci étranglé.

L'expression de Julian s'adoucit, mais son sourire satisfait resta inscrit sur son visage.

— Je serai toujours là pour toi, Dana, souffla-t-il. Toujours. Parce que je t'aime. Je ne pourrai jamais renoncer à toi, Dana. Et tu ne pourras jamais te libérer de moi.

Elle hocha la tête.

Julian tomba à genoux.

— Il n'est jamais trop tard, mon ange. Reviens-moi. Reviens à la place qui est la tienne.

Il se leva, ouvrit les bras, prêt à l'étreindre.

Elle leva le bras.

Ôtant le cran de sûreté, elle lui expédia six pruneaux dans le corps.

Il mourut avec le même rictus plaqué sur le visage.

Durant l'éloge funèbre, Dana parla de son sang-froid extraordinaire. Elle raconta comment il l'avait sauvée d'un malade mental malveillant. Dans un éclair d'inconsciente générosité, au milieu des coups de feu et de l'odeur de la poudre, il avait risqué sa vie pour épargner la sienne, parvenant à tirer sur son assaillant avant de succomber à ses blessures mortelles. Grâce à son courage, elle avait eu la vie sauve alors qu'il donnait la sienne. Ses années... fauchées en pleine jeunesse... par la faute des instincts criminels d'un homme.

Sa mère pleurait. Ses sœurs sanglotaient. Les gens étaient venus en foule à l'enterrement. On eût dit que tous les voisins et connaissances étaient là pour lui rendre un dernier hommage. Tous, pourtant, connaissaient son passé. Et ils furent d'autant plus étonnés en entendant les termes fleuris de l'éloge prononcé par Dana.

Et c'est ainsi qu'Eugène Hart, un criminel de vingt-deux ans au lourd passé d'agressions et de viols, fut mis en terre avec des funérailles de héros.

Traduit par Anne Damour

JONATHAN KELLERMAN

L'amour ne fait pas toujours rimer cœurs et fleurs : il fait rimer parfois purée de carottes et couches-culottes. Un bébé, en vérité, éveille souvent des émotions plus tendres et plus profondes que l'amant le plus énamouré, car l'attachement que l'on peut avoir pour un enfant naît tout autant de son innocence et de sa vulnérabilité que des liens du sang.

Dans la nouvelle époustouflante du maestro du suspense, Jonathan Kellerman, l'amour maternel paraît sous-tendre le comportement de Karen, maman de fraîche date, que l'on voit céder au moindre caprice de sa mignonne petite Zoé dans un restaurant presque vide à l'heure du déjeuner. Gazouillant dans sa chaise haute, tout en expédiant habilement des petits pois par terre, Zoé est inconsciente de la présence des types à la mine patibulaire attablés dans un box. Karen, elle, ne l'est pas et, profitant d'un moment de confusion, s'arrange pour sortir précipitamment.

Jonathan Kellerman est un oiseau rare. Cet auteur, qui a joui d'un énorme succès dès son premier livre — When the Bough Breaks, *couronné par le prix Edgar Allan Poe décerné par les Mystery Writers of America —, a réussi par la suite à ne jamais décevoir ses lecteurs, puisque chacun de ses romans s'est immédiatement retrouvé propulsé sur la liste des best-sellers.*

O. P.

Qu'est-ce qu'on ne ferait pas par amour

Des spaghettis en bouillie. Il y a des choses qu'on n'aurait jamais imaginées.

Non qu'elle et Doug fussent des yuppies purs et durs, mais tous deux aimaient leurs pâtes *al dente* comme tous deux aimaient se lever tard.

Là-dessus, Zoé était arrivée, que Dieu la bénisse. Zoé la *sculptrice.*

Karen sourit à Zoé qui plongea ses menottes dans le monticule gluant de fromage. Trois petits pois trônaient au sommet comme de minuscules plantes ornementales. Ils valsèrent promptement de la chaise haute et atterrirent sur le sol du restaurant. Zoé regarda par terre et poussa un gloussement ravi. Puis elle montra du doigt et se mit à s'agiter.

— Han-han ! Han-han !

— Compris, mon bébé.

Karen se pencha, ramassa les billes vertes et les posa devant son assiette.

— Han-han !

— Non, mon chichou, c'est caca.

— *Han-han !*

Derrière le bar, le garçon, brun et gras, jeta un coup d'œil dans leur direction. Quand elles étaient entrées, il ne les avait pas exactement accueillies à bras ouverts. Mais l'endroit étant désert, pourquoi aurait-il fait la fine bouche ? Même à présent, un quart d'heure après, les seuls autres clients étaient trois hommes attablés devant leur déjeuner dans le box, au fond de la salle. Ils avaient d'abord avalé leur soupe si bruyamment que, de là où elle était, Karen les avait entendus. Ils se penchaient maintenant sur des platées de spaghettis, chacun protégeant sa part comme s'il avait peur qu'on la lui vole. *Les leurs* étaient probablement *al dente.* Et d'après l'arôme iodé qui flottait, arrosés d'une sauce aux palourdes.

— *Han!*

— Non, Zoé, Maman veut pas que tu manges des petits pois qui sont caca, d'acc?

— *Han!*

— Regarde, ma puce, beurk-caca — non, non, mon chichou, pleure pas — regarde, les carottes, comme elles sont jolies, les jolies petites carottes *orange* — l'orange est une *si* jolie couleur, bien plus jolie que ces petits pois caca — regarde, regarde, la carotte qui danse. Je suis la carotte qui danse, je m'appelle Charlie...

Karen vit le serveur secouer la tête et repartir dans la cuisine en franchissant les portes battantes. Qu'il pense qu'elle bêtifiait s'il voulait, l'astuce avec la carotte marchait: les immenses yeux bleus de Zoé s'étaient encore agrandis et sa main potelée se tendait.

Et touchait la carotte. Ses petits doigts se refermaient dessus.

Victoire! Ça nous changera pour une fois.

— Mange, mon chichou, c'est bon.

Zoé retourna la carotte et l'examina. Puis elle eut un grand sourire.

Elle la leva au-dessus de sa tête, comme un joueur de base-ball.

Prêt, lancer: balle rapide au sol.

— *Han-han!*

— Oh, Zoé!

— *Han!*

— O.K., O.K.

Il était temps que Maman s'offre son millième tour de reins de la matinée. Dieu merci, son dos tenait le choc, mais elle espérait que Zoé dépasserait bientôt le stade «je jette-je pleurniche». Certaines des autres mères qu'elle connaissait témoignaient d'une vraie souffrance. Jusqu'ici, Karen se sentait étonnamment en forme, malgré le manque de sommeil. Probablement le résultat de toutes ces années où elle avait pris soin d'elle-même : séances d'aérobic, jogging avec Doug. Qui joggait tout seul, maintenant...

— Han !

— Reprends des spaghettis, chichou.

— *Han !*

Le serveur surgit comme un chargé de mission, avec des assiettes débordantes de viande. Il les apporta aux trois hommes du fond, s'inclina et les servit. Karen vit l'un d'entre eux — celui du centre, le maigrichon à face de lézard — lui glisser un billet avec un hochement de tête. Le serveur versa du vin et s'inclina à nouveau. Comme il se redressait, il jeta un coup d'œil à Karen et Zoé à l'autre bout de la salle. Karen lui sourit, mais ne récolta en retour qu'un regard noir.

Pas très commerçant comme attitude, en particulier pour un boui-boui si désert à l'heure du déjeuner, au moment du coup de feu. Sans parler de l'odeur de moisi ni de ce qui tenait lieu de décoration : rideaux de dentelle bouffés aux mites encadrant au petit bonheur des fenêtres criblées de chiures de mouches, meubles de guingois au bois tant de fois ciré qu'on aurait dit du plastique. Dans les box qui s'alignaient le long des murs moutarde, les sièges en cuir noir étaient éventrés et les tables recouvertes de l'inévitable toile cirée à petits carreaux. Du plafond pendaient des bouteilles de chianti dans leurs paillons et au sol, la blancheur des tomettes n'était plus qu'un lointain souvenir. Au secours, messieurs les décorateurs !

Quand elle était entrée avec Zoé, le serveur ne s'était même pas dérangé pour les accueillir. Il avait continué à essuyer le dessus du bar, comme s'il accomplissait un rite. Quand il avait daigné lever les yeux, il avait observé la chaise haute que Karen trimballait avec elle comme s'il n'en avait jamais vu. Il avait également dévisagé Zoé, mais sans le moindre éclair de sympathie. Ce qui en disait long sur lui, parce que *tout le monde* adorait Zoé. La première personne venue qui posait les yeux sur elle disait qu'elle n'avait jamais rencontré de petit bout de chou plus adorable, avec sa peau laiteuse — l'apport de Karen —, ses fossettes et ses boucles brunes — celui de Doug.

Et cela dépassait le cercle familial. De parfaits inconnus arrêtaient constamment Karen dans la rue rien que pour lui dire quel amour d'enfant était Zoé.

Mais ça, c'était là-bas, chez eux. Cette ville était beaucoup moins accueillante. Elle ne serait pas malheureuse de rentrer.

Les voyages d'affaires, parlons-en ! Dieu soit loué, Doug avait tout fait pour se libérer. Accepté qu'ils se déplacent ensemble tous les trois. Il avait pris des engagements et s'y tenait ; de combien d'hommes peut-on en dire autant ?

Qu'est-ce qu'on ne ferait pas par amour.

Il y avait quatre ans qu'ils étaient ensemble. Ils s'étaient rencontrés dans le boulot, free-lance tous les deux, et au premier coup d'œil elle l'avait trouvé super-beau. Trop beau peut-être, car ce genre de types étaient souvent d'une vanité insupportable. Puis elle avait découvert qu'il était gentil. Et intelligent. Et qu'il savait écouter. Pincez-moi, je rêve !

Au bout d'une semaine, ils vivaient ensemble et se mariaient un mois plus tard. Quand ils s'étaient enfin décidés à fonder une famille, Doug s'était révélé sous son vrai jour : le meilleur. S'assumant pleinement comme son partenaire, se chargeant à part égale des tâches parentales pour que chacun puisse accepter des contrats.

Si ça n'avait pas fonctionné comme prévu, ce n'était pas sa faute à lui, mais la sienne, à elle. Karen, qui croyait dur comme fer à la valeur d'une documentation poussée, lut pendant sa grossesse tout ce qu'elle put dénicher sur le développement de l'enfant. Mais aucun livre ou article de magazine n'aurait pu la renseigner sur les exigences de la maternité. Ni lui apprendre à quel point ça la transformerait.

Malgré tout ça, Doug en avait pris plus que sa part : il l'avait convaincue de tirer son lait de façon qu'il puisse se lever au milieu de la nuit pour nourrir le bébé et lui changer sa couche. Des tonnes de couches ; le système digestif de Zoé était en parfait état de marche, Dieu merci, et Doug n'était pas homme à avoir peur de se salir les mains.

Il avait même proposé de réduire le nombre de ses contrats et de rester à la maison afin que Karen puisse effectuer davantage de missions à l'extérieur, mais elle découvrit qu'elle avait envie de consacrer moins de temps au boulot, et plus à Zoé.

Quelle pantouflarde je fais ! Qui l'eût cru ?

Elle caressa les cheveux de Zoé, songea à la douceur de son petit corps rose, qui donnait des coups de pied et se tortillait sur la table à langer ; puis au corps de Doug, longiligne et musclé...

Le restaurant était devenu très calme.

Et Zoé aussi. Plongée jusqu'aux coudes dans les pâtes, occupée à pétrir. Une vraie demoiselle Rodin. Peut-être était-ce le signe d'un talent. Karen se considérait comme une artiste, bien que la sculpture ne fût pas son mode d'expression.

À voir les menottes de Zoé triturer le magma de ce qui avait été des spaghettis, avec juste un petit peu de beurre et de fromage, elle riait toute seule. *Pasta.* De la pâte autrement dit, et pour ce qui était d'y mettre la main...

Zoé puisa un gros morceau dans le tas, le regarda, puis le lança par terre en riant aux éclats.

— *Han* — han.

Se pencher, s'étirer, se pencher, s'étirer... c'est là que l'absence de Doug se faisait durement sentir. Ils partageaient tant de choses, avaient un rapport tellement atypique. Travailler dans le même domaine, ça aidait, bien entendu, mais Karen aimait à croire que leur lien avait des racines plus profondes. Que leur union avait produit quelque chose qui dépassait la somme de ses parties.

Et de trois avec le bébé... la maternité était plus dure que tout ce qu'elle avait connu, mais aussi, en un sens, plus gratifiante qu'elle ne l'aurait imaginé. Les petits doigts grassouillets de Zoé lui caressant la joue quand elle la berçait pour l'endormir. Son premier « Maman ! » chaque matin dans le Baby-Alarm. Incroyable, un tel *besoin* d'elle. Rien que d'y penser, elle en avait les larmes aux yeux. Comment se remettre à travailler à plein temps avec ce petit amour qui avait un tel besoin d'elle ?

Dieu merci, l'argent n'était pas un problème. Ça marchait du feu de Dieu pour Doug, et combien pouvaient en dire autant par les temps — si durs — qui couraient ? Karen avait appris depuis belle lurette à ne plus croire à la notion de mérite, et pourtant si quelqu'un méritait de réussir, c'était bien Doug. Il était fantastique dans son domaine, un roc. Sa réputation de fiabilité était établie et les clients affluaient.

— *Han — han !*

— Quoi encore, chounet ?

Karen haussa la voix et l'un des trois hommes lui lança un coup d'œil. Le maigrichon, celui qui avait l'air d'être le chef. Batracien, carrément batracien. M. Salamandre. Il portait un costume gris clair et une chemise noire à col ouvert dont les longues pointes s'étalaient sur les larges revers de sa veste. Avec ses cheveux d'un blond sale gominés peignés en arrière, il n'était pas mal si on craquait sur le look reptile. À présent, il souriait.

Mais pas à Zoé. Zoé lui tournait le dos.

À Karen. Et son sourire n'était pas du genre « quel mignon bébé vous avez là ».

Karen détourna le regard et, croisant celui du serveur, baissa le nez dans son assiette. Le maigrichon fit un signe de la main et le serveur s'approcha avant de s'éclipser à nouveau à la cuisine. Le maigrichon la regardait toujours.

Amusé. Sûr de lui.

M. l'Étalon. Et elle, avec un bébé ! Classieux, l'endroit. Il était grand temps de finir son assiette et de filer d'ici.

Mais un nouveau truc occupait Zoé, sa petite figure cramoisie comme une betterave, ses poings crispés, ses yeux hors de la tête.

— Super, dit Karen, ignorant le maigrichon, mais certaine qu'il continuait à la dévisager. Puis elle radoucit le ton, ne voulant pas complexer : Très bien, ma chounette. Fais popo de tout ton cœur, un gros popo pour maman.

Un instant plus tard, c'était fait, et Zoé se remit à puiser dans les pâtes à pleines mains et à les projeter sur le sol.

— C'est bon, mademoiselle, il est temps de te nettoyer et d'aller retrouver Papa.

— Han-han.

— Non, plus *han-han*, on change bébé.

Karen, debout, défit les courroies de la chaise haute et souleva Zoé, en reniflant.

— Plus que temps, *aucun doute là-dessus.*

Mais Zoé ne l'entendait pas de cette oreille ; elle commença à gigoter et à donner des coups de pied. Son bébé sous le bras comme un ballon de football hypertrophié, Karen s'empara du gigantesque sac en jean qui remplaçait pour l'heure le sien en veau retourné, cadeau de Doug, et s'approcha du bar où le serveur essuyait les verres en se suçotant les dents.

Il persista à faire mine de ne pas les voir, même quand Karen et Zoé furent à moins de cinquante centimètres.

— Excusez-moi, monsieur.

Un gros sourcil noir se haussa.

— Où sont les toilettes pour dames ?

Deux yeux d'un brun liquide enveloppèrent le corps de Karen comme une coulée d'huile de vidange, puis celui de Zoé. Un enfoiré de première, *aucun doute là-dessus.*

Il se lécha les babines. Et, d'une torsion du pouce, lui indiqua le fond du restaurant.

Juste après le box de Lézard et de ses potes.

Prenant une profonde inspiration et regardant droit devant elle, Karen s'avança, balançant son grand sac. Dieu, qu'il était lourd ! Le bazar qu'il fallait charrier !

Les trois hommes cessèrent de parler quand elle passa. L'un d'eux ricana.

Lézard s'éclaircit la gorge et fit : « Mignonne, la môme », d'une voix nasale, pleine de joyeux sous-entendus de vestiaire.

Nouveaux éclats de rire.

Karen franchit la porte d'un coup d'épaule.

Elle ressortit quelques minutes plus tard, ayant mis Zoé hors de combat en trois rounds. Zoé tenait à la main la vache-hochet dont Karen se servait pour détourner son attention pendant qu'elle la langeait.

Ça nous changera pour une fois.

Forcée de repasser devant les trois hommes, Karen, tout en regardant obstinément droit devant elle, se débrouilla pour voir ce qu'ils mangeaient. Des doubles côtes de veau, viande, os et cartilage étalés sur d'immenses assiettes. Dire qu'un pauvre petit veau avait été confiné, gavé et égorgé pour que ces trois connards s'en mettent plein la lampe !

— *Très* mignonne, fit Lézard.

Les deux autres éclatèrent de rire et Karen sut qu'il ne parlait pas de Zoé.

Se sentant rougir, elle continua d'avancer.

Les types reprirent leur discussion.

Zoé agita son hochet.

— Han-han, hein, Zoé ? fit Karen au bébé qui sourit et leva sa menotte en arrière.

Prêt, lancer.

Le hochet vola vers le fond du restaurant.

Roula sur le carrelage vers le box du fond.

Karen rebroussa chemin en courant, faisant sursauter les trois hommes. Le hochet avait atterri tout près d'un mocassin d'un noir luisant.

Comme elle le ramassait, une fin de phrase précéda le silence. Un seul mot. Un nom.

Un nom qu'on avait cité aux infos du soir.

Celui d'un type, pas très correct, qui avait dénoncé ses amis et avait été assassiné en prison, la veille, malgré la protection policière dont il faisait l'objet.

L'homme qui avait prononcé ce nom la fixait.

La peur — un glaçon de terreur — paralysa Karen, la défigurant.

Lézard posa son couteau, les yeux réduits à deux traits d'union.

Il souriait toujours, mais d'un sourire différent, très différent.

L'un des autres hommes lâcha un juron. Lézard le fit taire d'un clin d'œil.

C'était Karen qui tenait le hochet à présent. Sa main tremblait, et le jouet faisait ses ridicules petits bruits de crécelle. Sa main ne pouvait pas s'arrêter de trembler.

Elle commença à battre en retraite.

— Hé là, mignonne, dit Lézard.

Karen ne s'arrêta pas.

Lézard regarda Zoé et son sourire s'éteignit.

Karen, serrant fort son bébé, se mit à courir. Elle dépassa le serveur, oubliant la chaise haute, puis s'en souvint, mais à quoi bon, elle coûtait trois fois rien, et il lui fallait quitter cet endroit.

Elle entendit des chaises racler le carrelage.

— Hé ! un instant, mignonne !

Elle ne s'arrêta pas.

Le serveur fit mine de contourner le bar. Lézard aussi se dirigeait vers elle. Bougeant vite. Plus grand qu'il n'en avait l'air, assis, son costume gris flottant autour de sa silhouette efflanquée.

— Un instant ! cria-t-il.

Karen agrippa la porte, l'ouvrit à la volée et se précipita à l'extérieur, accompagnée par les jurons du type.

Le quartier était tranquille, et les rares passants sur le trottoir avaient un air de famille avec les connards du restaurant.

Karen tourna au coin et courut de plus belle. Cliquetis du hochet, le lourd sac en jean battant contre sa hanche.

Zoé pleurait.

— C'est rien, mon bébé, c'est rien. Maman est là pour te protéger.

Elle entendit crier, se retourna, aperçut Lézard lancé à sa poursuite ; les gens s'écartaient sur son passage, le visage apeuré. Il désigna Karen du doigt et fonça derrière elle.

Elle prit le pas de course. Un bon point pour le jogging. Mais courir en short et en T-shirt n'avait rien à voir avec courir chargée de Zoé et du gros sac — elle avait l'impression d'être un cheval de labour.

O.K., ralentis pas le rythme, ce connard n'a que la peau sur les os et ne doit pas être en grande forme. Respire doucement, gentiment, dis-toi que c'est un marathon de dix kilomètres, que tu as rechargé tes batteries hier au soir, que tu as dormi tes huit heures et que tu t'es levée du pied droit…

Elle atteignit un autre coin de rue. Feu rouge. Un taxi passa à toute allure et elle fut obligée d'attendre. Lézard gagnait du terrain — il courait n'importe comment sur ses longues jambes, le visage pâle et tendu —, pas un lézard, un serpent plutôt. Un serpent venimeux.

La gueule du Serpent crachait des mots orduriers. Et il montrait Karen du doigt.

Elle descendit du trottoir. Un camion approchait, à quelques mètres de là. Elle attendit qu'il soit plus près, s'élança comme une flèche, l'obligeant à freiner brutalement. Il coupa la route au Serpent.

Autre pâté de maisons, plus court celui-ci, délimité par des devantures miteuses. Au bout, pas de coin de rue. Une impasse verte. Une haie, derrière de hauts murs de pierre graffités.

Un parc. L'entrée, à cent mètres sur la gauche.

Karen la gagna, courant encore plus vite, n'entendant plus que les pleurs de Zoé et le bruit rauque de sa propre respiration.

Une vraie jument de labour…

Une volée de marches à pic, fendues, l'amena dans le parc, en contrebas. Statue de bronze salie par les fientes de pigeon, pelouse mal entretenue, grands arbres.

Elle glissa une main derrière la tête de Zoé pour protéger sa nuque si flexible — elle avait lu quelque part que les bébés pouvaient subir le coup du lapin sans qu'on s'en aperçoive et ne montrer des signes de lésion cérébrale que bien des années plus tard…

Clap-clap dans son dos : les pas du Serpent sur les marches. M. Vipère… sors-toi ces idioties de la tête, c'est rien qu'un type comme les autres, un connard. T'arrête pas, et trouve un endroit où tu pourras souffler.

Le parc était désert et le sentier dallé plongé dans la pénombre par les frondaisons d'ormes gigantesques.

— *Hé!* cria le Serpent. Arrêtez-vous, une fois... qu'est-ce... qu'il... y a... *merde!*

Il soufflait entre chaque mot. Le connard et l'aérobic, ça faisait deux.

— Où... est... le problème... merde... faut qu'on parle !

Karen tricota des jambes. Le sentier se mit à grimper en pente douce.

Bien. Continuer à fatiguer le connard, elle en faisait son affaire, même si Zoé, qui pleurait dans son oreille, commençait à lui saper le moral — pauvre chou, quel genre de mère était-elle pour fourrer son bébé dans un binz pareil.

— *Nom de Dieu!*

Ça venait de derrière elle. Pouf, pouf.

— Espèce de... *salope* !

D'autres arbres, plus grands, le sentier encore plus sombre. Et au bord, un banc de temps en temps, graffité lui aussi, mais sans personne assis dessus.

Personne pour lui venir en aide.

Karen accéléra encore. Sa poitrine lui faisait de plus en plus mal et Zoé piaillait de plus belle.

— Chut, chounet, parvint-elle à haleter. Chut, Zoé. *Pouf! Pouf!*

La pente devint plus raide.

— *Putain! Salope!*

Quelque chose surgit alors en travers du chemin. Une corbeille à papier grillagée. Assez basse pour la franchir d'un saut au cours d'un jogging, mais pas avec Zoé. Elle fut obligée de l'esquiver et le Serpent la vit perdre pied, trébucher, obliquer vers l'herbe et se tordre la cheville.

Elle poussa un cri de douleur. Essaya de courir, s'arrêta.

Les joues rebondies de Zoé étaient baignées de larmes.

Le Serpent sourit, contourna la poubelle et se dirigea vers elle.

— Saloperie de ville, dit-il, en balançant un coup de pied dans la poubelle.

Il déplia un mouchoir et essuya son visage en sueur. De près, il empestait l'eau de Cologne et la viande crue.

— Plus d'entretien. Tout le monde s'en fout.

Karen s'écarta légèrement, examina sa cheville et fit la grimace.

— Pauvre petite, dit le Serpent. Pauvre grande, je veux dire. Avec ce petit bouchon qui fait tout ce boucan — elle la ferme jamais, sa gueule ?

— Écoutez, je...

— Non, *toi*, tu écoutes.

Une main aux longs doigts effilés se posa sur le bras de Karen. Celui qui tenait Zoé.

— Dis-moi un peu, qu'est-ce qui t'a pris de foutre le camp comme une débile, ah, que j'ai été obligé de te courir après et de mouiller mon costard ?

— Je... mon bébé.

— Ton bébé, ah, qu'il faut qu'il la boucle, pigé ? Ton bébé, faut qu'il apprenne un peu la discipline, tu me suis ? Si personne a de discipline, où est-ce qu'on va ?

Karen ne répondit pas.

— Tu sais pas ? dit le Serpent. Comment que tu veux que le chiard il apprenne la discipline quand sa salope de mère, elle la connaît pas ? Tu veux me dire un peu, hein ?

— Mais...

Il la gifla. Pas assez fort pour que la joue lui cuise. Du bout des doigts, en fait. Pire que de la douleur.

— Toi et moi, faut qu'on cause, fit-il en lui serrant le bras.

— De quoi ? fit Karen d'une voix étranglée par la panique. Je suis juste de passage en ville...

— La ferme. Et arrange-toi pour que ta sale mioche, elle la boucle aussi.

— J'y peux rien, moi, si...

Une gifle bien appliquée envoya valdinguer la tête de Karen.

— Non, salope. Tu discutes pas. T'as remarqué ce qu'on bouffait là-bas ?

Karen secoua la tête.

— Bien sûr que si, j'ai vu que t'as regardé. C'était quoi ?

— De la viande.

— Du veau. Et tu sais ce que c'est, le veau, poupée ?

Karen fit oui de la tête.

— Xactement. Le bébé de la vache.

Il lui décocha une œillade.

— Y a des trucs, ça a beau être tout jeune et tout mimi, faire areu-areu ou meuh-meuh, ça compte pour du beurre quand y a des nécessités vitales dans le coup, tu piges ce que je te dis ?

Il s'humecta les lèvres. Sa main lâcha le bras de Karen pour se poser sur celui de Zoé. Et tira.

Karen tira en sens inverse et réussit à lui faire lâcher Zoé. Il éclata de rire.

Karen recula en trébuchant.

— Laissez-moi tranquille, dit Karen d'une pauvre petite voix.

— Ouais, c'est ça, dit le Serpent. Bien tranquille.

Il replia ses mains aux longs doigts et, les poings serrés, fit un pas vers elle. Lentement, en savourant son plaisir. Le parc était si silencieux. Personne alentour, c'était un quartier dangereux.

Karen battait en retraite, Zoé piaillait.

Le Serpent avançait.

Il leva un poing, se caressant les articulations de l'autre main.

Karen bougea soudain plus vite, comme si elle n'avait jamais rien eu à la cheville.

Elle se déplaçait avec une grâce athlétique. Déposant Zoé en douceur sur l'herbe, elle obliqua vers la gauche, tout en farfouillant dans le gros sac en jean si lourd.

Tout le bazar qu'il faut se trimballer !

Zoé pleura soudain plus fort, poussant des cris, et le Serpent tourna les yeux vers le bébé.

Ça nous changera pour une fois.

Le Serpent reporta son regard vers Karen.

Elle sortit quelque chose du sac, quelque chose de petit et de brillant.

Rebroussant rapidement chemin, elle marcha droit sur le Serpent.

Les yeux de ce dernier s'agrandirent.

Trois claquements, pas très différents du bruit de ses pas sur les marches. Et trois petits trous noirs ornèrent son front, comme des stigmates.

Il la fixa, bouche bée, devint blanc comme un linge et s'écroula.

Quand il fut étendu, elle tira encore cinq fois sur lui. Trois fois dans la poitrine, deux à l'entrejambe. Exigence du client.

Replaçant l'arme dans le sac, elle se précipita vers Zoé. Mais le bébé était déjà relevé, en sécurité… dans les bras de Doug. Calmé. Doug faisait toujours cet effet-là à Zoé. D'après les bouquins, c'était courant, les pères faisaient souvent cet effet-là.

— Dis-moi, fit-il en embrassant Zoé, puis Karen, tu l'as laissé te frapper. J'ai failli intervenir.

— C'est rien, dit Karen.

Elle se touchait la joue. Elle lui brûlait et des marques commençaient à apparaître.

— Un raccord de maquillage et le tour sera joué.

— Tout de même, dit Doug. Tu sais comme j'aime ta peau.

— Ça va, mon chéri.

Il l'embrassa à nouveau, fit gouzi-gouzi à Zoé.

— Un petit peu chaud, non ? Et cette pauvre choupinette — je crois vraiment qu'on devrait pas l'amener avec nous en mission.

Il s'empara du sac en jean. Karen se sentit légère — et pas seulement parce qu'elle avait les mains libres. Cette sensation de légèreté singulière qui marquait la fin d'un contrat.

— Tu as raison, dit-elle, tandis que tous trois quittaient le parc. Elle pousse, faudrait éviter de la traumatiser. Mais je crois pas que ça l'aura beaucoup fait flipper. Avec tous les trucs que les gosses voient à la télé de nos jours, tu sais. Si jamais elle nous pose des questions plus tard, on lui dira que c'était à la télé.

— J'te crois, dit Doug. C'est toi la mère, mais moi, j'ai jamais été chaud.

Un rayon de soleil, filtré par les épaisses frondaisons, vint mettre en valeur ses boucles brunes. Et celles de Zoé. Sa jolie petite tête nichée contre celle, si belle, de l'adulte.

— Ça a marché, conclut Karen.

— Pour ça, oui, fit Doug en éclatant de rire. Pas d'anicroche ?

— Non. Du velours.

Karen les embrassa encore une fois tous les deux.

— Chounette a été magnifique. Si elle a pleuré, c'est qu'elle s'amusait tellement à balancer de la nourriture au restau qu'elle ne voulait plus partir. Et son han-han a fait merveille. Elle a jeté son hochet, ce qui m'a donné un prétexte rêvé pour me rapprocher de ce connard.

Doug fit un signe d'assentiment et jeta un coup d'œil derrière lui au cadavre allongé en travers du sentier.

— La Vipère, fit-il, riant sous cape. Pas vraiment du gros gibier.

— Et tout de la vermine, ajouta Karen.

Doug rit à nouveau, puis redevint sérieux.

— Tu es sûre qu'il ne t'a pas tapée trop fort ? J'aime tellement ta peau.

— Ça va, chéri. Flippe pas.

— Je flippe toujours, chérie. C'est pour ça que je suis encore en vie.

— Moi aussi. Tu sais bien.

— Parfois, je me le demande.

— Bonjour la gratitude.

— Ho-là-ho ! dit Doug. C'est juste que j'adore ta peau, d'acc ?

Un ange passa.

— Je t'aime.

— Moi aussi, je t'aime.

Quelques pas plus loin, il fit :

— Quand je l'ai vu te frapper, chérie — la deuxième fois —, j'ai entendu le coup depuis les buissons où j'étais. Ta tête a valsé salement et j'ai pensé : Oh, oh ! J'ai failli sortir et achever le truc moi-même. J'étais à deux doigts. Mais je savais que tu serais furax. Et pourtant, c'était un peu... comment dire... générateur d'angoisse.

— T'as fait ce qu'il fallait.

Il haussa les épaules. Karen ressentit un tel élan d'amour vers lui qu'elle aurait voulu le crier à la terre entière.

— Merci, chéri, dit-elle en lui caressant le lobe de l'oreille, d'avoir été là et de n'avoir rien fait du tout.

Il hocha à nouveau la tête. Puis il ajouta :

— Qu'est-ce qu'on ne ferait pas par amour.

— Comme tu dis.

Le beau visage de Doug se détendit.

Un roc. Dieu merci, il l'avait laissée aller jusqu'au bout, sans intervenir. Son premier contrat depuis le bébé : elle avait besoin de se remettre dans le bain.

Zoé dormait à présent, ses yeux clos bordés de longs cils bruns et recourbés, ses joues rondes prenant pour oreiller la large épaule de Doug.

Ils poussent tellement vite.

Bientôt, avant même d'avoir fait ouf, la choupinette irait à la maternelle et Karen aurait plus de temps à elle.

Et peut-être qu'un jour, ils auraient un autre bébé.

Mais pas tout de suite. Il fallait d'abord qu'elle pense à sa carrière.

Traduit par Yves Sarda

ELMORE LEONARD

Malgré tout le respect enfin accordé à l'art des meilleurs auteurs de polars, ces dernières années, il est encore rare que ceux qui écrivent sur le crime et la violence soient pris au sérieux par les critiques et les lecteurs avertis. Mais il est probable qu'aucun écrivain de romans policiers n'a jamais reçu un accueil aussi chaleureux (et mérité) que celui que ses contemporains ont réservé à Elmore Leonard.

On n'a reconnu le puissant impact d'Hammett et de Chandler sur le roman américain que longtemps après leur mort. Ross McDonald n'a goûté une telle reconnaissance qu'à la fin de sa carrière. Mais depuis plus de quinze ans, les critiques les plus distingués et les médias culturels les plus populaires, et les plus puissants, ont acclamé la singularité du style et de la prose d'Elmore Leonard.

Après des années d'écriture de westerns (Hombre, L'Homme de l'Arizona, 3 h 10 pour Yuma, *entre autres, portés respectivement à l'écran par Martin Ritt, Budd Boetticher et Delmer Daves), Leonard s'attaqua à l'époque contemporaine. Il ne changea pas de style pour autant — style qu'il a défini en ces termes : « J'essaie de laisser de côté les passages que les lecteurs sautent habituellement » —, seulement de sujet, et il a eu le bonheur, ce faisant, de produire une bonne dizaine de best-sellers d'affilée, notamment* Bandits, Le Jeu de la mort, Maximum Bob, Pronto *et* Riding the Rap.

La nouvelle qui suit est la première qu'Elmore Leonard ait écrite depuis plus de trente ans. (Dans un numéro «spécial roman» du New Yorker, *paru il y a trois ans, figurait un texte court de lui, magnifique, mais il s'agissait d'un extrait de* Riding the Rap.*) Si vous aimez certains des personnages que vous allez découvrir, sachez que, par bonheur, ils réapparaîtront dans l'une de ses œuvres ultérieures.*

O. P.

Karen fait coup double

Ils dansèrent jusqu'à ce que Karen lui dise qu'elle devait se lever de bonne heure, le lendemain matin. Sans discuter, il fendit dans son sillage la foule qui se pressait au Monaco et la raccompagna dans l'obscurité jusqu'à sa voiture, le long d'Ocean Drive.

— Eh bien, ma belle, on peut dire que vous m'avez vidé, fit-il.

Il affichait la quarantaine burinée mais un naturel juvénile ; quand il lui avait offert un verre, il avait évité les conneries courantes dans les bars de célibataires, et il s'était abstenu de tout commentaire quand elle avait dit, merci, pour moi ce sera un Jim Beam *on the rocks*. Ils étaient dégrisés lorsqu'ils atteignirent la Honda de Karen. Il lui prit la main et lui planta une bise sur la joue en disant qu'il espérait bien la revoir. Sans presser les choses. Ce qui, pour Karen, était parfait.

— *Ciao*, fit-il en partant.

Le surlendemain soir, ils quittèrent le Monaco et ses martèlements sonores pour une terrasse de café où ils prirent quelques verres ; il lui dit alors s'appeler Carl Tillman, skipper d'un bateau de pêche en haute mer qu'il louait aux touristes à l'American Marina de Bahia Mar. Il vivait seul ; il avait divorcé au bout de sept ans d'un mariage sans enfants ; il avait un pied-à-terre à Miami-Nord, dont l'une des deux chambres était remplie par un attirail de pêche qu'il ne savait trop où caser. Carl lui dit aussi que son bateau était en cale sèche, car il allait le déménager à Haulover Dock, plus près de là où il habitait.

Karen aimait son look de loup de mer un brin dépenaillé et ses pattes-d'oie quand il souriait. Elle aimait ses doux yeux bruns qui la regardaient bien en face, qu'il parlât de sa façon de gagner sa vie sur l'océan, des ouragans, du milieu branché, ici, à South Beach, ou de cinéma. Il y allait toutes les semaines et confia à Karen — haussant le sourcil d'un air vague, presque stone — que son acteur préféré était Jack Nicholson. Karen lui demanda s'il lui refaisait Nicholson ou bien s'il imitait Christian Slater imitant Nicholson. Il lui répondit qu'elle n'avait pas les yeux dans sa poche, même s'il ne comprenait pas pourquoi elle trouvait Dennis Quaid baisable. Pouce, fit-elle.

— Tu es assistante sociale, dit-il.

— Plus *sociale* qu'assistante…, dit Karen.

— Prof, alors.

— De quoi ?

— Psycho. À l'université.

Elle secoua la tête.

— De littérature anglaise.

— Je ne suis pas prof.

— Alors, pourquoi tu m'as demandé de quoi je pensais que tu étais prof ?

— Tu veux vraiment que je te dise ce que je fais ? dit-elle.

— Avocate. Attends. La Honda… une avocate qu'on commet d'office.

Karen secoua la tête, alors il fit :

— Ne me dis rien, je veux deviner, même si ça prend du temps. Et si ça ne te dérange pas, ajouta-t-il.

Parfait. Certains mecs, quand elle leur disait ce qu'elle faisait, ça les refroidissait. Ou alors, ils manifestaient de la surprise, puis de l'embarras, avant de commencer à lui poser des questions débiles, genre : « Mais comment une fille peut faire ça ? » Tous des cons.

Ce soir-là, dans la salle de bains, en se brossant les dents, Karen examina son reflet. Elle aimait se regarder dans la glace : elle se passait la main dans ses cheveux blonds coupés court, vérifiait ses fesses de profil, ses longues jambes découvertes par une jupe droite au-dessus du genou ; à l'approche de la trentaine Karen s'habillait encore en 36. Elle trouvait qu'elle n'avait ni le look d'une assistante sociale ni celui d'une prof, même d'université. D'une avocate, passe encore, mais pas d'une commise d'office. Karen la jouait superclasse, mais discrète. Elle pouvait porter son ensemble Calvin Klein noir, cadeau de Noël de son père, son Sig Sauer 38 spécial tenue de soirée niché au creux des reins, l'idée ne serait venue à personne qu'elle avait un flingue sur elle.

Son nouveau soupirant l'appela et passa la prendre chez elle, à Coral Gables, le vendredi soir, dans une BMW blanche décapotable. Ils allèrent au cinéma, puis dîner, et quand il la ramena ils s'embrassèrent sur le seuil, enlacés, serrés l'un contre l'autre, Karen remerciant Dieu qu'il embrasse bien, se sentant à l'aise avec lui, mais pas encore prête à passer à l'acte. Quand elle se retourna vers la porte, il lui dit :

— Je peux attendre. Tu crois que ce sera long ?

— Tu fais quoi, dimanche ? demanda Karen.

Ils s'embrassèrent dès qu'il entra et firent l'amour tout l'après-midi, la lumière du soleil écrasée contre les stores, la literie réduite à un seul drap, frais et blanc. Ils firent l'amour en hâte parce qu'ils n'en pouvaient plus d'attendre, chacun s'acharnant sur l'autre, puis se reposant, en sueur. Quand ils refirent l'amour, Karen emprisonna entre ses cuisses son corps mince, ne voulant pas qu'il se retire, et ça dura à n'en plus finir, et ils se souriaient, disant des trucs style : « Wouah », ou : « Bon Dieu », tellement c'était bon, pas du chiqué et vraiment sympa. Ils sortirent s'aérer un petit moment, revinrent à Coral Gables, dans son bungalow de stuc jaune, et firent l'amour par terre dans le salon.

— On pourrait remettre ça demain matin, dit Carl.

— Faut que je sois en tenue et loin d'ici à six heures.

— Tu es hôtesse de l'air.

— Tu brûles, dit-elle.

Le lundi matin, Karen Sisco était campée devant le tribunal fédéral de Miami, un fusil à pompe sur la hanche. Sa main droite agrippait la crosse par le milieu, le canon la dépassant d'une bonne tête. Plusieurs autres *deputy marshals*[1] l'entouraient, à l'extérieur du bâtiment, tandis qu'à l'intérieur trois individus de nationalité colombienne devaient répondre devant le tribunal du district de la possession de plus de cinq cents kilos de cocaïne. L'un des *marshals* déclara qu'il espérait que ces cocos-là aimaient Atlanta, car ils allaient y passer de trente ans à perpète, sous peu.

— Eh, Karen, fit-il, tu veux bien venir avec moi faire la livraison ? J'connais un hôtel sympa dans le coin où on pourrait descendre.

Elle dévisagea tous ces braves gars de *marshals*, qui souriaient jusqu'aux oreilles et remuaient des pieds en attendant sa réponse.

— Gary, je te suivrais partout illico, si la gourmandise n'était pas un péché capital.

Ils apprécièrent. C'était drôle de se tenir là et de songer que de toute sa vie elle n'avait mis que quatre petits amis dans son lit : un certain Eric, à Florida Atlantic, un dénommé Bill, juste après son diplôme, puis Greg, qui avait partagé son lit pendant trois ans, et Carl, maintenant. Seulement quatre dans toute sa vie, mais deux fois plus que la moyenne nationale féminine américaine, selon un article du magazine *Time* rendant compte d'une récente enquête sur la sexualité. L'Américaine moyenne avait deux partenaires au cours de sa vie, contre six pour l'Américain moyen. Karen avait toujours cru que tout le monde baisait avec bien plus d'individus que ça.

Elle vit alors son patron, Milt Dancey — un vieux de la vieille chargé de la protection du tribunal —, sortir du bâtiment et jeter un œil alentour, un paquet de cigarettes à la main. Milt regarda en direction de

1. Fonctionnaires de police ayant les attributions d'un shérif *(N.d.T.)*.

Karen qu'il salua de la tête, mais prit le temps d'allumer un clope avant de s'approcher d'elle. Un type de l'antenne du FBI de Miami l'accompagnait.

— Karen, tu connais Daniel Burdon ? demanda Milt.

Ni Dan ni Danny, Daniel. Karen le connaissait ; un des Blacks les plus jeunes de par là-bas, grand, belle gueule, sûr de lui, réputé pour faire étalage du grand nombre de femmes qu'il avait eues, tous gabarits et toutes couleurs confondus. Il avait décoché son sourire dents blanches à Karen une fois, la draguant ouvertement. Karen l'avait rembarré en disant : « T'as deux bonnes raisons de vouloir sortir avec moi. » Daniel, toujours souriant, lui répliqua qu'il en connaissait une, quelle était l'autre ? « Eh ben, pour pouvoir raconter à tes potes que t'as tiré un *marshal* », avait dit Karen. « Ouais, mais ça marche dans les deux sens, beauté. Toi aussi, tu pourrais te vanter de m'avoir mis, *moi*, dans ton pieu », avait dit Daniel. Vu ? Voilà le genre de mec que c'était.

— Il veut te poser des questions sur un certain Carl Tillman, dit Milt.

Pas de sourire dents blanches, ce coup-ci ; Daniel Burdon arborait une expression sérieuse, presque candide, quand il lui dit :

— Tu connais ce type, Karen ? La quarantaine, cheveux blond-roux, dans les un mètre quatre-vingts, quatre-vingts kilos ?

— C'est quoi ? Un test ? fit Karen. Je suis censée le connaître ?

Milt tendit la main vers son fusil à pompe.

— Donne, Karen, je vais te tenir ça pendant que tu causes.

Elle eut un mouvement d'épaule et dit, le poing serré sur la crosse du calibre 12 :

— Ça va, je vais pas le descendre.

Puis à Daniel :

— Tu surveilles Carl ?

— Depuis lundi dernier.

— Tu nous as vus ensemble, alors, à quoi ça rime ces conneries, est-ce que je le connais, et tout ça ? Tu joues à quel petit jeu avec moi ?

— Ce que je voulais te demander Karen, c'est depuis combien de temps tu le connais ?

— On s'est rencontrés mardi, la semaine dernière.

— Et tu l'as revu le jeudi, le vendredi, tu as passé la journée de dimanche avec lui, vous êtes allés à la plage, puis revenus chez toi... il pense quoi de te savoir chez les *marshals* ?

— Je ne le lui ai pas dit.

— Comment ça ?

— Il veut deviner ce que je fais.

— Et il cherche encore, hein ? Et toi, tu penses quoi, que c'est un mec bonnard ? Bagnole de sport et du blé, hein ? Il claque un max ?

— Écoute, dit Karen, si t'arrêtais de tourner autour du pot et que tu me disais à quoi ça rime tout ça ? O.K. ?

— Tu vois, Karen, la situation est vraiment pas banale, fit Daniel, toujours avec son air de pas y toucher. Je sais pas comment formuler ça avec délicatesse, tu vois. Ça fout un choc de découvrir qu'un *US marshal* se fait sauter par un braqueur de banques.

Milt Dancey vit le moment où Karen allait allumer Daniel avec son fusil. Il le lui confisqua cette fois, tout en disant au Fédé de rester correct, de surveiller ses paroles s'il voulait qu'on coopère. De s'en tenir aux faits. Ledit Carl Tillman était soupçonné d'un hold-up, et éventuellement d'une demi-douzaine d'autres, tous ces braquages, à en juger par les bandes vidéo des banques, ayant été commis par le même individu. Le FBI, qui donnait un sobriquet à tous les contrevenants, l'avait surnommé « Gomina ». Ils avaient relevé sur le comptoir de l'une des caisses des empreintes qui étaient peut-être celles de ce type mais qui ne correspondaient à rien dans leurs fichiers ; grosso modo, ils n'avaient pas assez de preuves contre Carl Edward Tillman — nom porté sur son permis de conduire et sa carte grise — pour le coffrer. Mais surtout, il leur faisait l'effet d'un bleu, d'un mec récent dans la carrière criminelle. Sa motivation : une grosse colère contre les banques, après que la Florida Southern eut mis fin à son prêt et vendu son Hatteras de quinze mètres pour cessation de paiement.

Karen s'y arrêta un instant. Il pouvait lui avoir menti sur son bateau, quand il avait prétendu le déplacer à Haulover, mais ça n'en faisait pas pour autant un braqueur de banques.

— Qu'est-ce que tu as contre lui ? dit-elle. Un cliché vidéo ? Un caissier l'a reconnu ?

— Puisque tu en parles, dit Daniel.

Il sortit un avis de recherche de la poche intérieure de son manteau. La feuille volante était pliée en deux. Il la déplia et Karen se retrouva à regarder quatre photogrammes de caméras de surveillance qui montraient un braquage en cours, les malfrats s'encadrant dans des guichets de caisse : trois Blacks et un Blanc.

— C'est lequel ? demanda Karen.

Daniel lui lança un coup d'œil avant de désigner le Blanc du doigt : un type aux cheveux gominés en arrière, avec une boucle d'oreille, une grosse moustache et des lunettes noires.

— C'est pas Carl Tillman, dit-elle, immédiatement soulagée.

Il n'y avait pas la moindre ressemblance.

— Regarde bien.

— Qu'est-ce que je peux dire d'autre ? C'est pas lui.

— Regarde son nez.

— Tu es sérieux ?

— C'est celui de ton copain, Carl.

En effet. Le nez mince, assez élégant, de Carl. Ou approchant.

— Ton identification repose sur un nez, rien d'autre ? dit Karen.

— Un témoin, ajouta Daniel. Il croit avoir vu cet homme — juste après son premier braquage supposé — sortir de la banque, gagner le parking d'un centre commercial en haut de la rue et s'enfuir dans une BMW décapotable blanche. Le témoin ne nous a fourni qu'une partie du numéro minéralogique, mais ça nous a menés à ton ami Carl.

— Et tu as vérifié avec son nom et sa date de naissance...

— Dans les divers fichiers informatiques NCIC, FCIC, etc., chou blanc. À mon avis, il vient juste d'en tâter. Il se réussit encore quelques coups, deux, trois mille à chaque fois, et il change de métier.

— Qu'est-ce que tu attends de moi ? dit Karen. Que je relève ses empreintes sur une boîte de bière ?

Daniel sourcilla.

— On pourrait commencer par là. Ça nous suffirait peut-être. Mais ce que j'aimerais, Karen, c'est que tu m'entortilles ce type et que tu découvres ses secrets. Tu vois ce que je veux dire... des choses très perso, par exemple s'il a déjà utilisé un pseudo...

— Te servir d'indic, autrement dit, précisa Karen, sachant qu'elle commettait une erreur dès que ces mots lui eurent échappé.

Daniel tiqua encore une fois.

— C'est l'impression que ça te donne ? dit-il. Je te prenais pour un agent fédéral, Karen. Peut-être que t'es trop intime avec lui — c'est ça ? Tu veux pas que ce type ait une mauvaise opinion de toi ?

— Ça suffit comme ça, les conneries, dit Milt, venant à la rescousse de Karen comme il l'aurait fait pour n'importe lequel de ses hommes, et non pas parce qu'elle était une femme.

Il avait appris à ne pas lui ouvrir les portes. La seule fois où elle avait tenu à en franchir une la première, c'était lors d'un mandat contre une nana en cavale qui cartonnait avec une arme de poing, plutôt deux fois qu'une, et surtout plus que n'importe quel *marshal* du district sud de la Floride.

— Eh mec, j'ai besoin d'elle, disait Daniel. Elle est de notre côté ou pas ?

Milt rendit à Karen son fusil à pompe.

— Tiens, si tu veux faire un carton, te gêne pas.

— Écoutez, dit Daniel, Karen peut me rencarder de première sur ce type : où il a vécu avant, s'il a utilisé d'autres noms, s'il a des signes particuliers, des cicatrices, celle d'une blessure par balle peut-être, des tatouages, des trucs que seule notre jolie Karen peut voir quand notre homme est à poil.

Karen réfléchit un instant.

— Il y a une chose que j'ai notée, dit-elle.

— Ah ouais ? Et c'est quoi ?

— Il a les lettres M-A-B-I tatouées sur le sexe.

Daniel la regarda, intrigué.

— Mabi ?

— Mais ça c'est, comment dire, au repos. Quand il bande, on lit Merde Au FBI.

Daniel Burdon décocha un grand sourire à Karen.

— Fillette, faudra qu'on s'explique, toi et moi, un de ces quatre. Sérieux.

« Fillette », Karen pouvait faire avec. Ça ne mangeait pas de pain. Fillette, elle se mirait dans la glace pour se passer du blush. Femme, c'est ce qu'elle était, point. Quoique, il y a peu de temps encore, n'étaient femmes pour elle que celles de l'âge de sa mère. Ces femmes qui se réunissaient en groupes et proclamaient : Voyez comme nous sommes différentes des hommes. Et qui s'isolaient ainsi au lieu de se mêler à eux et de les battre sur leur propre terrain. Les hommes, en règle générale, étaient plus forts, physiquement parlant, que les femmes. Certains d'entre eux étaient plus forts que les autres, et Karen aussi était plus forte que certains hommes ; et alors, qu'est-ce que ça prouvait ? S'il fallait faire toucher terre à un homme, quels que soient sa force ou son gabarit, elle se débrouillait toujours pour y arriver. À la loyale, les yeux dans les yeux. Mais elle ne s'imaginait pas dans ce rôle de faux jeton. Essayer de tirer les vers du nez à Carl, un mec qu'elle aimait bien, plus que bien même, auquel elle songeait avec tendresse, qui lui manquait pendant la journée et dont elle regrettait la présence. Et merde… bon, d'accord, elle jouerait le jeu, mais pas en catimini. Elle commencerait par lui faire savoir qu'elle était agent fédéral et on verrait bien sa réaction.

Carl pouvait-il braquer des banques ?

Elle réservait son jugement. Partant du principe que n'importe qui, ou presque, pouvait faire ça à un moment ou à un autre de sa vie.

Karen se conforma à son plan : elle rentra chez elle, mit un rôti au four et laissa traîner son sac ouvert sur la table, la crosse d'un Beretta calibre 9 en dépassant ostensiblement.

Carl arriva, ils s'embrassèrent dans le salon, Karen le regarda à peine. Quand il flaira l'odeur du rôti qui cuisait, Karen lui dit :

— Va nous servir un verre pendant que j'ajoute les pommes de terre.

Puis, dans la cuisine, devant la porte ouverte du réfrigérateur, lui tournant le dos, elle laissa le temps à Carl de remarquer le pistolet.

— Bon Dieu, t'es flic, finit-il par dire.

Elle avait répété ce moment précis. Son idée : se retourner et lancer d'un ton surpris : « Tu as deviné » ; puis regarder le pistolet et ajouter un truc du genre « C'est dingo, je me suis trahie. » Mais elle ne fit rien de tout ça. Il dit : « Bon Dieu, t'es flic » et elle se retourna, un bac à glaçons à la main et dit :

— Agent fédéral. Je suis *U.S. marshal.*

— J'aurais jamais deviné, dit Carl, même en y consacrant tout mon temps.

Elle n'avait pas réussi à déterminer s'il flipperait ou pas. À le voir, il semblait plutôt prendre la chose du bon côté, avec un léger sourire aux lèvres.

— Mais pourquoi ? dit-il.

— Pourquoi quoi ?

— Pourquoi tu es *marshal* ?

— Eh bien, primo, mon père avait une agence, Marshall Sisco Enquêtes & Filatures...

— Ne me dis pas que c'est à cause de son prénom, Marshall ?

— Non. Ma fonction, d'ailleurs, ça s'écrit pas pareil. Mais dès que j'ai eu mon permis de conduire, j'ai commencé à faire des filatures pour lui. Par exemple, suivre un type qui essayait de baiser sa compagnie d'assurances avec une déclaration bidon. L'idée m'est venue d'entrer dans les forces de l'ordre. Donc, après deux ans à l'université de Miami, j'ai transféré mon dossier à Florida Atlantic et j'ai suivi leur programme de droit pénal.

— Non, ce que je voulais dire, c'est pourquoi le FBI et pas la DEA, tant que tu y étais ?

— Eh bien, à cause d'un petit détail. J'aimais fumer de l'herbe quand j'étais plus jeune, alors la DEA, ça me disait rien du tout. Les mecs des services secrets que j'ai rencontrés étaient des cachottiers de merde. Tu leur poses une question, ils te font aussi sec : « T'as qu'à vérifier à Washington si tu veux savoir ça. » Et puis, tu vois, différentes sortes d'agents fédéraux venaient à l'école faire des conférences. C'est comme ça que j'ai connu un ou deux *marshals*... après, on sortait, on allait se prendre une bière, je les aimais bien. Ils sont sympa comme types, un peu condescendants au premier abord, évidemment ; mais au bout d'un certain temps, ça leur passe.

Carl leur confectionnait un cocktail à présent, un Early Times pour Karen, un Dewar's pour lui, les deux additionnés d'eau. Posté devant l'évier, dont le robinet coulait, il lui dit :

— Et tu fais quoi exactement ?

— Cette semaine, j'assure la sécurité du tribunal. Mais mon domaine, c'est les mandats d'amener. On traque les individus en cavale, ceux qui ont violé leur conditionnelle, pour la plupart.

Carl lui tendit un verre.

— Et des meurtriers ?

— Oui, si les circonstances de l'assassinat le font tomber sous le coup de délit fédéral. Dans les affaires de drogue, c'est courant.

— Le braquage de banques, c'est fédéral, hein ?

— Ouais, y a des types, leur peine à peine purgée, ils remettent ça.

— T'en coinces beaucoup ?

— De braqueurs de banques ? demanda Karen en le fixant bien dans les yeux. Neuf sur dix.

— Santé, fit Carl en levant son verre.

Tandis qu'ils dînaient à la cuisine, il fit :

— Tu es bien calme, ce soir.

— Je suis fatiguée. Je suis restée debout toute la journée, avec un fusil à pompe.

— Je n'arrive pas à t'imaginer, dit Carl. Tu n'as rien d'un *U.S. marshal* ni même d'un flic.

— J'ai l'air de quoi, alors ?

— D'un canon. T'es la plus jolie fille que j'aie jamais approchée. J'ai pu voir de près Mary Elizabeth Mastrantonio, pendant le tournage de *Scarface*, mais t'es beaucoup mieux qu'elle. J'adore tes taches de rousseur.

— J'en avais encore plus avant.

— Tu as de la sauce sur le menton. Là.

Karen se tamponna avec la serviette en papier.

— J'aimerais bien voir ton bateau, dit-elle.

Il mâchait une bouchée de rôti et dut attendre d'avoir fini.

— Je t'ai dit qu'il était en cale sèche ?

— Ouais ?

— Le bateau, je l'ai plus. On me l'a repris quand j'ai eu du retard dans mes mensualités.

— Et la banque l'a vendu ?

— Ouais, la Florida Southern. J'ai pas voulu te le dire quand on s'est rencontrés. Ça l'aurait foutu mal, comme ça d'entrée.

— Mais maintenant que tu peux me dire que j'ai de la sauce sur le menton…

— Je ne voulais pas que tu me prennes pour un minable.

— Qu'est-ce que tu as fait depuis ?

— Travaillé comme second, là-haut, à Haulover.

— Tu as toujours un endroit à toi, ton appartement ?

— Ouais, avec ma paie, je peux assurer sans problème.

— J'ai un ami chez les *marshals* qui habite Miami-Nord, sur Alamanda, à hauteur du cent vingt-cinq.

Carl hocha la tête.

— Pas très loin de chez moi.

— Tu veux qu'on sorte après ?

— Je croyais que t'étais crevée.

— Mais je suis crevée.

— Alors pourquoi on resterait pas à la maison ? suggéra Carl, avec un sourire. Qu'est-ce que t'en dis ?

— Super.

Ils firent l'amour dans le noir. Il voulut allumer la lampe, mais Karen lui dit, non, laisse éteint.

Geraldine Regal, caissière-chef à la Sun Federal, sur Kendall Drive, vit un homme — cheveux gominés en arrière et lunettes noires — plonger la main dans la poche intérieure de sa veste alors qu'il s'approchait de la vitre de son guichet. On était mardi matin, 9 h 40. Au premier coup d'œil, elle prit le type pour un Latino. Plutôt cool, sauf que, vus de plus près, ses cheveux paraissaient laqués, presque métalliques. Elle faillit lui demander si ça ne lui faisait pas mal. Il sortit des imprimés, des ordres de versement, et un chèque vierge de sa poche, en disant : « Je vais me prendre quatre mille. » Se mit à remplir le chèque et fit : « Vous connaissez celle de la trapéziste dont le mari demande le divorce ? »

Geraldine lui dit que non, en souriant, parce que c'était un peu bizarre qu'un client qu'elle n'avait jamais vu lui raconte une blague.

— Ils sont au tribunal. Et l'avocat du mari demande à la femme : « Est-il exact que le lundi 5 mars, pendue au trapèze la tête en bas, vous ayez fait l'amour sans filet avec Monsieur Loyal, le dompteur de lions, deux clowns et un nain ? »

Geraldine attendit la suite. L'homme marqua un temps, tête baissée, finissant de remplir le chèque. Puis il releva les yeux.

— La trapéziste réfléchit un instant avant de répondre : « Vous pouvez me répéter la date ? »

Geraldine riait de bon cœur quand il lui tendit le chèque. Elle souriait encore quand elle vit quelque chose d'écrit en capitales d'imprimerie très lisibles sur le chèque. Le texte disait :

CECI N'EST PAS UNE BLAGUE,
MAIS UN BRAQUAGE !
JE VEUX 4 000 DOLLARS, *TOUT DE SUITE* !

Geraldine ne riait plus. Le type aux cheveux métallisés lui dit qu'il voulait la somme en coupures de cent, cinquante et vingt dollars, en vrac, sans bandes ni élastiques, pas de « dissuade », pas de liasses fumigènes, pas de « pince » de fond de tiroir non plus. Et il exigea qu'elle lui rende son chèque. Tout de suite.

— L'employée n'avait pas quatre mille dollars en caisse, dit Daniel Burdon, alors le type s'est contenté de deux mille huit et s'est barré. Gomina change de style... on sait que c'est le même mec, avec ses cheveux luisants. Sauf que maintenant, c'est le Joker[1]. Et l'ennui, tu vois, c'est que moi, j'ai rien de Batman.

Daniel et Karen Sisco étaient dans le couloir du premier étage, devant la principale salle d'audience. Daniel avait appuyé sa carcasse longiligne contre la balustrade, d'où l'on avait une vue plongeante sur l'atrium du rez-de-chaussée, sa fontaine et ses palmiers en pots.

— Aucun témoin ne l'a vu sauter dans sa BM, ce coup-ci. Il a pigé que c'était con de se servir de sa propre bagnole, le mec.

— Ou bien il ne s'agit pas de Carl Tillman, dit Karen.

— Tu l'as vu hier au soir ?

— Il est venu chez moi.

— Ah ouais, et c'était comment ?

Karen leva les yeux : l'expression de Daniel était celle d'un pince-sans-rire.

— Je lui ai dit que j'étais un agent fédéral et il n'a pas flippé.

— Alors comme ça, il est cool, hein ?

— C'est un type sympa.

— Je dirais même plus, jovial. Il braque les banques en racontant des blagues. J'ai parlé aux employés de la Florida Southern, là où il avait obtenu son prêt pour le bateau, tu sais ? J'ai découvert qu'il sortait avec l'une des caissières. Pas au siège central, à l'une des agences, le nom de la fille, c'est Kathy Lopez.

1. À savoir, celui aussi qui fait des blagues *(jokes)* *(N.d.T.)*.

Grands yeux marron, mignonne tout plein, elle venait juste de commencer à bosser. Elle sort avec Tillman, elle lui parle de son job, en quoi ça consiste, comment elle compte du fric toute la journée. Je lui ai demandé si ça intéressait Tillman, s'il voulait savoir un truc en particulier. Oh, que oui ! surtout ce qu'elle était censée faire si on braquait la banque. Alors, elle lui raconte tout sur les liasses fumigènes, comment ça marche, et comment elle récolte une prime de deux cents dollars si, pendant un braquage, elle réussit à en glisser une dans le lot. La fois suivante qu'il se pointe, Kathy Lopez, la chérie, elle lui en montre une en lui expliquant ce qui arrive quand tu passes la porte avec un pacson de faux billets de vingt. Au bout de trente secondes, explosion du gaz lacrymo et cette merde rouge t'en as partout sur toi et sur le fric que t'as chouré. J'ai vérifié dans les dossiers des autres braquages qu'il a faits. À chaque fois, il a précisé à la caissière : pas de liasses fumigènes ni de « dissuade », dont les numéros de série ont été relevés.

— Il alimentait la conversation, dit Karen, luttant pour garder son calme. Les gens aiment parler de ce qu'ils font.

Daniel sourit.

Et Karen répéta :

— Carl n'est pas ton homme.

— Dis-moi pourquoi t'en es si sûre ?

— Je le connais. C'est un brave type.

— Karen, tu t'entends parler ? T'es en train de me dire ce que tu sens, pas ce que tu sais. Parle-moi un peu de *lui*... tu aimes sa façon de danser, ou quoi ?

Karen ne répondit pas. Elle avait envie que Daniel lui fiche la paix.

— O.K., dit-il. Tu veux qu'on parie ? D'après toi, Tillman est clean ?

Elle se ressaisit et fit, piquée au vif :

— On parie. Combien ?

— Si tu perds, c'est avec moi que tu iras danser.

— Super. Et si c'est moi qui ai raison, je gagne quoi ?

— Mon respect *ad vitam aeternam*, dit Daniel.

À peine rentrée chez elle, Karen appela son père chez Marshall Sisco Enquêtes & Filatures, et lui raconta tout sur Carl Tillman, le braqueur suspect de son cœur, et sur l'attitude condescendante de ce p'tit malin de Daniel Burdon, bouffi de certitudes, qui lui hérissait le poil.

— C'est un type de couleur ? demanda son père.

— Daniel ?

— Non, lui, je sais que oui. J'ai des amis à la Metro-Dade qui l'appellent le Bourdon de l'homme blanc, tellement il le leur file à force d'avoir toujours raison. Je parlais de ton gus. Il y a un *runningback* dans la NFL qui s'appelle Tillman. J'ai oublié dans quelle équipe il est.

— Tu ne m'aides pas, là, dit Karen.

— Le Tillman de chez les pros, c'est un type de couleur... c'est pour ça que je t'ai posé la question. Je crois qu'il joue à Chicago.

— Carl est de race blanche.

— Vu. Et tu es folle de lui, tu m'as dit ?

— Je l'aime beaucoup.

— Mais t'es pas sûre qu'il braque pas les banques ?

— J'ai du mal à le croire.

— Pourquoi tu lui poses pas la question ?

— Arrête... si c'est vrai, il ne me répondra pas.

— Qu'est-ce que t'en sais ?

Elle se tut, si bien qu'au bout de quelques instants, son papa chéri lui demanda si elle était encore au bout du fil.

— Il vient me voir ce soir, dit Karen.

— Tu veux que je lui en touche un mot ?

— Tu plaisantes.

— Alors, pourquoi tu m'as appelé ?

— Je ne sais pas trop quoi faire.

— Laisse le FBI s'en charger.

— Je suis censée les aider.

— Ouais, mais tu leur es bonne à quoi ? Tu veux te persuader que ce type est clean. Eh bien, ma petite chérie, la seule façon de savoir s'il l'est, c'est de faire comme s'il ne l'était pas. Tu comprends ce que je te dis ? Pourquoi un individu braque les banques ? Pour le fric, ouais. Mais il faut qu'il soit con, aussi, étant donné tout ce qu'il a contre lui, les mesures de sécurité, les caméras de surveillance qui le filment... Alors, une autre raison de faire ça, c'est le risque qu'il court, ça l'excite. C'est pour la même raison qu'il joue au chat et à la souris avec toi...

— Il ne joue pas à ça avec moi.

— Encore heureux que je n'aie pas dit « qu'il te caresse dans le sens du poil pour te tirer les vers du nez ».

— Il n'a jamais fait allusion à une banque devant moi.

Karen laissa passer un ange.

— Sauf une fois, peut-être.

— Tu pourrais amener ça sur le tapis et voir sa réaction. Si jamais ça lui donne des sueurs, appelle du renfort. Écoute, qu'il batifole avec toi ou qu'il t'aime de tout son cœur, il risque quand même vingt ans. Il ne sait pas si tu es au courant ou pas, et ça augmente le risque. Un peu comme s'il se prenait pour Cary Grant en train de voler les bijoux de la gonzesse chez laquelle il dîne en smok. Mais s'il braque les banques, ton type est un con, de toute façon. Tu sais tout ça. Avec ta façon de penser, tu veux simplement pas l'accepter.

— Tu crois que je devrais lui faire cracher le morceau. Voir si je peux le coincer d'une manière ou d'une autre.

— En fait, dit son père, je crois surtout que tu devrais changer de jules.

Karen se souvenait de Christopher Walken dans *Les Chiens de guerre* déposant son flingue sur une table du hall d'entrée — on sonnait à la porte — et le recouvrant d'un journal avant d'aller ouvrir. Elle s'en souvenait parce que, à une époque, elle était amoureuse de Christopher Walken, se moquant bien qu'il porte des falzars pas possibles.

Carl lui rappelait un peu Christopher Walken dans sa façon de sourire avec les yeux. Il arriva peu après sept heures et trouva Karen en short kaki, T-shirt et tennis sans chaussettes.

— Je croyais qu'on sortait.

Ils s'embrassèrent et elle lui caressa le visage, l'effleurant du bout des doigts, respirant son after-shave, localisant au toucher l'endroit où le lobe de son oreille droite était percé.

— Je nous sers un verre, dit Karen. On s'en prend un, puis j'irai me changer.

Et elle se dirigea vers la cuisine.

— Je peux t'aider ?

— Tu as travaillé toute la journée. Assieds-toi, détends-toi.

Ça ne lui prit qu'une à deux minutes. Karen revint au salon, un cocktail dans chaque main, et son sac en cuir en bandoulière.

— Celui-ci, c'est le tien.

Carl le prit et elle pencha son épaule pour faire glisser le sac qui tomba de lui-même sur la table basse. Carl se fendit d'un sourire.

— Tu as quoi là-dedans ? Un flingue ?

— Un bon kilo de métal. Et toi, comment s'est passée ta journée ?

Ils s'installèrent sur le canapé et il lui raconta qu'il avait mis pas loin de quatre heures à ramener un marlin de deux mètres cinquante, blessé à hauteur du rostre. Carl ajouta qu'il s'était cassé le cul à hisser le poisson à bord pour s'entendre dire par le client qu'il n'en voulait pas.

— C'était après ton retour de Kendall ? demanda Karen.

Cela lui coupa le sifflet.

— Qu'est-ce qui te fait croire que j'étais à Kendall ?

Carl dut attendre qu'elle ait fini de siroter son verre.

— Tu ne t'es pas arrêté à la Florida Southern pour y retirer deux mille huit cents dollars ?

Il la regarda, bouche bée, cette fois, mais sans rien trahir à proprement parler. Karen songeait, dis-moi seulement que tu étais ailleurs et que tu peux le prouver.

Mais il n'en fit rien, se contentant de la dévisager.

— Pas de liasses fumigènes, pas de « dissuade ». Tu vois toujours Kathy Lopez ?

Carl se pencha pour poser son cocktail sur la table basse et resta assis comme ça, arc-bouté sur ses cuisses, sans plus regarder Karen, tandis qu'elle étudiait son profil, au nez si élégant. Elle vit son verre où il avait laissé partout ses empreintes, et elle eut pitié.

— T'es cuit, Carl.

Il tourna la tête et la regarda par-dessus son épaule.

— Je m'en vais, fit-il, s'extirpant du canapé. Si c'est ce que tu penses de moi...

— Arrête tes conneries, Carl, dit Karen en posant son verre.

S'il s'emparait de son sac à main maintenant, ça balayerait tous les doutes qui subsistaient. Elle le regarda sortir le Beretta. Il lâcha le sac.

— Carl, assieds-toi. Tu veux bien, s'il te plaît ?

— Je m'en vais. Je vais franchir cette porte et tu ne me reverras plus jamais. Mais d'abord...

Il l'obligea à aller chercher un couteau dans la cuisine et à couper les fils du téléphone dans le salon et dans la chambre.

Il était assez con. Une fois qu'ils furent revenus dans le salon, il lui dit :

— Tu sais quoi ? Ça aurait pu marcher, nous deux.

Nom de Dieu. Et dire qu'il lui avait paru le type cool par excellence. Karen le regarda gagner la porte d'entrée et l'ouvrir avant de se retourner vers elle encore une fois.

— Et si tu me laissais cinq minutes ? Au nom du bon vieux temps.

Ça devenait embarrassant, et triste.

— Carl, fit-elle, tu comprends pas ? Tu es en état d'arrestation.

— Je ne veux pas te faire de mal, Karen, dit-il. Alors, n'essaie pas de m'empêcher de partir.

Il franchit la porte.

Karen s'approcha de la commode où elle laissait tomber ses clés de voiture et son courrier en rentrant chez elle : une commode ventrue, près de l'entrée dont la porte était encore ouverte. Elle déplaça le numéro du *Miami Herald* plié en deux qu'elle avait posé là, sur son Sig Sauer 38, prit le pistolet et gagna le perron, nimbée par la lueur jaune de l'éclairage du porche. Elle vit que Carl venait d'atteindre sa voiture, dont la blancheur se découpait sur l'obscurité de la rue, à une quinzaine de mètres à peine.

— Carl, ne complique pas les choses, tu veux ?

Il avait ouvert la portière et se retourna à demi.

— Je t'ai dit que je ne voulais pas te faire de mal.

— Ouais, eh bien..., dit Karen en levant le pistolet pour mieux l'armer, avant de l'agripper à deux mains..., si tu fais mine d'entrer dans la voiture, je tire.

Carl tourna la tête encore une fois, l'air accablé.

— Non, tu ne tireras pas, ma chérie.

Ne me dis pas *ciao*, songea Karen. Par pitié.

— *Ciao*, dit Carl.

Il se détourna pour monter en voiture et elle tira. Une seule balle qui le toucha où Karen avait visé, dans la partie charnue de la cuisse gauche, juste sous la fesse. Carl beugla et bascula à l'intérieur entre le siège et le volant ; tenant sa jambe tendue au-dehors d'une main crispée, il leva des yeux abasourdis sur Karen qui approchait. Ce pauvre débile avait vingt ans de cabane devant lui et peut-être une légère claudication en prime.

Karen sentit qu'elle devait lui dire quelque chose. Après tout, pendant quelques jours, ils avaient été aussi intimes que deux personnes peuvent l'être. Elle se creusa la tête quelques instants, tandis que Carl la dévisageait avec des yeux larmoyants.

Karen finit par dire :

— Écoute, Carl, il faut que tu saches que, tout compte fait, j'ai pris du bon temps.

Elle n'avait pas trouvé mieux.

Traduit par Yves Sarda

MICHAEL MALONE

Toute petite ville a ses légendes. Stella Dora Doyle en est une pour Thermopylae, en Caroline du Nord. Après avoir fait cadeau de Stella au monde entier — avec rien de moins que quatre maris, un procès criminel et un exil en Europe —, elle la lui a reprise. Quant au jeune Buddy Hayes, arrivé à l'âge adulte alors que la beauté légendaire de Stella demeure inaltérable, l'appréciation portée par son père sur l'incroyable aura de cette femme résonne encore en lui bien des années après qu'il l'a aperçue pour la première fois.

Ne jamais avoir désiré Stella, lui déclare solennellement son père tandis qu'ils la regardent gravir les marches du tribunal, pour y répondre du meurtre de Hugh Doyle, prince charmant de son enfance et son dernier mari, équivaut à être passé à côté de la vie. Hanté par le souvenir de ce charme fatal, Buddy se montrera néanmoins à la hauteur de l'événement quand sa route croisera à son tour celle de Stella.

Pour Michael Malone, romancier très prisé du public, le cœur humain n'a pas de mystère. Dans cette nouvelle, le cocktail souvenir-mythe-mort violente qu'il nous concocte est irrésistible. Outre ses best-sellers qui racontent la vie quotidienne dans une petite ville du Sud, il a écrit deux magnifiques romans policiers, Enquête sous la neige *et* Juges et Assassins, *mettant en scène les personnages de Justin Savile et Cuddy Mangum. Il a récemment remporté un Emmy en tant que scénariste du feuilleton télévisé* One Life to Live.

O. P.

Argile rouge

Au sommet de la pente douce, la façade à colonnes de notre tribunal miroitait sous le soleil d'août comme reflétée dans un lac. Les feuilles des érables pendillaient et le drapeau de la Caroline du Nord s'affalait sur son mât métallique. La canicule plombait le comté de Devereux, semaine après semaine, sans répit ; c'est ce qu'on appelait « les journées de chien », à cause de l'étoile Sirius, mais aucun d'entre nous ne le savait. On croyait que ça voulait dire que, par un temps pareil, pas un chien ne quitterait son coin d'ombre pour rôder dans la rue — pas un chien doué de raison, s'entend. J'avais dix ans, en cette fin août 1959 ; si je me souviens de cet été-là, c'est non seulement à cause de cette vague de chaleur interminable, mais aussi de Stella Doyle.

Quand on ouvrit toutes grandes les portes, policiers et avocats levèrent un bras devant les yeux pour se protéger du soleil et se tinrent immobiles sur le seuil, comme si la lumière brûlante les repoussait à l'intérieur. Stella Doyle sortit la dernière, encadrée par les deux adjoints du shérif : ils l'escorteraient jusqu'à la voiture de police qui, orange comme les bougies d'Halloween, l'attendait au bas des marches pour l'emmener, le temps que les jurés arrivent à trancher sur ce qui s'était passé deux mois plus tôt à Rougemont. C'était la seule demeure du comté assez imposante pour avoir un nom. C'était là que Stella Doyle avait peut-être tué son mari, Hugh Doyle, en tirant sur lui.

L'excitation provoquée par le meurtre de Doyle

avait essaimé à travers la ville et son aiguillon nous avait ramenés à la vie. Elle devait rester sans égale jusqu'à l'assassinat de John F. Kennedy. À l'extérieur du tribunal, la chaleur de l'asphalte traversait la semelle de nos souliers et nous attendions patiemment que Mrs. Doyle soit déclarée coupable. Les journalistes aussi attendaient, car, après tout, elle n'était pas simplement la meurtrière de l'homme le plus riche des environs ; elle était également Stella Doyle, la star de cinéma.

Papa me saisit l'épaule et, entre le pli sévère de ses lèvres, me dit en me guidant à travers la foule :

— Écoute-moi bien, Buddy, si jamais quelqu'un te demande quand tu seras grand : « Est-ce que tu as vu, de tes yeux vu, la plus belle femme que le Bon Dieu ait créée en ton temps ? » — eh bien, mon fils, tu pourras lui dire : « Oui, j'ai eu cette chance, elle s'appelait Stella Dora Doyle. » Il avait élevé la voix pour que tout le monde l'entende. « Et tu pourras lui dire que sa beauté était si lumineuse qu'elle a consumé la honte qu'on essayait de déverser sur sa tête et que le retour de flamme a brûlé la face de ses détracteurs. »

Papa prononça ces paroles étranges sans quitter des yeux le haut des marches où se tenait une femme en noir, un peu grassouillette, entre les deux adjoints du shérif. Il avait croisé les bras sur son gilet de flanelle, les doigts crispés sur ses manches de chemise. Les gens qui nous entouraient s'étaient retournés pour nous dévisager et quelqu'un rit sous cape.

Gêné pour lui, je lui chuchotai :

— Oh, mais Papa, c'est rien d'autre qu'une vieille meurtrière. Tout le monde sait qu'elle était soûle et qu'elle a tué Mr. Doyle. Elle lui a tiré en pleine tête avec un flingue.

Papa haussa le sourcil.

— Tu n'en sais rien.

Je m'obstinai.

— Tout le monde dit qu'elle a toujours été méchante, qu'elle se soûlait tout le temps, qu'elle a pas voulu que les parents de Mr. Doyle habitent sous le même toit qu'elle. Et qu'elle l'a obligé à jeter dehors son papa et sa maman.

Papa me regarda avec un hochement de tête réprobateur.

— J'aime pas entendre ces saletés de racontars dans ta bouche, t'as compris, Buddy ?

— Oui, P'pa.

— Elle n'a pas assassiné Hugh Doyle.

— Non, P'pa.

Son air fâché me terrifia ; c'était si rare chez lui. Je me rapprochai et lui attrapai la main, prenant son parti contre les autres. Ce n'était pas par respect pour cette femme que Papa trouvait si belle. Je ne pouvais tout simplement pas supporter l'idée de me priver de la bonne opinion qu'il avait de moi, et qui me sécurisait. Je suppose que, de ce moment, j'ai ressenti pour Stella Doyle un peu de ce que mon père ressentait pour elle, quoique finalement, elle ait peut-être représenté moins pour moi, mais signifié au final beaucoup plus. Papa n'a jamais eu comme moi la manie de la symbolique.

Les marches du tribunal étaient de larges dalles de pierre inégales. Lorsque Mrs. Doyle les descendit, le bourdonnement de la foule cessa. Avec le bel ensemble d'un corps de ballet, les gens reculèrent, dégageant un demi-cercle autour de la voiture de police orange. Des journalistes poussèrent leur appareil photo au premier rang. Pour finir, on la pressa tellement que sa chaussure se prit dans la pierre friable et qu'elle tomba contre l'un des adjoints.

— Elle est soûle ! s'écria d'une voix haut perchée une femme près de moi, une paysanne en robe à fleurs, un bout de corde peinturluré en guise de ceinture.

Elle et l'enfant qu'elle berçait contre son épaule avaient le visage bouffi de la mauvaise graisse des pauvres.

— R'gardez-moi ça, dit-elle, le doigt pointé. R'gardez-moi c'te robe. E's'croit encor' à Hollywood.

Sa voisine opina, clignant des yeux sous la visière d'un galure comme en portent les pêcheurs sur le môle.

— Si j'allais tuer mon mari, y aurait pas d'avocats d'riches qui s'en viendraient m'dépatouiller d'là.

Elle écarta d'une tape le zonzon d'une mouche.

Puis elles se tinrent tranquilles, et tous les autres aussi. Nos yeux éblouis de soleil se fixèrent sur la femme en noir, ébahis devant ce prodige : une personne aussi haut placée que Mrs. Doyle sur le point d'être ravalée aussi bas.

Agrippée au bras bronzé que lui tendait le jeune adjoint, Mrs. Doyle se baissa pour vérifier l'état de son talon. Souliers noirs, tailleur et sac noirs, large capeline noire — dont l'élégance dernier cri nous insultait, claironnant tout autant l'or que la mort. Elle resta là, un instant arrêtée dans la chaude immobilité de l'air, puis dévala prestement les marches, entraînant les deux adjoints balèzes à sa suite jusqu'à la portière grande ouverte de la voiture de police orange. Papa s'avança si vite que la foule combla son sillage avant que je puisse le suivre. Je me frayai un passage, jouant des coudes, et je le vis, canotier dans une main, qui tendait l'autre main à la meurtrière.

— Bonjour, Stella. C'est moi, Clayton Hayes.

Au moment où elle se retourna, j'aperçus ses cheveux blond-roux sous la capeline ; puis sa main, où brillait un solitaire, ôta ses lunettes noires. Je vis alors ce que voulait dire Papa. Elle était belle. Ses yeux étaient couleur lilas, mais d'une nuance plus foncée que le lilas. Et son teint avait l'éclat de l'intérieur d'un coquillage. Elle n'était pas comme le tout-venant des jolies femmes, car la différence n'était pas une question de degré. Je n'avais jamais vu sa pareille.

— Ah, Clayton ! Mon Dieu, ça fait des années.

— Oui, très longtemps, je crois bien, dit-il en lui serrant la main.

Elle la tint entre les siennes.

— Tu n'as pas changé. C'est ton petit garçon ? ajouta-t-elle, son regard violet tombant sur moi.

— Oui, je te présente Buddy. Ada et moi, on en a fait six pour le moment. Trois de chaque.

— Six ? On est si vieux que ça, Clayton ? fit-elle en souriant. On m'a dit que tu avais épousé Ada Hackney.

L'un des adjoints s'éclaircit la gorge.

— Désolé, Clayton, dit-il, faut qu'on y aille.

— Rien qu'un instant, Lonnie. Écoute, Stella, je voulais juste te dire combien je regrette que tu aies perdu Hugh.

Des larmes gonflèrent ses yeux.

— C'est lui qui a fait ça, Clayton, dit-elle.

— Je le sais. Je sais que tu n'as pas pu faire ça.

Papa hocha lentement la tête, encore et encore. Il faisait toujours ça quand il était attentif.

— Je le sais. Bonne chance.

Elle chassa ses larmes d'une pichenette.

— Merci.

— Je dis à tout le monde que j'en suis sûr.

— Merci, Clayton.

Papa hocha encore une fois la tête, puis la renversa pour gratifier Stella de son sourire si lent et si paisible.

— Appelle-nous, Ada et moi, si jamais on peut faire quoi que ce soit pour toi, entendu ?

Elle l'embrassa sur la joue et il recula avec moi dans la foule où des visages hostiles la dévisagèrent avidement pendant qu'elle montait dans la voiture de police, qui fendit lentement, comme un soleil orange, les rangs des badauds. Des appareils photo se collèrent aux vitres.

Un homme au teint olivâtre, les dents serrées sur une pipe, descendit les marches d'un pas sautillant pour rejoindre d'autres journalistes, juste à côté de nous.

— Les jurés ont envoyé chercher de quoi se restaurer, leur dit-il. Avec ces péquenots, va savoir. Ça peut pencher d'un côté comme de l'autre.

Il enleva sa veste et la roula en boule sous son bras.

— Bon sang, ce qu'il fait chaud.

Un jeune journaliste, aux cheveux clairsemés et moites, le contredit.

— Ils pensent tous par ici qu'Hollywood, c'est Babylone et qu'elle en est la putain. Hugh Doyle était le prince de la localité, son père a gardé ses usines ouvertes pendant la Crise, y a qu'à écouter tous les culs-terreux du comté. Ils vont la faire passer sur le gril. À cause de sa capeline, à défaut d'autre chose.

— Ça peut pencher d'un côté comme de l'autre, répéta en souriant l'homme à la pipe. Elle est née dans une masure à dix kilomètres d'ici. Capeline ou pas, elle est l'une d'entre eux. Alors même si elle a tué son bonhomme… Bon sang, il était en train de crever du cancer de toute façon. Et puis, même si son jeu n'a jamais valu le prix d'un sachet de pop-corn, elle était pas si vilaine à regarder, hein !

Stella Doyle partie, les gens ont repris conscience de la chaleur et sont retournés s'asseoir tranquillement à l'ombre pour attendre la brise du soir et la décision du jury. Papa et moi, on a redescendu Main Street jusqu'à notre magasin de meubles. Papa possédait aussi une boucherie mais il n'aimait pas le métier de la viande et ne s'en sortait pas trop bien, alors mon frère aîné s'en occupait, tandis que Papa restait assis, parmi les chambres à coucher en acajou et les salles à manger en érable rouge, dans un grand rocking-chair, à lire ou à parler avec les amis de passage. Le fauteuil était à vendre en réalité, mais ça faisait si longtemps qu'il s'y asseyait que c'était devenu celui de Papa, point. Trois ventilateurs à pales brassaient l'air dans la pénombre tranquille, tandis qu'il répondait à mes questions sur Stella Doyle.

Il me raconta qu'elle s'appelait Stella Dora Hibble et qu'elle avait grandi sur la Route 19, dans une maisonnette de trois pièces au toit de tôle, posée sur des blocs de ciment à même l'argile rouge… le genre de maison en bois de pin, au porche effondré, dont les propriétaires exposent dans la cour poussiéreuse, comme des sculptures, les artefacts brisés de leurs aspirations et les débris irréparables de leurs existences : réfrigérateur sans porte, voiture rouillée, bûcher funéraire de métal et de plastique qui murmure aux automobilistes, le long des routes : « Tout passe, même les rêves. »

Dora Hibble, la mère de Stella, avait cru à ses rêves, contre vents et marées. Dora avait été une jolie fille, qui avait épousé un fermier et travaillé plus dur que sa santé ne le lui permettait, car travailler était nécessaire, rien que pour éviter de sombrer. Mais le soir, Mrs. Hibble feuilletait des magazines de cinéma. Elle avait cru à cet ailleurs romanesque et l'avait désiré, sinon pour elle, du moins pour ses enfants. À vingt-sept ans, Dora Hibble mourut au cours de son cinquième accouchement ; Stella avait huit ans et, du seuil de la chambre à coucher, elle vit recouvrir le visage de sa mère d'une mince couverture. Quand Stella eut quatorze ans, son père mourut, pris dans l'engrenage d'une machine, aux Usines Doyle. Quand Stella eut seize ans, Hugh Doyle Junior, qui avait le même âge, celui de mon père, tomba amoureux d'elle.

— Toi aussi, tu étais amoureux d'elle, Papa ?

— Oh oui ! Nous tous, les garçons de la ville, on a été fous de Stella Dora, un jour ou l'autre. J'y suis passé, comme les autres. On est sortis ensemble en troisième. Je lui ai même acheté une carte géante, pour la Saint-Valentin. Je me souviens que ça m'a coûté jusqu'à mon dernier sou.

— Pourquoi vous étiez tous fous d'elle ?

— Je crois que celui qui n'a pas éprouvé ça pour Stella, un jour ou l'autre, risque de regretter d'être passé à côté de la vie.

Je ressentis une émotion terrible que je devais assimiler plus tard à de la jalousie.

— Mais t'aimais pas Maman ?

— Ben, c'était avant que j'aie eu la chance de rencontrer ta maman.

— Et elle, tu l'as rencontrée qui venait en ville en longeant la voie ferrée et tu as dit à tes amis : « Cette fille est pour moi et je vais l'épouser. » Hein ?

— Oui, m'sieur, et j'avais deux fois raison.

Papa se balançait dans le grand fauteuil, les mains posées paisiblement sur les accoudoirs.

— Stella était toujours folle de toi après ta rencontre avec Maman ?

Son visage se plissa immédiatement sous l'effet du rire.

— Non, m'sieur. Elle a aimé Hugh Doyle à l'instant où elle a posé les yeux sur lui et, de son côté, ça a été pareil. Mais Stella avait dans la tête cette idée de partir et de devenir quelqu'un dans le cinéma. Hugh n'a pas pu la retenir, et je pense qu'elle n'a pas su non plus lui faire comprendre ce qui lui donnait tellement envie de partir.

— Et c'était quoi ?

Papa me sourit.

— Ben, j'en sais rien, fiston. Qu'est-ce qui te donne envie de partir à ce point, à toi ? Tu es toujours en train de dire que tu iras ici et là, que tu feras le tour du monde, et même que tu monteras dans la lune. Je suppose que tu ressembles plus à Stella que moi.

— Tu penses qu'elle avait pas raison de vouloir faire des films ?

— Non.

— Tu crois pas qu'elle l'a tué ?

— Non, m'sieur.

— Mais quelqu'un l'a tué.

— Tu sais, Buddy, quelquefois les gens perdent espoir, ils sont découragés, alors ils ont l'impression qu'ils peuvent plus continuer à vivre.

— Ouais, je sais. Le suicide.

Papa tapait le plancher du pied et le fauteuil se balançait en grinçant.

— C'est ça. Maintenant, dis-moi, pourquoi tu restes assis ici ? Pourquoi tu prends pas ta bicyclette et tu vas pas faire un tour au terrain de jeu, voir s'il n'y a pas quelqu'un que tu connais ?

— Je veux que tu me parles de Stella Doyle.

— Bon, si c'est ce que tu veux. Mais on va aller se chercher un Coca. J'crois pas que quelqu'un va se pointer par cette chaleur pour acheter une commode et la remorquer jusqu'à chez lui.

— Tu devrais vendre des climatiseurs, Papa. Les gens, ils en achèteraient.

— Oui, probable.

Alors, Papa m'a raconté toute l'histoire. Sa version, du moins. Il m'a dit que Stella et Hugh étaient faits l'un pour l'autre. Dès le début, ça avait paru à toute la ville aussi naturel que les quatre saisons que tant d'argent et tant de splendeur s'accordent, car seul Hugh

Doyle, avec son allure dégagée et désinvolte, était assez riche pour rivaliser avec la beauté de Stella Dora. Mais même un Hugh Doyle ne put la retenir. Il était à peine à mi-parcours de ses études supérieures à l'université d'État, où son père lui avait ordonné d'aller avant d'épouser Stella, s'il voulait avoir un foyer où l'installer, qu'elle quittait son boulot au salon de beauté Coldsteam et prenait le premier autocar pour la Californie. Elle resta six ans là-bas avant que Hugh ne craque et n'aille la chercher.

À l'époque, toutes les filles du comté découpaient les photos de Stella dans les magazines de cinéma et lisaient comment elle avait décroché sa première chance, épousé un grand metteur en scène, divorcé, épousé une grande star et comment ce mariage avait tenu encore moins longtemps que l'autre. Des photographes firent le voyage jusqu'à Thermopylae pour prendre des clichés de l'endroit où elle était née. Des gens essayèrent bien de leur dire que sa maison n'existait plus, qu'elle s'était effondrée et qu'on en avait fait du bois de chauffage, mais ils prirent en photo la maison du révérend Ballister à la place et prétendirent que Stella y avait grandi. Très vite, même les filles du coin se rendirent en pèlerinage devant la maison des Ballister, allant parfois jusqu'à voler des fleurs dans le jardin. L'année où *Fièvre,* son meilleur film, fut à l'affiche du Grand Théâtre, sur Main Street, Hugh Doyle s'envola pour Los Angeles et refit sa conquête. Il l'emmena au Mexique pour divorcer du joueur de base-ball qu'elle avait épousé après la grande star. Puis Hugh l'épousa à son tour, l'embarqua sur un paquebot transatlantique et lui fit faire le tour du monde. Deux années passèrent avant qu'ils ne reviennent à Thermopylae. Tout le comté ne parlait que de cette longue lune de miel, et le père de Hugh confia à certains de ses amis que la façon de vivre de son fils le dégoûtait.

Mais quand le couple revint par chez nous, Hugh s'occupa immédiatement des usines et réalisa de gros bénéfices. Son père confia à ces mêmes amis que les capacités de Hugh l'époustouflaient. Mais, après la mort de son père, Hugh se mit à boire et Stella l'imita. Leurs parties fines dégénérèrent. Leurs querelles firent du bruit. Les langues se délièrent. On raconta qu'il avait des maîtresses. On raconta que Stella avait été enfermée dans un sanatorium. On raconta que les Doyle se séparaient.

Et puis, un beau matin de juin, l'une des bonnes de Rougemont, en se rendant à son travail avant la grosse chaleur, trébucha sur un corps couché en travers du sentier qui menait aux écuries. C'était Hugh Doyle en tenue d'équitation. Un trou lui déchirait la tempe. Tout près de sa main gantée, la police trouva le pistolet de Stella, rendu déjà si brûlant par le soleil qu'on ne pouvait y toucher. La cuisinière témoigna que les Doyle s'étaient disputés comme chien et chat toute la soirée, la veille. Et la mère de Hugh déclara qu'il voulait divorcer, mais que Stella s'y refusait. Elle fut donc arrêtée. Elle protesta de son innocence, mais l'arme était la sienne, elle était son héritière et elle n'avait pas d'alibi. Son procès dura presque aussi longtemps que la vague de chaleur de ce mois d'août-là.

Un voisin passa en flânant devant le porche où, assis, nous fuyions la chaleur vespérale, dans l'attente d'un souffle d'air.

— Le jury délibère toujours, dit-il.

Maman le salua de la main. Puis donna de l'élan à la grande balancelle de bois vert accrochée par deux chaînes au toit du porche où elle s'était assise avec moi. Puis elle répondit à mes questions sur Stella Doyle.

— Eh oui, fit-elle, ils sont tous là à dire que Stella était particulièrement jolie. Je ne l'ai pas assez connue pour me faire une opinion.

— Mais si Papa l'aimait autant, pourquoi vous avez pas été invités dans leur maison et le reste ?

— Ton papa et elle sont allés à l'école ensemble, c'est tout. Et c'était il y a très longtemps. Les Doyle n'auraient pas invité des gens comme nous à Rougemont.

— Pourquoi pas ? La famille de Papa avait beaucoup

d'argent. C'est toi qui me l'as dit. Et Papa, aujourd'hui, il est allé trouver directement Mrs. Doyle au tribunal, devant tout le monde. Et il lui a dit : « Fais-nous savoir s'il y a quelque chose qu'on peut faire. »

Comme chaque fois qu'il était question de Papa, Maman y alla de son petit rire, gazouillis rauque d'une pigeonne sur son nid, un peu exaspérée de devoir couver aussi longtemps.

— Tu sais bien que Papa proposerait son aide à tous ceux, blancs ou noirs, qu'il imagine avoir des ennuis. C'est tout lui ; il n'y a pas de Stella Dora Doyle qui tienne. Ton papa est juste une bonne pâte. Enfonce-toi bien ça dans la tête, Buddy.

La bonté était le fonds de commerce de Papa ; ce qui lui tenait lieu d'argent ou d'ambition, et Maman nous le rappelait souvent. Maman sauvegardait en lui la gentillesse qu'elle-même n'avait jamais eu le sentiment de pouvoir se permettre. Elle, qui ne savait ni lire ni écrire, qui avait passé toutes ses journées debout dans une fabrique de cigarettes de l'âge de neuf ans jusqu'au jour de son mariage avec Papa, était une battante. Elle voulait que ses enfants aillent plus loin que Papa. Pourtant, bien des années après sa mort, elle descendait encore du grenier, jaunis et moisis, les livres de comptes où la bonté paternelle était consignée sous la forme des 75 000 dollars de factures périmées qu'il n'avait pas eu le cœur de faire payer aux gens en difficulté. Suivant de son doigt tacheté par le soleil les bruns tortillons des noms et des sommes dues, elle poussait à la fois un soupir exaspéré et ce fameux roucoulement de fierté et hochait la tête devant la folle générosité de Papa.

Par la fenêtre du salon de devant, j'entendais mes sœurs répéter au piano le thème du film *La Garçonnière*. Quelqu'un de l'autre côté de la rue donna de la lumière. Puis les chaussures de Papa résonnèrent sur le trottoir, se rapprochant un peu plus vite que d'ordinaire. Il tourna au coin de la haie, chargé du paquet au papier luisant de la boucherie dans lequel était enveloppée la viande qu'il rapportait chaque soir à la maison.

— On vient de rendre le verdict ! s'écria-t-il joyeusement. Non coupable ! Le jury l'a annoncé il y a une quarantaine de minutes. On l'a déjà raccompagnée chez elle.

Maman prit le paquet et fit asseoir Papa près d'elle sur la balancelle.

— Tiens, tiens, dit-elle. Ils l'ont relâchée.

— Elle n'aurait jamais dû passer au tribunal, pour commencer, Ada, comme j'ai pas cessé de le dire à tout le monde. Ça s'est passé comme ses avocats l'ont expliqué. Hugh est allé à Atlanta voir ce docteur, il a découvert qu'il avait le cancer et il s'est supprimé. Stella ne savait même pas qu'il était malade.

Maman lui tapota le genou.

— Non coupable. Bien, bien.

Papa eut un hoquet de dégoût.

— Tu t'imagines qu'il y a des gens dans Main Street, ce soir, qui sont fous furieux qu'on ait relâché Stella ! Adèle Simpson s'est montrée complètement outrée !

— Et ça t'étonne ? dit Maman en secouant la tête avec moi devant la naïveté de Papa.

Tandis qu'ils parlaient du procès, mes parents ne formaient plus qu'une ombre qui s'étirait sur le plancher du porche, et, dans la maison, mes sœurs jouaient à l'infini des variations de « Chopsticks », égrenant les notes transmises par les fantômes de musiciens depuis longtemps disparus.

Quelques semaines plus tard, Papa fut invité à Rougemont, et il me permit de l'accompagner ; nous emportâmes avec nous un panier de saucisses en brioche que Maman avait confectionnées pour Mrs. Doyle.

Dès que notre voiture eut franchi la large grille blanche, je découvris que l'argent pouvait même changer jusqu'au temps qu'il faisait. L'air était plus frais à Rougemont, et l'herbe plus verte que partout ailleurs dans le comté. Un Noir en costume noir nous fit entrer dans la demeure, puis nous escorta le long d'un vaste couloir aux boiseries jaune pâle jusqu'à une grande pièce, aux volets clos contre la chaleur. Stella s'y tenait dans un fauteuil presque assorti à la couleur de ses yeux. Vêtue d'un ample pantalon, elle se versait un whisky.

— Merci d'être venu, Clayton. Bonjour, toi, mon petit Buddy. J'espère que je ne t'ai pas arraché à tes affaires, au moins.

Papa éclata de rire.

— Stella, je pourrais m'absenter une semaine que je ne manquerais pas un seul client.

Cela m'embarrassa de l'entendre lui avouer comme ça son échec.

Elle me dit qu'elle était sûre que j'aimais les livres, alors peut-être que cela ne me dérangerait pas de rester là à lire tandis qu'elle m'empruntait mon papa pour un petit moment. Il y avait des étagères blanches dans la pièce, pleines de livres. Je lui dis que ça ne me dérangeait pas, alors que si, en fait ; je voulais continuer à la regarder. Malgré l'ample chemisier sali et froissé avec lequel elle tentait de dissimuler son embonpoint, malgré son visage bouffi par la chaleur, l'alcool et le chagrin, c'était une personne que vous aviez envie de regarder le plus longtemps possible.

Ils me laissèrent tout seul. Sur le piano blanc, il y avait des dizaines de photographies de Stella Doyle dans des cadres en argent. Dans un grand portrait d'elle, au-dessus de la cheminée, ses yeux si magnifiques me suivaient tandis que j'arpentais la pièce. J'examinai cette toile que le soleil barrait de plus en plus vivement jusqu'à ce qu'elle et mon père reviennent. Elle tenait un mouchoir en papier sous son nez et un nouveau verre à la main.

— Je regrette, mon petit chéri, me dit-elle. Ton papa a eu la gentillesse de m'écouter. J'avais besoin de parler à quelqu'un de ce qui m'est arrivé.

Elle m'embrassa la raie des cheveux et je sentis la tiédeur de ses lèvres.

Elle nous raccompagna le long du vaste couloir jusqu'au porche.

— Clayton, tu pardonneras à une vieille grosse pocharde de t'avoir cassé les oreilles en jacassant comme une pie.

— Mais pas du tout, Stella.

— Dire que tu n'as jamais cru que je l'avais tué, même quand tu as appris la nouvelle. Mon Dieu. Merci.

Papa lui reprit la main.

— Prends soin de toi, maintenant, lui dit-il.

Puis, elle croisa brusquement les bras et se balança d'un pied sur l'autre. Les mots jaillirent d'elle comme d'une porte ouverte par un coup de vent :

— Je pourrais lui flanquer des coups de pied au cul, à ce salopard ! Pourquoi il m'a rien dit ? S'en aller, s'en aller comme ça en se servant de *mon* revolver, et manquer de m'expédier à la chambre à gaz, l'immonde salaud, et tout ça sans me dire un seul mot !

Sa vulgarité dut choquer Papa autant que moi. Il ne jurait jamais et, surtout, n'avait jamais entendu une femme jurer. Mais il se contenta de hocher de la tête et de dire :

— Eh bien, au revoir, Stella, probable qu'on se reverra plus jamais.

— Seigneur, Clayton, je reviendrai. Le monde est tellement petit, bon Dieu.

Elle se tenait là-haut, sous le porche, des larmes brouillant ses yeux violets que les magazines de cinéma avaient tant adoré vanter. Une piqûre de moustique rougissait sa joue comme la marque d'une gifle. Appuyée à une grosse colonne blanche, elle nous fit au revoir de la main tandis que notre voiture s'éloignait dans la chaleur et la poussière. Dans son verre, les glaçons lançaient des éclats de diamant.

Papa avait raison : ils ne se revirent jamais. Le diabète lui ôta l'usage de ses jambes, mais il n'était jamais allé bien loin, même avant ça. Et ensuite, on ne le rencontra plus qu'à deux endroits — la maison et le magasin, où il s'asseyait dans son grand rocking-chair en bois, les mains posées paisiblement sur les accoudoirs, parlant à qui passait par là.

Moi, je la revis, Stella Doyle ; la première fois, ce fut en Belgique, douze ans plus tard. Moi, j'ai voyagé plus loin que Papa.

À Bruges, de petits restaurants s'accoudent avec élégance au-dessus des canaux pour regarder passer les bateaux de plaisance. Stella Doyle était attablée ce soir-là au creux de l'un de ces coudes, près de la rambarde dont le reflet s'incurvait dans l'eau. Elle était seule lorsque je l'aperçus. Elle se leva, se pencha par-dessus la balustrade et fit glisser les glaçons de son verre dans le canal. J'étais, moi, dans une vedette bondée de touristes, et je passais juste en dessous. Elle nous salua de la main et nous lui rendîmes son salut. Bien des années s'étaient écoulées depuis la sortie de son dernier film, et il est probable qu'elle ne nous salua que par réflexe. Aux yeux des touristes, la silhouette blanche de Stella se détachant sur l'obscurité n'était qu'un instantané de Bruges parmi d'autres. Pour moi, elle était toute la mémoire de ma ville natale. Je tendis le cou pour regarder en arrière aussi longtemps que je le pus et sautai du bateau dès l'arrêt suivant.

Quand je retrouvai le restaurant, elle était en train de hurler après un jeune homme très bien habillé qui, penché en travers de la table, essayait de la calmer en français. Apparemment, ils se querellaient à cause de son arrivée tardive. Soudain, elle le frappa et son diamant étincela contre le visage du jeune homme qui brassa l'air avec de grands gestes de colère, avant de se détourner et de quitter la place, une serviette blanche appliquée contre la joue. Ce que je venais de voir m'intimida beaucoup — le jeune homme était à peine plus âgé que moi. Je demeurai incapable d'articuler un mot jusqu'à ce que sa façon de me dévisager ne me précipite en avant.

— Mrs. Doyle ? lui dis-je. Buddy Hayes. J'étais venu vous voir une fois à Rougemont avec mon père, Clayton Hayes. Vous m'aviez permis de regarder vos livres.

Elle se carra dans son siège et se versa un verre de vin.

— Ce petit garçon, c'était vous ? Dieu tout-puissant, quel âge ai-je donc ? Cent ans ?

Le vin déchaîna son rire.

— Un autre exilé de l'Argile rouge, comme moi. Qui l'eût cru ? Asseyez-vous donc. Quel bon vent vous amène ?

Je lui dis, de mon air le plus détaché, que je voyageais grâce à l'argent d'un prix de journalisme universitaire. J'avais écrit un article sur un procès criminel.

— Le mien ? demanda-t-elle, avant d'éclater de rire.

Un serveur, replet et congestionné dans son habit noir, se précipita à ses côtés au petit trot. Il secoua la tête en voyant que personne n'avait touché aux plats.

— Votre ami est parti, Madame ?

— Je l'y ai aidé, monsieur. Il se trouve que ce n'était pas un ami.

Le serveur regarda la truite dans son assiette d'un œil triste et réprobateur.

— Et si vous m'apportiez une autre bouteille de ce vin dans un grand seau plein de glace ? lui suggéra Stella.

Le serveur, qui ne cessait de claquer ses mains grassouillettes à hauteur de sa tête, nous invita à rentrer.

— *Les moustiques, Madame*[1] *!*

— Laissez-les donc piquer en paix, dit-elle.

Le serveur s'éloigna, l'air chagrin. Elle avait minci et était vêtue avec beaucoup de chic. Ses mains et sa gorge s'étaient fanées, mais ni ses yeux ni sa chevelure d'or rouge n'avaient changé. Elle était toujours la plus belle femme que Dieu avait créée de mon temps, celle dont mon père m'avait dit que tout homme qui ne l'avait pas désirée risquait de regretter d'être passé à côté de la vie, celle pour l'honneur de qui mon père avait bravé la ville entière de Thermopylae. À cause de Papa, j'avais grandi en rêvant que je me battais pour défendre l'honneur de Stella Doyle ; j'avais tourné à ses côtés dans une dizaine de ses films : j'éblouissais les jurés ; je guérissais Hugh Doyle tout en dissimulant noblement mon amour pour sa femme. Et à présent, je buvais du vin avec elle sur une terrasse, à Bruges : moi, le premier Hayes à avoir décroché un prix de journalisme, à avoir mis les pieds à l'univer-

1. En français dans le texte original.

sité. Voilà que je tenais compagnie à une star de cinéma.

Elle termina sa cigarette, la jeta dans le canal où elle tomba en tournoyant dans l'obscurité.

— Tu lui ressembles, dit-elle. À ton papa. Désolée d'apprendre qu'il souffre du diabète.

— Je lui ressemble peut-être, mais je ne pense pas comme lui, dis-je.

Elle retourna la bouteille dans le seau à glace.

— Tu veux conquérir le monde, dit-elle. Eh bien, à l'assaut, mon chou !

— Mon père ne comprend pas ça.

— C'est un homme bon, me répondit-elle.

Elle se leva avec lenteur.

— Et je suis sûre que Clayton aimerait que je te raccompagne à ton hôtel.

Les ailes de sa Mercedes étaient toutes cabossées.

— Quand j'ai bu quelques verres, il faut que je mette une voiture mastoc entre moi et le reste de ce monde absurde.

La grosse voiture fonçait dans la rue blanche de lune.

— Tu sais quoi, Buddy ? C'est Hugh Doyle qui m'a offert ma première Mercedes, un matin, à Paris. Au petit déjeuner. Il tenait ces saletés de clés à la main comme une jonquille qu'il aurait cueillie dans le jardin. C'est lui aussi qui m'a donné cette *chose.*

Elle agita le doigt où brillait l'énorme diamant.

— J'ai retrouvé ce truc attaché à mon gros orteil, un matin de Noël !

Et elle sourit aux étoiles, comme si Hugh Doyle était là-haut, occupé à accrocher des diamants à leurs branches.

— Il avait un si beau sourire, Buddy. Mais c'était un vrai fils de pute.

La voiture s'arrêta avec un cahot en montant sur le trottoir, devant le petit hôtel.

— Ne rate pas ton train, demain, dit-elle. Et écoute-moi bien : ne rentre pas là-bas, file sur Rome.

— Je ne suis pas sûr d'avoir le temps.

— Prends-le, dit-elle en me fixant. Prends ton temps, c'est tout. N'aie pas peur, mon petit chéri.

Elle glissa alors la main dans la poche de ma veste et la lune nimba ses cheveux ; mon cœur s'affola, paniqué, cognant contre ma chemise à l'idée qu'elle pourrait m'embrasser. Mais elle retira sa main, se contentant de dire :

— Salue Clayton pour moi à ton retour là-bas, tu veux bien ? Même s'il a perdu l'usage de ses jambes, ton papa a de la chance, tu sais ça ?

— Je ne vois pas en quoi, dis-je.

— Oh, moi non plus, je ne le voyais pas, quand j'avais ton âge, jusqu'au jour où ma salope de belle-famille a essayé de m'envoyer à la chambre à gaz. Allez, va te coucher. Adieu, Argile rouge.

Elle s'éloigna dans sa voiture argentée. Dans ma poche, je découvris une grosse liasse de billets français, de quoi pousser jusqu'à Rome, et un petit écrin enrubanné, cadeau dont elle avait décidé de priver, sans nul doute, le jeune homme en colère au beau costume, qui était arrivé trop tard. Sur du velours noir reposait une montre-bracelet d'homme en or rouge.

C'est une montre de toute beauté et elle me donne encore l'heure.

Je ne rentrai à Thermopylae que pour assister aux funérailles. La canicule était à son comble quand Papa mourut dans le lit d'hôpital qu'on avait dressé, dans leur chambre, près du grand lit à baldaquin. Au bord de sa tombe, l'argile rouge avait déjà séché, en mottes ternes, couleur poussière, quand nous la jetâmes sur lui, chacun de ses amis se relayant à la pelle. Les pétales des roses tombaient mollement sur la terre rouge, flétris comme la foule rassemblée devant la tombe, pendant que le révérend Ballister nous répétait que Clayton Hayes avait été « un homme bon ». Derrière un groupe de parents de Maman, j'aperçus une femme en noir qui se détournait et allait rejoindre sa voiture, au bas de la pente herbeuse. Une Mercedes.

Après la cérémonie, j'allai faire un tour en voiture, mais impossible d'échapper au souvenir de Papa dans le comté de Devereux. Le pompiste m'énuméra ses qualités en nettoyant le pare-brise. La femme qui me vendit une bouteille de bourbon me raconta qu'elle lui devait deux cent quinze dollars depuis 1944 et qu'il avait tout oublié quand elle avait fini par le régler en 1966. Je roulai sur la route le long de laquelle les fondations de masures à toit de tôle étaient recouvertes à présent par les parkings de mini-centres commerciaux ; quelque part sous l'asphalte se trouvait l'endroit ou Stella Doyle était née. Stella Dora Hibble, le premier amour de Papa.

Au-delà des grilles blanches, la pelouse de Rougemont était aussi calcinée que le reste du comté. La peinture blanche des imposantes colonnes cloquait et s'écaillait. J'attendis très longtemps avant que le vieux Noir que j'avais vu vingt ans auparavant n'ouvre la porte, irrité.

Je l'entendis hurler dans le couloir plein d'ombre :

— Jonas ! Laisse-le entrer.

Sur les étagères blanches, les livres étaient les mêmes ; et les photos sur le piano, d'une jeunesse inaltérable. Elle fronça le sourcil de si étrange façon quand je pénétrai dans la pièce que je crus qu'elle attendait quelqu'un d'autre et ne m'avait pas reconnu.

— C'est moi, Buddy Hayes, le fils de...

— Je sais.

— Je vous ai vue quitter le cimetière...

— Je sais.

Je lui montrai la bouteille.

Nous avons fini ensemble le bourbon en souvenir de Papa. Les persiennes, tout en repoussant le soleil, dissimulaient les verres sales éparpillés par terre, dissimulaient Stella Doyle dans son fauteuil lilas. Des brûlures de cigarette balafraient les accoudoirs, avaient laissé des marques sur le plancher en chêne. Dans son dos, le grand portrait dénonçait le Temps pour le salaud impitoyable qu'il est. Elle avait les cheveux coupés court et gris. Seule la couleur de ses yeux restait inchangée ; ils étaient toujours aussi magnifiques dans son visage boursouflé.

— Je suis venu vous apporter quelque chose.

— Quoi ?

Je lui tendis la mince enveloppe jaunie que j'avais trouvée dans le bureau de Papa, rangée parmi ses papiers personnels. L'adresse, écrite au crayon en cursive soignée, portait simplement « Clayton ». Elle contenait l'une de ces cartes bébêtes de la Saint-Valentin. Betty Boop, gobant des bonbons de sa bouche boudeuse, s'exclamait : « Miam, avec moi aussi, c'est bon... bon. » C'était puéril et tendancieux à la fois, et la signature, une trace de rouge à lèvres brunie par le temps, côtoyait le prénom « Stella », entouré d'un cœur.

— Il a dû conserver ça depuis le lycée, dis-je.

Elle approuva d'un signe de tête.

— Clayton était un homme bon.

Sa cigarette tomba du cendrier sur le sol. Comme je me baissais pour la ramasser, elle me dit :

— C'est une chance d'être bon ; comme d'être riche, comme d'être beau. Clayton a eu de la chance sur ce plan-là.

Elle se dirigea vers le piano et prit de la glace dans le seau qui y était posé, elle se frotta la nuque avec un glaçon avant de le laisser tomber dans son verre. Elle se retourna, les yeux embués, comme des étoiles lilas.

— Ceux d'Hollywood, tu sais, ils m'ont dit : « *Hibble !?* C'est quoi ce nom de plouc, on ne peut pas s'en servir ! » Alors, je leur ai fait : « Eh bien, servez-vous de Doyle. » Tu vois, j'ai pris le nom de Hugh des années avant qu'il vienne me chercher là-bas. Parce que je savais qu'un jour il viendrait... Le jour où j'ai quitté Thermopylae, il a pas arrêté de me crier : « Tu peux pas avoir les deux à la fois ! » Il a pas arrêté de crier ça pendant que le car démarrait. « Tu peux pas m'avoir, moi, et ça à la fois ! » Il voulait m'arracher le cœur parce que je partais, parce que je *voulais* partir.

Stella longea la courbe du piano blanc jusqu'à une photo de Hugh Doyle, chemise blanche à col ouvert, souriant en plein soleil.

— Mais j'ai pu avoir les deux. Car les deux choses que je *devais* avoir dans ce tout petit monde, c'étaient, un, le rôle principal d'un film intitulé *Fièvre*, et deux, Hugh Doyle.

Elle remit la photo soigneusement en place.

— Je n'ai rien su de son cancer jusqu'à ce que mes avocats découvrent qu'il était allé consulter un médecin à Atlanta. Alors, ç'a été très facile de convaincre les jurés qu'il s'était suicidé. Enfin, pas si facile que ça, ajouta-t-elle en me souriant. Mais on les a retournés en ma faveur. Je crois bien que ton papa est le seul homme de la ville à n'avoir jamais pensé que j'étais coupable.

Je mis un certain moment à comprendre.

— Eh bien, en tout cas, il m'a convaincu, moi, dis-je.

— Je suppose qu'il a dû en convaincre bien d'autres. Tout le monde avait une si haute opinion de Clayton.

— Vous avez tué votre mari.

Nous échangeâmes un regard.

— Mais pourquoi ? fis-je en secouant la tête.

Elle haussa les épaules.

— On s'est disputés, on était soûls, il couchait avec cette putain de bonne. J'ai perdu la tête. Plein de raisons, pas de raison. En tout cas, je n'avais rien prémédité.

— Et vous n'avez rien avoué non plus.

— Ça aurait servi à quoi ? Hugh était mort. Je n'allais pas laisser sa mal-baisée de mère me pousser dans la chambre à gaz et empocher le fric.

— Bon Dieu, fis-je en hochant la tête. Et vous n'avez jamais eu un seul jour de remords, hein ?

Elle rejeta la tête en arrière et se massa le cou. Le soleil filtré par les persiennes s'étirait sur le plancher, et la lumière du soir nimbait Stella Doyle d'un léger flou cinématographique : elle redevenait la star du portrait.

— Ah, ne crois pas ça, mon lapin, dit-elle.

Le calme régnait dans la pièce. Je me levai et lâchai la bouteille vide dans la corbeille à papier.

— Papa m'a raconté combien il était amoureux de vous, dis-je.

Son rire affectueux s'éleva dans la pénombre :

— Oui, et je suppose que pour moi aussi, avec lui, c'était... « pou-pou-pi-dou ».

— Ouais, d'après Papa, aucun homme ne pouvait se vanter d'avoir vécu si, en vous voyant, il n'avait pas éprouvé ça. Je voulais simplement vous dire que, maintenant, je sais de quoi il parlait.

Et je levai la main en signe d'adieu.

— Approche, me dit-elle.

J'allai jusqu'à son fauteuil, elle leva le bras, attira ma tête vers la sienne et m'embrassa longuement à pleine bouche.

— Adieu, Buddy.

Elle passa lentement sa main sur mon visage. L'énorme diamant rayonnait.

La nouvelle tomba sur les téléscripteurs. Les tabloïds s'en amusèrent quelques jours en dernière page. Ils avaient des photos. Ils exhumèrent celles du procès Hugh Doyle qu'ils juxtaposèrent à d'anciens portraits « sur papier glacé » du studio. La mort tragique d'une vieille star de cinéma valait bien qu'on envoie une équipe à Thermopylae, Caroline du Nord, filmer les ruines noircies de ce qui avait été autrefois Rougemont. Plus un plan de la chapelle ardente et des fleurs sur le cercueil.

Ma sœur me téléphona qu'il y avait même eu foule pour écouter les conclusions de l'enquête du coroner au tribunal. Il fut établi que Stella Doyle était morte dans son sommeil, une cigarette ayant mis le feu à son matelas. Mais une rumeur commença à circuler d'après laquelle on aurait retrouvé son corps au pied des escaliers, comme si elle avait fait une chute en cherchant à échapper à l'incendie. On raconta qu'elle était soûle. On l'enterra auprès de Hugh Doyle dans le caveau familial, tombeau le plus ostentatoire du cimetière méthodiste, pas très loin de la sépulture de mes parents. Peu de temps après sa mort, une chaîne câblée consacra une soirée à ses films. Je n'allai pas me coucher, histoire de revoir *Fièvre*, une fois encore.

— Buddy, me dit ma femme, excuse-moi, mais j'ai jamais vu un nanar pareil. C'est bien cette histoire à l'eau de rose où une pute sacrifie ses bijoux et achète le médicament qui vaincra l'épidémie, puis meurt pour payer ses erreurs passées et alors toute la ville s'aperçoit que c'était une sainte, non ?

— Oui.

Elle s'assit pour en regarder un passage.

— Tu sais, c'est bizarre, j'arrive pas à trancher : est-ce qu'elle est nulle à chier ou carrément géniale comme actrice ?

— En fait, fis-je, je crois qu'elle était bien meilleure actrice qu'on ne l'a dit.

Ma femme alla se coucher, mais moi, je restai là à regarder plus avant dans la nuit. Je m'étais installé dans le vieux rocking-chair de Papa que j'avais fait suivre dans le Nord, après sa mort. À l'aube, j'éteignis enfin le poste et le visage de Stella fila comme une étoile, puis disparut. L'image était mauvaise, l'écran trop petit. En outre, comme le dernier film était en noir et blanc, je n'avais pas retrouvé dans ses yeux le souvenir du choc de leur couleur, la première fois qu'elle les avait posés sur moi par cette chaude journée du mois d'août de mes dix ans, quand, au bas des marches du tribunal, mon père avait fendu la foule pour aller lui serrer la main et qu'elle avait levé ses yeux lilas vers lui, lui dont le canotier resplendissait sous le soleil d'été comme le casque d'un preux chevalier.

Traduit par Yves Sarda

BOBBIE ANN MASON

Les jeunes détectives de sexe féminin sont censées percer des secrets, *non les garder pour elles-mêmes. Personne n'est mieux qualifié pour le savoir qu'Alice Roy*[1], *à qui ses exploits à travers greniers et maisons en ruine ont si souvent permis de l'emporter sur de sinistres malfaiteurs. Mais qu'arrive-t-il lorsque l'univers même d'Alice — River City, qui existe en dehors des pages méticuleusement élaborées de feuilletons qu'ont lus avec bonheur plusieurs générations de femmes — commence à se déliter? Visiblement, les méthodes d'Alice, qui démontrèrent leur efficacité contre des forces du mal, ne sont d'aucune utilité pour la protéger du changement et du déclin, voire du réformisme.*

Qui est Draco S. Wren? Et pourquoi nous semble-t-il si mystérieusement familier? Dans cette gentille parodie de la célèbre romancière, Bobbie Ann Mason, dont le premier ouvrage publié fut une étude sur les jeunes détectives américaines, The Girls Sleuths, *Alice se laisse prendre au piège de son propre mythe et doit finalement admettre que les crimes passionnels ne sont pas forcément faciles à résoudre.*

Auteur favori d'Elmore Leonard, Bobbie Ann Mason

1. Alice Roy, intrépide détective de la série des « Alice » de Caroline Quine, alias Carolyn Keen, pseudonyme masquant un pool d'écrivains américains qui créèrent au début des années trente la célèbre « Nancy Drew » dont le nom est devenu Alice dans la traduction française pour des générations de jeunes lecteurs qui ont lu ses aventures dans la Bibliothèque verte *(N.d.T.)*.

a remporté de nombreux prix littéraires pour ses descriptions pénétrantes de la vie dans le sud des États-Unis, notamment dans son best-seller In Country *(en français* Retour au pays*).*

Alice Roy se souvient
(une parodie)

« Je vais rédiger mes mémoires, déclara Alice Roy. Cela fera taire toutes ces méchantes rumeurs. »

De son point de vue, elle était restée la blonde et jolie détective qu'elle avait toujours été, mais tout le monde ne partageait pas cet avis. Des réflexions surprises par hasard l'avaient troublée, et sa réputation à River City avait décliné depuis que Draco S. Wren était venu s'installer chez elle. Alice savait qu'elle devait une explication à son public. De plus, ses cheveux n'étaient plus vraiment blonds.

Je commencerai par ce qui fut le tournant de ma carrière, pensa-t-elle. Les années ont passé depuis, mais je m'en souviens aussi précisément que du pique-nique où Bess a été empoisonnée par de la tarte aux poires.

Elle s'assit à son bureau de chêne à tiroir secret où elle rangeait ses pièces à conviction, et commença à écrire le récit des événements survenus longtemps auparavant, alors qu'elle n'avait que trente-neuf ans, et un teint sans défaut.

Un agréable moment à l'heure du thé

Alice Roy se sentait à la fois troublée et abattue pour la première fois de sa carrière (n'étant pas certaine de vouloir signer sa confession, elle avait décidé d'utiliser la troisième personne), bien que dans ses livres elle triomphât toujours aussi facilement du mal. Les voleurs portaient des chapeaux rabattus sur leurs yeux et se comportaient avec une vulgarité qui permettait rapidement de les reconnaître. Mais depuis peu, il semblait que son auteur s'écartât des scénarios habituels. En relisant quelques-unes des histoires dont elle était l'héroïne, Alice se prit à regretter certaines de ses anciennes aventures.

— *Alice et le Talisman d'ivoire*, par exemple. Voilà une affaire que je qualifierais d'intéressante.

Alice avait vu son petit cabriolet bleu vif remplacé par une grosse décapotable, et elle prenait aujourd'hui l'avion vers d'improbables destinations. « J'étais tellement mieux dans le bon vieux temps, soupira-t-elle. Mes meilleures histoires se passaient à quelques heures de voiture de River City. » Elle regrettait son cabriolet bleu. Elle eût préféré résoudre une énigme comme *Alice et le Pigeon voyageur* plutôt que celle qui l'occupait à présent.

Alice était installée près d'une joyeuse flambée dans un élégant salon. C'était un après-midi pluvieux, et elle était seule. Sarah Berny, sa fidèle domestique, avait été appelée auprès de sa sœur malade. Chose fréquente dans les livres, également. Alice exécutait une tapisserie au petit point, représentant une amphibie arctique, mais soudain elle jeta son ouvrage dans sa corbeille.

— Rien à faire, murmura-t-elle. Je ne trouverai pas de repos avant d'avoir découvert la solution de ce mystère ! Même s'il n'y a pas de meurtre dans mes livres, il faudra que j'affronte la vérité un jour ou l'autre : mon père a été assassiné !

Elle décida de téléphoner à Bess Taylor, devenue Mme Ned Nickerson, mère un peu grassouillette de quatre enfants.

— Oh, bonjour, Alice ! répondit Bess d'un ton joyeux. Je suis contente de t'entendre. River City n'est plus la paisible bourgade que nous avons connue. Nous nous voyons de plus en plus rarement.

— Bess, j'ai besoin de toi, fit vivement Alice.

— Oh, Alice, je te reconnais bien là ! Y aurait-il un autre mystère dans l'air ?

— Il m'arrive quelque chose dont j'aimerais t'entretenir. C'est peut-être l'énigme la plus difficile à résoudre de ma carrière !

À sa manière à la fois gentille et persuasive, si bien décrite dans des douzaines de ses enquêtes, Alice arracha rapidement à Bess la promesse de faire appel à une baby-sitter et de venir la rejoindre en voiture depuis Seascape Towers, le quartier de River City où elle résidait.

Alice prit dans la bibliothèque son exemplaire usagé d'*Alice et le Violon tzigane.* Elle se rappelait avoir pique-niqué avec Ned Nickerson dans ce livre. Ned avait été l'un de ses fervents admirateurs, mais, tout compte fait, il avait préféré la cuisine de Bess. Il l'avait épousée en sortant de l'université d'Emerson. Il était aujourd'hui entraîneur d'une équipe de football, et Alice était restée une bonne amie du couple. Elle n'était pas rancunière de nature.

Alice était alors la plus jolie et la plus populaire des jeunes filles de River City, mais également la plus indépendante et la plus intrépide. Elle avait perdu sa mère très jeune et avait dû s'occuper seule de la maison, comme le rapportaient fidèlement ses romans. Et Alice menait à bien tout ce qu'elle entreprenait : poser une nouvelle clôture, réparer le poste de radio, rédiger une analyse grammaticale, dépouiller un lapin, faire de la dentelle. Elle avait les meilleures notes et les plus jolis ongles de la classe. Elle aurait été chef des majorettes si elle avait consacré moins de temps à ses enquêtes policières.

Mais du jour où je me suis lancée sur la piste de ce réseau d'étudiantes malhonnêtes, tout a changé, se rappela-t-elle. Elle se prépara une tasse de thé et entreprit d'examiner un igloo miniature en ivoire posé sur la table à côté d'elle. Elle appuya par mégarde sur un ressort caché et vit surgir de l'igloo — comme un coucou d'une pendule — un petit bonhomme au visage dénué d'expression, revêtu d'une parka blanche. Il serrait dans sa main droite un minuscule harpon qui pendait au bout d'une ficelle. Alice était si nerveuse — chose surprenante de sa part — qu'elle faillit renverser son thé et, comme elle replaçait la tasse dans la soucoupe, le petit harpon échappa à la figurine et lui piqua le dos de la main.

Là, mes lecteurs habituels présumeraient que j'ai été empoisonnée, se dit-elle en riant, replaçant délicatement le harpon dans la main du chasseur. Cependant, elle s'assoupit immédiatement et fut réveillée deux heures plus tard par Bess Nickerson qui sonnait à la porte.

— Que t'est-il arrivé, Alice ? On dirait que tu as été droguée. Bess portait une parka à col de fourrure, la grande mode à River City cette saison-là. Est-ce que je t'ai réveillée ?

— En effet, j'ai probablement été droguée. Alice était tellement accoutumée à ce genre de péripéties qu'elle n'y attacha pas d'importance. Voici le coupable, dit-elle en désignant le chasseur dans son igloo. Il me rappelle la figurine du soldat sudiste qui m'avait piquée dans le manoir de la vieille Mme Struthers.

— Mon Dieu, Alice, nous avons eu tellement peur que tu ne te réveilles pas ! Et j'ai cru que ton père allait mourir ! gémit Bess, avec son ton pleurnichard d'autrefois.

— C'est ce qui est arrivé, dit Alice d'un air sombre.

— Oh, pardonne-moi. Ce n'est pas ce que je voulais dire.

Alice avait été l'assistante de James Roy, sa confidente, sa petite princesse blonde. C'était elle qui choisissait ses cravates et ses pochettes, organisait ses rendez-vous. Il lui confiait ses cas les plus épineux. Pour oublier son chagrin après son décès, Alice s'était lancée dans diverses occupations à but charitable. Elle avait gagné le concours de pâtisserie de River City et une coupe d'argent dans un tournoi de bowling. Pendant une semaine, elle avait tenu le rôle principal d'une pièce de théâtre, remplaçant au pied levé la vedette tombée brusquement malade. Alice avait appris son rôle en un après-midi. Elle avait de la même façon remplacé une trapéziste dans un cirque de passage en ville. Mais aucun de ces passe-temps ne la satisfaisait. Récemment, elle avait ressorti son insigne d'argent et décidé de reprendre ses activités de détective avec une énergie nouvelle.

— Pourquoi ne pas nous asseoir et bavarder un peu ? dit Bess. Mais laisse-moi d'abord ôter ma parka, elle est trempée.

Alice alla accrocher la parka au portemanteau de l'entrée, et elles s'installèrent dans le petit salon, où les souvenirs des énigmes policières résolues par Alice étaient exposés sur la cheminée — la vieille horloge, l'urne de Turnbull, la clochette de Paul Revere, le camée de famille et plusieurs peaux de vison aux reflets soyeux. Cette pièce avait vu l'échange de nombreuses confidences entre James Roy et ses clients, entre le père et la fille. Sarah Berny y avait servi quantité de chocolats et de petits gâteaux faits maison.

Alice alla droit au but :

— Bess, j'ai de bonnes raisons de croire que mon père a été assassiné.

— Alice ! Bess semblait bouleversée. Je croyais que tu avais abandonné tes enquêtes policières !

— Résoudre des énigmes est ma destinée. Et celle-ci va m'entraîner sur un terrain inconnu et dangereux.

— Alice, fit Bess avec chaleur, je pense que tu te tourmentes trop au sujet de la disparition de ton père. Ce n'est pas bon pour toi. En outre, comme tu le dis toi-même, cela peut être dangereux.

— Tu sais ce que représentait mon père pour moi. Il a été à l'origine de ma carrière précoce — de la gloire que j'en ai retirée, moi, la brillante détective marchant sur ses traces. C'est lui qui a fixé les règles que je me suis imposées à moi-même, et la renommée que j'en ai acquise m'a poussée à continuer. Je ne peux pas tout laisser tomber maintenant, Bess. Je ne peux pas décevoir mon public, ni moi-même, ni la mémoire de mon cher père.

— Je comprends ce que tu ressens, dit Bess.

— Et je dois affronter aujourd'hui le cas le plus épineux que j'aie jamais eu à résoudre. C'est une affaire qui concerne ma naissance.

— Ta naissance ! s'exclama Bess, les yeux écarquillés.

— Tu sais que je n'ai pas connu ma mère, poursuivit Alice.

— Tu avais trois ans lorsqu'elle est morte. C'est dans tous tes livres.

— Je n'ai pourtant aucun souvenir d'elle. Mon père m'a raconté très peu de choses à son sujet. Il restait toujours évasif. Et si elle était toujours en vie ? Si mon passé contenait un terrible secret ? Ma mère a peut-être été assassinée ou kidnappée. Tout est possible. Et mon père aurait voulu me le cacher. On pourrait y voir un rapport direct avec le mystère qui entoure aujourd'hui sa mort.

— Ainsi, tu crois qu'il a été assassiné. Bess frissonna. Oh, Alice !

— Exactement. Et en voici le premier indice.

L'air stupéfait, Bess contempla l'igloo d'ivoire.

— Où as-tu trouvé ce truc ?

— Il est arrivé par paquet postal le jour de la mort de mon père. Sans adresse d'expéditeur. Juste une étiquette sur l'igloo : « Nome, Alaska ».

Alice sortit l'emballage du tiroir secret de son bureau. Le nom et l'adresse de James Roy y étaient inscrits en lettres capitales. Alice avait examiné le paquet avec une loupe sans y trouver le moindre indice.

— Quel lien fais-tu entre ce paquet et la mort de ton père ?

— Je l'ignore. Vois-tu, il était posé à côté de lui lorsque je l'ai trouvé, mort, affalé dans le siège que tu occupes en ce moment — à cet endroit même, Bess. Je n'ai prêté attention à cette figurine que longtemps après, et j'étais trop bouleversée alors pour imaginer une relation quelconque.

Alice montra à Bess la façon dont le chasseur de baleines rentrait et sortait de l'igloo tel un coucou d'une pendule. Bess lui fit remarquer une goutte de liquide qui perlait à l'extrémité du harpon.

— Un léger narcotique, sans plus, dit Alice en détournant la tête. Mais mon père n'a peut-être pas survécu à une drogue de ce genre. Ou peut-être est-il mort sous le choc — frappé d'horreur ! L'igloo lui a peut-être rappelé quelque chose. Les médecins ont diagnostiqué une crise cardiaque. Un verdict plutôt vague.

— Vas-tu en parler à la police ?

— Non, pas pour le moment.

Danny Crew, le commissaire de police qui avait succédé à son vieil ami Michigan, était peu enclin à écouter les détectives de sexe féminin, quels que soient leur âge ou leur réputation, et quel que soit le tirage de leurs livres.

— J'aurais dû m'en douter, marmonna Bess.

— C'est plus complexe qu'une simple affaire relevant de la police. C'est une histoire personnelle. Avec une dimension philosophique, dirais-je.

Bess sortit son tricot et se prépara à écouter son amie. Elle n'avait jamais vu Alice aborder une affaire sous un angle aussi étrange.

— Bess, tu n'ignores pas que depuis quelques années mes romans ne sont plus fidèles à la réalité de mes exploits. Tu sais aussi que tu figures de moins en moins à mes côtés.

— En réalité, avec les enfants, je n'ai plus guère le temps d'explorer les grottes ou de faire la chasse aux bandits.

— C'est vrai. Il faut avouer que dans mes premiers romans tu t'occupais davantage de servir les rafraîchissements que de résoudre une énigme, et je ne m'attendais pas à ce que tu restes éternellement mêlée à mes aventures. En fait, je dois t'avouer qu'on ne me consulte plus guère à leur propos. Elles sont devenues de la pure fiction, écrites à la manière de mes premières histoires. Les droits d'auteur ont été conséquents, c'est indéniable, mais je les ai pas réellement mérités.

Au début, s'aidant de coupures de presse et d'anciennes pièces à conviction qu'elle avait accumulées, Alice avait fait le récit de ses exploits d'adolescente à l'écrivain qui les avait scrupuleusement reproduits sans l'interrompre. Puis les choses s'étaient peu à peu modifiées. Les criminels n'avouaient plus jamais du premier coup, et les héritières l'invitaient rarement à prendre le thé dans leurs manoirs. Aux yeux d'Alice, les *Hardy Boys* avaient hérité des aventures les plus passionnantes.

— Qu'est-ce qu'une énigme, Bess ? demanda-t-elle après un long silence durant lequel Bess eut le temps de tricoter quatre-vingt-dix-neuf points.

— Tu as toujours dit que c'était un concours de circonstances inexpliquées.

Dans l'une de ses histoires, Alice avait fait la connaissance d'une certaine Mme Owen, et trouvé en rentrant chez elle quelques instants plus tard son père en conversation avec un certain M. Owen. À sa vue, Alice avait immédiatement imaginé qu'il s'agissait d'un couple tragiquement séparé. M. Owen avait l'air profondément attristé d'un homme qui vient de perdre sa femme. Et pour finir, le couple s'était réconcilié grâce à Alice Roy, qui savait tirer le meilleur parti des coïncidences. Ces coïncidences, qui formaient pour elle l'élément passionnant d'un mystère, lui procuraient toujours un frisson d'excitation.

— Tu as raison, Bess, dit-elle, se souvenant de M. et Mme Owen. Mais toutes les coïncidences sont-elles des mystères ?

— Je ne le pense pas, Alice. Es-tu en train de suggérer qu'il vaudrait mieux ne pas réveiller ce mystère-là ?

— C'est une suggestion.

— Naturellement, je pense que le mieux est de laisser les choses comme elles sont. C'est généralement mon point de vue

— Oh, Bess, tu ne comprends pas ! Le vrai mystère est de savoir pour quelle raison mon instinct de détective s'est envolé. C'est pourquoi tous mes espoirs reposent sur cette nouvelle affaire — en dépit de son aspect bouleversant. Elle enfouit son visage dans ses mains. Je vieillis, murmura-t-elle. Je n'ai jamais voulu l'admettre, je monte dans ma décapotable bleue, vêtue de ma robe bleue, et je me lance sur la piste des énigmes, bravant tous les dangers. Mais rien ne se déroule comme prévu. Tout est si confus. Oh, Bess, mes aventures sont banales, sans panache. Aujourd'hui, les gangsters ne se lancent plus à la poursuite de ma décapotable. Tout était différent à l'époque du cabriolet.

— Ne te tourmente pas ainsi, Alice.

— J'ai relu mes livres récemment, m'efforçant de trouver la réponse à mes questions. Ils démontrent clairement certaines choses. En premier lieu, que je me sentais toujours vidée et déprimée à la fin de chaque enquête parce que je n'avais pas encore mis en chantier la suivante. Sans énigme à résoudre, je n'existais pas. C'est le sentiment que j'éprouve depuis des années — depuis que je n'ai plus à relever le défi d'un bon vieux mystère à l'ancienne mode. J'ai cherché au fil des pages des indices susceptibles d'éclairer la mort de mon père. Peut-être y a-t-il eu dès le début une conspiration, un complot dont le but était de me détourner l'esprit en me fournissant un semblant de solution.

Bess, que les interrogations obscures d'Alice mettaient mal à l'aise, revint à la question initiale.

— Qu'as-tu appris d'autre au sujet de la disparition prématurée de ton père ? s'enquit-elle avec tact.

— Il y a cet igloo d'ivoire et le nom mystérieux de Draco S. Wren.

— C'est curieux — on dirait un nom de code. Ou de vampire. De qui s'agit-il.

— Un client de mon père. Papa s'occupait de ses affaires lorsqu'il est mort.

— Que sais-tu de lui ?

— Il vit en Alaska.

— Oh, crois-tu qu'il ait quelque chose à voir avec ce chasseur d'ivoire ?

Bess effleura imprudemment du doigt la figurine, et elle se serait piquée si Alice ne l'avait retenue à temps.

— Son nom apparaissant dans le fichier des affaires en cours, je le considère comme un client, dit Alice. Mais l'inverse est possible, car les relevés bancaires de papa révèlent l'existence de plusieurs chèques importants établis à l'ordre de Draco S. Wren — un total de plus de quatre mille dollars pour cette seule année !

— Alice, cela ressemble à du chantage !

— S'il s'agissait d'une aventure classique de la jeune détective Alice Roy, nous en serions déjà au chapitre cinq. Nous nous heurtons ici à deux énigmes distinctes et séparées — le mystère de la mort de mon père et le mystère de Draco S. Wren. Nous avons également un étrange message, une demi-douzaine d'indices survenus par hasard, une catastrophe, une poursuite en voiture (j'ai eu du mal à trouver une place de stationnement hier), une aventure avec Bess (t'avoir sauvée du harpon empoisonné), et un orage.

Personne n'avait jamais expliqué pourquoi il y avait autant d'orages dans les livres d'Alice, et si peu de scènes hivernales.

— Ce Draco S. Wren me paraît un personnage peu recommandable, fit remarquer Bess.

— Son adresse est inscrite dans le dossier, mais je n'ai pas encore pris de décision. Si je lui écris, je risque de le voir disparaître. Peut-être serait-il préférable de me rendre à Nome, en Alaska, et de fouiner un peu dans les parages. Pourriez-vous Bill et toi vous tenir prêts à partir dès demain ?

— Sans blague, Alice, tu n'imagines quand même pas que je vais tout planter là et partir avec toi à la dernière minute ?

— Oh, j'avais oublié ta petite famille. Alice était désappointée. Elle se reprit : Prenons une tasse de thé. Sarah a préparé un cake à l'orange.

Bess dissimula à peine un éclair de gourmandise. Durant leur collation, élégamment servie sur un plateau d'argent agrémenté d'un napperon brodé, Alice resta songeuse. Bess se concentra sur le gâteau dont elle se resservit à plusieurs reprises.

Alice regardait par la fenêtre la pluie qui tombait sans discontinuer. Dommage que Bess ne puisse tout abandonner et sauter avec elle dans le cabriolet, à la recherche de la clé d'une énigme. Elle se tourna vers son amie.

— Bess, mon club de fans ne doit pas avoir vent de cette enquête.

— Bien sûr, Alice, dit Bess en renonçant au plaisir de savourer son gâteau. Elle rangea son tricot et se dirigea vers le portemanteau de l'entrée. Je dois rentrer, maintenant, mais laisse-moi te donner un petit conseil amical avant de partir — je ne te l'ai jamais dit, mais il me semble que tu ne devrais pas rester seule.

— Qu'entends-tu exactement par là ? demanda Alice d'un ton cassant.

— Tu comprends très bien ce que je veux dire, Alice, répondit Bess avec un peu d'embarras. Il y a des lustres que tu n'es pas allée à un bal ou à un barbecue avec un beau jeune homme. Tu as besoin d'un admirateur.

Alice n'était plus sortie avec aucun garçon depuis que Ned Nickerson avait épousé Bess. Dans son extrême générosité, elle n'avait pas voulu que ce mariage altère son amitié pour Bess. Ned l'avait parfois aidée à résoudre certains problèmes, lorsqu'il fallait par exemple aller rechercher un indice au fin fond d'une grotte, mais il attendait trop peu de la vie.

Alice ne répondit pas. Elle continua de regarder fixement par la fenêtre. Bess déclara qu'elle devait se hâter car le jour tombait. Les enfants allaient mettre la maison sens dessus dessous et Ned serait rentré du football, affamé. Elle embrassa Alice et lui souhaita bonne chance.

Alice étudie les dossiers

Le lendemain, Alice fouilla dans les dossiers de son père et n'y trouva rien d'intéressant. Dépitée, elle se mit en tête de trouver des cachettes dans sa chambre. Elle était experte en la matière, ayant exploré de nombreuses demeures à la recherche de panneaux dissimulés et de compartiments secrets. Ses découvertes favorites étaient rapportées dans *Alice et le Chandelier.* Alice se souvint avec nostalgie du sentiment de triomphe qu'elle avait éprouvé en tirant sur le petit bouton qui ouvrait la niche dissimulée dans le vieux grenier qu'elle explorait. Elle s'étonnait d'avoir pu découvrir de tels secrets dans sa propre maison.

Sa tâche l'occupa toute la journée, à peine interrompue par un délicieux déjeuner qu'elle partagea rapidement avec sa fidèle Sarah, bisque de crabe, petits pois frais et mousse au citron. À quatre-vingts ans, Sarah faisait toujours la cuisine et le ménage.

— À présent, Alice, dit-elle, promets-moi de ne pas te lancer une fois de plus dans une de tes aventures.

Alice ne lui avait donné aucun détail, mais rien n'échappait à Sarah.

— Aucun risque, promit Alice. Je souhaiterais presque le contraire. J'ai l'impression qu'il ne m'arrive plus jamais rien d'excitant.

Parcourant rapidement son courrier, Alice y trouva une copie du certificat de décès de son père. Elle décida de la ranger au fond du coffre-fort dans un vieil album contenant d'autres papiers importants. Elle ouvrit l'album. Avec sa couverture défraîchie de feutre rouge et ses lettres dorées, il lui évoqua l'image d'un cercueil. À l'intérieur se trouvaient des listes de naissances, de mariages et de décès. Elle les examina attentivement, releva les dates de naissance et de mariage d'oncles et de tantes depuis longtemps disparus, s'étonnant que celles de leur décès apparussent dès la page suivante. Il n'y avait pas la moindre trace de la mort de sa mère. Tandis qu'elle était plongée dans ses recherches, le téléphone sonna et Alice entendit Draco S. Wren au bout du fil.

Un appel urgent

Il était neuf heures du matin lorsque Alice appela Bill Marn, le meilleur ami de Ned. La sonnerie retentit plusieurs fois, furieusement. Bill finit par répondre.

— Bill ! s'écria Alice. Oh, Bill, j'ai cru que tu avais déjà bouclé ton sac de gymnastique et que tu étais parti.

— Je descendais l'escalier quand j'ai entendu le téléphone.

— Écoute, Bill, je suis folle de bonheur.

— Formidable. Voilà une grande nouvelle. As-tu résolu ton énigme ?

— Bess t'en a parlé ?

— Bess est incapable de garder un secret — ni quoi que ce soit, dit Bill. Partons-nous pour l'Alaska ?

— Non. Écoute... je suis amoureuse.

— Alice, tu délires complètement. Et qui est le bienheureux élu ?

— Draco S. Wren.

— L'homme mystérieux ?

— Exactement.

— Bess le trouve suspect.

— Je suis assez grande pour me défendre, répliqua Alice d'un ton joyeux. Je me suis déjà sortie de plus d'un mauvais pas. Mais je ne cours aucun danger.

— Comment l'as-tu rencontré ?

— Il est venu me voir hier, pour parler d'une affaire dont s'occupait papa, et je suis tombée amoureuse de lui. C'était aussi fatal que naturel. Il est très bel homme, aussi beau que l'était papa, et il a le même air sévère qui cache un caractère gai et chaleureux. Il est sobrement habillé et possède un sourire enchanteur. Il adore les intrigues policières. Il suit toutes mes aventures avec passion.

— C'est merveilleux, Alice. À quoi ressemble-t-il ?

— Taille moyenne, cheveux châtains. Il marche à petits pas pressés.

— C'est exactement en ces termes que jadis tu as décrit un pickpocket à la police, dit Bill.

— Et ma description leur a permis de retrouver immédiatement le bonhomme en question, précisa Alice. Mais Draco S. Wren est un gentleman et son sourire est irrésistible — ce qui n'est pas le propre d'un pickpocket.

— Formidable !

— Nous nous sommes attardés au salon jusqu'à presque onze heures, confessa Alice. Sarah nous a servi un chocolat chaud et des biscuits maison, que nous avons mangés au coin du feu. C'était exquis.

— As-tu percé le mystère ?

— J'ai appris certaines choses. Il vit en Alaska, et il semble que papa lui accordait un soutien financier. Il ne m'en a pas donné la raison, mais il n'a pas l'intention de me soutirer de l'argent.

— Cela reste malgré tout un peu obscur, non ?

— Il a promis de m'en dire davantage aujourd'hui. Nous allons faire un tour cet après-midi. N'est-ce pas excitant ?

— Je vois avec plaisir que tu n'as aucun soupçon à son égard.

— Oh, non ! Tu sais que rien n'échappe à mon regard perçant et à mon sens de l'observation. Soudain, Alice se rappela quelque chose. Oh, Bill. Je crois l'avoir déjà vu auparavant ! À l'enterrement de mon père !

— Pas possible !

Bill émit un petit sifflement.

— Je l'ai aperçu à un certain moment derrière les lis. Il portait un blouson de cuir noir, un chapeau à large bord, et un foulard violet — oui, c'était lui, j'en suis certaine. Je me souviens de ses cheveux châtains lustrés. C'est curieux qu'il ne m'ait pas parlé de sa présence ce jour-là. Quoi qu'il en soit, il m'a expliqué qu'il avait eu affaire à mon père et qu'il désirait m'en parler mais préférait me connaître davantage afin que je puisse lui faire confiance. Il a un regard sincère, bien différent des yeux noirs et perçants des criminels. Il s'est montré très intéressé par ce que je faisais. Je l'ai abreuvé des histoires d'Alice Roy une bonne partie de la soirée !

— L'as-tu questionné à propos de l'igloo d'ivoire ?

— Non. Pas encore. S'il est l'auteur de cet envoi, je suis convaincue qu'il ne l'a pas fait avec malveillance. Je lui ai cependant demandé s'il pensait que mon père avait des ennemis, et il a répondu qu'il ne lui en connaissait aucun.

— Eh bien, Alice, tant qu'il ne s'agit pas d'un vampire, je serais curieux de rencontrer ton nouvel ami, mais il me paraît louche. Et je suis déçu que nous n'allions pas en Alaska.

— Il est mystérieux, j'en conviens, répondit Alice. Je suis impatiente d'en savoir plus, mais je me suis conduite comme à mon habitude, préférant observer plutôt que de brûler les étapes. Néanmoins, j'avoue ressentir l'excitation qui s'empare de moi dès que je commence à déchiffrer une nouvelle énigme.

Alice reposa le combiné et se plongea à nouveau dans ses réflexions. Bill s'était toujours montré sceptique à l'égard de l'amour. Alice, pour sa part, s'était trop rarement laissée aller aux émotions sentimentales. Ned aimait surtout danser et — Alice rougit — vous voler un baiser au clair de lune. Bess lui convenait parfaitement. Ned n'avait jamais compris ce qu'elle, Alice, attendait de la vie.

Pendant le petit déjeuner, Sarah remarqua l'air préoccupé d'Alice.

— Tu n'as pratiquement rien mangé, ma chérie, lui reprocha-t-elle en la voyant chipoter sur son omelette accompagnée de muffins aux myrtilles, de confiture de fraises maison et de beurre crémeux. Tu ne vas pas t'enticher de ce mystérieux séducteur, j'espère ? Si ton bien-aimé père était encore de ce monde...

— Oh, Sarah, ma chère Sarah, je ne cours aucun danger. Mais je confesse que je suis amoureuse.

Plus Alice s'étendait sur le sujet, plus elle semblait transportée. Elle raconta tout à Sarah, qui comprit et, les larmes aux yeux, déclara qu'elle espérait voir sa fille adoptive trouver un bonheur bien mérité après le deuil de ses chers parents.

— Sarah, ajouta Alice avec gravité, tu m'as souvent parlé de ma mère. Peux-tu m'en dire davantage sur sa mort ?

Un instant décontenancée, Sarah se reprit rapidement :

— Je crois t'avoir déjà raconté tout ce dont je me souviens — la nuit du drame, l'enterrement. Tu n'étais qu'un bout de chou en barboteuse.

— Je me souviens seulement qu'elle m'a donné ma première loupe. Je me rappelle aussi avoir regardé son visage à travers la lentille grossissante. Son sourire était hideux, démesuré, mais il me faisait rire.

— Oui. Elle te l'a offerte juste avant de mourir. Je l'entends encore te dire : « Tiens, Alice, c'est pour toi, tu t'en serviras pour livrer les criminels à la justice. Fasse qu'aucune empreinte ne t'échappe ! » Quelle extraordinaire prémonition pour quelqu'un sur le point de mourir.

— Sarah ! sanglota Alice. Je suis une orpheline !

— Ne sois pas triste, Alice, dit Sarah. Je le suis tout comme toi.

— Mais tu as quatre-vingts ans !

— Je sais, mais on garde toujours au fond de soi un sentiment de vide. Je l'ai longtemps ressenti.

— Vraiment, Sarah ?

— Oui, pendant des années.

Révélations

Draco S. Wren se présenta dans l'après-midi, infiniment séduisant avec ses cheveux brillants et son foulard violet. Il produisait une forte impression, ainsi vêtu en aventurier du Vieux Monde. Il emmena Alice faire un tour dans sa spacieuse voiture, un modèle qu'elle avait connu dans ses anciens livres. Elle était assise à côté de lui, l'air songeur. Pour une fois ce n'était pas elle qui conduisait, manœuvrant habilement son joli cabriolet tandis que de sinistres gangsters la poursuivaient dans une pétarade de coups de feu. La longue voiture glissait dans la campagne endormie. Le paysage semblait figé et majestueux, comme s'il était resté insensible au passage du temps. Alice crut reconnaître le vieux manoir de Hilltop avec son escalier secret d'une époque lointaine, si lointaine. Elle flottait sur un nuage, s'enfonçait plus profondément dans le passé. L'agréable bavardage de Draco S. Wren lui rappela qu'elle était éperdument amoureuse de cet inconnu au regard bienveillant. Elle se rapprocha de lui, elle avait l'impression exaltante qu'une énigme particulièrement mystérieuse était sur le point d'être résolue.

Enfin, la voiture s'arrêta devant une auberge de campagne.

— C'est une surprise, dit Draco S. Wren, souriant, tout en rajustant son foulard. Je me demandais si vous saviez que l'Auberge des Lilas existait toujours.

Alice était charmée.

— Elle ressemble exactement à l'ancienne Auberge des Lilas de mon roman ! Elle avait été détruite dans un incendie.

— Celle-ci est la réplique de l'auberge d'origine, dit Draco S. Wren. J'en ai entendu parler par hasard ce matin.

— Regardez, les lilas sont en fleur ! Il y avait une haie de lilas, du blanc le plus pur au violet foncé. Alice fit part à Draco S. Wren de ce qu'elle avait appris sur ces fleurs alors qu'elle cherchait à résoudre l'énigme des lilas : À ne pas confondre avec les pieds-d'alouette, que l'on rencontre dans un autre de mes livres.

— Les lilas vous conviennent à merveille, dit-il, regardant son visage encadré sur un fond de fleurs encore humides de pluie.

— Oh, Draco S. Wren !

Les mots lui échappèrent, la plongeant dans l'embarras. Elle était Alice Roy, une intrépide détective. Elle devait rester calme et maîtresse d'elle-même.

À l'intérieur de l'auberge, Draco S. Wren prit une fleur de lilas dans le bouquet disposé sur la table et la piqua dans les cheveux dorés d'Alice. Le thé fut servi, avec un chariot de gâteaux, feuilletés à la confiture, boudoirs, babas au rhum et autres friandises, s'ajoutant aux petits sandwiches au concombre et au saumon.

— On se croirait dans un de mes livres ! s'exclama Alice, ravie, avec une pensée fugitive pour Bess. La vie est un délicieux cadeau du ciel lorsqu'elle se présente ainsi !

Tandis qu'ils savouraient leurs pâtisseries, Draco S. Wren aborda l'affaire dont il avait jusque-là évité de s'entretenir avec Alice.

— Je suis venu demander à la grande Alice Roy de m'aider à résoudre une énigme, dit-il.

Sa bague ornée d'un zircon jeta un éclair sur ses dents resplendissantes.

— C'est *vous* qui êtes une énigme, fit Alice d'un ton léger.

Elle était à la fois flattée et prise de vertige.

— Alice, avez-vous des souvenirs de votre mère ?

Alice fut surprise par la question et intriguée par la coïncidence.

— Elle est morte alors que j'avais trois ans. C'est ce que rapportent tous mes livres.

— En êtes-vous certaine ?

Le cœur d'Alice se mit à battre plus fort.

— Je n'ai jamais vu de certificat de décès. Mais on m'a rapporté les mots étonnants qu'elle avait prononcés avant de mourir. Papa n'a pas voulu que j'assiste à l'enterrement.

— Vous êtes-vous jamais interrogée à son sujet ?

— Si. Précisément cette semaine. Apportez-vous des nouvelles de ma mère ? Serait-elle toujours en vie ?

Alice applaudit joyeusement. Son geste sembla bizarrement déplacé.

— Je ne le crois pas, malheureusement. Mais une chose m'intrigue concernant son identité. J'ai quelques indices auxquels il vous faudra appliquer toute votre perspicacité.

La seule mention du mot *indice* était pour Alice aussi alléchante que le cake au gingembre qu'elle était en train de beurrer. Elle écouta avec attention. L'atmosphère de l'Auberge des Lilas lui parut presque enivrante.

— Comment réagiriez-vous, Alice, si je vous disais que votre mère n'est pas morte lorsque vous aviez trois ans, mais qu'elle était partie pour l'Alaska ?

— C'est peu vraisemblable. Pourquoi serait-elle partie ? Elle était mère d'un enfant en bas âge — moi-même — dont il fallait s'occuper. Nous formions une famille heureuse. Sarah était déjà employée chez nous, aussi fidèle qu'elle l'est aujourd'hui.

— Selon la rumeur, votre mère se serait éprise d'un autre homme.

— C'est impossible ! Elle était mariée à James Roy, mon père.

Alice était réellement déconcertée.

— Je détiens la preuve — divers registres d'hôtels — qu'elle a séjourné un certain temps en Alaska. Et il existe un billet, écrit sur son papier à lettres parfumé et monogrammé.

Draco S. Wren exhiba une feuille de papier aux bords rongés par l'usure. On y lisait : « Cher James, je te quitte pour un autre homme. Il se nomme Andy C. Wren. Nous partons en Alaska. Ne cherche pas à me retrouver. Adieu pour toujours. Bon-bon. »

Alice reconnut le surnom de sa mère. La stupéfaction la laissa sans voix, ce qui était rare chez elle. Elle passa en revue ses propres aventures. Se pouvait-il que sa mère ait été victime d'un guet-apens de la part de Fred Bowman, un kidnappeur froid et sournois ? Ou de Cordova et Dorance ? Une paire de lâches. Elle passa en revue son répertoire de criminels. Le billet était un faux, sans nul doute. Des cambrioleurs s'étaient souvent introduits chez les Roy pour tenter de mettre la main sur les pièces à conviction d'Alice. Ils auraient pu aisément subtiliser le papier à lettres monogrammé.

— Alice, je vois que vous avez déjà coiffé votre charmante casquette de détective. Je savais que cette histoire vous passionnerait.

Les idées se bousculaient dans la tête d'Alice. Elle put à peine terminer son mont-blanc.

— Mangez, mangez, Alice. Ce n'est pas tout. Draco S. Wren se resservit. Laissez-moi vous parler d'une dénommée Candy Wren. Je suis certain que ce nom ne vous est pas inconnu.

Alice hocha la tête. Qui ne connaissait pas cette célébrité ? À une époque, le visage de Candy Wren apparaissait quotidiennement dans la presse. Elle y était photographiée en compagnie de riches playboys et d'aristocrates fortunés. Et Candy Wren était un auteur célèbre de livres pour enfants, comme chacun savait.

— Vous êtes donc un parent de Candy Wren ? De feu la célèbre Candy Wren ?

— C'était ma mère, dit Draco S. Wren. Elle séjournait rarement dans notre maison en Alaska. Elle partait constamment en voyage pour la promotion de ses livres, enveloppée dans ses fourrures, et elle me confiait à des gouvernantes. Elle aimait les lumières de la ville, m'envoyait en guise de souvenir des savonnettes des divers hôtels où elle séjournait. Mon père ne s'occupait pas davantage de moi. Il était rarement là, pour des raisons que vous allez bientôt comprendre. J'ai pratiquement grandi entre les quatre murs d'une nursery, car il faisait trop froid pour jouer dehors. L'Alaska était une toundra de cristal. Mon envie d'avoir une vraie famille était si grande que j'ai un jour décidé de partir à la recherche d'une sœur autrefois disparue dont j'avais entendu parler lorsque j'étais enfant. On me l'avait dépeinte — vantant sa jeunesse et son éclat. Mes gouvernantes inuit m'avaient si souvent décrit sa chevelure dorée que j'avais fini par la prendre pour une princesse de contes de fées. Dans ma solitude, je m'étais promis que si je retrouvais cette sœur de rêve, je lui donnerais tout ce que je possédais.

— Comment expliquez-vous la disparition de cette sœur ? A-t-elle été kidnappée au berceau ?

Alice se rappela une affaire d'enlèvement de jumeaux.

— Non. C'est plus compliqué. Et je m'étonne que vous n'ayez pas deviné la réponse.

— Je me souviens que Candy Wren a péri dans un étrange accident il y a quelques années. Votre sœur disparue aurait-elle été victime de la même catastrophe ?

Alice tentait d'obtenir davantage d'indices, d'associer les faits.

— Non, sa fille ne se trouvait pas avec elle. Candy Wren a disparu au large des côtes de la Méditerranée dans l'explosion mystérieuse d'un bateau. Hélas, la plus grande partie de sa fortune — et de la mienne —

a été engloutie en même temps qu'elle. Un coffret à bijoux.

Alice se souvint des innombrables boîtes à bijoux qu'elle avait récupérées.

— Pensez-vous que votre mère soit encore en vie et que les bijoux soient tombées entre des mains indélicates ?

Des images de pirates et d'îles désertes lui traversèrent l'esprit.

— Non, Alice. Je sais qu'elle est morte et que les bijoux sont perdus au plus profond de l'onde amère. On a retrouvé des fragments du coffret flottant le long d'une côte de Corfou qui en sont la preuve irréfutable.

— Bien entendu, un diamant incrusté dans un barracuda vagabondant dans les parages serait une coïncidence possible, risqua Alice, se remémorant une merveilleuse croisière à bord d'un yacht.

— Je n'ai pas l'intention de résoudre le mystère de l'explosion du navire. Et les bijoux sont perdus. Je recherche une sœur depuis longtemps disparue. Que pensez-vous de ces indices ?

Alice s'efforça de rassembler toute sa capacité de réflexion mais elle avait les idées brouillées. Un dangereux maître chanteur l'avait ainsi jadis coincée, et elle s'était tirée d'affaire au dernier moment.

— Pensez au nom de Wren, Alice, dit Draco S. Wren d'un air entendu.

Elle crut voir une lueur narquoise dans son regard.

— Candy Wren était votre mère, et elle était sans doute apparentée à Andy C. Wren, que vous avez mentionné précédemment dans le cadre d'une liaison improbable.

Alice parlait lentement, le front barré d'une ride.

— C'est en partie exact. Réfléchissez, Alice. Votre mère s'est enfuie en Alaska avec Andy C. Wren. Andy C. Wren, je vous le dis maintenant, était le mari de ma mère, Candy Wren. Draco S. Wren s'interrompit, regarda Alice avec insistance. Ne voyant aucune lueur de compréhension apparaître dans ses yeux bleus, il ajouta : Wren était son nom de femme mariée. Elle ne s'appelait pas ainsi à son arrivée en Alaska. Il s'interrompit à nouveau, étudiant le visage d'Alice. Il paraissait agacé. Exaspéré, il poursuivit : Je vais vous donner une autre indication. On l'appelait Bon-bon.

Il s'était légèrement penché vers Alice en prononçant ces derniers mots.

— Il s'agit certainement d'un simple hasard. Alice haussa les épaules avec affectation. Maman n'aurait pas... Je parie qu'il s'agit de Bushy Trott ! s'exclama-t-elle, se rappelant un escroc particulièrement vicieux. Ce criminel a eu l'esprit dérangé toute sa vie. Quand il m'a enfermée dans le grenier avec la tarentule, c'était sans doute pour se venger des représailles de mon père après ce qu'il avait fait à ma mère. Il pourrait parfaitement l'avoir enlevée et être l'auteur du billet. Les dernières paroles de ma mère étaient une ruse et une piste ! Elle savait que je résoudrais le mystère de son tragique destin !

Draco S. Wren leva les bras au ciel.

— Mais, Alice, je sais qu'elle est partie en Alaska par amour pour un autre homme ! J'ai même en ma possession une savonnette du Palace Hotel qui le prouve !

Alice avait l'impression que son esprit tournait à vide.

— Il y avait certainement un passage secret !

Draco S. Wren parut décontenancé par la remarque.

— Bien, Alice, voilà qui va stimuler votre imagination. J'ai ici un médaillon qui contient une boucle de vos cheveux. Ma mère me l'avait donné durant l'une de ses rares apparitions à la maison. J'avais treize ans alors.

La signification du nombre treize n'échappa pas à Alice. La boucle de cheveux était indiscutablement blonde.

— Et alors ? fit-elle calmement.

Draco S. Wren la regarda longuement sans parler. Il tambourina sur la table du bout des doigts.

— Bon-bon[1]. Candy. Bon-bon. Alice, ne compre-

1. Candy : bonbon en français *(N.d.T.)*.

nez-vous pas que vous êtes ma sœur disparue depuis tant d'années ? Candy Wren était aussi votre mère.

C'était impensable, pour ne pas dire absurde.

— Mais ma mère était mariée à James Roy, protesta Alice. Et Candy est un nom très répandu.

— Elles ne sont qu'une seule et même personne ! déclara Draco S. Wren d'un ton triomphant. Candy s'est enfuie en Alaska avec Andy C. Wren et a eu un deuxième enfant. N'aviez-vous pas deviné la signification de mon nom ?

Alice évita son regard. Elle parcourut la pièce des yeux. L'Auberge des Lilas lui apparut tout à coup désuète. Les lilas avaient disparu.

— Comment Candy Wren pourrait-elle être ma mère et la vôtre ? demanda-t-elle d'une voix songeuse. Elle écrivait des livres pour enfants.

— Il y a encore plus. James Roy, et non Andy C. Wren, était mon vrai père.

Alice secoua ses boucles blondes.

— Mais vous vous référez uniquement à des coïncidences — des coïncidences hétéroclites et sans véritable signification.

Un grain menaçait d'éclater dans le ciel couvert de l'après-midi. Le bel inconnu devant elle restait toujours un inconnu, même si sa mâchoire déterminée lui rappelait son père. Elle se souvint qu'en le voyant pour la première fois elle avait été frappée par cette ressemblance.

— Mon père m'a régulièrement envoyé de l'argent pour mes études, continua Draco S. Wren, buvant son thé à petites gorgées. Il espérait sans doute que vous finiriez par découvrir la vérité à mon sujet, grâce à vos remarquables talents de détective.

— Dire que je n'ai jamais eu le moindre soupçon, se lamenta Alice, l'air déconfit.

Elle avait perdu ses facultés d'investigation, oubliant même d'emporter sa loupe avec elle. Se reprenant, elle se souvint qu'il lui restait un moyen de réfuter les allégations insensées de cet homme.

— Avez-vous envoyé récemment un colis à mon père ? lui demanda-t-elle d'un ton accusateur.

— Un colis ? demanda Draco S. Wren avec méfiance. Oui, si vous parlez d'un petit igloo en ivoire.

— Pour quelle raison l'avez-vous envoyé ?

— Parce qu'il s'agissait de mon père, et que j'étais sûr de lui faire plaisir. C'était une pièce de collection, une sculpture très délicate. J'espère que vous l'avez gardée, dit-il, la bouche pleine de biscuit à la fraise.

Alice lui rapporta alors — de son ton le plus calme — ce qu'elle savait de l'igloo. Et ce fut au tour de Draco S. Wren de se sentir mortifié. Il affirma qu'il n'avait jamais eu connaissance de traces de poison sur le harpon, mais qu'il n'en était pas autrement surpris, car c'était un objet ancien susceptible d'avoir été utilisé jadis à des fins criminelles.

— Effectivement, dit Alice. Vous comprenez, naturellement, que vous pourriez être tenu pour responsable de la mort de mon père, si l'on venait à découvrir l'existence du chasseur d'ivoire dans son igloo.

Pendant une minute elle éprouva le sentiment d'avoir retrouvé son rôle habituel — celui d'Alice Roy, détective. Elle étudia Draco S. Wren avec une attention soutenue.

— La ressemblance est frappante, n'est-ce pas ? dit-il avec un sourire moqueur. Tenez, jetez un coup d'œil à ceci. Il sortit un petit album de photos de sa veste de cuir et en tira deux instantanés jaunis. La première est une photo de moi à l'âge de trois ans. La seconde vous représente au même âge. Mis à part les boucles et les dentelles, on pourrait croire qu'il s'agit du même enfant.

Alice examina les deux photographies. L'une montrait un petit garçon grassouillet aux cheveux bruns, l'autre une petite maigrichonne blonde. La ressemblance lui échappait, mais la conviction de Draco S. Wren lui parut sincère. Et il était indéniable que les deux petits nez étaient pareils à deux boutons.

— Quelle est votre couleur de prédilection ? demanda-t-elle doucement.

— Et la vôtre ? répondit-il vivement.

— Le bleu.

— Le bleu ? Mais c'est ma couleur préférée !

Alice dévisagea longuement Draco S. Wren, cet inconnu habile qui avait ravi son cœur. Ce qu'il racontait était invraisemblable mais irréfutable. Alice avait toujours eu confiance en son intuition, et son intuition lui disait que l'homme en face d'elle était un être bon et digne de confiance.

Draco S. Wren lui rendit son regard. Il n'y avait rien de sombre ni d'inquiétant dans ses yeux. Il parla avec un accent de sincérité :

— Je dois vous avouer, Alice, que le jour où je vous ai vue pour la première fois, j'ai souhaité désespérément que vous ne soyez pas ma sœur, car j'étais près de tomber amoureux de vous.

— Et *moi*, je suis tombée amoureuse de vous, dit Alice avec un aplomb inhabituel de sa part.

Résolution

En fin de compte, Alice n'écouta que son devoir. Elle s'engagea à rester loyale et fidèle à son frère, à l'entourer de l'affection dévouée qu'elle avait montrée pour son père (choisissant ses foulards avec soin, lui offrant un agenda neuf pour Noël), et à rattraper le temps perdu de leur jeunesse. Elle promit de lui éviter les questions que pourraient soulever les particularités d'un certain bibelot en ivoire. Elle dit à Bess que le fluide avait été analysé et qu'il s'agissait en réalité d'huile de baleine. Elle fit savoir que Draco S. Wren était son frère disparu depuis longtemps, mais refusa d'en dire davantage, suscitant ainsi la curiosité des journaux et quantité de commérages. Certains prétendirent que Draco S. Wren était un imposteur, qui cherchait perfidement à obtenir une part de l'héritage de James Roy, comme le faux prince dans une autre histoire de bijoux. D'autres proposèrent une explication toute différente.

Draco S. Wren s'installa dans l'élégante maison de brique à deux étages qui était la résidence des Roy et ouvrit un cabinet d'avoué à River City. Alice continua à résoudre des énigmes, apportant parfois son aide à Draco S. Wren comme elle l'avait fait avec son père. Elle resta l'idole de son club de fans, tenant ses réunions mensuelles avec sa rubrique intitulée : « Ouvrez les yeux ». Ses plus jeunes lecteurs lui étaient fidèles, et elle vendait des millions de livres, mais les adultes la critiquaient dans son dos. Les pieds-d'alouette d'Alice persistaient malgré tout à gagner le premier prix de l'exposition florale, année après année, et elle dansait toujours au concours de River City.

— Je doute que cela fasse l'affaire, soupira Alice en terminant son récit. J'ai tenté de raconter la véritable histoire de ma vie. Mais ma vie n'a pas suivi le cours qu'elle était censée prendre.

Elle se demanda si elle devait mentionner la jeune domestique. Et le fait que Draco S. Wren avait aujourd'hui disparu, emportant quelques précieux souvenirs de ses chères enquêtes. Alice se sentait accablée. Un vrai frère n'aurait pas agi ainsi. À la réflexion, certains de ses baisers fraternels lui rappelaient les étreintes de Ned Nickerson. Et, à la fin, Draco Wren s'était mis à la regarder d'un air sombre.

— Je pense qu'avec quelques améliorations...

Elle s'interrompit au milieu de ses pensées. La sensation de vide qu'elle ressentait ne ressemblait pas à celle qu'Alice Roy, détective, éprouvait en général lorsque l'une de ses enquêtes approchait de la fin et qu'elle s'interrogeait sur l'énigme qu'il lui faudrait résoudre par la suite.

Traduit par Anne Damour

ED MCBAIN

La nouvelle qui suit est une histoire vraie. Enfin, presque. Les événements qu'elle narre ont bien eu lieu, et les protagonistes sont inspirés de personnes ayant réellement existé. L'époque, les lieux décrits sont eux aussi authentiques et vous les identifierez sans mal d'après les films ou feuilletons de télévision de gangsters que vous avez pu voir au fil des années.

Un récit rétro n'est pas ce qu'on aurait attendu a priori *d'Ed McBain, qu'on connaît surtout pour sa série-culte consacrée au 87e District, et, plus récemment, pour ses romans à succès où apparaît le personnage de Matthew Hope.*

Cependant, sous son vrai nom d'Evan Hunter, notre auteur a un large éventail d'ouvrages à son actif. Il suffit de citer Graine de violence, *écrit dès l'âge de vingt-huit ans,* Love, Dad, *plusieurs romans de science-fiction, des livres pour enfants,* Lizzie, *superbe reportage romancé sur l'affaire criminelle Lizzie Borden, ou encore le scénario des* Oiseaux *d'Alfred Hitchcock.*

Ce que l'on sait moins, c'est que ce romancier extrêmement célèbre et touche-à-tout débuta sa vie professionnelle comme musicien de jazz avec en tête une carrière fort différente — il voulait être peintre. Le talent, surtout s'il est inné, trouve toujours un biais pour se manifester. Et du talent, Evan Hunter en a à revendre !

O. P.

Legs aux trousses

Cuivre et acajou.

Fourbis et vernis, étincelant sous la lumière des abat-jour verts au-dessus du bar où hommes — et femmes — se coudoyaient pour boire, perchés sur des tabourets capitonnés. Eh oui, des femmes ! Eh oui, dans un *saloon* ! Assises au bar, assises dans les box de cuir noir qui délimitaient la pièce faiblement éclairée. Des femmes. Buvant de l'alcool. En catimini, bien sûr, car alcool et *speakeasies* [1] étaient hors la loi. Avant la Prohibition, on voyait rarement une femme boire dans un *saloon*. Aujourd'hui, on en voyait dans tous les *speakeasies* de la ville. Aux quinze mille bars d'antan avaient succédé trente-deux mille *speakeasies*. Les prohibitionnistes n'avaient pas prévu que le 18e Amendement aurait de tels effets secondaires.

Le *speakeasy* s'appelait Les Trois Frères et devait son nom à Bruno Tataglia et à ses frères, Angelo et Mickey. Il était situé sur la 87e Rue, à un jet de pierre de la Troisième Avenue, dans un quartier appelé Yorkville à cause du duc d'York. Nous étions là pour arroser un événement. Ma grand-mère possédait une chaîne de boutiques de lingerie fine baptisées « Légère et court-vêtue », et on venait d'inaugurer la troisième, le jour même. Son petit ami Vinnie était avec nous, ainsi que Dominique Lefèvre, qui travaillait pour elle dans le deuxième magasin, celui de Lexington Ave-

1. Bars clandestins où l'on pouvait consommer de l'alcool, devenu illicite après la Prohibition *(N.d.T.)*.

nue. Mes parents auraient été présents, également, s'ils n'avaient été tués dans un accident d'automobile pendant que j'étais à l'étranger.

Dans l'autre salle, l'orchestre jouait *Ja-Da*, une chanson des années de guerre. Nous buvions tous dans des tasses à café. Tasses qui contenaient un breuvage foncé au goût infâme, mais ce n'était pas du café.

Dominique souriait.

Il me traversa l'esprit que c'était peut-être à *moi* qu'elle souriait.

Dominique avait vingt-huit ans ; c'était une belle femme aux cheveux et aux yeux noirs, grande, mince et tout à fait désirable. Native de France, elle était venue en Amérique peu après la fin de la guerre ; son mari avait été tué trois jours avant que les canons ne se taisent. Un jour que j'étais seul avec elle dans la boutique de ma grand-mère — Dominique pliait des petites culottes de soie et moi, j'étais assis sur un tabouret devant le comptoir à la regarder —, elle m'avait dit qu'elle désespérait de trouver jamais un autre homme aussi merveilleux que son mari.

— J'ai été gâtée, *n'est-ce pas*[1] ? fit-elle.

J'adorais ses expressions françaises. Je lui confiai à mon tour que j'avais connu des deuils dans ma vie. Et ainsi, en inconnus prudents, redoutant même que nos *regards* ne se croisent, nous avions contourné les possibilités inhérentes à notre proximité de hasard.

Mais à présent… son sourire…

Les Trois Frères étaient bondés, ce soir-là. De la fumée et des rires à revendre, et le son d'un orchestre de quatre instrumentistes provenant de la pièce voisine. Piano, percussions, saxophone alto, et trompette. Il y avait une piste de danse dans la salle d'à côté. Je me demandai si je devais inviter Dominique à danser. Je n'avais encore jamais dansé avec elle. J'essayai de me souvenir de la dernière fois que j'avais dansé avec quelqu'un.

1. Tous les termes en italique dans les répliques de Dominique sont en français dans l'original *(N.d.T.)*.

Ah, oui ! je boitais alors. Et une Française m'avait chuchoté à l'oreille — c'était après ma sortie de l'hôpital, et peu après la signature de l'armistice —, une Française, donc, m'avait murmuré à Paris qu'elle jugeait très sexy un homme qui boitillait. « *Je trouve qu'une légère claudication, c'est très séduisant* », avait-elle dit exactement. Elle avait une jolie *poitrine*, mais je ne suis pas sûr de l'avoir crue. Je pensais qu'elle cherchait juste à se montrer aimable avec un poilu américain qui avait reçu une balle dans le pied pendant la bataille du bois des Loges, par un méchant jour de novembre. Je trouvais ça plutôt humiliant d'avoir été blessé au pied. Ça ne me paraissait pas très héroïque d'avoir été blessé au pied. Je ne boitais plus maintenant, mais je gardais l'impression que pour certains, je m'étais tiré *moi-même* dans ce fichu pied. Pour échapper à la 78e Division, ou quoi ou qu'est-ce. Comme si une idée pareille avait pu m'effleurer l'esprit.

Dominique me souriait toujours.

D'un sourire alcoolisé.

Je me dis qu'elle avait forcé sur le café.

Elle était vêtue de noir, ce soir-là. D'une robe toute simple de satin noir qui amincissait sa silhouette : dos nu, encolure carrée ornée de perles, taille basse et ourlet à mi-cuisse où quelques centimètres de peau blanche séparaient la robe du haut roulé de ses bas de soie blonde. Elle fumait. Tout comme Vinnie et ma grand-mère. Fumer et boire avaient partie liée. Si vous buviez, vous fumiez. Ça marchait comme ça, semblait-il.

Dominique continuait à boire, à fumer et à me sourire.

Je lui rendis son sourire.

Ma grand-mère commanda une autre tournée.

Elle buvait des Manhattan. Dominique buvait des Martini. Vinnie buvait un truc appelé Entre-les-Draps, c'est-à-dire un tiers de cognac, un tiers de Cointreau, un tiers de rhum et une larme de jus de citron. Moi, je buvais un Sein Caressant. C'étaient tous des noms de cocktails, un nouveau mot américain inventé quand boire était devenu illégal. Cocktails.

Dans l'autre salle, la chanson se termina sur un double *paradiddle* et un coup de grosse caisse bien appliqué. Il y eut de maigres applaudissements, un léger temps d'expectative, puis le saxophone alto poussa le riff d'ouverture d'une version lente, triste et nostalgique de *Who's Sorry Now?*

— Richard? fit Dominique, le sourcil en point d'interrogation. Vous n'avez pas l'intention de m'inviter à danser?

Elle était sans conteste la plus belle femme de l'assistance. Les yeux soulignés au mascara, les lèvres et les joues peintes de la couleur de ces coquelicots que j'avais vus pousser un peu partout dans les champs de France. Ses cheveux noirs étaient coupés à la garçonne, un parfum de mimosa flottait à travers la table.

— Richard?

Une vraie caresse, sa voix.

Le saxophone alto lançait des appels mélancoliques depuis l'autre salle.

La fumée tourbillonnait comme le brouillard qui montait des quais le jour où nous avions débarqué là-bas. On était de retour parce que c'était *fini*, vraiment fini, là-bas. Et je ne boitais plus. Et Dominique m'invitait à danser.

— Va danser avec elle, me dit ma grand-mère.

— Oui, venez, dit Dominique en éteignant sa cigarette.

Elle se leva et sortit du box en passant devant ma grand-mère, qui gara son Manhattan contre son opulente poitrine, puis me fit un clin d'œil comme pour me dire: « Les temps ont changé, Richie, nous avons le droit de vote, maintenant, on peut boire et fumer, *tout est permis*[1] aujourd'hui, Richie. Va danser avec Dominique. »

Voilà ce que semblait dire le clin d'œil de ma grand-mère.

1. *Anything Goes*, titre d'une chanson de l'époque *(N.d.T.)*.

Je pris la main de Dominique.

Et ensemble, main dans la main, nous nous dirigeâmes vers l'autre salle.

— J'adore cette chanson, dit Dominique en me pressant la main.

Dans l'autre pièce, des tables rondes à nappe blanche cernaient le parquet ciré comme un miroir d'une piste de danse en demi-lune. Les lumières étaient plus tamisées dans cette partie du club, peut-être parce que le fox-trot était une nouvelle danse qui favorisait le joue contre joue et les mains sur les fesses. Un groupe de trois convives — un bel homme en veste de smoking et deux femmes en robe du soir — était installé à la table de Bruno Tataglia. Bruno était penché sur la table, en pleine conversation, visiblement obséquieuse, avec le bel homme dont les yeux ne cessaient de lorgner les femmes qui dansaient, bien qu'il fût flanqué de deux fort jolies personnes, l'une à sa droite, l'autre à sa gauche. Vêtues d'une robe de satin blanc, ces dernières avaient les cheveux violets. J'avais entendu parler de femmes portant des perruques orange, rouges, vertes ou même violettes quand elles sortaient en ville, mais c'était la première fois que j'en voyais *une*, en chair et en os.

Deux, en fait.

Je me demandai de quoi aurait l'air Dominique avec une perruque violette.

— Dominique ?

La voix de Bruno.

Il se leva quand nous arrivâmes à hauteur de la table, la prit par le coude et dit à l'homme en veste de smoking :

— Monsieur Noland, j'aimerais vous présenter la merveilleuse Dominique.

— Enchanté, dit Mr. Noland.

Dominique inclina la tête poliment.

— Et voici Richie, dit Bruno, comme après-coup.

— Enchanté de faire votre connaissance, dis-je.

Mr. Noland ne quittait pas Dominique des yeux.

— Voulez-vous vous joindre à nous ? dit-il.

— Merci, mais nous allions danser, répondit Dominique qui, me pressant à nouveau la main, m'entraîna vers la piste.

Je l'enlaçai. Et nous commençâmes à tanguer en rythme avec la musique. Le trompettiste mit une sourdine à son instrument. Le pianiste l'embarqua dans son solo.

Cuivre liquide.

La main gauche de Dominique vint se poser sur ma nuque.

— Tu danses bien, dit-elle.

— Merci.

— Ton pied, il ne te fait jamais mal ?

— Quand il pleut, dis-je.

— C'était terrible, la guerre ? demanda-t-elle.

— Oui, dis-je.

Je n'avais pas une envie folle d'en parler. Je la guidai loin du cercle des tables et la ramenai vers l'estrade de l'orchestre, évoluant gracieusement devant la table où Bruno décochait des sourires oléagineux à Mr. Noland et à ses deux greluches.

Le regard de Mr. Noland rencontra le mien.

Un frisson me parcourut l'échine.

Je n'avais jamais vu un regard pareil de ma vie.

Pas même sur le champ de bataille.

Pas même chez des hommes impatients de me tuer.

Dominique et moi glissions sur le parquet de la piste de danse.

Dérivant, dérivant au fil sonore de la trompette bouchée.

On me tapa gentiment sur l'épaule.

Je me retournai.

Mr. Noland se tenait derrière moi, légèrement sur ma droite, sa main posée sur mon épaule.

— Vous permettez ? fit-il.

Et sa main se raidit sur mon épaule ; il me repoussa loin de Dominique, ma main gauche n'ayant pas lâché sa main droite à elle, et se faufila dans l'espace que son intrusion avait ménagé ; il noua son bras droit autour de la taille de Dominique et, d'un coup d'épaule, acheva de m'écarter.

Je quittai gauchement la piste de danse et me postai

au centre de l'arche qui séparait les deux salles. Je me sentais plutôt embarrassé et en porte-à-faux à regarder, impuissant, Mr. Noland attirer Dominique tout contre lui. À la table qu'il venait juste de déserter, les deux filles en faisaient des gorges chaudes avec Bruno. Je franchis l'arche et regagnai le bar, ses box et ses tabourets de cuir noir. Ma grand-mère me porta un toast avec son Manhattan. Je lui fis un signe de tête en retour, lui souris et me dirigeai vers le coin du bar où Mickey Tataglia baratinait une rousse coiffée à la chien, vêtue d'une robe vert d'eau assortie à ses yeux. Il avait la main posée sur son genou gainé de soie. Elle tenait entre les doigts, promis juré, un long fume-cigarette qui la faisait ressembler trait pour trait aux *flappers*[1] de Held sur la couverture de *Life*. C'était la soirée des premières fois. Je n'avais jamais vu de femme en perruque violette pas plus qu'une femme avec un fume-cigarette pareil. Je n'avais jamais dansé avec Dominique, non plus ; *Trois petits tours et puis s'en vont*[2].

Au moment où je m'installais sur le tabouret à sa gauche, Mickey racontait à la rouquine ses souvenirs de guerre. Son frère Angelo était derrière le bar en train de remplir d'alcool les tasses à café. Je lui dis que je voulais un Sein Caressant.

— C'est quoi un Sein Caressant ? demanda-t-il.

— Aucune idée, dis-je. Notre serveur m'a demandé si j'en voulais un, j'ai dit oui et il m'en a apporté un.

— Y a quoi dedans ?

— Mickey, dis-je, y a quoi dans un Sein Caressant ?

— Grossier personnage, dit la rousse, faisant les gros yeux.

— C'est à *moi* que tu demandes ce que je mettrais dans un Sein Caressant ? fit Mickey. Si jamais je préparais un cocktail pareil ?

1. *Flappers,* nom donné aux jeunes femmes émancipées des années folles, qu'incarna un temps à l'écran Joan Crawford dans les comédies de la M.G.M., telles *Our Dancing Daughters* et *Our Modern Maidens (N.d.T.)*.

2. *Easy Come, Easy Go,* autre chanson de la période *(N.d.T.)*.

— C'est qui cet individu à qui tu parles ? dit la rousse.

— Un de mes amis, répondit Mickey. Je te présente Maxie, fit-il en lui pressant le genou.

— Enchanté, dis-je.

— Je te présente Richie, dit-il.

— Diminutif de Richard, dis-je.

— Et moi de Maxine, dit Maxie.

Dans l'autre salle, l'orchestre se mit à jouer *Mexicali Rose.*

— Si tu veux que j'te serve un Sein Compatissant, faut me dire ce qu'il y a dedans, fit Angelo.

— Sein *Caressant*, précisai-je.

— Peu importe, dit Angelo. Faut que je connaisse les ingrédients.

— Du lait maternel, pour commencer, dit Mickey.

— T'es un aussi grossier personnage que lui, le tança Maxie, en me refaisant les gros yeux et en expédiant une tape badine sur la main de Mickey, qui s'aventurait plus haut sur son genou.

— Additionné de gin et d'un blanc d'œuf, dis-je.

— Beurk, dit Maxie.

— Et une cerise par-dessus, fit Mickey.

— Double-beurk, dit Maxie.

— Du lait maternel, on n'en a pas, dit Angelo.

— Dans ce cas, ce sera un Rock'n'Rye, dis-je.

— Et pour moi un autre de ces trucs, peu importe son nom, fit Mickey.

— Idem, dit Maxie.

— Je te confie la garnison, dit Mickey en descendant de son tabouret. Faut que j'aille faire un tour chez les m'sieurs.

Je le regardai se diriger vers les toilettes, s'arrêter à la table de ma grand-mère, planter un baiser sonore sur sa joue et s'éloigner.

— C'est un vrai héros de guerre ? me demanda Maxie.

— Mais bien sûr, dis-je. Il a pris part à la bataille de...

— Bas les pattes à la fin ! hurla Dominique sur la piste de danse.

Je me retrouvai en bas du tabouret comme si un obus d'artillerie m'avait sifflé aux oreilles. Je me précipitai vers l'arche argentée au-delà de laquelle se trouvaient les tables à nappes blanches, le parquet ciré de la piste de danse, et Dominique dans sa robe noire si courte, essayant de libérer sa main droite de...

— Lâchez-moi ! cria-t-elle.

— Non.

Un sourire jouait sur le visage de Mr. Noland. Sa main emprisonnait le mince poignet de Dominique.

Peut-être ne vit-il pas son regard. Peut-être était-il trop occupé à prendre son pied en contemplant cette magnifique femme-liane qui tentait de s'extraire de sa puissante poigne.

— Voyou ! dit-elle. Lâchez-moi ou sinon je...

— Oui, baby, tu me feras quoi ?

Elle ne le lui dit pas. Elle le fit, tout simplement. Le corps tendu, elle rejeta le bras gauche en arrière, puis le projeta en avant de toutes ses forces. Le poing de Dominique s'abattit comme une masse sur la joue droite de Mr. Noland, juste au-dessous de l'œil. Il se tâta la pommette, examinant le bout de ses doigts comme s'il s'attendait à y trouver du sang, avant de dire d'un ton très doux et très menaçant :

— Prépare-toi à souffrir, baby.

Certains ne comprennent jamais.

Il l'avait déjà appelée « baby » une première fois, commettant une grossière erreur, lui redire « baby », c'était commettre une erreur encore plus grossière. Dominique fit un bref signe de tête, qui signifiait : « Très bien, je vois », avant de s'attaquer au visage de Mr. Noland avec ses ongles, lui labourant les joues de griffures sanglantes, des yeux, que selon moi elle avait visés, au menton.

Mr. Noland lui assena un coup de poing.

Sévère.

Je hurlai, comme là-bas sur la Marne.

Je lui tombai dessus en cinq sec, le temps de franchir l'arche et de traverser au pas de charge la piste de danse, le temps de serrer les poings et de le frapper, d'abord du gauche, puis du droit, bam-bam, un double crochet à l'estomac et à la mâchoire, qui le fit reculer en titubant, loin de moi. Il se frotta la mâchoire, tout étonné. Ses mains se tachèrent du sang que les ongles de Dominique avaient fait jaillir. Il regarda le sang, encore tout étonné. Avant de me regarder, moi aussi, d'un air tout étonné, essayant d'imaginer comment un fou furieux pareil avait pu s'introduire dans ce *speakeasy* si civilisé. Il ne souffla mot. Se contenta d'avoir l'air tout étonné, tout triste et tout sanglant. Secoua la tête, surpris que l'univers ait tourné au vinaigre si soudainement. Puis il cessa tout à coup de secouer la tête et dégaina un revolver dissimulé sous sa veste de smoking.

Comme ça, tout simplement.

Allez, zou !

L'instant d'avant, pas de revolver. Celui d'après, un revolver.

Dominique retira l'un de ses talons aiguilles.

Au moment où elle leva la jambe, Mr. Noland jeta un œil sous sa jupe et à ses dessous — petite culotte de soie noire, de la ligne « Sirocco » de ma grand-mère, 4,98 dollars comptants, dans n'importe laquelle de ses boutiques. Mr. Noland dut prévoir ce que Dominique allait faire avec son talon : l'en frapper à la tempe. Ce qui explique peut-être pourquoi il la visa au cœur avec son revolver.

Je fis alors la seule chose à ma portée.

Mr. Noland réagit par un beuglement furieux ; il se plia en deux de douleur, agrippant ses parties, genoux serrés comme s'il retenait une pressante envie de pisser. Puis il s'effondra par terre, se tordant en gémissant sous l'œil hagard des danseurs alentour. Bruno se précipita vers lui d'un bond et s'agenouilla à ses côtés en agitant les mains.

— Oh, mon Dieu ! Monsieur Noland, dit-il. Je suis vraiment désolé, monsieur Noland.

Ce dernier essaya de dire quelque chose, mais sa figure était congestionnée, ses yeux étaient exorbités et tout ce qui sortit de lui fut un gargouillis étranglé. À cet instant, l'une des femmes à cheveux violets accourut à toutes jambes.

— Legs ! Faut que j'appelle un docteur ? fit-elle.

Alors, j'ai saisi la main de Dominique et j'ai commencé a courir.

— Bootlegger, trafiquant de drogue, braqueur et homme lige d'un gangster encore *plus puissant* que lui, du nom de Little Augie Orgen, *voilà* qui c'est, *Legs Diamond.*

Ce résumé du personnage fut brossé par Mickey Tataglia, qui nous faisait passer en toute hâte à travers une série de souterrains sous le club, poussant des boutons qui ouvraient des portes menant à d'autres souterrains remplis d'alcool de contrebande en provenance du Canada.

— Il est aussi propriétaire du Hotsy Totsy Club, un *speakeasy* au premier étage d'un immeuble de Broadway, entre la 54e et la 55e Rue. Voilà qui c'est, Legs Diamond. Vous avez fait tous les deux une grosse bourde. Vous savez qui a organisé le meurtre de Jack l'Esquinteur ?

— Qui c'est, Jack l'Esquinteur ? demanda Dominique.

Cliquetis de ses talons aiguilles, éclairs de ses longues jambes enfilant des passages souterrains délimités par des caisses et des caisses d'alcool de contrebande. Mickey marchait rapidement en tête, ouvrant la voie, écartant d'un revers de main les toiles d'araignées qui pendillaient des poutres le long desquelles détalaient des rats.

— Jack l'Esquinteur, fit-il avec impatience. Alias le Môme Esquinteur, Nathan Kaplan de son vrai nom, un trio qu'a descendu Louis Kushner dans une souricière tendue par les Diamond.

— *Les* Diamond ? dis-je.

— Legs Diamond, expliqua Mickey. Alias Jack Diamond, alias John Higgins, alias John Hart, de son vrai nom John Thomas *Noland*, un quintette qui va pas aimer s'être fait caresser les couilles par un blaireau de mes deux qui s'est tiré dans le pied tout seul, comme un grand.

— Richard ne s'est pas tiré dans le pied, protesta Dominique.

— Je doute pas que les Diamond vont pas manquer de prendre ça en considération en vous tuant tous les deux. Et si ce n'est lui, ce sera l'un de ses sbires. Les Diamond, y zont une flopée de types de ce genre-là qu'ils arrosent, je vous souhaite beaucoup de chance, à tous les deux, dit-il avant de presser un nouveau bouton.

Un pan de mur pivota. Au-delà, on voyait une ruelle.

— Vous v'là sur la 88e, fit Mickey.

Nous sortîmes dans la pénombre de l'aube.

Mickey appuya encore une fois sur le bouton.

Le mur se referma derrière nous.

Et nous nous mîmes à courir.

Arrivés à Pennsylvania Station à huit heures et demie du soir, l'on nous apprit qu'un train partait pour Chattanooga, Tennessee, sept minutes plus tard exactement. Cela nous coûta douze dollars de supplément à chacun pour un compartiment de wagon-lit, mais nous jugeâmes que cela en valait la peine. Nous ne désirions pas rester assis à découvert, si jamais l'un des gros bras de Diamond décidait de vérifier les trains qui quittaient la ville. Un sleeping avait des rideaux et des stores qui masquaient les fenêtres. Un sleeping avait une porte qui fermait à clé.

Le train, le Crescent Limited, s'arrêtait à Philadelphie, Baltimore, Washington D.C., Charlottesville, Spartansburg, Greenville, et Atlanta. L'arrivée à Chattanooga était prévue à dix heures dix le lendemain soir. Chattanooga nous avait semblé suffisamment loin. L'aller simple pour chacun de nous s'éleva à 41,29 dollars. L'horaire de départ du train était vingt heures quarante.

Un employé noir transporta nos sacs dans le compartiment et nous dit qu'il préparerait nos couchettes à notre convenance, puis nous demanda si nous désirions une boisson quelconque avant de nous retirer.

Cette « boisson quelconque » m'avait tout l'air d'un code, mais je voulus m'en assurer.

— À quelle boisson quelconque faites-vous allusion ? lui demandai-je.

— Une dont vous pou'iez avoi' envie, répondit-il.

— Comme ?

— Eh ben, misteu', reprit-il, café, thé, lait...

— Euh hum.

— Et tout un asso'timent de boissons non alcoolisées, ajouta-t-il, avec un clin d'œil si appuyé que le premier agent de la Prohibition venu l'aurait arrêté sur la foi de ce simple clin d'œil.

Dominique retroussa aussitôt sa jupe et tira une flasque d'argent, passée dans sa jarretière. Elle demanda à l'employé de la remplir d'une boisson non alcoolisée incolore, n'importe laquelle s'il vous plaît. Je sortis la mienne de ma poche revolver en lui disant : la même chose pour moi. Il avait compris que c'était du gin qu'on voulait, elle et moi. Ou un vague ersatz.

— Ça vous fe'a vingt dolla's chacun pou' 'empli' ces flasques-là, nous dit-il.

— On aura besoin aussi de ce qui va avec, dis-je en lui tendant trois billets de vingt dollars que je sortis de mon portefeuille.

Il quitta le compartiment et revint, une dizaine de minutes plus tard, avec un plateau sur lequel trônaient un siphon d'eau gazeuse, deux grands verres, un bol de glace pilée où était plantée une petite cuillère, un citron sur une soucoupe, un couteau de cuisine et dix dollars de monnaie pour les soixante que je lui avais donnés. Il posa le plateau sur la tablette entre les deux couchettes, retira les deux flasques pleines des poches de sa veste blanche et les plaça également sur la tablette, nous demanda si nous désirions autre chose et nous redit qu'il viendrait faire les lits dès que nous aurions envie de nous coucher. Dominique lui rétorqua qu'il ferait aussi bien de les faire tout de suite. Je la regardai.

— Non ? dit-elle.

— Si, c'est bien, dis-je.

— Alo's, je les fais maintenant ? demanda l'employé.

— Faites, dit Dominique.

L'employé se fendit d'un grand sourire ; je soupçonnai qu'il voulait faire les lits afin de pouvoir passer lui aussi une bonne nuit de sommeil. Nous sortîmes dans le couloir, l'abandonnant à sa tâche. Dominique consulta sa montre.

Et moi, la mienne.

Il était déjà neuf heures moins dix.

— Je suis complètement terrorisée, dit-elle.

— Moi aussi.

— Toi ?

Elle balaya ça d'un revers de main.

— Tu as fait la guerre.

— N'empêche, dis-je en haussant les épaules.

Elle ne savait rien de la guerre.

À l'intérieur du compartiment, l'employé des wagons-lits s'activait en silence.

— Pourquoi ne sommes-nous pas encore partis ? demanda Dominique.

Je regardai encore une fois ma montre.

— Vous pouvez y aller, misteu', dit l'employé, sortant dans le couloir.

— Merci, dis-je, lui refilant deux dollars de pourboire.

— Bon' nuit misteu', fit-il, touchant la visière de sa casquette. M'ame. Do'mez bien, tous les deux.

Nous rentrâmes dans le compartiment. Il n'avait pas replié la tablette, sachant que nous allions boire, mais les deux étroites couchettes étaient prêtes à présent, munies d'oreillers, de draps et de couvertures. Je verrouillai la porte derrière nous.

— Tu as bien donné un tour de clé ?

Armée de la petite cuillère, elle remplissait déjà nos verres de glace et me tournait le dos.

— Oui, dis-je.

— Tu m'arrêteras, fit-elle en commençant à verser le contenu de l'une des flasques.

— C'est suffisant, dis-je.

— Moi, j'en veux un bien tassé, dit-elle, et elle se versa une large rasade dans l'autre verre.

— Je coupe le citron ?

— Oui, s'il te plaît, fit-elle en s'asseyant sur la couchette la plus proche.

Je pris place en face d'elle. Elle s'empara du siphon et fit gicler de l'eau gazeuse dans chacun des verres. Elle avait les jambes légèrement écartées, la jupe remontée haut sur les cuisses. Bas de soie roulés. Jarretière à droite, là où la flasque avait été glissée. Je coupai le citron en deux, puis en quatre, exprimai du jus dans son verre avant d'y laisser tomber le quart de citron pressé. Je levai mon propre verre.

— *Pas de citron pour toi ?* demanda-t-elle.

— Je n'aime pas le citron.

— Ça va avoir un goût épouvantable sans citron, dit-elle.

— Je n'ai pas envie de gâter la saveur d'un gin de première, dis-je.

Dominique éclata de rire.

— *À votre santé,* dis-je, en choquant mon verre contre le sien.

Nous trinquâmes.

Le breuvage descendit comme du feu liquide.

— Bon Dieu ! m'exclamai-je.

— Ouuuuh ! fit-elle.

— Je crois que je vais devenir aveugle !

— Il ne faut pas plaisanter avec ça.

Le train se mit à souffler et tousser.

— On part ? demanda-t-elle.

— *Enfin,* dis-je.

— *Oui, enfin,* dit-elle, poussant un soupir de soulagement.

Le train s'ébranla. Je songeai à celui qui nous avait emmenés de Calais jusqu'au front.

— On peut souffler maintenant, dit-elle.

Je fis oui de la tête.

— Tu crois qu'il va envoyer quelqu'un après nous ?

— Ça dépend s'il est fou furieux.

— Je crois qu'il est vraiment fou furieux.

— Moi aussi.

— Alors, il va envoyer quelqu'un.

— Peut-être bien.

Dominique tira les rideaux, leva le store de la fenêtre : nous étions déjà sortis du tunnel et roulions à présent dans la nuit. Il y avait des étoiles dans le ciel. Mais pas de lune.

— On ferait mieux d'*écluser* ça, dis-je. Sinon…

— *Ah oui, bien sûr*, dit-elle.

Nous sirotâmes le gin. Le train filait à toute vitesse maintenant, fonçant dans la nuit, vers le sud.

— Alors, tu as appris le français là-bas ?

— Un tout petit peu.

— Mais… *à votre santé… enfin…* c'est quand même pas mal, non ?

— Suffisant pour se débrouiller.

Je songeai à l'Allemand qui nous avait pris pour des soldats français et nous avait suppliés en petit-nègre de l'épargner. Je revis son crâne exploser quand le sergent de notre patrouille avait fait feu.

— On s'y fait très bien à ce truc, non ? dis-je.

— Je trouve même ça très bon, en fait, dit-elle. À mon avis, c'est peut-être du *vrai* gin.

— Peut-être, dis-je, avec l'air d'en douter.

Elle me regarda par-dessus le bord de son verre.

— Peut-être que la prochaine guerre, tu n'auras pas besoin d'y aller, dit-elle.

— À cause de ma blessure, tu veux dire ?

— Oui.

— Peut-être.

Le train se précipitait dans la nuit. La campagne du New Jersey défilait dans l'obscurité. Les fils du téléphone piquaient du nez entre les poteaux.

— On dit qu'il y a trente poteaux téléphoniques au kilomètre, dis-je.

— *Vraiment ?*

— Ben, c'est ce qu'on dit.

— Éteins la lumière, dit-elle. Dehors, ce sera plus joli.

Je lui obéis.

— Et ouvre la vitre, s'il te plaît. Il fera plus frais.

Je tentai de remonter l'une des fenêtres, mais elle ne voulut pas bouger. J'eus finalement plus de succès avec l'autre. De l'air frais s'engouffra dans le compartiment. Une odeur de fumée, de cendres et de suie provenant de la locomotive parfumait la nuit.

— Ahhh, oui, fit-elle avec un grand soupir.

Dehors, le monde passait à toute allure.

Nous restâmes assis à siroter notre gin, en regardant les lumières lointaines.

— Tu crois que Mr. Diamonds va nous faire assassiner ?

— *Diamond,* rectifiai-je. Au singulier. Legs *Diamond.*

— Je me demande bien pourquoi on l'appelle Legs.

— J'en sais rien.

Elle se tut. Et regarda par la fenêtre. De profil. Seule la lueur des étoiles l'éclairait.

— J'aime bien le bruit des roues, dit-elle, en poussant un nouveau soupir. C'est si triste, les trains.

Je me disais justement la même chose.

— J'ai sommeil, pas toi ? demanda-t-elle.

— Un peu.

— Il faut que je me prépare pour la nuit.

— Je vais sortir, dis-je, faisant mine de me lever.

— Non, reste, dit-elle, avant d'ajouter : Il fait noir.

Elle se leva, descendit sa valise du filet à bagages. Elle fit claquer les serrures, l'ouvrit et souleva le couvercle. Puis, une main dans le dos, elle déboutonna sa robe et la fit passer par-dessus sa tête.

Je me détournai, regardai par la fenêtre.

Nous traversions alors une étendue de terres cultivées, avec seulement quelques lumières au loin, aucune près des voies. L'unique vitre baissée reflétait Dominique en dessous noirs — ligne de lingerie « Flapper Flirt » de ma grand-mère : bas roulés de soie noire à couture, soutien-gorge noir frangé de dentelles conçu pour lui aplatir les seins, caleçon assorti.

Elle se reflétait sur le fond obscur de la nuit.

— Ressers-moi du gin, s'il te plaît, me dit-elle.

D'une voix douce.

Je versai une cuillerée de glace dans son verre, débouchai la flasque et fis couler du gin sur la glace. De l'argenté versant de l'argenté sur de l'argenté. Derrière moi, un bruissement de soie.

— Une goutte de citron, s'il te plaît, dit-elle.

Le reflet la montrait nue à présent. Aussi pâle que la lueur des étoiles.

Elle prit une chemise de nuit dans sa valise.

Je pressai un autre quartier de citron et le laissai tomber dans le verre, suivi d'une giclée de soda. Elle enfila sa chemise de nuit par-dessus sa tête. Qui glissa sur ses seins, ses hanches et ses cuisses. Je me retournai vers elle, elle se retourna vers moi. Sa chemise de nuit lui donnait l'air d'une dame du Moyen Âge. Elle était en soie ou en rayonne, d'une blancheur de neige, avec l'empiècement du col orné de dentelles blanches. La ligne « Nuitamment » de ma grand-mère.

Je tendis son verre à Dominique.

— Merci, dit-elle. Elle fixa mon verre vide sur la tablette. Et toi, rien ? me demanda-t-elle.

— Je crois que, pour moi, ça suffit comme ça.

— Rien qu'un doigt, fit-elle. Pour porter un toast. Je peux pas porter un toast toute seule.

Je laissai tomber dans mon verre de la glace que j'arrosai d'un peu de gin.

Elle leva son verre.

— À maintenant, dit-elle.

— Maintenant, ça n'existe pas, dis-je.

— Alors, à cette nuit. Ça, on est sûr que ça existe.

— Oui, je crois.

— Tu veux bien porter un toast à cette nuit ?

— À cette nuit, dis-je.

— Et à nous.

Je la regardai.

— À nous, Richard.

— À nous, dis-je.

Nous bûmes.

— Il n'y a pas moyen de débarrasser cette table ? demanda-t-elle.

— Je pense qu'elle se rabat, dis-je.

— Tu peux la rabattre ?

— Si tu veux.

— C'est que je trouve qu'elle embarrasse, pas toi ?

— Oui, je trouve aussi.

— Eh bien alors, rabats-la, s'il te plaît, Richard.

Je transportai tout ce qu'il y avait sur la table sur le large rebord intérieur de la fenêtre. Puis, m'agenouillant, je regardai sous la tablette comment fonctionnait le mécanisme de la charnière et rabattis le plateau.

— *Voilà!* s'écria Dominique d'un ton triomphant.

Je repris mon verre sur le rebord de la fenêtre. Nous nous assîmes tous les deux, Dominique sur l'une des couchettes, moi sur l'autre, face à face, nos genoux se touchant presque. Dehors, la campagne se déroulait, une lumière griffant à l'occasion le noir.

— J'aimerais bien qu'on ait de la musique, dit-elle. On pourrait redanser ensemble. On a assez de place pour danser maintenant, non ? Avec la table rabattue ?

Je la regardai, l'air sceptique ; l'espace entre les couchettes faisait à peine un mètre de large sur deux mètres de long.

— Et cette fois, on ne serait pas interrompus, dit-elle.

Elle agita la tête et se mit à se balancer de droite à gauche.

— Je n'aurais pas dû lui permettre de prendre ma suite, dis-je.

— Mais comment aurais-tu pu te douter ?

— J'ai surpris son regard.

— Dans ton dos ? Quand il s'est interposé ?

— Plus tôt. J'aurais dû me douter en voyant son regard.

— Danse avec moi, maintenant, dit-elle en me tendant les bras.

— On n'a pas de musique, fis-je.

Elle s'avança et fut tout près de moi.

Je sentis sa douceur de soie.

— Ja-Da, fredonna-t-elle.

Lentement.

Très lentement.

— Ja-Da...

Pas du tout dans le bon tempo.

— Ja-Da, Ja-Da...

— Jing... jing... *jing*...

Je songeai d'abord...

— Ja-Da…

Je me dis…

— Ja-Da…

Qu'elle avait…

— Ja-Da, Ja-Da…

Accompagné d'un coup de bassin énergique chaque…

— Jing… jing… *jing*…

Je fus tout feu tout flamme, tout érection, en un clin d'œil.

— Oh *mon Dieu*, chuchota Dominique.

Elle chuchota ces mots dans le grondement du sleeping, à bord de ce train dévorant la nuit, nous emportant vers le sud loin de tout possible danger, et dont les à-coups dans l'obscurité nous firent perdre l'équilibre et tomber en pleine étreinte sur la couchette de Dominique. Je la tenais serrée dans mes bras, lui embrassais le front et les joues et le nez et les lèvres et le cou et les épaules et les seins tandis qu'elle murmurait encore et encore : « Oh, *mon Dieu*, oh, *mon Dieu*, oh, *mon Dieu*. »

Nous fîmes preuve dans l'acte d'amour d'une maladresse moite, fruit de la collision constante de nos jambes et de nos bras et de nos hanches et de nos nez et de nos mentons. Le train, la voie ferrée prenaient un malin plaisir, semblait-il, à nous jeter à bas de la couchette, nous arrachant l'un à l'autre. Bousculades et rigolades sur ce mince matelas, à jongler avec passion, à prendre des suées dans les bras l'un de l'autre en bataillant pour conserver l'équilibre. « Ouille ! » dit-elle comme je lui donnais un coup de coude dans les côtes, « Pardon », marmonnai-je, avant de faire : « Houp-là ! » alors que je glissais hors d'elle. Elle se repositionna, soulevant les hanches, m'emprisonnant à nouveau profondément en elle, mais manqua m'assommer dans l'aventure, car le train choisit cet instant précis pour rouler sur un défaut de la voie, ce qui, combiné au mouvement ascendant de ses hanches, m'expédia vers le plafond. La seule chose qui me maintint en elle, et sur elle, fut l'ingénieuse complémentarité de nos formes respectives.

Nous apprîmes assez vite à faire avec.

Bien qu'à y repenser, le train fit tout le travail, et nous nous contentâmes d'être ses complices consentants.

Il montait et descendait, le train, filant tel l'éclair à travers la nuit, il entrait et sortait des tunnels, le train, tempêtant tel l'orage à travers la nuit, il bringuebalait d'un côté à l'autre, le train, filant dans la nuit, en haut en bas, dedans dehors, d'un côté à l'autre, il luttait contre la nuit, le train, déchiquetant l'obscurité de son œil unique et fulgurant, éparpillant tout devant lui, pêle-mêle. Sans défense dans les griffes de cette satanée et implacable machine, nous poussâmes enfin un grand cri à l'unisson, réveillant l'employé dans le couloir, qui poussa lui aussi un cri, comme s'il venait d'entendre des appels à l'aide perçants.

Puis, couchés, enlacés, nous parlâmes. Nous nous connaissions à peine, sauf sur le plan intime, et n'avions jamais encore parlé sérieusement. Aussi maintenant parlions-nous de choses qui nous tenaient énormément à cœur, comme : nos couleurs préférées, nos saisons préférées, nos parfums de glaces préférés, nos films ou nos chansons préférés. Nos rêves. Nos ambitions.

Je lui dis que je l'aimais.

Je lui dis que je ferais n'importe quoi pour elle.

— Tu tuerais quelqu'un pour moi ? me demanda-t-elle.

— Oui, dis-je, sans hésiter.

Elle hocha la tête.

— Je savais que tu me regardais quand je me suis déshabillée, dit-elle. Je savais que tu regardais mon reflet dans la vitre. Je trouvais ça très excitant.

— Moi aussi.

— Et être bousculée de partout, pendant que tu étais en moi, ça aussi c'était excitant.

— Oui.

— J'aimerais te sentir en moi, maintenant, dit-elle.

— Oui.

— Que tu bouscules tout à l'intérieur de moi.

— Oui.

— Encore une fois, cette chose si grosse en moi,

dit-elle, se penchant sur moi et m'embrassant sur la bouche.

Vinnie avait de mauvaises nouvelles quand j'appelai chez moi, ce samedi-là.

Le vendredi après-midi, tandis que le train nous emportait vers le sud, Dominique et moi, deux types accostèrent ma grand-mère au moment où elle sortait de sa boutique de la 14e Rue.

— Dans la bagnole, Mamy, dit le maigrichon.

Celui qui avait des yeux de fou.

C'est comme ça que ma grand-mère le dépeignit plus tard à Vinnie.

— Il avait des yeux de fou, dit-elle, et un couteau.

Le gros était au volant de la voiture. Ma grand-mère la décrivit comme une Jewett Coach bleue à deux portes. Ils s'assirent tous les trois sur le siège avant. Le gros conduisait, ma grand-mère au milieu avec le maigrichon à sa droite. Le maigrichon lui colla son couteau sous le menton, lui disant que si Tu-Sais-Qui ne rentrait pas se prendre une valse, la prochaine fois, il l'opérerait des amygdales, elle pigeait ?

Ma grand-mère pigea, plus que bien.

Ils la laissèrent descendre de voiture au coin de l'Avenue B et de la 14e Rue Est, tout près de l'église catholique du Très-Saint-Rédempteur. Terrorisée, elle rentra à la maison en courant tout le long du chemin. Vinnie s'empara d'une batte de base-ball et partit à la recherche du Gros et du Maigrichon dans les rues. Il ne les trouva pas et ne vit pas davantage une seule Jewett Coach dans tout le 9e District.

— Alors, qu'est-ce que t'en dis ? me demanda-t-il au téléphone.

— J'en dis que je vais être obligé de le tuer, fis-je.

— Qui ça ?

— Legs Diamond.

Il y eut un long silence.

— Vinnie, tu as entendu ?

— Oui, j'ai entendu, fit-il. Je trouve pas que ça soit une très bonne idée, Richie.

La communication crachouilla ; nous étions très loin l'un de l'autre.

— Vinnie, repris-je, je peux pas me cacher de ce type éternellement.

— Il se fatiguera de te pourchasser, dit-il.

— Non, je crois pas. Il a plein de monde pour me pourchasser à sa place. C'est pas vraiment un problème pour lui.

— Écoute-moi bien, Richie.

— Oui, Vinnie. Je suis tout ouïe.

— Qu'est-ce que tu espères de la vie, Richie ?

— Me marier avec Dominique, répondis-je. Et lui faire des enfants.

— Ah, fit-il.

— Et puis vivre dans une maison avec une palissade autour.

— Je vois, fit-il. C'est bien pour ça qu'il ne faut pas que tu tues ce type.

— Eh non, repris-je, c'est bien pour ça qu'*il faut* que je le tue. Sinon, autrement...

— Ce n'est pas facile de tuer quelqu'un, Richie...

— J'ai vu un tas de gens en tuer un tas d'autres, Vinnie. Ça m'a paru facile.

— Oui, à la guerre. Mais à moins d'être à la guerre, ça n'est pas si facile que ça de tuer quelqu'un. Tu as déjà tué quelqu'un, Richie ?

— Non.

— À la guerre, c'est facile, reprit-il. Tout le monde tire sur tout le monde, et si l'une de tes balles ne tue personne, ça n'a pas d'importance. C'est la balle d'un autre qui fera l'affaire. Tuer quelqu'un à la guerre, ça n'est pas un *meurtre*, Richie. C'est la première chose qu'apprend un soldat : tuer quelqu'un à la guerre, ça n'est pas un meurtre. Parce que, quand *tout le monde* tue tout le monde, eh bien, personne ne tue *personne*.

— Bon...

— Y a pas de « bon » qui tienne, écoute-moi bien. Si tu tues Legs Diamond, ça sera un meurtre. Tu es prêt à commettre un meurtre, Richie ?

— Oui, dis-je.

— Pourquoi ?

— Parce que j'aime Dominique. Et que si je le tue pas, il lui fera du mal.

— Écoute... laisse-moi me renseigner, d'accord ? dit Vinnie.

— Te renseigner ?

— Ici et là. En attendant, ne fais pas de bêtises.

— Vinnie ? dis-je. Je sais où il est. C'est dans tous les journaux.

Je l'entendis soupirer à l'autre bout de la ligne.

— Il est à Troy, New York. Il passe au tribunal pour le kidnapping d'un gosse.

— Richie...

— Je crois que je ferais mieux d'aller faire un tour à Troy, Vinnie.

— Non, Richie, dit-il. Fais pas ça.

Il y eut à nouveau un long silence sur la ligne.

— Je ne pensais pas que ça finirait comme ça, Vinnie, dis-je.

— C'est pas forcé que ça finisse comme ça.

— J'ai pensé...

— Quoi, Richie ?

— J'aurais jamais cru que j'en arriverais là. Lui échapper, c'était une chose, mais le tuer...

— T'es pas forcé d'en venir là, dit Vinnie.

— Mais si, dis-je. Mais si.

Après une délibération de cinq heures trente et une minutes, le jury déclara Legs Diamond innocent de toutes les accusations portées contre lui.

Quand, entouré de son joli monde, il sortit du tribunal ce soir-là, Dominique et moi l'attendions dans une voiture, garés de l'autre côté de la rue. Nous étions habillés à l'identique : long pardessus d'homme sombre, gants noirs, feutre gris perle.

Il faisait un froid mordant.

Diamond et sa « famille » montèrent dans le taxi qu'il avait loué pour l'amener au tribunal et l'en ramener pendant la durée du procès. Le reste de sa bande s'engouffra dans des voitures à sa suite. Dans notre auto à nous, une berline marron, Dominique et moi les suivîmes dans Albany, jusqu'à un *speakeasy*, situé au 518, Broadway. Nous ne sommes pas entrés dans le club. Nous avons attendu, assis dans la voiture. Sans échanger un seul mot. Il faisait encore plus froid, maintenant. Les vitres se frangeaient de givre. Je n'arrêtais pas d'essuyer le pare-brise avec mon gant.

Peu après une heure du matin, Diamond et sa femme Alice quittèrent le club. Diamond portait un manteau de chinchilla marron et un feutre de même couleur. Alice était en robe et talons hauts, sans manteau. Le chauffeur sortit du club un instant plus tard. De l'endroit où nous étions garés, nous ne pouvions pas entendre la conversation entre Diamond et Alice, mais comme il s'avançait vers le taxi en compagnie du chauffeur, il beugla par-dessus son épaule : « Bouge pas de là jusqu'à ce que je revienne ! » Le chauffeur s'installa au volant. Diamond monta à l'arrière. Alice demeura sur le trottoir encore un instant, des filets de vapeur s'échappant de sa bouche, avant de rentrer dans le club. Nous laissâmes le taxi prendre une avance raisonnable avant de nous lancer à sa poursuite.

Le taxi conduisit Diamond dans une maison de rapport à l'angle de Clinton Avenue et de Tenbroeck Street. Diamond sortit, dit quelque chose au chauffeur, ferma la portière puis entra dans l'immeuble. Nous passâmes devant, nous bifurquâmes au coin et fîmes le tour complet du pâté de maisons avant de nous garer à mi-chemin dans la rue. Le taxi stationnait toujours devant l'immeuble. Nous n'aurions pas pu passer devant le chauffeur sans être vus.

Diamond ressortit à quatre heures et demie du matin.

Je réveillai Dominique en la poussant du coude.

Nous recommençâmes à filer le taxi.

Dix jours plus tôt, sous le nom de « Mr. et Mrs. Kelly », un homme et une femme avaient loué trois chambres dans un immeuble de Dove Street — pour eux et des parents, une belle-sœur et son jeune fils de dix ans. J'avais appris la chose par la propriétaire, une certaine Laura Wood, qui m'avait donné ce renseignement après les avoir identifiés parmi des photos de presse que je lui avais montrées. Elle avait paru surprise que Mr. Kelly fût en fait le célèbre gangster Legs Diamond, dont le procès se déroulait « là-bas, à Troy ». Elle m'avait dit que c'était un monsieur bien sous tous les rapports, tranquille et aux bonnes manières, contre lequel elle n'avait vraiment aucun grief. Je lui avais donné cinquante dollars en lui demandant de ne pas mentionner la visite d'un journaliste.

C'est là que le taxi emmenait Diamond à présent. 67, Dove Street.

Diamond descendit du taxi. Il était cinq heures moins le quart du matin. Le taxi s'est éloigné. La rue était silencieuse. Pas une lumière aux fenêtres de l'immeuble. Il déverrouilla la porte d'entrée et franchit le seuil. La porte se referma derrière lui. La rue replongea dans le silence. Nous attendîmes. Au premier étage, une lumière s'alluma.

— Tu crois que sa femme est déjà là ? demanda Dominique.

— Il lui a dit de rester au club.

— Qu'est-ce que tu feras si elle est avec lui ?

— Je ne sais pas, dis-je.

— Tu seras obligé de la tuer elle aussi, non ?

— D'abord, il faut que j'entre dans l'immeuble, d'accord ?

— Non, je veux savoir.

— Savoir quoi ?

— Ce que tu feras si tu la trouves avec lui.

— J'aviserai.

— Oui, eh bien, je crois que tu seras obligé de la tuer, non ?

— Il y a tuer et tuer, Dominique.

— Oui, je sais. Mais si tu entres là-bas, il faut que tu te prépares à faire ce qui doit être fait. Autrement, ses sbires nous poursuivront jusqu'à la nuit des temps. Tu sais ça.

— Oui, je le sais.

— On ne s'arrêtera jamais de fuir. Bien obligés.

— Je sais.

— Alors, si sa femme est avec lui, il faudra que tu la tues, elle aussi. C'est tout simplement logique,

Richard. Tu ne peux pas la laisser vivre pour qu'elle aille te reconnaître ensuite.

Je fis oui de la tête.

— Si elle est là, il faut que tu les tues tous les deux, c'est simple comme bonjour. Si tu m'aimes.

— Mais je t'aime.

— Moi aussi, dit-elle.

La lumière s'éteignit au premier étage.

— *Bonne chance,* dit-elle en m'embrassant sur la bouche.

Je la laissai au volant. Le moteur de la voiture tournait.

Je m'approchai de la porte d'entrée.

Fermée à double tour.

Je m'appuyai de toutes mes forces contre le battant. La serrure me parut près de céder. Je reculai, levai la jambe gauche et donnai un coup de pied à plat au-dessus de la poignée. Le verrou se rompit et la porte s'ouvrit.

Je grimpai silencieusement jusqu'au premier. Mrs Wood m'avait confié innocemment que Diamond et sa femme occupaient la chambre à droite de la cage d'escalier. « Un couple tout ce qu'il y a de tranquille », m'avait-elle dit. Les marches craquaient sous mes pas. Une veilleuse brûlait sur le palier du premier. Presque trop faible pour distinguer quoi que ce fût. Un tapis usé jusqu'à la corde. Je tournai à droite. La porte de la chambre de Diamond était au bout du couloir. Je sortis une arme de chaque poche de mon pardessus. J'avais chargé les deux pistolets de balles déformables. Des balles dum-dum. Quitte à faire ça, autant le faire bien.

J'essayai le bouton de porte.

La porte n'était pas fermée à clé.

Je l'ouvris doucement.

La chambre était plongée dans l'obscurité, et les toutes premières lueurs de l'aube s'infiltraient par le store tiré devant la fenêtre. Je perçus la respiration légère de Diamond dans la pièce. Un sac de voyage en cuir était posé sur le sol, son manteau de chinchilla à côté. De même que son chapeau. Son pantalon était plié sur le dossier d'une chaise. Je m'approchai du lit et le regardai, couché là. Il dormait la bouche ouverte, empestant l'alcool. Mes mains tremblaient.

La première balle entra dans le mur.

La suivante dans le plancher.

Je tirai enfin à trois reprises dans la tête de Diamond.

Je dévalai l'escalier. La porte d'entrée était toujours entrebâillée. J'émergeai dans une aube grise et froide. Un homme qui sortait de l'immeuble voisin me vit traverser la rue et rejoindre Dominique en courant ; elle se tenait à l'extérieur de la voiture, côté passager, le moteur tournant au ralenti, le pot d'échappement crachant des nuages gris dans la grisaille de l'aube.

— Elle était là ?

— Non, dis-je.

— Tu l'as tué ?

— Oui.

— Bien.

De l'autre côté de la rue, l'homme nous dévisageait.

Nous montâmes en voiture et roulâmes en direction du nord. C'est moi qui avais pris le volant. Dominique essuyait les pistolets. Juste au cas où. Et frotte que je te frotte avec un mouchoir de soie blanche, fourbissant crosses et canons dans l'éventualité où, malgré les gants, j'y aurais laissé des empreintes. Ce fut seulement à l'approche de l'église Saint-Paul, à plus de deux kilomètres de Dove Street, que je ralentis. Dominique, baissant la vitre de son côté, jeta l'un des pistolets enveloppé dans le mouchoir de soie. Cinq minutes plus tard, elle balança le deuxième, enveloppé dans un second mouchoir. Puis nous filâmes dans l'aube. À Saugerties, un policier en uniforme leva les yeux, surpris, en nous voyant foncer dans la grand-rue déserte de la ville.

Nous étions à nouveau libres.

Mais pas parce que j'avais tué Legs Diamond.

— Qu'est-ce que tu veux dire ? demandai-je à Vinnie.

— Tout va bien, fit-il. Quelqu'un est allé causer aux gros bras qui ont fait peur à ta grand-mère.

— Qu'est-ce que tu veux dire ? Qui ça ? Il leur a causé de *quoi* ?

— De toi et de Dom.
— *Qui* a fait ça ?
— Mickey Tataglia. Il est allé les trouver et les a convaincus de pas perdre de temps à s'occuper de toi.
— Mais Diamond est mort. Pourquoi ils... ?
— Ouais, quelqu'un l'a tué, quelle perte.
— Alors, pourquoi ils voudraient bien laisser tomber... ?
— Eh bien, j'ai cru comprendre qu'une certaine somme avait changé de mains.
— Quel montant ?
— Je n'en sais rien.
— Tu le sais, Vinnie.
— Cinq mille, je crois bien.
— Et d'où il est sorti, ce fric ?
— J'en sais rien.
— C'était le fric de qui, Vinnie ?
Silence sur la ligne.
— Vinnie ?
Silence toujours.
— Celui de Mamy, Vinnie ? Celui qu'elle avait mis de côté pour sa nouvelle boutique ?
— Je pense pas que c'était son argent. On va dire que *quelqu'un* a remis l'argent à Mickey et que lui l'a remis aux gros bras, et que tu n'as plus de souci à te faire dorénavant. Rentre à la maison.
— Qui a remis l'argent à Mickey ?
— Pas la moindre idée. Rentre à la maison.
— Qui que soit celui à qui appartenait cet argent, Vinnie... dis-lui bien que je le rembourserai un de ces jours.
— Je le lui dirai. Maintenant, revenez à la maison, toi et Dom.
— Vinnie ? dis-je. Merci beaucoup.
— Arrête, merci de quoi ? fit-il avant de raccrocher.
Quand je rapportai à Dominique cette conversation, elle me dit :
— Alors, tu l'as tué pour rien ?
J'aurais dû relever ce « tu ».

Mais, après tout, elle n'avait tué personne, *elle*, non ?

— Je l'ai tué parce que je t'aime, dis-je.

— *Alors, merci beaucoup*, fit-elle. Mais ça aurait été réglé pareil avec de l'argent, hein ?

Une semaine après notre retour en ville, Dominique me dit que ce que nous avions pris plaisir à faire en nous rendant à Chattanooga avait été *bien sûr* fort agréable, mais que, n'est-ce pas, elle ne pouvait pas vivre éternellement avec un homme qui avait commis un assassinat. Même pour une noble cause. *En tout cas*, il était temps pour elle de rentrer à Paris et de refonder un foyer dans le pays cher à son cœur.

— *Tu comprends, mon chéri ?* me dit-elle.

Non, je ne comprends pas, ai-je voulu lui dire.

Je croyais qu'on s'aimait, ai-je voulu lui dire.

Cette nuit-là, dans le train…

J'ai cru que ça durerait toujours, tu sais ?

J'ai cru que Legs Diamond serait à jamais notre partenaire. Que nous fuirions devant lui pour l'éternité, tous les deux enlacés, tandis qu'il nous poursuivrait sans trêve, et en vain. On se marierait et on aurait des enfants, je deviendrais riche et célèbre, et Dominique resterait jeune et belle à jamais et notre amour, authentique et fidèle — simplement parce que nous aurions Legs aux trousses pour toujours. Ce serait là la force unificatrice, constante, de nos existences. D'avoir Legs aux trousses.

Nous avons échangé un baiser d'adieu.

Nous nous sommes promis de rester en contact.

Je n'ai plus jamais entendu parler d'elle.

Traduit par Yves Sarda

JOYCE CAROL OATES

Pour entrer dans le royaume des stars, un écrivain déjà célèbre a, disons, le choix entre deux voies. L'une consiste à être prolifique et populaire, l'autre à forger une écriture originale applaudie par la critique. Il est très rare de satisfaire à la fois l'attente des censeurs et des esthètes littéraires, le plus souvent friands d'échecs, et celles d'une grande masse de lecteurs qui recherchent avant tout la distraction.

Joyce Carol Oates fait partie de ces rares hybrides dont la production est attendue avec impatience par des lecteurs fidèles, et dans un même temps encensée par les critiques les plus sévères. Son œuvre, abondante et brillante, comprend entre autres des centaines de nouvelles, des douzaines de romans, sans compter quelques excellents essais.

Depuis la beauté remarquable de Belle-Fleur *en passant par l'intensité dramatique des* Mystères de Winterthorn, *jusqu'aux romans psychologiques à suspense écrits sous le pseudonyme de Rosamunde Smith, Joyce Carol Oates aborde avec originalité et professionnalisme un éventail étonnamment large d'écritures. Lorsque vous aurez terminé «Le Motel Paradis, Sparks, Nevada», essayez de l'oublier. Vous n'y parviendrez pas.*

O. P.

Motel Paradis, Sparks, Nevada

Combien d'entre vous, porcs, suppôts de Satan, adultères en vos cœurs et fornicateurs. Combien de violeurs, de pilleurs de l'innocence, combien de créatures vautrées dans la débauche. Combien d'entre vous qui méritent les foudres divines auraient pu être anéantis par « Starr Bright » si je n'avais été démasquée avant mon heure… je ne saurais le dire car cette connaissance ne nous est pas donnée dans la sagesse de Notre Seigneur Dieu. Amen.

Dans le désert nappé d'une lumière diaprée, barré à l'horizon par la chaîne mauve et brumeuse de la Sierra Nevada, le soleil tombait à la verticale, coupant comme une lame de rasoir. Le ciel d'un bleu dur de céramique semblait une toile peinte, sans profondeur. « Starr Bright » se réveilla de la torpeur où elle était plongée depuis plusieurs heures et se demanda pendant un instant où elle se trouvait, et avec qui. Il y avait une succession de motels, de restaurants, de postes à essence, de panneaux d'affichage vantant les casinos de Reno et de Las Vegas — ils approchaient donc de Sparks, Billy Ray Cobb au volant de son élégante Infiniti de location gris acier à l'intérieur tendu de cuir rouge. Cherchant à se repérer, « Starr Bright » retira ses lunettes de soleil à monture blanche, mais la réverbération était aveuglante. Elle n'était pas faite pour les grandes clartés du matin ou de l'après-midi, son âme reprenait vie au crépuscule, à l'heure où les néons se rallumaient. *Mais pourquoi suis-je ici, pourquoi en ce moment ? Et avec qui ?*

Sans savoir qu'elle attendait un signe de Dieu.

À ses côtés, fier et gaillard au volant de l'Infiniti, se trouvait Mr. Cobb, d'Elton, Californie, représentant de commerce, ainsi qu'il s'était lui-même présenté la veille au soir. Quarante-six ans, un cou de taureau, M. Cobb transpirait facilement, avait des yeux de crapaud aux paupières tombantes et un sourire humide et gourmand. Il portait une tenue décontractée de vacances — car c'étaient ses vacances après tout —, une chemise de seersucker bleu électrique avec le monogramme B.R.C. sur la poche, un pantalon de polyester à carreaux, froissé aux cuisses, une ceinture de cuir « navajo » fermée par une boucle de cuivre étincelante. Une bague d'onyx noir à la main droite et une alliance en or à la gauche, toutes les deux incrustées dans le gras de la chair. Du coin de l'œil, « Starr Bright » vit le regard inquisiteur de Mr. Cobb et elle remit rapidement ses lunettes noires. Elle s'était outrageusement fardée, offrant un masque parfaitement lisse. Elle se savait jolie, certes, mais dans la blancheur éblouissante de cette maudite lumière elle risquait de paraître non pas son âge véritable, car « Starr Bright » ne paraissait jamais son âge, mais, mettons trente et un ou trente-deux ans, et non vingt-huit, comme elle l'avait annoncé au crédule Mr. Cobb, d'Elton, Californie.

Elle était « Starr Bright » — danseuse de cabaret au King's Club, Lake Tahoe, Californie. Une femme indépendante s'efforçant de survivre au milieu du chaos moral de l'époque. Avant Lake Tahoe, elle avait vécu à San Diego, Californie, à moins que ce soit à Miami, en Floride ? Il y avait eu également Houston, au Texas.

Sa mémoire s'arrêtait là. De même qu'un rêve, même le plus précis ou le plus troublant des rêves, s'efface rapidement dès le réveil.

Il était presque six heures du soir, et il faisait aussi clair qu'à midi. Néanmoins, Billy Ray Cobb avait hâte de s'arrêter dans un motel. Il ne s'était pas privé de tripoter « Starr Bright » sur le siège avant de la voiture, haletant, les joues en feu. Le cuir rouge sentait le neuf, la climatisation ronronnait comme une troisième présence. « Starr Bright » était flattée de l'attrait sexuel qu'elle éveillait chez son nouvel ami, ou aurait dû l'être. « Tu me rends fou », ma beauté, avait dit Mr. Cobb, une note exaltée dans la voix, craignant peut-être que « Starr Bright » ne le croie pas. « Comme la nuit dernière, tu verras. »

Aussi ne continuèrent-ils pas jusqu'à Reno, contrairement à ce qu'il avait laissé entendre un peu plus tôt. En eût-il été autrement s'ils avaient poursuivi jusque là-bas ?

Cédant à une impulsion, Billy Ray Cobb s'engagea dans l'entrée du Motel Paradis sur la route 80, un de ces innombrables motels bon marché alignés le long de la nationale, aux alentours de la ville de Sparks. « Starr Bright », les paupières mi-closes sur ses yeux douloureux, n'aurait su dire si elle y était déjà venue. Un long bâtiment de plain-pied en stuc rose saumon, style espagnol, qui avait vu des jours meilleurs, avec de grandes enseignes : « CHAMBRES À PRIX RÉDUIT & APPARTEMENTS POUR VOYAGES DE NOCES ! et CONSOMMATION À MOITIÉ PRIX DE 16 HEURES À 20 HEURES ! » Si « Starr Bright » fut amèrement déçue, flairant avant même d'entrer l'odeur de l'insecticide dans la chambre miteuse, elle n'en montra rien ; ce n'était pas son genre.

Avec ses cheveux couleur de lin, son visage ravissant aux traits parfaitement dessinés et ses longues jambes de danseuse, « Starr Bright » était habituée à attirer l'attention des hommes, et savait comment réfréner ses révoltes. Elle savait comment dissimuler un accès de fureur, se garder de froncer les sourcils, de grimacer, ou même de plisser le front. Ne jamais porter l'ongle de son pouce à ses dents et le ronger jusqu'au sang comme une adolescente désespérément incomprise.

Pendant que Mr. Cobb réservait leur chambre au Motel Paradis, « Starr Bright » parcourut d'un pas nerveux les abords de la piscine, un patio entouré de palmiers anémiques qui paraissaient faits de papier mâché. Le bassin en forme de rognon, où s'ébattaient une demi-douzaine de nageurs à moitié nus, empestait le chlore. Et l'odeur de l'insecticide recouvrait le tout. « Starr Bright » s'assura rapidement qu'elle ne connaissait personne — et que personne ne la reconnaissait. Ayant fréquenté un grand nombre d'hommes dans sa vie, elle restait toujours vigilante.

Cet après-midi-là, au bord de la piscine du Motel Paradis, route 80, Sparks, Nevada, il n'y avait apparemment personne que « Starr Bright » eût déjà rencontré.

Merci mon Dieu.

Parmi la douzaine de clients et clientes qui occupaient le patio, plusieurs, la majorité à vrai dire, étaient des jeunes femmes bien en chair, qui s'exposaient imprudemment au soleil — visiblement des touristes en visite dans le Sud-Ouest. Les corps enduits de lotion, luisants, revêtus de maillots réduits à leur plus simple expression, les yeux langoureusement clos. Les ongles des mains — et des pieds — vernis comme ceux de « Starr Bright ». Il y avait des drinks de couleurs pastel où flottaient des glaçons à demi fondus, des bouteilles vides de Perrier et de bière, accumulés sur les tables de fer forgé. Des haut-parleurs sortait une musique d'ambiance qui emplissait l'air de ses vibrations. « Starr Bright » eut soudain une envie folle de danser. Ce rythme érotique, le battement des percussions, *regardez-moi, c'est moi, pourquoi personne ne me regarde ? — c'est moi, « Starr Bright » !* Elle portait une jupe courte et étroite de soie noire, un dos-nu de lamé doré qui lui moulait étroitement la poitrine, et ses longues jambes lisses étaient nues, ses pieds chaussés de sandales à semelles compensées de liège. À sa cheville gauche, une chaînette à laquelle se balançait un petit cœur, tous les deux en or. Des boucles d'oreilles scintillantes tombaient en cascade jusqu'à ses épaules, et une demi-douzaine de bracelets multicolores tintaient à ses poignets. Ses lèvres brillaient, écarlates et humides, frémissantes. Et les lunettes teintées à la dernière mode dissimulaient les cernes, ou les ombres des cernes, sous les yeux. *Pourquoi ne me regardez-vous pas ? Je suis tellement plus belle que vous toutes !*

« Starr Bright » avait connu la célébrité à l'âge de

treize ans. Quand elle avait remporté un concours de jeunes talents à Buffalo, État de New York. *Combien d'années auparavant ? Je ne vous le dirai pas.*

« Le jour où ils ne te regardent plus, où leurs yeux ne se posent plus sur toi, lui avait dit l'une des plus vieilles danseuses du club de Tahoe, tu es finie. Remercie le ciel d'attirer encore des regards équivoques. C'est de ces porcs que vient le fric. »

Mais personne ne semblait remarquer « Starr Bright » au bord de la piscine. Ce qui était un signe de Dieu aussi, d'une certaine manière. Tout comme le fait qu'à son insu, elle l'apprendrait plus tard par les journaux et la télévision du Nevada, Billy Ray Cobb était en ce moment même en train de les enregistrer au Motel Paradis sous les noms de « Monsieur et madame Elton Flynn », de Los Angeles, Californie.

L'attention se portait en réalité sur les ébats qui se déroulaient dans le bassin. Une voluptueuse jeune femme en bikini jaune, serrant contre sa poitrine un matelas pneumatique rayé comme le drapeau américain, poussait des petits cris, battait des jambes, tandis qu'un jeune athlète bronzé la chatouillait ; leurs cris et leurs rires résonnaient dans l'air. Quelle paire d'exhibitionnistes ! « Starr Bright » les contemplait, un peu envieuse. Mais elle les désapprouvait. Presque nus, et si vulgaires ! On eût dit qu'ils faisaient l'amour dans la piscine. L'eau claire se soulevait et ondulait autour d'eux. Les autres les regardaient sans vergogne, riaient, les amoureux faisaient mine de ne rien remarquer, mais ils étaient visiblement ravis d'être le centre de l'attention. *Regardez-nous, nous sommes heureux, voyez le plaisir que prennent nos corps, n'êtes-vous pas tous jaloux ?* La jeune femme agitait les bras, ses seins jaillissaient presque de son soutien-gorge, ses jambes musclées brassaient l'eau et le jeune homme se pressait entre elles, feignant de lui mordre le cou, et comme le matelas glissait sous eux, ils se laissèrent couler en riant bruyamment. « Starr Bright » serra les lèvres et détourna le regard.

Ce fut à ce moment que Billy Ray Cobb vint la rejoindre. Le sourcil froncé, une moue agacée aux lèvres, l'œil lourd et injecté de sang, il referma ses doigts sur le poignet de « Starr Bright ». La voix légèrement entrecoupée, il lui dit deux choses, mais par la suite elle fut incapable de se rappeler la phrase qu'il avait prononcée en premier. L'une était : « Je me demandais où tu étais, bébé ! » et l'autre : « On dirait que les réjouissances ont déjà commencé, hein ? »

Ce n'était pas dans sa vieille mallette de cuir rouge Gucci mais dans son sac bleu nuit à sequins contenant portefeuille, maquillage, préservatifs de fantaisie, amphétamines et Valium, que « Starr Bright » conservait sa *protection*. Un couteau allemand au manche de nacre, avec une mince lame d'acier de douze centimètres de long. Soigneusement enveloppé de papier de soie au fond du sac, son tranchant n'avait jamais été mis à l'épreuve. Le couteau était une *protection*, pas une *arme*. Encore moins une *arme dissimulée*. Autant qu'elle le sache, le port d'un couteau n'était illégal dans aucun des États où « Starr Bright » avait résidé depuis qu'elle en avait fait l'acquisition plusieurs années auparavant. Une *protection* après avoir été arrêtée à tort dans le bar de l'hôtel Hyatt Regency à Houston, Texas, par deux flics en civil de la brigade des mœurs qui l'avaient gardée en détention pendant cinq heures, la forçant à se livrer à des actes sexuels particulièrement répugnants. *Jamais plus « Starr Bright » ne se laisserait humilier, jamais plus elle ne s'abaisserait devant ces fumiers à d'autres conditions que les siennes.*

Cette nuit-là, « Starr Bright » fit un rêve si étrange ! — obsessionnel, angoissant —, un rêve où figurait le matelas pneumatique de la piscine de l'hôtel.

Elle l'avait à peine vu, n'en avait gardé pratiquement aucune impression précise, hormis qu'il était en plastique, rayé bleu, blanc et rouge, comme le drapeau américain, qu'il mesurait environ un mètre cinquante de long, un matelas pour adulte, une sorte de planche de salut si jamais vous perdiez pied, si vous étiez sur le point de vous noyer. « Starr Bright » n'était pas une bonne nageuse, elle avait peur de l'eau, elle était terrifiée par l'impression de flotter malgré soi, par l'absence d'équilibre, par la perte de contrôle. Dans son rêve, elle était nue au milieu de l'eau, s'accrochait au matelas pneumatique, cherchant à reprendre sa respiration, le cœur battant, luttant contre quelqu'un, un homme sans visage, solidement charpenté, qui tentait de l'en déloger et de la noyer. Tantôt c'était Billy Ray Cobb, tantôt un étranger — à moins qu'il n'y eût deux hommes, ou davantage ? — riant de la voir terrifiée, car il s'agissait d'une terreur féminine, ridicule, méprisable, et leurs doigts durs et sans pitié, des doigts d'acier, la tiraient par les chevilles, les jambes, les bras, lui saisissaient le cou. « Starr Bright » était nue et sans défense dans l'eau, une eau sombre et agitée qui ne ressemblait en rien au bleu turquoise artificiel de la piscine du motel. Si seulement elle pouvait s'agripper au matelas pneumatique et s'y hisser, elle serait sauvée — mais les muscles de ses bras et de ses épaules étaient mous et ses faibles forces cédaient rapidement, sa bouche s'emplissait d'une eau empoisonnée qu'il était mortel d'avaler. Et toujours ces mêmes rires moqueurs, ces doigts brutaux qui lui faisaient mal.

À l'aide ! Pitié, à l'aide ! Oh, mon Dieu !

« Starr Bright » se démenait furieusement, battait des bras, donnait des coups de pied, luttant pour sa vie... et elle se réveilla brusquement pour se retrouver dans un lit inconnu, un lit moite et chiffonné dans une chambre où ronronnait bruyamment la climatisation au milieu des relents de whisky, de cigarette et de transpiration s'ajoutant à l'odeur infecte de l'insecticide. Elle n'était pas seule mais aux côtés d'un étranger, nu, un gros lard étendu sur le dos, les membres écartés et la tête rejetée en arrière, ronflant la bouche ouverte.

C'était le dénommé Mr. Cobb. Qui s'était montré étonnamment brutal et impatient avec elle. Ses petits yeux porcins veinés de rouge roulant dans leurs orbites, poussant des *oh, oh, ah !* il s'était enfoncé en elle, obstinément d'abord, puis avec frénésie. Vingt-deux minutes d'affilée. Tout comme la nuit précédente, où « Starr Bright » avait chronométré les premiers épisodes : huit minutes, douze, seize, avec un froid détachement malgré la généreuse ligne de coke qu'elle avait reniflée avec son compagnon au faciès de crapaud, dont le prénom, ou le nom, lui échappait pour l'instant. Ils étaient arrivés au Motel Paradis la veille, en début de soirée, et ils avaient fait l'amour avant de ressortir en vitesse, sans même prendre le temps de se nettoyer sous la douche comme « Starr Bright » en ressentait le besoin, oui, et le besoin de laver ses cheveux collants, de se frictionner au savon entre ses cuisses enflammées, de tourner à fond le robinet d'eau chaude. Mais Mr. Cobb avait voulu sortir immédiatement pour acheter une bouteille de bourbon Jack Daniel's et quelques grammes de cocaïne, aussi innocemment blanche et granuleuse que du sucre en poudre, et la nuit s'était refermée sur elle comme des murs qui se resserrent, vous étouffent. *Allons, mon chou ! Détends-toi un peu, mon chou !* Bien que Mr. Cobb fût un inconnu pour elle, « Starr Bright » savait à l'avance qu'elle avait besoin de s'anesthésier, elle avait fait semblant de renifler la ligne de coke offerte à ses narines sur la cuiller un peu tremblante, et dans le secret de la salle de bains malodorante elle avait avalé rapidement non pas un, ni deux, mais trois cachets de Valium, le maximum qu'elle s'autorisait dans les pires situations, ou lorsqu'elle prenait de l'alcool en même temps. Ça lui avait permis d'accepter avec indifférence les déchaînements, grognements, halètements de Mr. Cobb, l'étreinte de ses mains rugueuses, le regard de ses yeux de crapaud bordés de rouge, ses exigences chaque fois plus osées. Combien de minutes, combien d'heures, où se trouvaient-ils exactement, et pourquoi elle, « Starr Bright », une danseuse de cabaret renommée, admirée des autres filles pour son allure de Princesse des Glaces et son intelligence avérée, avait-elle échoué ici, elle l'ignorait, ne parvenait pas à l'expliquer. Et sombrant à nouveau dans le sommeil, baignée de sueur, frissonnante, s'écartant le plus possible de l'homme qui ronflait au milieu du lit, « Starr Bright » se retrouva cette fois dans une piscine d'une ville lointaine, elle avait huit ou neuf ans, et une cousine plus âgée l'avait emmenée à Atwater Park, elle, la petite Shirley Lott originaire de Shaheen qui était venue lui rendre visite pour la journée, timide et excitée comme à chaque fois qu'elle se rendait à Yewville, une ville immense à ses yeux, chargée de mystère et d'aventure. Mais les choses avaient mal tourné, sa cousine ne l'avait pas surveillée comme sa mère le lui avait recommandé, s'était éloignée avec ses propres amis, trop loin pour pouvoir l'entendre, et Shirley, dans son maillot de bain rose à fronces et son bonnet de caoutchouc blanc un peu trop serré sous le menton, s'était retrouvée entourée d'enfants qu'elle ne connaissait pas. Des garçons plus âgés, plus grands s'étaient mis à la fixer, des maigrichons au regard vif, avec des cheveux mouillés et lisses comme des poils de rat, lui demandant qui elle était, d'où elle venait. Et Shirley le leur avait dit et ils avaient souri comme si elle leur plaisait, puis l'avaient invitée à grimper sur leur chambre à air pour traverser la piscine. Shirley s'était méfiée au début, cherchant en vain à apercevoir sa cousine Tildy, mais les garçons paraissaient si gentils qu'elle leur avait fait confiance, de plus elle était flattée. Shirley Lott était une jolie gamine, beaucoup plus jolie que sa petite sœur Gwendolyn, et son papa l'aimait davantage, elle le voyait dans ses yeux, et elle avait des cousins de son âge ainsi que d'autres plus vieux, toute la famille appartenait à la First Methodist Church de Shaheen où Ephraïm Lott était pasteur, c'est pourquoi Shirley avait confiance dans ces garçons de Yewville, bien qu'elle ne les connût pas, et que sa mère lui eût toujours dit de ne pas se mêler à des enfants inconnus à l'exception des amis de Tildy, le lui eût répété et répété, mais dans le tourbillon de la piscine d'Atwater elle avait oublié. *Viens avec nous ! N'aie pas peur !* avaient dit les garçons en poussant Shirley dans l'ouverture de la chambre à air, qui glissait et rebondissait sur l'eau, et elle s'était laissé faire, avec des petits cris d'excitation, battant l'eau des mains et des pieds, tandis que les garçons l'entraînaient vers l'extrémité la plus profonde de la piscine, et elle avait commencé à avoir peur mais les garçons qui nageaient à côté d'elle lui avaient dit que tout allait bien, qu'il ne lui arriverait rien, qu'elle était en sécurité à l'intérieur de la chambre à air. Cependant les plus hardis plongeaient sous elle et lui tiraient les pieds, lui pinçaient les cuisses, glissaient leurs doigts entre ses cuisses, elle se débattait comme elle le pouvait, prise de panique, sanglotant, *Non ! non ! laissez-moi !* avalant de l'eau, suffoquant. Mais les garçons ne voulaient pas laisser partir leur petite victime, ils l'avaient gardée prisonnière dans la chambre à air, l'avaient tirée triomphalement à travers la piscine jusqu'à l'endroit le plus profond ou seuls les plus grands et quelques adolescents étaient autorisés à nager, mais au dernier moment quelqu'un était intervenu, une fille plus âgée qui connaissait les garçons et leur cria de laisser Shirley tranquille, à quoi s'amusaient-ils, bon sang ! et les garçons avaient tiré Shirley hors de la chambre à air et l'avaient abandonnée dans l'eau, où elle avait commencé à couler et où elle se serait noyée si la fille plus âgée ne l'avait rattrapée et hissée sur le rebord de ciment trempé où elle était restée à plat ventre, hoquetant, recrachant de l'eau, prostrée comme un animal blessé. Les garçons avaient pris la fuite avec des rires perçants, emportant avec eux leur chambre à air, et la cousine de Shirley, Tildy, se souciant enfin d'elle, avait aperçu le cercle de badauds rassemblés autour d'elle, s'était élancée, et le cauchemar avait pris fin. *Sauf que les cauchemars d'enfant ne finissent jamais, ils perdurent sous la surface de la mémoire aussi longtemps que la mémoire subsiste.*

Cette fois encore, « Starr Bright » se réveilla en larmes et hoquetante de son sommeil brouillé. Il était quatre heures quarante-six du matin. Elle ne se rendormirait pas.

À travers un store déglingué l'enseigne au néon rose répétait par intermittence : *Motel Paradis. Motel Paradis.* « Starr Bright » se glissa furtivement hors de la bauge moite du lit, tremblant dans le courant d'air glacé de la climatisation, son corps nu trempé de sueur. Elle ne voulait pas réveiller Cobb, elle devait lui échapper, c'était un homme dangereux. Il lui avait fait mal, avait malmené ses seins, l'intérieur de ses cuisses, la pénétrant brutalement, ahanant, *ah, ah, oh,* comme s'il souhaitait la tuer, les yeux exorbités et le visage rougi et gonflé pareil à un ballon sur le point d'éclater. Ivre, shooté à la cocaïne, il s'était comporté comme un animal, bestialement, et il lui avait menti, aussi, car il lui avait promis qu'elle pourrait prendre tranquillement un bain, se laver les cheveux ; comme tous les autres, il lui avait menti ; il était sans pitié.

Il faut que je change d'existence. Aidez-moi, mon Dieu. Je n'ai pas le choix.

Car Dieu, toute pécheresse qu'elle fût, lui avait fait parvenir un message, un rêve miraculeux, un rêve d'enfance perdue. Elle n'avait pas fait un tel rêve depuis dix ans, ou plus. C'était un signe de Son formidable amour.

À la hâte, maladroitement, « Starr Bright » s'habilla dans l'obscurité. Enfilant la culotte de dentelle noire que Cobb lui avait arrachée, se tortillant pour passer sa jupe étroite, le dos-nu de simili-lamé. Et où étaient ses chaussures ? et sa mallette ? et son sac à paillettes ?

Plus tard, on lui demanderait : pourquoi ne pas avoir simplement fui en abandonnant Billy Ray Cobb et le Motel Paradis ? C'est ce qu'elle aurait pu faire, partir à pied et chercher refuge quelque part dans Sparks, Nevada, à l'aube d'un matin de quel jour, de quel mois ou de quelle année, son esprit affolé n'en savait rien. Cela n'aurait pas été la première fois en vingt ans, depuis qu'elle était partie de Shaheen, État de New York, qu'elle se serait enfuie, à pied, avec une telle hâte désespérée. Ni la première fois qu'elle se serait sentie, avec un accès de rage et de dégoût envers elle-même, *acculée.*

Mais non, « Starr Bright » préféra rester sur place, inspecter rapidement les vêtements de Cobb jetés en travers d'une chaise. La ceinture de cuir « navajo » avec sa boucle de cuivre. La chemise monogrammée, le pantalon de polyester. Le faible clignotement rose qui éclairait la fenêtre par intermittence lui suffit pour vérifier le contenu des poches du pantalon, en retirer un portefeuille, des clés de voiture. Sa main tremblait mais agissait avec précision. Et sur la table, à proximité, il y avait la bouteille presque vide de Jack Daniel's, qu'elle saisit sans réfléchir, buvant une gorgée, le regrettant immédiatement, car elle se mit à tousser et les ronflements de Billy Ray Cobb cessèrent et il se réveilla en marmonnant : « Hé ? Quoi ? Qui est-ce ? »

S'écoula alors un intervalle de temps distendu comme dans un rêve, dont « Starr Bright » ne garderait pas un souvenir précis — à peine des éclairs passagers, des images fugitives.

Elle répondit à l'homme contrarié et soupçonneux que ce n'était qu'elle, « Starr Bright », mais il était déjà complètement réveillé, encore que chancelant, balançait ses jambes hors du lit et voulait savoir ce qui se passait. « Pourquoi es-tu *debout* ? Il fait *nuit noire*, bordel ! » Et elle voulut cacher le portefeuille et les clés de la voiture à l'intérieur de ses vêtements, se détourna de Cobb, prétextant qu'elle avait envie d'aller aux toilettes. Cobb était levé maintenant. Titubant mais belliqueux. Il n'avait guère que deux ou trois centimètres de plus que « Starr Bright » qui mesurait un mètre soixante-dix, mais il pesait probablement quarante kilos de plus qu'elle. « Sans blague ? » dit-il en se dirigeant vers elle : « Les toilettes se trouvent dans cette direction, mon chou. À moins que tu n'aies l'intention de pisser sur le plancher ? » Balbutiant, « Starr Bright » répondit alors qu'elle avait envie de prendre une douche chaude, de se laver les cheveux, qu'elle ne pourrait pas dormir en restant aussi sale et malodorante, et Cobb dit : « Prendre une douche au milieu de cette putain de *nuit* ? Ça va pas, non ! » et elle s'apprêtait à se précipiter vers la porte quand il aperçut le portefeuille et les clés dans sa main, et l'attrapa, la gifla, « Tu te fous de moi, hein, salope ? Je t'y prends, hé ? », la secouant, la frappant, lui tordant le bras par-dessus la tête, tout en la traînant vers la salle de bains. « Tu veux une douche, hé ? Tu veux laver ta tignasse infecte ? Pourquoi pas dans les chiottes ! Tu crois que tu peux me rouler ? me baiser ? *moi*, Billy Ray Cobb ! »

« Starr Bright » tomba à genoux. Cobb jura et lui lâcha le bras sans cesser de la gifler et de la frapper, furieux, humilié. « Me raconter toute cette merde hier soir, et j'y ai cru ! Quelle poire ! J'aurais dû me douter que toutes les putes sont les mêmes, ne méritent pas de vivre ! Fouiller dans mon portefeuille ! Pouvais pas attendre le matin pour être payée, non ? » — et avec un grognement il ramassa son portefeuille par terre, en sortit une poignée de billets qu'il lança en l'air, et poussa « Starr Bright » à quatre pattes au milieu d'eux, lui ordonnant de ramper si elle voulait les prendre, de les ramasser avec son con, et comme elle ne bougeait pas, il monta à califourchon sur elle, son gros corps nu et moite pesant sur son dos. « Hein, tu aimes ça, ma poule ! Je sais que tu aimes ça ! "Starr Bright" — quel nom de merde ! pute de merde ! toutes des putes de merde ! Vous ne méritez pas de vivre, vous infectez le monde des honnêtes femmes ! » Il saisit sa ceinture à boucle de cuivre et se mit à lui cingler les fesses, riant : « À dada ! à dada ! Tu aimes ça, hein, connasse ? Je sais que tu aimes ça ! » et lorsque « Starr Bright » s'effondra, Cobb s'enfonça en elle, son pénis aussi dur qu'une barre d'acier, la baisant jusqu'à ce qu'il pousse un cri, mugissant, riant, s'affalant sur elle, immobile, le souffle court, comme assommé. Quand il se dégagea d'elle, « Starr Bright » resta étendue à même le sol.

« Maintenant dégage d'ici, et vite. Avant que je te démolisse sérieusement. » La poussant du pied, il la prit par les cheveux. « N'essaye pas de m'entuber, connasse. C'est *moi* qui paye cette chambre, *dégage* ! »

Cobb força « Starr Bright » à ramper à quatre pattes parmi les billets épars, en direction de la porte, la tenant par la nuque. Quel triomphe dans sa voix, quelle allégresse dans son corps, irradiant comme des vagues de chaleur animale ! Il lui disait qu'elle pouvait remercier Dieu qu'il ne lui ait pas brisé la mâchoire, il avait déjà bousillé celle d'un bon nombre de putes, des ordures qui ne méritaient pas de vivre au milieu des femmes convenables, et quand « Starr Bright » tâtonna par terre pour ramasser son sac à paillettes, il dit : « C'est ça ! Emmène tes saletés avec toi ! Elles empestent ! » Il alla à la porte et l'ouvrit, et pendant que « Starr Bright » se relevait péniblement, les vêtements déchirés, saignant du nez, il aperçut ses sandales à semelles compensées, les attrapa et les balança par la porte : « Saloperie ! Tu pues ! Fous le camp ! » et, jugeant que « Starr Bright » ne se déplaçait pas assez vite à son goût, il l'empoigna à nouveau par la nuque avec l'intention de la jeter dehors à la suite des sandales, et c'est alors que, l'esprit soudain clair, fouillant dans son sac *comme si Dieu guidait sa main*, « Starr Bright » en sortit le couteau, le tint fermement dans son poing et passa son fil acéré au travers de la gorge de Cobb, et qu'il poussa un cri de surprise et d'horreur en voyant le sang gicler sur-le-champ, porta les mains à son cou comme pour stopper le flot, et « Starr Bright » se dégagea d'un bond en arrière, hors d'haleine, le voyant tomber lentement à genoux, « Quoi… ? Mon Dieu… Au secours… ».

« Starr Bright » regarda Billy Ray Cobb mourir. Au milieu d'une flaque de sang noir qui se répandait comme de l'huile sur la moquette, dans la lueur fluorescente du néon rose qui clignotait à la fenêtre.

« Tu as compris maintenant ! Tu as compris ! Et vous aussi, tous tant que vous êtes ! »

Au petit matin, peu avant l'aurore, il régnait un calme étrange. Le silence du désert de l'Ouest, du vaste ciel au-dessus des grands espaces. En bas, dans le patio du Motel Paradis, la piscine-rognon était déserte, naturellement, plus petite qu'elle ne l'avait paru la veille. Le matelas pneumatique flottait à une extrémité, non pas rayé comme le drapeau américain ainsi que « Starr Bright » l'avait cru, mais simplement rouge et bleu — un bout de plastique gonflé, usagé. Un jouet pour adultes, un peu triste. Presque imperceptiblement, il se déplaçait à la surface de l'eau turquoise et sans rides, pareille à une peau tendue au-dessus de quelque chose de vivant, d'invisible, d'inviolable, d'inconnu.

Il n'était pas encore six heures. Sans hâte, « Starr Bright » quitta la chambre 22 du motel, traversa tranquillement le patio désert vers le parking de dernière, ouvrit la portière de la berline gris acier de location, déposa sa mallette Gucci défraîchie sur le siège avant, son sac bleu nuit pailleté par-dessus. Un observateur, s'il y en avait eu un, aurait vu une grande femme blonde, assurée, naturellement séduisante, vêtue d'un pantalon de lin blanc, d'une blouse de soie bleu pâle et chaussée de mocassins. Ses cheveux blond clair, encore humides, étaient soigneusement tirés en arrière. Ses yeux étaient dissimulés derrière des lunettes de soleil si sombres qu'elles paraissaient noires. Sous son maquillage impeccable aucun signe d'inquiétude ne se manifestait, ni même de souci particulier. *Comme si j'étais déjà venue ici. Sous Son impulsion. Et que tout restait à venir, dans Sa terrible Miséricorde.*

À l'est, au-delà de la façade de style colonial espagnol d'un Holiday Inn voisin, le soleil matinal émergeait de la masse opalescente des nuages qui assombrissait le ciel. Un œil étincelant auquel rien n'échappait. Sous son regard, « Starr Bright » sortit la voiture du parking du Motel Paradis et tourna à gauche sur la route 80 quasiment déserte, comme si tout avait été prévu depuis toujours, un destin auquel elle ne pouvait échapper, aussi clair et précis qu'une carte routière. Elle se dirigerait vers le sud, puis vers l'est par la route 95 jusqu'à Vegas, et là, au milieu de la mer de voitures qui entourait le Caesar Palace, elle abandonnerait l'Infiniti. Et ensuite, aussi longtemps qu'elle le pourrait, elle se laisserait guider par cet œil.

Traduit par Anne Damour

SARA PARETSKY

Qu'on le veuille ou non, que ce soit juste, objectif plaisant ou non pour les personnes concernées, certains auteurs sont fréquemment associés à un de leurs semblables. Hammett et Chandler. Sayers et Christie. Paretsky et Grafton.

Un de ces étranges concours de circonstances et de calendriers a vu paraître à la même période — en 1982 — deux livres : Indemnity Only *et* « A » comme Alibi. *Il y a quelques années seulement — une autre époque, semble-t-il aujourd'hui —, le personnage du détective féminin, volontaire et indépendant, a déclenché une passion chez la moitié des lecteurs américains pour V.I. Warshawski, Kinsey Milhone et leurs épigones, (l'autre moitié de la population étant apparemment désireuse d'écrire de tels livres).*

Certes, Marcia Muller avait créé Sharon McCone presque une décennie auparavant, et P.D. James a fait la preuve que Cordelia Gray était l'égale (ou davantage) de n'importe quel limier masculin, mais ce fut l'alliance de Grafton et de Paretsky qui catapulta les femmes détectives au rang des personnages les plus populaires et les plus lus des années 80, une tendance qui ne s'est pas démentie à ce jour.

Ce qui va suivre n'est pas une aventure de V.I. Warshawski, mais révèle une facette jusqu'à présent inconnue du talent de Sara Paretsky : aurait-elle visé un autre objectif, elle serait peut-être devenue un auteur à succès de romans Harlequin. (Cette remarque, au cas où vous ne l'auriez pas compris, est une plaisanterie.)

O. P.

La maison des cœurs brisés

Les cheveux noir d'ébène de Natasha encadraient le délicat ovale de son visage. Raoul songea qu'elle n'avait jamais été plus désirable qu'en ce moment, avec ses sombres yeux de biche embués de larmes et pleins d'une attente désespérée.

« C'est impossible, chéri », murmura-t-elle, s'évertuant de lui offrir un petit sourire courageux. « Papa a perdu toute sa fortune. Je dois partir en Inde avec les Crawford pour m'occuper de leurs enfants. »

« Chérie — toi, une gouvernante — c'est absurde ! Et sous ce climat. C'est impossible ! » Son visage carré, viril, s'était empourpré, trahissant l'intensité de son émotion.

« Tu n'as même pas parlé de mariage », murmura Natasha, regardant les bracelets qui entouraient ses poignets minces, se demandant s'il faudrait les vendre eux aussi en même temps que les diamants de Maman.

Raoul s'empourpra plus encore. « Nous sommes fiancés. Même si nos familles l'ignorent. Mais comment pourrais-je t'épouser, alors que je n'ai aucune situation en vue, et que ton père ne peut pas te donner de dot… »

Amy leva les yeux.

— Sensationnel, Roxanne. C'est ce que vous avez écrit de mieux jusqu'à présent. Raoul et Natasha finissent-ils par se marier ?

— Non, non. Roxanne reprit le manuscrit. Ils ne représentent que la première génération. Natasha épouse un planteur, mais ne pourra jamais lui donner son cœur, et Raoul meurt de la malaria dans la jungle pendant la guerre des Boers, le nom de Natasha sur ses lèvres convulsées. Ce sont leurs petits-enfants qui finalement s'uniront. C'est la signification de la dernière page.

Elle feuilleta le manuscrit et lut à voix haute à Amy :

— « *Nathalie n'avait jamais connu sa grand-mère Natasha, mais au moment où Ralph l'étreignit, elle vit le visage souriant au-dessus de la tête du lit. Il semblait dire "Bonne chance et que Dieu vous bénisse", et dans cette brève vision avant de se rendre à l'amour, elle eut même l'impression que sa grand-mère lui faisait un clin d'œil.* »

— Oui, oui, je comprends, convint Amy tout en se demandant s'il existait une autre personne à New York — au monde — capable d'utiliser le mot « convulsé » avec la réelle sincérité de Roxanne : Très proche de l'inspiration d'Isabel Allende ou de Laura Esquivel.

Roxanne jeta un coup d'œil hautain à son éditrice. Pour elle, ces noms n'évoquaient rien et elle ne s'en souciait guère. Si Amy croyait que l'écrivain-vedette de Gaudy Press avait besoin de copier quelqu'un d'autre, il était temps pour elle d'avoir une conversation avec Lila Trumbull, son agent.

Amy, qui avait appris à lire dans les regards farouches de Roxanne Craybourne, se pencha vers elle.

— Tous les écrivains sud-américains couronnés par le prix Nobel ces dernières années ont utilisé des représentations imaginaires dans leurs œuvres. Je crois qu'il serait judicieux de montrer au *New York Times* et à cette bande de snobs, avec toute la délicatesse qui convient, que vous êtes parfaitement au fait des conventions littéraires actuelles, mais que vous préférez les utiliser uniquement pour en faire un meilleur usage.

Roxanne sourit. Amy était sincère et très gentille. Elle l'avait prouvé durant le week-end où elle avait séjourné chez les Taos. C'était terrible d'être soupçonneuse au point de se sentir troublée par les réflexions les plus anodines. Mais à vrai dire, quand elle songeait à la façon abominable dont Kenny l'avait trahie…

En voyant le visage empreint de suffisance prendre une expression tragique, Amy se demanda quelle crise de nerfs il lui faudrait maintenant endiguer.

— Tout va bien, Roxanne ? demanda-t-elle d'une voix douce et attentionnée qui aurait étonné ses propres enfants et petits-enfants.

Roxanne émit un petit reniflement, porta la main à son œil gauche, essuyant un soupçon de larme.

— Je pensais seulement à Kenny, et à la façon dont il m'a traitée. Et toute cette histoire publiée dans le *Star* et le *Sun* ! C'est déjà assez horrible d'endurer pareille tragédie, sans la voir affichée dans les supermarchés de la ville entière où vos amis vont la lire et vous harceler ensuite du matin au soir. Sans compter l'insupportable club de mah-jong de maman.

— Kenny ? Ses belles escroqueries n'ont-elles pas pris fin en même temps que sa libération sur parole ?

Oubliant son attitude maternelle, Amy avait retrouvé le ton sardonique qui lui était naturel. Elle se maudit immédiatement d'avoir prononcé ces mots, mais Roxanne, plongée dans une envolée dramatique digne d'une de ses héroïnes, ne s'était rendu compte de rien.

— J'ai cru qu'il faisait des efforts. Elle agita ses doigts effilés, manucurés, musclés par le poids des bagues. Maman n'a cessé de me prévenir qu'il profitait de la situation, mais c'est toujours la même rengaine de sa part dès qu'il s'agit de mes petits amis, depuis le lycée, elle est jalouse parce qu'elle n'en a pas eu la moitié dans sa jeunesse. Et quand il m'a frappée la première fois et m'a dit qu'il regrettait *sincèrement*, je l'ai cru, bien sûr. Tout le monde en aurait fait autant. Naturellement, le jour où il s'est barré avec un million en obligations au porteur, j'ai pensé qu'il dépassait les bornes. Que pouvais-je faire ? Et ensuite, souvenez-vous, j'ai passé des mois entiers à l'hôpital !

Amy n'avait pas oublié. Il y avait eu des réunions épiques le soir à Gaudy Press, lorsqu'ils avaient appris que Roxanne Craybourne souffrait peut-être de lésions durables du cerveau à la suite des coups que lui avait portés Kenny Coleman. En sortant d'un séjour de deux mois dans une clinique de rééducation, Roxanne avait décidé qu'elle ne pardonnerait plus à Kenny. Elle avait divorcé, changé son système d'alarme, et installé dans sa chambre le jardinier de vingt-quatre ans qui lui avait apporté des fleurs tous les matins.

Ensuite, en onze mois, elle avait écrit l'histoire palpitante de Natasha, l'héritière victime de l'homme de confiance de son richissime papa, qui l'escroquait de toute sa fortune. « De la lave brûlante coulant d'une plume chauffée au rouge », disait la campagne de publicité nationale financée par Gaudy.

— Et je n'ai qu'une peur aujourd'hui, c'est qu'elle épouse ce maudit jardinier, dit Amy à son patron le lendemain matin. D'abord, il y a eu cet horrible chirurgien qui couchait avec ses patientes, puis Kenny, et maintenant ce soi-disant jardinier qui a besoin d'une carte de séjour.

Clay Rossiter eut un sourire narquois.

— Envoyez-lui un cadeau de mariage. Ce genre de situation lui réussit à merveille.

— C'est moi qui lui tiens la main à travers toutes ces épreuves, répondit sèchement Amy. Ça ne lui réussit pas du tout : elle est au bord de la dépression nerveuse.

— Mais Amy, mon chou, ne voyez-vous pas que c'est la raison de son succès phénoménal ? C'est elle l'orpheline sans défense qui apparaît dans *Une pure blessure, La Honte des riches*, et les autres. Elle croit aux tourments de toutes ces idiotes, les Glenda, les Corinne et les — comment se nomme la dernière ? — Natasha ? Êtes-vous parvenue à la convaincre qu'elle ne pouvait pas appeler son petit dernier *La Route des Indes* ?

— J'y suis arrivée non sans peine, dit Amy. Bien entendu, elle n'a jamais entendu parler de E.M. Forster. Finalement, j'ai dû lui montrer la vidéo de *La Route des Indes* pour qu'elle accepte de m'écouter. Et même alors elle s'est résolue à changer le titre uniquement parce que je l'ai persuadée que les héritiers de Forster allaient faire de l'argent sur son dos, et que ses fans achèteraient la vidéo croyant qu'il s'agissait de son roman. Bien entendu, j'ignore s'il existe des héritiers et s'ils pourraient toucher des royalties mais, pour l'amour du ciel, n'en parlez pas à Lila Trumbull. Nous allons baptiser les malheurs de Natasha *Rupture*. Et, à propos, *Une pure blessure* est en deuxième position sur la liste des ventes de poches. Nous réimprimons cinq cent mille exemplaires.

Rossiter sourit.

— Qu'elle continue à boire ses infusions. Faites-lui porter des roses. Persuadez-la que nous sommes ses meilleurs amis. Voyez si vous ne pouvez pas développer quelque vice pervers chez le jardinier, à moins qu'il n'en possède déjà un.

— Je vous laisse ce soin, dit Amy en se levant. J'ai rendez-vous avec un de nos rares véritables écrivains — Gary Blanchard vient d'achever un texte magnifique, une sorte de quête contemporaine située dans le Dakota. On en vendra huit mille exemplaires, dix avec de la chance. *Rupture* devrait nous permettre de lui donner une avance.

Après le départ d'Amy, Clay examina à nouveau le fax qu'il avait reçu de Jambon & Cie PLC, le siège du groupe à Bruxelles. Ils étaient déçus des résultats de Gaudy au troisième trimestre. Il est vrai que la maison avait fait des bénéfices grâce aux excellentes ventes de *La Honte des riches*, mais Gaudy avait besoin de plusieurs autres valeurs sûres. Ils dépendaient trop de Roxanne Craybourne — s'ils la perdaient, ils survivraient à peine avec leurs écrivains à la gomme, les prétendus auteurs littéraires que Jambon essayait à tout prix d'éliminer. Si Clay Rossiter ne voulait pas être obligé de chercher un nouveau job dans six mois, il devait leur faire parvenir un plan marketing et des prévisions de ventes montrant que son catalogue collait véritablement aux besoins du marché.

Clay fit la moue. Suivaient dix-huit pages de chiffres, un incroyable torrent sorti du programme informatique d'un quidam à Bruxelles. Titre par titre, ils avaient repris le catalogue de Gaudy, avec des prévisions de ventes basées sur les mises en place dans les supermarchés, les investissements publicitaires sur les autobus, le poids du papier utilisé pour les jaquettes, le nombre de visites de chaque représentant à ses principaux clients. Et on demandait à Clay — on lui intimait pour être plus exact — de donner une réponse écrite à toutes ces prévisions avant la fin du mois.

— La malédiction de l'économie moderne n'est pas la pénurie de capital, un management défectueux, une faible productivité ou un manque de formation, c'est l'ordinateur personnel, gronda-t-il.

Sa secrétaire passa la tête par la porte.

— Vous avez dit quelque chose, Clay ?

— Oui. Ces idiots — et ces idiotes — qui n'ont jamais vu un livre de près croient pouvoir diriger l'industrie de l'édition à six mille kilomètres de distance, sous prétexte qu'ils ont un microprocesseur qui leur permet de tirer de leur chapeau des scénarios comme par magie. S'ils étaient jamais montés dans un camion qui livre les supermarchés, ils sauraient que l'on ne connaît même pas le nombre d'exemplaires livrés au magasin, et encore moins — oh, et puis zut ! À quoi bon ! Faites savoir à Amy qu'elle ne peut donner à son nouveau chouchou — comment s'appelle-t-il ? Gary Blanchard ? — plus de vingt mille dollars. S'il veut nous quitter, qu'il le fasse. Si je vois Knopf ou Farrar sur la couverture lorsque le livre sortira, je n'en ferai pas une maladie.

Isabella tremblait dans ses bras. « Il ne faut pas. Vous savez qu'il ne faut pas. Votre mère, si elle me voyait... »

Ses cheveux de jais, rehaussant la pureté laiteuse de sa peau, tombaient en cascade sur ses épaules. Albion la serra plus étroitement contre lui. « Elle apprendra à vous aimer comme je le fais, ma belle fleur mexicaine. Ah, comment ai-je pu croire être amoureux avant de vous connaître ! »

Albion Whittley se rappela amèrement la cohorte de débutantes capricieuses du tout-New York dont il avait été le chevalier servant. Il n'était pas seulement Albion

Whittley — il y avait ce damné IV à la suite de son nom, signifiant que ses parents s'attendaient à le voir épouser une personne de son rang. Comment comprendraient-ils que la fille du jardinier dépassait de très loin toutes les héritières de Bennington ? La pureté de son cœur, la noblesse de ses intentions ? — chaque penny qu'elle gagnait était envoyé à Guadalupe à sa grand-mère infirme.

« Albion, mon chéri, j'espère que tu profites de tes vacances. Isabella, j'ai laissé mes gants sur ma coiffeuse. Allez me les chercher pendant que mon fils et moi bavardons un instant. »

Mrs. Albion Whittley III venait d'apparaître sur la terrasse. Son rire cristallin et le léger sarcasme qui perçait dans sa voix firent rougir les deux jeunes gens. Albion lâcha la main d'Isabella comme si elle s'était changée en lave brûlante. La jeune fille courut à l'intérieur de la maison...

— Superbe ! s'exclama Amy, s'émerveillant de ses propres qualités de comédienne. Triomphent-ils de tous les obstacles à la fin ? Ou le bonheur, comme pour Natasha, ne se manifestera-t-il qu'à la troisième génération ?

Roxanne lui jeta un regard noir.

— Je ne raconte jamais la même histoire deux fois de suite. Mes lecteurs ne me le pardonneraient pas. Albion entre à la CIA pour prouver à sa mère qu'il est un homme. Il est envoyé en mission secrète en Amérique centrale, où il doit s'opposer à un chef du cartel de la drogue. Quand il est blessé, Isabella le retrouve dans la jungle et le ramène à la vie, mais le chef du cartel est séduit par sa beauté. Elle accepte de devenir sa maîtresse, car elle sait que la mère d'Albion est et restera intraitable. Elle mène alors une existence dorée au Brésil et en Espagne, et se trouve un jour face à Mrs. Whittley, qu'elle traite d'égale à égale. À la fin, la CIA tue le chef du cartel et Albion, qui ne l'a jamais oubliée, fait évader Isabella de la forteresse où elle a été emprisonnée.

— Merveilleux, dit Amy. Néanmoins je ne crois

pas que nous puissions l'intituler *Le Chemin des larmes*[1].

Elle voulut expliquer que la communauté indienne d'Amérique pourrait s'en offusquer, mais y renonça en voyant les yeux de son auteur-vedette s'emplir de fureur.

— Tout le monde sait combien je me suis montrée généreuse envers les Indiens qui vivent sur mes terres de Taos. Je ne vais pas les laisser bousiller mon livre à cause d'une bataille vieille de cent ans qu'ils n'arrivent pas à oublier. Et après la façon dont Gerardo m'a traitée — il était à demi-Indien et ne se privait pas de s'en vanter —, je crois qu'ils me doivent un peu de considération à titre de réparations.

— Ce sont les libraires, expliqua Amy à la hâte. Tellement incultes. Nous ne souhaitons pas que votre livre soit mis au rayon de la littérature indienne, n'est-ce pas ? Vos fans s'attendent à le trouver en bonne place avec les nouveautés.

Elles finirent par se mettre d'accord sur *L'Or de l'illusion*, avec une couverture représentant une rose au milieu des vestiges d'une pyramide maya. Roxanne rajusta sa veste sur ses épaules et réclama d'un geste impératif une seconde tasse de thé. Elle n'était pas certaine de désirer une pyramide en guise d'illustration. Ne lui rappellerait-elle pas les souffrances qu'elle avait endurées quand Gerardo l'avait trahie ? Sa mère l'avait avertie, mais sa mère se complaisait dans le spectacle de la douleur de sa fille.

Voyant trembler le menton de Roxanne, Amy lui demanda si c'était le choix de la couverture qui la troublait.

— Nous allons demander à Peter de faire plusieurs maquettes. Vous savez que le choix que nous faisons aujourd'hui n'a rien de définitif.

Roxanne lui tendit la main. Amy faisait de son mieux, mais elle n'avait aucune sensibilité — ce n'était pas

1. *Le Chemin des larmes*, série romanesque de Janet Dailey *(N.d.T.)*.

une artiste, après tout — elle vivait dans un monde de ventes et de bénéfices nets.

— Toute cette discussion ravive en moi le souvenir de Gerardo. On dit qu'il s'intéressait à moi uniquement pour mon argent. Et pour obtenir sa carte de séjour. Mais pourquoi l'amour ne s'épanouirait-il pas entre un homme de vingt-quatre ans et une femme de mon âge ? Pensez à Cher, par exemple. Malgré toute sa gymnastique en vidéo, elle n'est pas mieux que moi.

C'était indéniable. Une passion d'adolescente conservait à Roxanne sa jeunesse. Elle avait un teint naturellement laiteux, de magnifiques yeux sombres, candides, confiants. Ses cheveux auburn étaient peut-être teints afin de garder l'éclat de la jeunesse, mais si vous ignoriez qu'elle avait quarante-six ans, vous pouviez parfaitement croire que leurs profonds reflets roux et bruns étaient naturels.

— Le jour où je l'ai surpris au lit avec ma femme de chambre, j'ai cru ce que me disait Gerardo, qu'elle avait le mal du pays et qu'il la consolait. Ma mère s'est moquée de moi, mais comment peut-on vivre dans le scepticisme et être heureux ?

Roxanne tendit les mains dans un geste d'interrogation muette — deux colombes émouvantes, songea Amy, qui murmura :

— Comment, en effet.

— Ensuite, à mon retour de Cannes, je les ai trouvés ensemble à la piscine. Il n'avait pas voulu m'accompagner — prétextant qu'il ne pouvait quitter le pays avant que son statut d'immigrant ne soit régularisé — et j'étais rentrée un jour plus tôt pour le retrouver. J'ai dû me rendre à l'évidence — qui plus est, il avait payé l'avortement de cette femme avec l'argent que je lui avais donné.

— Ma pauvre chérie, fit Amy en lui tapotant la main. Vous êtes bien trop confiante.

Roxanne leva vers elle ses yeux de biche emplis de gratitude. Amy était si affectueuse, une véritable amie, contrairement aux parasites qui ne pensaient qu'à tirer avantage de son succès.

— Quelqu'un à Santa Fé m'a suggéré de consulter un psychiatre. Comme si j'étais malade !

— C'est excessif, se récria Amy en prenant un air offusqué. Toutefois, un bon psychothérapeute — une femme compréhensive, peut-être — pourrait vous écouter avec impartialité. À l'inverse de votre mère ou de vos amis, qui passent leur temps à vous juger et vous réprimander.

— C'est donc ce que font les psys ? Roxanne écarquilla les yeux. Écouter ?

— Quand ils sont bons, oui.

— Quoi ? Qu'est-ce que vous avez fait ? hurla Clay Rossiter. C'est vous, bon sang, qui avez besoin d'un psy ! Il est hors de question qu'elle se débarrasse de ses névroses. Ce sont elles qui la poussent à écrire. Regardez, quinze semaines après avoir trouvé Raoul au lit avec la femme de chambre, elle nous sort un best-seller. Nous allons faire un premier tirage d'un million et demi. C'est notre salaire à tous assuré pour l'année entière, Amy.

— Raoul était le héros de *Rupture*. Gerardo était son jardinier. Ce n'est pas vous qui devez prendre le thé avec elle et lui remonter le moral après qu'un de ces fichus maquereaux a été démasqué. Sans parler des déjeuners au Lutèce lors desquels elle déverse des torrents de passion.

Clay eut un rictus féroce.

— C'est pour ça qu'on vous paye, Amy. Vous êtes la foutue éditrice de la foutue star. Elle vous aime. Nous avons même dû mentionner dans son contrat qu'elle ne veut travailler avec personne d'autre que vous.

— Bah ! Que toute cette histoire ne vous empêche pas de dormir. De toute façon, il y a peu de chances que Roxanne décide de suivre une thérapie. Elle va plutôt dénicher un gourou New Age et le suivre dans une profonde expérience mystique. Amy se leva. Savez-vous que Gary Blanchard a signé avec Ticknor & Fields ? Je suis vraiment contrariée, Clay. Nous aurions pu le garder pour vingt-cinq mille dollars : il a des besoins très modestes et perdre un auteur de talent me rend malade.

— Il est modeste parce qu'il sait que personne n'a envie de lire des textes littéraires. Qu'il reste chez Ticknor & Fields. Ils n'ont pas Jambon & Cie sur le dos.

Clay ramassa le dernier fax reçu de Bruxelles et l'agita devant elle. Amy le parcourut. Jambon était déçu que Clay ait rejeté toutes leurs précédentes propositions marketing, mais enchanté qu'il se soit séparé de Gary Blanchard. Les simulations effectuées sur ordinateur montraient que chaque dollar dépensé en publicité leur ferait perdre trente cents sur les revenus tirés des livres de Blanchard. Ils ne voulaient pas un seul auteur au catalogue dont le tirage soit inférieur à vingt-sept mille exemplaires.

— Ce n'est plus de l'édition, dit-elle, jetant le fax sur son bureau. Ils devraient se lancer dans les céréales pour le petit déjeuner. Cela convient mieux à leur mentalité.

— Certes, Amy, mais ce sont eux qui nous contrôlent. Donc, à moins que vous ne vouliez chercher un autre job avant Noël, cessez de signer des contrats avec ces lumières de la littérature. Nous n'en avons plus les moyens.

« Je rêvais que j'allais à l'aéroport, je désirais prendre l'avion pour Paris. Ils ne voulaient pas me laisser monter en première classe. Ils disaient que j'étais sale, mal habillée, et que je devais voyager en classe économique. Mais il n'y avait plus aucune place et j'étais obligée de prendre le Greyhound, et le bus se perdait et finissait par arriver dans une horrible ferme au fin fond du Kansas. »

Le célèbre psychiatre, ses yeux gris emplis d'émotion et de bienveillance à la vue de la jolie jeune fille allongée sur le divan devant lui, soupira et s'agita sur sa chaise. Comment la convaincre qu'elle était impeccable et assez chic pour voyager en première classe ?

Amy paraissait stupéfaite.

— Voyons, ma chère Roxanne, quelle est exactement l'histoire de votre livre ?

— Elle est sous vos yeux. Vous ne savez donc plus lire ?

— Mais vos lecteurs s'attendent à de la passion, à des histoires d'amour. Il ne se passe rien. Le thérapeute ne tombe même pas amoureux de Clarissa.

— Bien sûr que si, mais il n'en dit rien.

Roxanne prit le manuscrit et le feuilleta. Elle se mit à lire à haute voix, faisant tinter ses bracelets contre les accoudoirs du fauteuil pour souligner certains passages.

Clarissa posa une main confiante sur celle de l'homme plus âgé qui se tenait près d'elle. « Vous ignorez combien c'est important pour moi, docteur, de trouver enfin quelqu'un qui comprenne ce que j'ai traversé. »

Le Dr Friedrich sentit l'émotion envahir tout son être. Son calme professionnel n'avait jamais été pris en défaut par ses patientes auparavant, pourtant cette malheureuse enfant, autrefois abusée par son père, abandonnée par sa mère, et qui montrait un tel besoin de confiance et de soutien, était différente.

Il aurait voulu lui dire : « Ma chère enfant, j'aimerais que vous ne me considériez pas comme votre thérapeute, mais comme un ami très cher. Je ne désire rien d'autre que vous protéger des assauts du monde cruel qui vous menace au-delà de ces murs. » Mais s'il se laissait aller à parler, il perdrait à jamais sa précieuse confiance.

Roxanne reposa les feuillets sur la table d'un geste sec, comme si l'affaire était entendue.

— Alors, pourquoi ne l'épouse-t-il pas ?

— Amy, vous ne l'avez pas lu, n'est-ce pas ? Il est déjà marié, mais sa femme est internée dans un asile d'aliénés. Cependant, sa compassion est si grande qu'il ne peut se résoudre à divorcer. Par la suite, une organisation chargée de poursuivre les anciens nazis le confond avec un gardien de camp de concentration, et il est arrêté. Il se trouve que sa femme l'a dénoncé — sa folie s'accompagne du complexe de la persécution et elle le rend responsable de tous ses malheurs. Clarissa part à sa recherche, derrière le rideau de fer — cela se passe en 1983 — où il a été jeté dans un goulag. Elle le sauve. En apprenant qu'il est libre, sa femme a une attaque cérébrale. Elle en meurt. Mais Clarissa est déjà entrée dans les ordres. Ils rêvent parfois l'un de l'autre et s'éteindront sans jamais se revoir.

Amy haussa les sourcils.

— L'histoire me semble un peu légère pour vos lecteurs, Roxanne. Je me demande si...

— Ne me regardez pas avec cet air éberlué, Amy, répliqua Roxanne, le regard étincelant. Le Dr Reindorf affirme que les fins heureuses sont rares. Mes lectrices ont besoin de le comprendre, tout comme je l'ai appris. Si elles attendent la panacée de chacun de mes livres, elles seront aussi mal loties que moi qui voyais dans chaque homme dont je tombais amoureuse la solution à tous mes problèmes.

— Je vous avais prévenue, siffla Clay. Vous l'envoyez chez un de ces foutus psys et qu'arrive-t-il ? Nous nous retrouvons avec de la psychologie de salon et un livre que personne n'achètera. Cette femme ne sait pas écrire, Bon Dieu ! Si elle perd ses fantasmes d'adolescente sur l'amour, plus personne ne la lira.

— Peut-être le Dr Reindorf la trahira-t-elle comme Gerardo et Kenny, et comme ce chirurgien, son premier mari, à qui nous devons *Une pure blessure*.

— Pas question de prendre ce risque, dit Clay. Débrouillez-vous pour arranger ça.

— J'ai soixante ans, répondit Amy. Je peux demander ma retraite anticipée. C'est vous qui êtes inquiet. À vous de faire quelque chose. Vous pourriez demander au service des relations publiques de lancer le bruit dans le *National Inquirer* que Roxanne suit une psychothérapie avec un ex-pédophile.

Elle croyait faire une plaisanterie, mais Clay répondit que cela valait le coup d'essayer. Son service de relations publiques l'en empêcha.

— Nous ne pouvons répandre des bruits sur nos propres auteurs. L'édition est un petit cercle de commères. Quelqu'un l'apprendra, le laissera entendre à quelqu'un qui vous déteste, vous retrouverez Roxanne chez Putnam et il ne vous restera plus qu'à manger des nouilles.

Clay en perdit le sommeil. *Dernière Analyse*, imprimé en lettres d'argent avec un divan suggestif sur la couverture, démarra très fort, mais le bouche à oreille en eut raison avant la deuxième réimpression. Dès la fin de la première semaine, il passa de la troisième à la neuvième place sur la liste des best-sellers du *Times*. Au bout de cinq petites semaines, *Dernière Analyse* sortit du classement et sombra dans le trou noir du surstockage et des invendus.

Les fax provenant de Bruxelles étaient incendiaires et l'agent de Roxanne, Lila Trumbull, téléphonait tous les jours, accusant Clay d'avoir raté la promotion du livre.

— Mais comment promouvoir une série de rêves plus rasoirs les uns que les autres ? hurla Clay à sa secrétaire. Je l'avais bien dit à Amy !

Clay mit Amy à la porte pour soulager sa rancœur, et dut la réengager dès le lendemain. Roxanne avait une clause particulière dans son contrat : elle se séparait de Gaudy si Amy les quittait.

— De toute façon, si elle continue à nous fabriquer de la psychologie de bas étage, tout ça n'aura plus aucune importance. Même Harlequin n'en voudra pas. Et, soit dit en passant, nous n'aurons plus les moyens de vous employer. Depuis combien de temps consulte-t-elle ce maudit psy ?

— Depuis environ neuf mois. Et à son dernier passage à New York, elle n'est restée qu'une nuit afin de ne pas rater une séance. Cette fois, ça ne ressemble pas à une de ses lubies habituelles.

— Il ne vit pas à New York ? Où crèche-t-il ?

— À Santa Fe. Il existe des psys en dehors de New York, Clay.

— Ouais, ils sont comme les rats : là où vivent les gens, on les trouve, à bouffer leurs ordures, grommela Clay.

Amy partie, il regarda la pendule. Il était onze heures à New York. Neuf heures du matin au Nouveau-Mexique. Il se leva brusquement et saisit son manteau accroché derrière la porte.

— Je me sens mal foutu, dit-il à sa secrétaire. Si un de ces crétins téléphone de Bruxelles dites-lui que j'ai une fièvre de cheval et que je ne peux pas parler.

— Vous semblez pourtant en forme, dit-elle.

— J'ai un accès de fièvre, la grippe sans doute.

Il sortit avant qu'elle n'ait eu le temps d'ajouter un mot. Il fit signe à un taxi, puis se ravisa. Les flics interrogent toujours les chauffeurs de taxi. Il choisit de faire le long trajet en métro jusqu'à Queens.

Dans l'avion qui l'emmenait à Albuquerque, il se demanda comment louer une voiture. Il avait payé son billet d'avion en liquide et utilisé un nom d'emprunt, mais la société de location lui demanderait sa carte de crédit et son permis de conduire. Lorsque son voisin se leva pour aller aux toilettes, Clay fouilla dans la poche de poitrine de sa veste. Ils n'avaient pas la moindre ressemblance, mais personne ne prenait jamais la peine de vérifier les photos. Et, par chance, l'homme habitait le Nouveau-Mexique. Il n'aurait pas le temps de s'apercevoir de la disparition de son permis avant que Clay ne le lui ait posté, avec le remboursement de la location, en liquide bien entendu.

Toute l'opération se révéla facile. Terriblement facile. Il téléphona au Dr Reindorf et lui dit la vérité, qu'il était l'éditeur de Roxanne, que tout le monde s'inquiétait à son sujet et qu'il souhaitait avoir un entretien avec lui. Dans un endroit tranquille et éloigné où ils ne risqueraient pas de rencontrer Roxanne. Il voulait éviter qu'elle ne se sente espionnée. Reindorf proposa de le retrouver à la fin de ses consultations sur une *mesa*, un de ces plateaux qui dominent Santa Fe.

Clay attrapa à temps le vol de nuit pour New York. Le lendemain matin, Amy passa la tête dans son bureau. Elle lui posa une question et se rendit compte qu'il était vraiment patraque, il avait des valises sous les yeux. Ce n'est que plus tard dans la journée que Roxanne téléphona, bouleversée par la mort de Reindorf.

— Elle est allée à la morgue voir son corps, ne me demandez pas pourquoi, dit Amy à la secrétaire de Clay, ce dernier étant à nouveau rentré chez lui, décidément mal fichu. Son corps a été complètement écrabouillé par une voiture, avant d'être jeté du haut d'une *mesa.* La police a interrogé son ex-jardinier, mais il semble qu'ils n'aient aucun véritable suspect.

— La nouvelle devrait remettre Clay sur pied, fit la secrétaire.

Les mains d'Ancilla s'agitaient comme des oiseaux captifs. «Tu ne comprends donc pas, Karl. Papa est mort. Son œuvre... je ne l'ai jamais estimée à sa juste valeur, mais je dois tenter de la poursuivre.

— Mais, ma chérie, c'est une tâche trop lourde pour toi. Ce n'est pas une mission pour une femme.

— Ah, si tu savais ce que j'ai ressenti à sa vue — lorsque j'ai dû identifier son corps après que ces chacals s'y sont attaqués —, aucun fardeau ne sera trop pesant pour moi dorénavant.»

Karl se sentit empli de fierté. Il avait aimé Ancilla alors qu'elle était une ravissante jeune fille au caractère autoritaire, la coqueluche de Vienne. Mais aujourd'hui, prête à assumer son rôle dans l'existence — prête à se charger d'un poids que la plupart des hommes auraient refusé —, elle n'avait plus cette moue d'enfant gâtée qui gonflait ses lèvres couleur cerise, mais la bouche d'une femme, ferme, mûre, désirable.

— C'est excellent, dit Clay. Je suis ravi. Et vous lui donnez le titre de *L'Œuvre d'une vie* ? Vous êtes parvenue à lui faire abandonner *La Proie pour l'ombre*[1] ? Beau résultat. Il y a seulement dix-sept semaines que le psy est mort, et la voilà déjà guérie. Nous devrions

1. *La Proie pour l'ombre :* roman de P.D. James *(N.d.T.).*

tirer à un million, un million deux, sans difficulté. Je vais envoyer un fax à Bruxelles. Il faut fêter ça.

— J'aimerais autant le fêter tout de suite. Amy ferma la porte du bureau. Nous avons une occasion de prendre sous contrat un nouvel auteur vraiment bourré de talent. Elle s'appelle Lisa Ferguson et a écrit un roman extraordinaire sur la vie dans l'ouest du Kansas dans les années 60. Ce sera peut-être la prochaine Eudora Welty.

— Non, Amy. Une histoire en Espagne a toutes les chances de marcher. En Afrique, c'est encore possible. Mais de nos jours le Kansas rural n'intéresse plus personne que vous. Je ne vais certainement pas proposer ce genre d'auteur à Bruxelles.

Amy se pencha vers lui.

— Clay, Lila Trumbull m'a appelée il y a dix-sept semaines. Le lendemain du jour où vous êtes rentré chez vous parce que vous aviez la grippe.

— Elle téléphone sans arrêt. Comment pouvez-vous savoir de quel jour il s'agit ?

— Parce que c'est celui où l'on a découvert le corps du psy de Roxanne. Amy sourit et parla d'une voix douce, comme si elle s'adressait à Roxanne en personne : Lila a dit qu'elle vous avait aperçu à l'aéroport d'Albuquerque la veille. Elle y avait fait escale pour rendre visite à Roxanne en rentrant de Los Angeles et elle est sûre de vous avoir vu louer une voiture pendant qu'elle attendait ses bagages. Elle vous a appelé, mais vous étiez tellement pressé que vous ne l'avez pas entendue.

Clay s'agita dans son fauteuil. Quand il parla, sa voix avait un ton rauque :

— Je… elle… elle aurait dû se renseigner au guichet des locations. On lui aurait dit que personne n'avait loué de voiture à mon nom ce jour-là. Qui plus est, comment aurais-je pu me trouver là-bas ? J'étais chez moi avec la grippe.

— C'est ce que je lui ai dit, Clay. Que vous étiez chez vous, malade — qu'elle avait dû faire une erreur. Et c'est ce que je dirai à ceux qui me poseront des questions... J'appelle l'agent de Lisa Ferguson et je lui dis trente mille, d'accord ?

Clay la regarda d'un air pétrifié, soudain semblable à un hibou empaillé.

— D'accord, Amy. Faites ce que vous voulez.

Amy se leva.

— Oh... à propos, Clay, au cas où vous me verriez volontiers en bas d'une *mesa* — ou sous le métro —, n'oubliez pas que Roxanne a une clause particulière dans son contrat. Et elle a toujours déclaré à qui voulait l'entendre qu'elle refuse de travailler directement avec vous.

Un moment plus tard, la secrétaire de Clay poussa la porte du bureau d'Amy.

— Pouvez-vous prendre au téléphone le vieux M. Jambon, à Bruxelles ? Clay est malade et il est rentré chez lui à nouveau. J'espère qu'il n'a rien de grave.

Amy sourit.

— Il va bien. Il s'est seulement un peu trop enthousiasmé ce matin pour le nouveau roman de Roxanne.

Traduit par Anne Damour

ANNE PERRY

Nous sommes dans la dernière décennie du vingtième siècle, et les sensations associées à l'amour ont peu changé à travers les siècles. Cependant, les conventions qui entourent l'amour — le comportement et la morale — ont évolué et se sont transformées profondément. Aussi, lorsque la reine du roman policier victorien, Anne Perry, nous propose une délicieuse petite énigme qui a pour origine la manière respectable dont on faisait la cour au dix-neuvième siècle, nous devons prêter une attention particulière aux formes passées de l'amour, et non à celles du présent. Des notions pouvant paraître franchement désuètes à notre époque, qui traite avec désinvolture aussi bien la parole d'un homme que l'honneur d'une femme, furent jadis d'une importance capitale.

Dans un monde de maîtres d'hôtel discrets, de plateaux d'argent poli, et de cravates « nouées à la perfection », Anne Perry est une compagne inégalable, qui écoute aux portes de cette société disparue et fascinante avec une aisance que pourrait lui envier le maître chanteur dont elle nous conte les méfaits.

Alors qu'elle était déjà l'un des auteurs de romans policiers les plus populaires de ces vingt dernières années, Anne Perry a suscité un intérêt énorme — et involontaire — dû à des divulgations récentes touchant à son passé. À l'époque de son adolescence en Nouvelle-Zélande, sous l'influence d'un médicament aujourd'hui interdit, elle assassina avec sa meilleure amie la mère de cette dernière. Depuis lors, elle a mené une existence exemplaire, ne produisant qu'une violence de fiction qui lui a valu une vaste audience.

O. P.

Le maître chanteur

Le maître d'hôtel referma la porte du fumoir derrière lui.

— Excusez-moi, monsieur, il y a là un jeune gentleman qui demande à vous voir.

Il tendit le plateau d'argent, présentant à Henry Rathbone la carte qui y était déposée.

Henry la ramassa et la lut. Le nom de James Darcy lui était vaguement familier. Il était neuf heures et demie du soir, on était en janvier, et il faisait un froid glacial. Les becs de gaz s'entouraient d'un halo dans le brouillard et les roues des calèches crissaient sur les pavés humides, accompagnées du martèlement des sabots qu'étouffait l'épaisseur de la nuit.

— Il me paraît excessivement agité, monsieur, ajouta le maître d'hôtel en observant le visage de Henry. Il m'a prié d'insister auprès de vous afin d'être reçu, car il traverse quelques difficultés, dont naturellement il ne m'a pas confié la nature.

— Eh bien, je pense que vous pouvez le faire entrer, concéda Henry. Je ne sais vraiment pas en quoi je pourrais lui être utile.

Comment l'eût-il su ? Il était mathématicien et inventeur à l'occasion, amateur d'aquarelles qu'il collectionnait à la mesure de ses moyens, habitué des boutiquiers qui faisaient commerce d'objets anciens. Il préférait les témoins de la vie ordinaire aux vestiges de la fortune.

L'homme qui pénétra dans la pièce à la suite du maître d'hôtel était de taille moyenne et avait un visage aux traits réguliers et le teint clair. Sa cravate était nouée à la perfection, ses bottes reluisaient, et, en dépit d'une agitation visible, son attitude dénotait une certaine assurance.

— C'est très aimable à vous de me recevoir, monsieur, dit-il en tendant la main. Tout particulièrement à une heure aussi peu civile. Pour dire la vérité, j'ai débattu avec moi-même tout l'après-midi, hésitant sur la conduite à suivre, ne sachant si je devais ou non vous déranger.

Le regard que rencontra Henry avait une candeur désarmante, et trahissait une angoisse réelle.

— Je vous en prie, asseyez-vous, monsieur Darcy, lui proposa-t-il. Un peu de brandy, peut-être ? Vous devez être glacé.

— C'est ma foi vrai. Je vous remercie. Darcy se rapprocha du feu et se tint un moment debout sans bouger. Puis, comme si ses jambes ne pouvaient plus le porter, il se laissa tomber dans un fauteuil, exhalant un soupir saccadé. Je suis dans une terrible situation, monsieur Rathbone, et ne peux en sortir sans l'aide de quelqu'un comme vous, un homme à l'honneur incontestable. Je suis victime d'un chantage.

Il resta figé, ses yeux bleus rivés sur le visage d'Henry, redoutant visiblement sa réaction, mais incapable de détourner son regard avant de la connaître.

Henry remplit un verre de brandy et le lui tendit.

— Je comprends. Savez-vous qui en est l'auteur ?

— Oh, certainement, répondit vivement Darcy. Il s'agit d'un dénommé James Albury. Pour mon malheur, j'ai eu quelques occasions de le rencontrer.

Henry hésita. Il n'avait jamais eu à s'occuper d'affaires de chantage, mais il était prêt à aider, s'il le pouvait, ce jeune homme manifestement dans la détresse. Quelles que fussent ses faiblesses ou ses fautes, la tentative par un tiers d'en tirer profit était inexcusable. Il était, certes, indélicat de le questionner, cependant, afin de prévoir les conséquences d'un échec possible, il lui fallait savoir quelle était l'offense initiale.

Comme s'il lisait dans ses pensées, Darcy prit la

parole, penché légèrement en avant, les lueurs du feu colorant la pâleur de son visage :

— Je n'ai commis aucun crime, monsieur, sinon je n'oserais vous mettre dans l'embarras de prendre parti. Lorsque je vous aurai raconté mon histoire, vous comprendrez.

Henry se cala dans son fauteuil et, machinalement, posa ses pieds sur le pare-feu, une vieille habitude qui lui valait d'avoir des pantoufles passablement roussies.

— Je vous en prie, dit-il avec bienveillance.

Darcy but son brandy à petites gorgées, réchauffant le verre entre ses mains.

— Je séjournais pour le week-end dans la propriété de campagne de Lord Wilbraham. Il y avait plusieurs autres invités, parmi lesquels Miss Elizabeth Carlton, à laquelle je suis fiancé.

Il prit une profonde inspiration et baissa les yeux. La rougeur de ses joues n'était pas uniquement due aux reflets du feu.

Henry ne l'interrompit pas.

— Il faut que je vous décrive comment est disposée la maison, poursuivit Darcy. La serre est située à la suite d'un agréable petit salon où sont accrochées plusieurs œuvres d'art de valeur, tout particulièrement des miniatures persanes peintes sur os. Elles sont de très petites dimensions, quelques centimètres à peine, et très délicatement exécutées — avec une seule soie d'après ce que l'on m'a dit. Le petit salon ne possède pas d'autre porte que celle qui donne dans le vestibule de l'entrée.

Henry se demanda où Darcy voulait en venir. Il présumait que son histoire avait un rapport avec les miniatures.

À nouveau Darcy parut gêné. Fuyant le regard d'Henry, il fixait le tapis à ses pieds.

— Je vous en prie croyez-moi, monsieur, je suis extrêmement attaché à Miss Carlton. Elle possède tout ce qu'un homme peut désirer : l'honnêteté, la douceur, la modestie, un caractère exquis…

Il sembla à Henry qu'il s'agissait là d'euphémismes

signifiant que la jeune fille manquait de vivacité ou d'humour, voire qu'elle était ennuyeuse, mais il sourit sans rien dire.

Darcy se mordit la lèvre.

— Mais j'ai été assez imprudent pour passer plus de temps que je ne l'aurais dû en compagnie d'une autre jeune dame, seul avec elle dans la serre. Je m'y étais rendu davantage par hasard qu'avec une intention déterminée, et lorsque j'ai entendu Lizzie... Miss Carlton... par la porte ouverte du petit salon, je n'ai pas voulu que l'on me voie sortir avec Miss Bartlett. Elle était... euh... d'une humeur un peu trop joyeuse, et... sa robe montrait un certain désordre. Elle l'avait accrochée dans une branche de palmier et...

Il écarquilla les yeux et regarda Henry d'un air désespéré.

— Je vois, dit Henry avec compassion. Le récit de Darcy pouvait refléter la vérité, ou la déguiser. Ce n'était pas à lui d'en juger. À quel moment les miniatures jouent-elles un rôle dans cette affaire ? demanda-t-il.

— Deux d'entre elles ont été volées, répondit Darcy d'une voix étouffée. L'alarme a été donnée dès l'instant où l'on s'est aperçu de leur disparition, et, en raison des circonstances, il est clair qu'elles ont été dérobées avant que Lizzie n'entre dans le petit salon, encore qu'elle ait déclaré ne pas avoir remarqué leur absence.

— Venons-en au chantage, dit Henry. Cet individu suggère-t-il que vous les auriez dérobées alors que vous traversiez la pièce pour vous rendre dans la serre ?

— Exactement. Elles s'y trouvaient encore peu de temps avant ! La voix de Darcy trahissait son angoisse : Vous comprenez mon dilemme ? Je me trouvais pendant tout ce temps en compagnie de Miss Bartlett. Elle pourrait jurer que je ne suis pas coupable, bien évidemment, que je ne peux les avoir prises. Mais si elle était amenée à témoigner, Lizzie apprendrait que j'étais dans la serre avec Miss Bartlett... et je dois avouer, monsieur, que ce serait extrêmement douloureux pour elle, et très embarrassant pour moi. La réputation de Miss Bartlett est moins...

— Inutile d'en dire davantage, fit Henry en se penchant en avant pour tisonner le feu et ajouter deux ou trois morceaux de charbon.

— Par ailleurs, poursuivit Darcy, si je faisais la preuve de mon innocence, ce serait alors à cette pauvre Lizzie d'avoir à se disculper. Naturellement, elle est innocente ! Elle est aussi honnête qu'on peut l'être, et doit hériter d'une fortune considérable. Ce ne serait guère plus qu'un moment déplaisant pour elle. Personne n'imaginerait... Néanmoins, il m'est impossible...

— Je comprends la situation délicate dans laquelle vous vous trouvez, dit Henry avec émotion.

En fait, elle sautait aux yeux, tout comme l'extrême désarroi du jeune homme face à la riche Miss Carlton, qui ne verrait pas d'un œil favorable son escapade réelle ou supposée avec Miss Bartlett.

— Cependant je ne suis pas certain de pouvoir vous aider. Quel est l'objet de la demande de M. Albury ? Vous ne me l'avez pas précisé.

— Oh, de l'argent, bien entendu ! répondit Darcy avec mépris. Et naturellement, si je le payais, rien au monde ne l'empêcherait de revenir sans cesse à la charge, aussi souvent que l'envie lui en prendrait. Sa voix devint plus aiguë, proche de la panique, et le désespoir se lut dans ses yeux : Si je lui cède une seule fois, il risque par la suite de me saigner à blanc ! Ses mains se crispèrent. En revanche, si je n'en fais rien, il me plongera dans cette affreuse alternative : ou bien me ruiner, ou bien me défendre aux dépens de Lizzie et mettre un point final à nos fiançailles et à mon futur bonheur. Il se pencha en avant et se couvrit le visage de ses mains. Mon Dieu, pourquoi ai-je été assez fou pour m'attarder dans cette maudite serre ? Pourtant, il n'y avait là aucun mal, je peux vous l'assurer !

Henry se sentit rempli d'une sincère compassion à son égard. C'était un exemple de folie d'une extrême banalité, propre à n'importe quel jeune homme. Il était d'ailleurs probable que la plupart des jeunes gens en avaient commis de semblables, sentant se rapprocher les contraintes du mariage et de la vie domestique et saisissant une dernière occasion de profiter d'un flirt sans conséquence. Darcy avait simplement joué de malchance. Mais Henry ne voyait pas en quoi il pouvait lui être d'une utilité quelconque. Il chercha vainement un mot à dire, une parole de réconfort.

Darcy leva les yeux.

— Monsieur Rathbone, je n'imagine qu'une seule façon de confondre cette canaille...

— Vraiment ? Henry se sentit grandement soulagé. Dites-moi, je vous prie, comment, et je ferai tout ce qui est en mon pouvoir pour vous soutenir, et ce bien volontiers.

Il le pensait sincèrement.

Darcy se redressa et carra ses épaules dans son fauteuil. Il reprit une gorgée de brandy puis reposa son verre.

— Monsieur Rathbone, si vous-même ainsi qu'un gentleman de haute réputation de votre connaissance — je sais qu'ils sont nombreux — acceptiez de venir chez moi et de vous dissimuler dans une pièce dont la porte resterait entrouverte, je pourrais affronter Albury et l'amener à exprimer verbalement ses projets. Il se verrait alors condamné par ses propres propos. Avec des témoins à charge tels que vous-même, deux tierces personnes désintéressées dont nul ne met en doute la réputation, je suis persuadé qu'il ne poursuivrait pas sa tentative. Il y aurait autant à perdre que moi, sinon davantage. Aucun homme d'honneur ne peut tolérer un maître chanteur.

— Très juste ! dit Henry sans hésitation. Je pense que vous tenez la réponse, monsieur Darcy. Et j'ai une demi-douzaine de relations, pour le moins, qui seraient heureuses d'en finir avec un tel personnage et considéreraient qu'elles ont ainsi rendu service à la société. Le nom de Lord Jesmond me vient à l'esprit spontanément. S'il vous agrée, je prendrai contact avec lui dès demain.

— Il m'agrée tout à fait, monsieur, dit vivement Darcy. C'est un gentleman admirable, dont la condamnation pourrait ruiner la réputation d'Albury, ou de tout homme assez insensé pour l'encourir. Je ne sais comment vous exprimer ma reconnaissance. Je vous demeurerai à jamais redevable, tout comme ma chère Lizzie, même si elle ne doit pas être informée de ces événements. Il se leva, tendit la main avec fougue. Merci, monsieur Rathbone, du fond du cœur.

Deux jours plus tard, par un âpre et froid après-midi, sous un pâle ciel d'hiver qui promettait une nuit glaciale, faisant craquer sous leurs pas les flaques gelées, Henry Rathbone et Lord Jesmond descendirent d'un cab et se présentèrent devant le meublé de Darcy, dans Mayfair. Ils n'avaient pas utilisé la calèche de Lord Jesmond, craignant que sa présence dans l'impasse ne révèle la présence de témoins au maître chanteur.

Ils furent accueillis à la porte par Darcy en personne, qu'ils trouvèrent dans un état de grande anxiété. Ses yeux brillaient et son visage était empourpré. Il marchait d'un pas saccadé, les poussant à l'intérieur, une main posée sur le bras de Henry, qu'il relâcha immédiatement, s'excusant de ce geste trop familier. Henry le présenta à Lord Jesmond.

— Je vous suis profondément reconnaissant, milord, dit Darcy avec ardeur. C'est pour moi un soutien inestimable que de vous voir embrasser ma cause. Je ne pourrai jamais vous payer en retour.

— C'est inutile, mon cher garçon, lui assura Jesmond, saisissant la main tendue et la serrant chaleureusement. Déplorable affaire, le chantage. Ce malappris mérite la cravache, mais je vous garantis qu'une bonne frousse sera suffisante, et ce sans que votre réputation n'ait à en souffrir, ni votre bonheur futur. Or donc, où nous tiendrons-nous pour observer cette fripouille à son insu ?

— Par ici, milord.

Darcy pivota sur lui-même et les conduisit dans une pièce très plaisante, meublée de quelques fauteuils et d'une petite table sculptée de style oriental. La cheminée était de style néoclassique surmontée d'une collection extrêmement originale de tableaux représentant le cap de Bonne-Espérance. De part et d'autre du manteau se dressaient des chandeliers de cuivre d'une parfaite élégance, et un feu vif brûlait dans le foyer, réchauffant agréablement l'atmosphère.

Darcy les entraîna vers une porte au fond qui donnait dans une pièce glaciale, apparemment inoccupée, entièrement nue à l'exception d'un grand paravent chinois en soie.

— Je suis navré, s'excusa-t-il. Je sais qu'il fait horriblement froid ici, mais si j'allumais un feu, Albury pourrait se demander pourquoi, et j'ai hâte d'en terminer avec cette affaire. Si mon plan échoue, je crains de ne pas avoir d'autre occasion de le coincer. C'est une canaille, certes, mais il n'est pas stupide.

— Bien entendu, mon cher, bien entendu, fit Lord Jesmond. Il pourrait choisir de vous rencontrer à l'extérieur la prochaine fois, hé ? Dans le froid et la pluie ! Tout ira très bien, je vous assure. Pratique d'avoir le paravent à proximité, au cas où il jetterait un coup d'œil. J'imagine que vous y avez pensé, hé ?

Il sourit, peut-être pour tenter de remonter le moral de Darcy.

Darcy lui rendit son sourire. Il avait une expression affligée, le spectre de la peur dans ses yeux n'échappa pas à Henry.

— Ne vous inquiétez pas, dit-il doucement. Il ne reviendra plus à la charge, une fois que nous l'aurons pris sur le fait. Mais l'anxiété dans votre attitude fera excellent effet. À présent, tirez la porte, nous attendrons ici derrière le paravent.

— Merci encore à vous, messieurs, dit Darcy avec chaleur avant de s'exécuter.

L'instant d'après, la porte refermée, Henry et Jesmond se retrouvèrent seuls avec pour seul objet de contemplation la soie délicatement brodée du paravent. Le silence était si profond qu'il semblait presque assourdissant. Il n'y avait pas un son, pas le moindre pas de domestique. Les gens de maison de Darcy avaient probablement été chargés de quelque course à l'extérieur. On ne percevait même pas le sifflement des flammes, ni les craquements du charbon derrière la porte. Toute la maison semblait retenir son souffle.

Enfin s'éleva une voix qui n'était pas celle de Darcy, une voix modulée, persuasive, bien éduquée, celle d'un homme doté du charme et de l'assurance que confèrent les bonnes manières. Mais Henry y décela une note de nervosité, un ton âpre, le léger halètement de quelqu'un qui se sait engagé dans une affaire dangereuse, et a beaucoup à perdre ou à gagner.

— Très bien, Darcy, ne perdons pas de temps avec de joyeuses salutations dont ni vous ni moi n'avons cure. J'espère que vous vous portez bien. Quant à vous, vous souhaitez certainement me voir victime d'un accident fatal qui vous libérerait de tout péril venant de ma part. Considérons ces remarques préliminaires dites une fois pour toutes. Je suis néanmoins en vie et en excellente santé, et désire le rester — à moins que vous ne soyez assez imprudent pour tenter de m'assassiner ! Mais j'ai pris certaines précautions en vue de cette éventualité. Il eut un rire sec : Et ce geste serait une réaction excessive à une demande au fond assez modeste adressée à un homme dont les ressources atteindront celles dont vous disposerez après avoir épousé Miss Elizabeth Carlton.

Suivit un silence.

— Soyez maudit ! s'exclama alors Darcy que l'émotion semblait étouffer.

— Et je ne vois pas ce qui pourrait vous en empêcher, continua Albury, excepté votre refus de m'obliger.

La voix de Darcy résonna avec netteté :

— De quelle façon suis-je censé vous obliger ?

— Oh, allons ! fit Albury avec mépris. Ne faites pas l'innocent. Vous me comprenez fort bien. Nous avons déjà précisé nos positions respectives.

Il n'y avait aucune impatience dans son ton. Pour Henry, immobile dans le froid derrière le paravent chinois, on y devinait même une note de plaisir, comme si Albury savourait son pouvoir et n'était pas pressé de voir cette entrevue se terminer.

La même pensée était sans doute venue à l'esprit

de Darcy, car l'instant suivant sa voix s'éleva très clairement, un peu plus forte :

— Vous vous délectez, crapule ! Je vous considérais, sinon comme un ami, du moins comme une personne digne de respect. Dieu, comme je me trompais ! Vous n'êtes pas digne de franchir le seuil d'une honnête maison.

— Vous n'êtes pas vous-même en position d'émettre une seule critique à cet égard, mon cher Darcy, encore moins de proférer des insultes, répliqua Albury, visiblement amusé. Combien de seuils seriez-vous autorisé à franchir, d'après vous, si le bruit se répandait que vous avez mis dans votre poche deux des plus délicates et des plus précieuses miniatures persanes appartenant à votre hôte ?

— C'est faux ! se récria Darcy avec désespoir. Je...

— Vraiment ? fit Albury. Dans ce cas, je suis convaincu que vous en ferez la preuve et me confondrez de vous avoir accusé à tort lorsque je raconterai autour de moi ce que je sais.

— Je...

Darcy semblait au bord des larmes. Henry jeta un coup d'œil à Jesmond. Darcy jouait son rôle à merveille. À moins qu'il ne fût soudain moins assuré de la réussite de son plan. Albury l'avait apparemment désarçonné. La colère de Henry à son endroit faillit exploser. Le chantage faisait partie des crimes les plus méprisables à ses yeux, une torture lente et délibérée.

— Vous pourriez naturellement me payer, comme nous en étions convenus, dit distinctement Albury. Vingt livres par mois, je présume, me permettraient de jouir des petits luxes auxquels je serais heureux de m'accoutumer, sans en aucune façon vous réduire à la mendicité. Il vous faudra renoncer à certains des agréments de votre existence présente. Vous devrez dire adieu à votre bon vin de Bordeaux, à vos soirées à l'Opéra, à vos chemises si régulièrement renouvelées. Vous porterez vos bottes un peu plus longtemps. Et pour finir, du moins jusqu'à votre mariage, vous n'aurez plus l'occasion de vous montrer aussi généreux envers Miss Carlton.

— Maudit soyez-vous ! dit Darcy férocement. C'est du chantage !

— Bien sûr ! rétorqua Albury d'un ton amusé. Ne me dites pas que vous venez seulement de vous en rendre compte ?

— Non. Maintenant que Darcy avait repris confiance, sa voix était celle d'un autre homme : Non, je l'ai toujours su ; je voulais simplement vous l'entendre dire. Parce que le chantage est un crime, un crime grave, et j'ai des témoins de notre conversation. Voilà, je pense, qui me met sur un pied d'égalité avec vous.

— Comment ? Albury semblait atterré. Où donc ?

Henry sortit de derrière le paravent au moment où la porte s'ouvrait brusquement et que lui faisait face un mince jeune homme aux cheveux bruns, les yeux arrondis par la stupéfaction.

— M. Darcy a parfaitement raison, dit Henry en s'avançant de manière à révéler la présence de Lord Jesmond. Nous avons entendu toute votre conversation, monsieur Albury, et vous seriez bien inspiré de quitter ces lieux sur-le-champ et de ne jamais mentionner cette affaire à personne aussi longtemps que vous vivrez. Estimez-vous heureux d'échapper à la ruine et à une action en justice. Vous ne tirerez pas un penny de Darcy. En échange, ni Lord Jesmond ni moi-même ne dirons mot de votre conduite méprisable. Elle restera aussi secrète qu'aujourd'hui.

Albury fit quelques pas en arrière, se retournant pour lancer à Darcy un regard haineux.

— Pas un penny, réaffirma Darcy, désignant la porte du fond et le chemin de la sortie. Quittez ma maison et n'y remettez plus les pieds. S'il m'arrive de vous rencontrer en société, je vous traiterai civilement, comme si rien n'était advenu entre nous, en vertu de notre marché.

Henry et Jesmond pénétrèrent dans le salon, heureux de s'y retrouver au chaud. Le feu crépitait dans la grille. Darcy venait de le recharger en charbon.

Une sensation de bien-être flottait dans l'air, une impression de victoire.

— Notre marché ? Le regard d'Albury alla de l'un à l'autre, empli de rage et de frustration. Je n'obtiens rien, et vous vous en tirez malgré votre vol ! Que valent ces miniatures ? Cent livres ? Deux cents ? Davantage ? Vous les vendrez et ferez une belle affaire.

— Je ne les ai pas prises, affirma Darcy avec ardeur, je n'ai jamais rien volé de ma vie.

— Vraiment ?

Les yeux d'Albury s'agrandirent exagérément, en signe d'incrédulité.

— Non, répéta Darcy fermement.

— Dans ce cas, pourquoi ne pas l'avoir dit en premier lieu, pourquoi ne pas m'avoir envoyé au diable ?

Albury arborait un sourire de défi narquois et ses yeux étincelaient.

— Parce que si je l'avais fait, j'aurais dû admettre que j'étais seul en compagnie d'une jeune dame autre que ma fiancée, et cela pendant plus longtemps que les convenances ne le permettaient. Par ailleurs, cela aurait pu amener les gens à croire...

Darcy s'interrompit brusquement, peut-être conscient d'avoir parlé plus que nécessaire, de soulever des questions qu'il souhaitait éviter.

Albury sourit, découvrant des dents parfaites, le visage soudain transformé.

— Vous voulez dire que l'on pourrait accuser Miss Carlton de les avoir prises elle-même ? Bien sûr, elle l'aurait pu ! À dire vrai, ce serait possible ! Et finalement assez légitime !

— Ce serait monstrueux ! s'écria Darcy, hors de lui. Il fit un pas en avant, les poings serrés : Ne vous avisez pas de répéter pareille insinuation. Vous m'entendez ? Sinon je me verrais obligé de vous fouetter jusqu'à ce que vous soyez contraint de prendre vos repas debout devant la cheminée, monsieur.

— Ce serait pourtant la vérité, rétorqua Albury sans bouger d'un pouce.

— Vous allez trop loin, monsieur, s'interposa Jesmond. Noircir le nom d'une dame en son absence sans qu'elle puisse se défendre est inexcusable. Rétractez cette calomnie immédiatement, et partez avant que la peau ne vous cuise, tant que vous pouvez prendre la porte sans autre dommage que celui qu'a subi votre honneur.

Henry contemplait les deux jeunes gens, frappé par l'émotion que chacun d'eux trahissait si profondément. Une idée étrange germait peu à peu dans son esprit.

— C'est absurde ! protesta Darcy. Lizzie est incapable d'une telle ignominie. Tous ceux qui la connaissent le savent ! Elle dispose d'une fortune considérable, et elle est l'honnêteté personnifiée.

— Mais c'est une femme, dit Albury, ignorant Lord Jesmond et ne regardant que Darcy. Capable autant qu'une autre d'éprouver de la jalousie.

Darcy avala péniblement sa salive.

— De la jalousie ? dit-il d'une voix rauque.

— Bien sûr ! Croyez-vous donc qu'elle ignorait votre présence dans la serre en compagnie de Belle Bartlett, la croyez-vous incapable d'imaginer clairement ce que vous faisiez entre les orchidées d'hiver et les palmiers en caisses ? Dans ce cas, vous êtes un sot !

Darcy faillit s'étrangler. Il était agité de légers tremblements, comme s'il était glacé jusqu'aux os malgré la chaleur qui régnait dans la pièce.

— C'est elle qui les a dérobées, continua Albury. Afin de vous compromettre. Elle sait pertinemment, mieux que quiconque, que vous ne les avez pas volées. Mais soit elle vous fera accuser de vol, vous où Miss Bartlett, d'une manière explicite ou non, soit à défaut elle laissera planer une menace au-dessus de votre tête pour le restant de votre vie à ses côtés.

— Ne proférez plus jamais pareille accusation, fit Darcy d'une voix blanche entre ses lèvres desséchées. Jamais, vous m'entendez ?

Albury tendit la main.

— Cinquante livres, une seule fois.

Darcy se retourna et se dirigea vers un petit secrétaire à l'autre bout de la pièce. Il en releva l'abattant, et d'un casier retira plusieurs billets de la Banque d'Angleterre. Sans un mot, il les tendit à Albury.

— Un instant! Henry s'avança et referma sa main sur celle de Darcy, empêchant Albury de se saisir de l'argent. Vous n'avez pas besoin de le payer.

— Si, je le dois, dit Darcy désespérément. Dieu m'en est témoin, je ne peux plus épouser Lizzie désormais. Ce serait un supplice de chaque jour, de chaque nuit. Je verrais la jalousie dans ses yeux, à tout instant. Notre vie commune serait intolérable. Chaque fois que je m'adresserais aimablement à une autre femme, je m'inquiéterais de sa réaction. Mais on ne peut se défaire des liens de l'amour aussi aisément, pas d'un seul coup, même brutal. Je défendrai son honneur auprès des autres. Nul n'aura besoin de connaître la vérité, hormis son père et elle-même. Il se mordit la lèvre. Il faudra que je parle à son père. Notre engagement ne peut se prolonger. Mais je peux au moins la protéger. Libérez ma main, monsieur.

Henry ne la lâcha pas.

— Ce que vous désirez donner à M. Albury et la raison de ce geste vous regardent, monsieur Darcy, mais il n'est nul besoin de le payer afin de protéger Miss Carlton. Elle n'a rien de plus à se reprocher qu'une erreur d'appréciation de votre caractère, peut-être.

— Je ne vois pas ce que vous voulez dire, protesta Darcy. Elle s'est conduite de façon méprisable. Elle a tenté par jalousie de faire passer Miss Bartlett pour une voleuse!

— Parce qu'elle savait que vous vous trouviez ensemble dans la serre? demanda Henry.

— Apparemment.

— Elle savait donc que, tout comme Miss Bartlett était à même de jurer de votre innocence, vous pouviez jurer de la sienne, et que vous le feriez! Ce qui laisserait planer un doute sur sa propre innocence, ainsi que M. Albury vient de le dire.

Darcy pâlit, jeta un coup d'œil vers Albury, puis vers Henry Rathbone. Il voulut parler, mais aucun son ne sortit de sa bouche.

— Mais mon bon ami, tout ceci n'a aucun sens,

s'étonna Jesmond, totalement désorienté. Vous devez faire erreur.

— Au contraire, c'est l'évidence même, expliqua Henry. Si vous reprenez l'histoire depuis le début, et non comme M. Darcy voudrait nous la présenter. Examinez les faits tels qu'il nous les a rapportés. Un jeune homme, fiancé à une jeune femme, se trouve fortement attiré par une autre, qui manifeste peut-être plus de vivacité. Or, il ne peut reprendre sa parole. Ce serait légalement une rupture d'engagement, et suicidaire sur le plan social pour quelqu'un qui nourrit de profondes ambitions. Il est douteux par ailleurs qu'il obtiendrait la main de la jeune personne qu'il convoite. Son père, également fortuné et jouissant d'une situation éminente, ne l'admettrait pas.

Darcy était couleur de cendre à présent.

— Il lui faut trouver une autre voie de sortie, continua Henry. La jeune dame ne le libérera pas de sa parole. Il doit trouver une raison honorable de la quitter, un motif qui n'entache pas sa réputation, le laisse libre de poursuivre ses ambitions. L'occasion se présente lors d'une réception à la campagne et une idée germe dans son esprit. Il ne lui manque que l'aide d'un comédien intelligent. Il jeta un coup d'œil à Albury, qui paraissait soudainement plongé dans un embarras extrême. Et deux témoins à la réputation indiscutable, prompts à redresser les torts et peut-être quelque peu étrangers aux manières de certains jeunes gens dénués de scrupules et avides de succès.

— Grand Dieu !

Jesmond était atterré.

Henry porta à nouveau son regard sur Darcy.

— Ne croyez pas avoir totalement échoué, monsieur Darcy. Dès que j'aurai mis Miss Carlton au courant des faits, elle vous laissera libre d'obtenir les faveurs de Miss Bartlett, ou de qui vous voulez. Encore que j'imagine mal Sir George Bartlett vous acceptant dans sa famille, pas plus que je ne le voudrais moi-même. Je ne vous ai pas rendu le service que vous attendiez, mais je me suis sans nul doute rendu utile. Venez, Jesmond. Il se dirigea vers la porte, Jesmond sur ses talons, puis se retourna : N'oubliez pas que vous êtes redevable à M. Albury d'une scène fort bien jouée ! Je vous salue, messieurs !

Traduit par Anne Damour

SHEL SILVERSTEIN

Pour quiconque a toujours rêvé de rédiger des nouvelles ou des poèmes, de dessiner ou d'écrire des chansons et des pièces de théâtre sans réussir tout à fait à trouver une façon de s'exprimer originale qui le distingue du troupeau, Shel Silverstein représente le pire des cauchemars.

Si les paroles d'une chanson[1] *ne lui prennent pas plus d'un quart d'heure, une pièce peut exiger un week-end complet. Quand je lui ai demandé d'écrire un texte pour ce recueil, il m'a dit: «Hum, c'est que je n'ai jamais écrit d'histoire policière. Attendez voir, j'ai une idée.» Il ne marqua aucun temps entre ces deux phrases. La fable qui suit, pas une nouvelle au sens traditionnel du terme, est le développement de cette idée. À ses diverses adresses, ses tiroirs sont pleins de chansons, de nouvelles, de fables, de dessins, de pièces de théâtre et de poèmes qu'il ne s'est jamais décidé à envoyer à son agent ou à ses éditeurs. Quand il se donne la peine de réunir ses courts textes en un recueil, celui-ci figure immédiatement sur la liste des best-sellers du* New York Times. *Pas pendant deux semaines. Ni même deux mois.* The Light in the Attic *est resté en lice plus de deux ans!*

Shel Silverstein m'a proposé d'écrire un autre texte si

1. Shel Silverstein est l'auteur, entre autres, de *The Ballad of Lucy Jordan*, chantée par Marianne Faithfull *(N.d.T.)*.

jamais j'envisageais de compiler une nouvelle anthologie. «Et si vous ne trouviez pas d'idée?» lui ai-je soufflé. Cette hypothèse a eu le don de l'éberluer complètement.

O. P.

Pour ce qu'elle a fait…

Il fallait qu'elle meure.
Ça, Omoo le savait.
Il savait aussi qu'il ne pourrait pas la tuer, lui.
Inutile même qu'il essaie.
Elle le regarderait. Avec ces yeux-là. Inutile même qu'il essaie.
Alors, que faire ?
Il y avait bien ce Ung. Qui vivait dans une caverne.
Au-delà de la montagne de fer. Une caverne pestilentielle.
Loin du village.
Ung, qui chassait avec des pierres.
Qui tuait à mains nues.
Qui avait tué deux tigres-sabres.
Et un gros ours, dont il portait la fourrure, qui pendait de ses épaules velues.
Et Ung avait tué des hommes. Beaucoup d'hommes.
Et une femme, disait-on.
Ung, qui prenait la chair fraîche qu'on laissait sur la pierre plate pour l'Esprit du Ciel.
Et l'Esprit du Ciel avait faim.
Et il faisait s'abattre le malheur et les ténèbres sur le village.
Mais personne n'osait rien dire à Ung.
Qui avait tué deux tigres-sabres.
Et un gros ours. Et des hommes, beaucoup d'hommes.
Et une femme, disait-on.
Il alla trouver Ung.
Oui, dit Ung, je la tuerai.

Pour ce qu'elle a fait, dit Omoo.
Contre son pesant de viande d'ours ou de peaux de lézard, dit Ung.
C'est une femme forte, dit Omoo.
Contre son pesant, dit Ung. Maintenant, il faut que tu me la montres, pour que je puisse la tuer.
Ça, je ne peux pas, dit Omoo.
Alors, comment je la reconnaîtrai ?
Elle a de longs cheveux, dit Omoo.
Ses yeux brûlent comme deux étangs, la nuit.
Beaucoup ont les cheveux longs, dit Ung.
Beaucoup ont les yeux comme deux étangs, la nuit.
Elle se baignera, dit Omoo.
Demain, quand le soleil mourra.
Elle se baignera. Elle lavera ses longs cheveux à la chute d'eau.
Beaucoup de femmes se baigneront, dit Ung.
Beaucoup de femmes aux cheveux longs, aux yeux de nuit.
Comment je saurai que c'est elle ?
Omoo réfléchit.
Ah, dit-il. Elle portera des fleurs.
Des fleurs brillantes de la colline, que je réunirai et lui mettrai dans les mains, avant qu'elle aille se baigner à la chute d'eau.
Alors, tu sauras que c'est elle.
Et tu la tueras.
Contre son pesant, dit Ung.
Oui, dit Omoo, contre son pesant.
Et ainsi naquit la coutume
D'offrir des bouquets et des parures de fleurs.

Traduit par Yves Sarda

DONNA TARTT

On reproche souvent aux nombreux romans à suspense de la nouvelle génération la faiblesse de leur scénario. Même si les héros n'attirent pas toujours la sympathie, ils sont généralement bien campés et parfaitement décrits. Souvent artificiels et sans imprévu, les dialogues restent néanmoins presque toujours vifs et vrais. Et si nous n'avons pas une prédilection pour le décor de l'action, les lieux et l'ambiance générale sont en général clairement exposés. Mais il ne se passe rien. *Les histoires se déroulent le long d'une route interminable, puis s'arrêtent brusquement. On en retire la même satisfaction qu'en mangeant la nourriture lyophilisée réservée aux cosmonautes. Elle a le goût du steak et le même pouvoir nutritionnel, mais ce n'est pas du vrai steak.*

Le premier roman de Donna Tartt, The Secret History, *par opposition, est bien* vrai. *On y apprécie l'écriture superbe de tous les plus grands auteurs anglais, évidemment, mais aussi une véritable histoire : une intrigue — cette chose rare chez les auteurs contemporains de fiction « sérieux ». Et, tout aussi important, une* bonne *intrigue.*

Donna Tartt est le contraire d'un auteur prolifique, et aucun livre n'a encore succédé à cet énorme succès initial. Même ses nouvelles mettent longtemps à voir le jour.

Grand admirateur de ses livres, je tenais à ce que Donna Tartt figure dans ce recueil. La règle suivant laquelle chaque histoire devait être originale, écrite *spécialement pour ce livre, ne souffrait pas d'exception. Nous avons cependant fait une entorse à la règle, car il s'agit d'un poème. Il a été lu une première fois par onze abonnés de l'*Oxford Review.

O. P.

Un vrai crime

Ça chauffait en Idaho. Souriant,
Étranglé, dans son camion rouge et argent,
Il s'excitait au nom de l'actrice Elke Sommer.
La pleine lune semblait éveiller le pire en lui.
Tout comme sa voisine Debra Earl, vingt-huit ans. Lake Charles, Louisiana.
Pronostic : peu favorable. À la fermeture du bal des vétérans,
les autorités trouvèrent un agenda, une carabine ordinaire,
Un ticket de caisse pour de l'antigel. « J'ai un problème. Je suis
Un cannibale. »
Il parlait de projets,
D'un diplôme d'enseignant, d'une affaire de bonbons à mi-temps.
Des silhouettes de sa petite amie de l'école élémentaire
Étaient collées sur le canon de son arme.

Traduit par Anne Damour

Composition réalisée par INTERLIGNE

IMPRIMÉ EN FRANCE PAR BRODARD ET TAUPIN
La Flèche (Sarthe).
LIBRAIRIE GÉNÉRALE FRANÇAISE - 43, quai de Grenelle - 75015 Paris.
ISBN : 2-253-17095-X

31/7095/8